有爱的青春陪伴者

荔枝糖

.DOC
程予 著
100%

江苏凤凰文艺出版社
JIANGSU PHOENIX LITERATURE AND ART PUBLISHING

图书在版编目（CIP）数据

荔枝糖 / 程予著. -- 南京：江苏凤凰文艺出版社,
2025. 7. -- ISBN 978-7-5594-9579-2
Ⅰ. I247.5
中国国家版本馆CIP数据核字第2025MB9167号

荔枝糖

程予 著

责任编辑	王昕宁
特约编辑	蒋彩霞
责任印制	杨 丹
出版发行	江苏凤凰文艺出版社
	南京市中央路165号，邮编：210009
网　　址	http://www.jswenyi.com
印　　刷	长沙鸿发印务实业有限公司
开　　本	880mm×1230mm 1/32
印　　张	10.5
字　　数	450千字
版　　次	2025年7月第1版
印　　次	2025年7月第1次印刷
书　　号	ISBN 978-7-5594-9579-2
定　　价	42.80元

江苏凤凰文艺版图书凡印刷、装订错误，可向出版社调换，联系电话025-83280257

目录

第一章　/ 001
我叫"楚雨荨"

第二章　/ 017
上辈子作恶多端，这辈子早起上班

第三章　/ 030
花前月下

第四章　/ 043
问候陈知礼

第五章　/ 064
这二百五你自己留着吧

第六章　/ 087
出差

第七章　/ 118
你要不要重新考虑考虑我

第八章　/ 124
不会让你嫁给他的

第九章　/ 145
回想起来才发觉，她真的对他很不好

目录

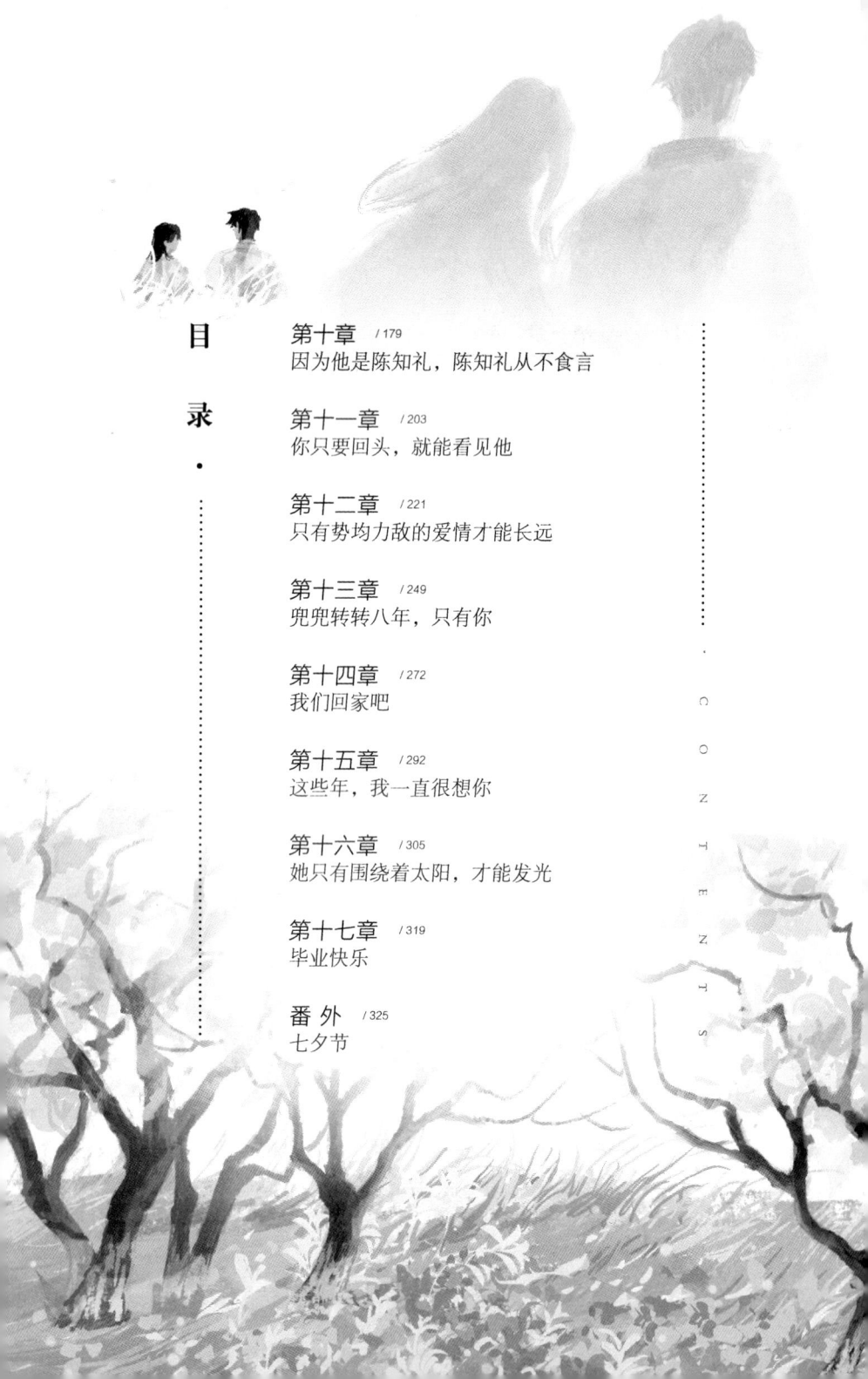

第十章 /179
因为他是陈知礼,陈知礼从不食言

第十一章 /203
你只要回头,就能看见他

第十二章 /221
只有势均力敌的爱情才能长远

第十三章 /249
兜兜转转八年,只有你

第十四章 /272
我们回家吧

第十五章 /292
这些年,我一直很想你

第十六章 /305
她只有围绕着太阳,才能发光

第十七章 /319
毕业快乐

番 外 /325
七夕节

第一章
我叫"楚雨荨"

夜凉风急,雨滴噼里啪啦敲着玻璃,水汽氤氲模糊了窗外景象。

唐念揉揉额角,打着哈欠坐在床边缓了会儿,拿过手机看了眼时间,中午十二点半了,这才扯了件外套披上,趿拉着拖鞋去洗漱。

下了半夜的雨,这会儿外面已是艳阳高照,宿舍楼外墙被雨水冲刷得发亮,阳光透过树叶缝隙洒向弯曲小路,形成唯美的"丁达尔"效应。

没一会儿,"啪嗒"一声,宿舍门从外面被打开。

进来的是她的舍友杨蓁蓁。

杨蓁蓁进屋倒了杯水,看见还站在洗漱间的唐念,有些诧异:"这都十二点半了,别跟我说你才刚起床。"

唐念正刷着牙,嘴里全是泡沫,含混不清地说:"我上午没课。"

杨蓁蓁一屁股瘫坐在椅子上,喝口水压压惊:"你这研究生过得也太滋润了,没课就在宿舍睡大觉,我可是大周末都被刘教授压在实验室跑数据,一个月400块钱就让我们当牛做马,简直毫无人性!"

唐念漱完口,扯过一旁的毛巾擦干手后走出来。

研究生宿舍是两人间,上床下桌,带独立卫浴和阳台,杨蓁蓁的桌子与唐念的正对着。

杨蓁蓁对着镜子检查自己的黑眼圈:"你看我这张脸,像不像黑眼圈上长了张脸?"

唐念弯腰看了眼:"还行,起码还能区分出鼻子和嘴。"

"去你的。"杨蓁蓁侧目,拍了下她的屁股,欲哭无泪,"我真傻,真的,我只知道要读研,不知道读研也有区别,人与人之间差别怎么就这么大啊?"

"考得好不如报得好,选不好导师生不如死。"

"你别太得意忘形,我刚才在实验室看见杨院士回来了,你的好日子要到头了喽。"

闻言,唐念不以为意,她的导师杨院士早已退休,不管教学事宜多年,就算来学校,多半是被请回来做个讲座什么的,哪有空管她这种小虾米。

唐念这学期读研一,和保研的杨蓁蓁不同,毕业后在互联网卷了三年,经历社会毒打终于认清资本家的本质,下决心辞职加入考研大军,过五关斩六将才成功上岸。

上岸后她继续本着咸鱼本鱼的心态,报导师时特意去校内论坛发帖询问。

——废柴不想走科研,也不进大厂,只想混个硕士文凭,以后走选调躺平,请问学长学姐,这种情况该报哪位导师?

热心的学长学姐们一致给她推荐了杨院士。

——杨院士，杨成明，1953年5月出生于浙江，世界顶级人工智能科学家，中国科学院院士，中国自然语言处理领域的奠基人之一，九十年代率先提出语言智能化的研究，获得三次国家科技进步奖，现任T大人工智能研究院名誉院长兼博士生导师。

——杨院士和蔼可亲，性格佛系，从不卡毕业，而且杨院士已经退休了，几乎不怎么来学校，院里为了多占几个研究生名额才一直用他名义招生，进来就是放养，不过学妹也别怕毕不了业，单凭"杨院士的学生"这个头衔，你完全可以在学术圈横着走。

看看，这简直是菩萨导师，咸鱼的福音。

唐念心动不已，洋洋洒洒写了一封自荐信给杨院士，幸运地进入杨院士门下，结果也正如学长学姐所言，开学一个半月，她都没见过导师的面。

杨蓁蓁说："孙教授说院里在准备一个中医大模型项目，跟西苑医院那边合作的，PI是超算中心的研究员，而且我还听小道消息说这位研究员帅得惊为天人。"

"这话听听得了，研究员可是正高级，升到这个位置的起码得四十，不是秃头就是啤酒肚。"

"胡说，人家是从MIT（麻省理工）挖回来的，刚回来就破格连跳四级，成为拥有独立LAB（实验室）的研究员，还不到三十岁，年轻有为，身高一米八七，腿比我的命还长。"

"年轻更秃，"唐念化身无情的美梦粉碎机，"根据《中国人头皮健康白皮书》数据显示，我国脱发男性已超1.6亿人，相当于每4位男性中就有1人脱发，30岁前脱发的比例高达84%……"

"不听不听，王八念经。"

唐念摊手，对杨蓁蓁的自欺欺人表示无奈。

她对这些不是很感兴趣，毕竟她读研的目的很单纯，想水个毕业证，回老家找个不加班的体制内工作，混吃等死。

她优哉游哉地护完肤，看时间差不多了，掀开泡面桶，打开手机准备找个下饭的综艺。

咸鱼的幸福生活就是如此简单快乐。

"嗡嗡嗡——"

手机在这时不合时宜地振动几下。

杨成明： 唐念同学你好，我是你的导师杨成明，下午有空到我办公室来一下，我们聊一下你的研究生培养计划。

唐念一激动，手机差点飞出去。

天啊，是大佬的短信！

唐念正襟危坐，怀着忐忑又敬重的心情回复。

唐念： 好的，杨老师。

过了一会儿，手机自动息屏，映出一张吓得惨白的小脸。

唐念倏地扭头，哀号一嗓子："蓁蓁，大事不好了……"

杨蓁蓁正玩吃鸡，从队友那"舔"来的八倍镜还没焐热乎，就被这一惊一乍的声音吓得一激灵暴露了方位，被人一枪爆头，落地成盒。

她悲痛欲绝，咬牙切齿地抬起头："你最好有事。"

"杨老让我下午去他办公室。"

"这么突然吗？"

"完了完了。"唐念急得像热锅上的蚂蚁，开始翻箱倒柜找电脑。她这一个多月过得太安逸，别说代码水平退化为零，连电脑都不知道丢哪里去了。

万一大佬突发奇想考她一道算法题，她只会 if 和 else，不就露馅了啊？

被大佬发现货不对版会不会强制退货？

不要！她还想毕业啊！

杨蓁蓁看着她这副慌乱的样子，在一旁幸灾乐祸："别紧张，丑媳妇总是要见公婆的嘛。"

下午两点半。

唐念抱着电脑，战战兢兢往科研楼跑。

六楼全是人工智能学院的实验室，617 是自然语言处理实验室，隔壁 618 是机器视觉实验室，再往里就是教授们的办公室，级别越高，办公室越往里。

长长的走廊两侧挂满院内师生的荣誉，各种优秀党员、超算比赛金奖、先进实验室、国家科学技术奖等等。

走廊上很安静，只有机房风扇转动的嗡嗡声响。

唐念数着门牌停在 601 办公室门前，做好一番心理建设，屏息敲了敲门。

"进来。"是个沉稳又温和的声线。

唐念深呼吸，微笑着推开门："杨老师，打扰了。"

教授办公室开着空调，很凉快，办公桌后的杨老穿着灰色 T 恤衫，银框眼镜后的双眸闪着睿智的光，是一位"风姿绰约"的老者。

闻声，他放下鼠标，投来视线："唐念同学是吧？快过来。"

杨老果真人如其言，和蔼可亲，看着挺好说话的。

唐念不安的小心脏放平缓了一些，走过去乖乖站到办公桌对面。

杨老双手交叉，笑眯眯说道："我对唐念同学印象挺深的，你选导师的时候给我发了封邮件，写得很真诚，我当时就记住你了。"

"谢谢杨教授，能成为您的学生是我的荣幸。"

考研初始成绩下来后，学生一般都会联系导师，介绍自己的优势，给导师留下个积极上进的好印象。唐念也不例外，她回忆一番曾经把自己吹得天花乱坠、无所不能的自荐信，心虚得不行。

"我记得你是在恒宇科技干了三年又辞职考研的，对吧？"

"是。"

"怎么突然想读研了？"杨老问道，"大部分同学读研都是为了找个好工作，你这工作已经算不错了，起薪很高，发展前景也好，辞掉不觉得可惜吗？"

唐念当然不会说自己在互联网卷够了，想回学校混个毕业证回老家躺平。

她笑了笑："工作后才发现自己对研究更感兴趣，但因为领域受限，很难接触到前沿方向，自学也不够深入，所以还是希望通过读研丰富研究能力，有机会再继续攻读博士，接受更高思想的洗礼，往科研方向发展。"

开玩笑，这种面试必背题还不是信手拈来？

杨老满意地点点头，眼尾皱纹都舒展开，从一旁的文件中抽出一张A4打印纸递给她："行，那你填一下报名表。"

报名表？什么报名表？

唐念有点蒙地接过来，低头看了一眼，标题是"中医大模型深度合作项目——神农1.0"。

神农1.0……

这难道是杨蓁蓁说的那个和西苑医院的合作项目？

杨老跟她解释："你可能不太清楚，这些年我不带研究生，也不太来学校了，你学术上有问题我没时间给你指导，我也怕耽误了好苗子。"

唐念面露遗憾，心里却在想：我当然清楚，就是因为清楚才报的。

"不过你别太失望，先看一下这个吧，你有大型算法项目经验，代码水平也不错，难得有心钻研，我肯定会给你提供合适的科研环境。"

唐念心惊：不是，大佬怎么还当真了啊？大家面试不都这么说吗？

"这个项目是和医科大学的韩琦教授联合开展的，PI是国家超算中心的研究员，也是我的学生，他虽严厉，但水平很高，你跟着他肯定能接触到最前沿的知识，以后发顶会完全不是问题。"

唐念瑟瑟发抖，她不想发顶会，只想安稳毕业。

她还没来得及回答，办公室门被敲了敲，杨老说了声"进来"，房门就从外面被推开。

一阵热风拂过后颈，有微微酥麻感爬上耳垂，唐念的心跳停滞一瞬，听到一道清冷的男声："杨老师，您找我？"

杨老朝他招招手："对，你过来得正好，给你介绍位研究生，这是唐念同学。这位是国家超算中心研究员陈知礼，算是你的师兄，你们先互相认识一下。"

陈……陈什么玩意儿？

房门阖上时那声"吱呀"格外漫长，皮鞋踩在瓷砖上，清脆的脚步声在她身后停驻。

唐念登时如芒刺在背，脸色都白了几分。

肯定是她听错了，或者重名，毕竟她唯一认识的一位姓陈的在美国混得风生水起，都拿到了美国绿卡，说不定孩子都会打酱油了，不可能回国搞这种吃力不讨好的应用型项目。

杨老仍笑得和蔼："小唐，快来打个招呼。"

唐念僵硬地转过身，眼睑稍抬，猝不及防撞进一双熟悉的眸子，深邃又淡漠。

她本就脆弱的小心脏差点吓停。

妈呀,不只重名,脸都一模一样!

见鬼的前男友!

陈知礼。

男人穿着干净的白衬衫,身姿挺拔修长,袖口微微卷起,露出消瘦苍白的手腕。

杨老也跟着站起身,走到二人中间,不遗余力地介绍自己得意门生这些年所获荣誉。不过唐念已经听不见了,脑子嗡嗡的,像捅了有一万只蜜蜂的蜂窝。

缓了足足五分钟,唐念才从愕然中回转心神,然后就看到对面男人轻扯嘴角,对着她意味深长地笑了笑。

唐念心里一咯噔,从未想过,时隔这么多年,他们会以这种方式相遇。

实在太突然了,她的大脑一片混沌,思绪几乎停滞。

八年时间,陈知礼似乎变了很多,又似乎什么都没有变,褪去年少的青涩感,至少头发仍然茂密。

男人姿态闲散,对杨院士的赞扬宠辱不惊,慢条斯理附和几句,微凉的嗓音贴耳落下:"唐念?"

唐念微微一怔,手指在腿侧蜷缩,像个受惊的小兔子:"是。"

四周氛围都是僵硬的。

偏偏杨院长毫无所觉,仍笑呵呵道:"小唐同学是工作后又考研的,本科Z大,初试成绩427,是个很有科研潜力的女生,你可不要浪费人才。"

陈知礼垂着眼皮扫了眼一旁瑟瑟发抖的唐念,停顿片刻,勾唇一笑:"这是当然,我一定好好培养这位人才。"

好好培养……

本是一句奉承话,但从前任口中说出来就很微妙了。

唐念好想哭,早知道就不考这么高的分了。

当年分手闹得太难看,以至于根本没想过还能重逢。

唐念记得很清楚,分手那天和电影中的场景不同,没有烘托气氛的暴雨,也没有歇斯底里的挽留,只有静寂的街道,空气闷热到窒息。

她说完分手,良久,少年双眸垂下,忽地笑了声:"行。那你就好好祈祷这辈子都别再遇见我,否则,我绝对不会放过你。"

说完,陈知礼转身,大步离开,背影决绝又孤冷,直至与那片高大的银杏树影融为一体,消失在她的视线中。

从那之后,他们再也没见过面。

陈知礼不给自己留退路,也没给唐念留退路。

他向来是这样的人,爱一个人时不计后果,肆意又热烈,不爱了就毫不犹豫离开,从她的世界消失得干干净净,不留丁点留恋。

唐念都不知道自己是怎么走出办公室的,只记得离开前陈知礼看她的眼神玩味又戏谑,好像猎人得心应手地盯住落套的兔子……

回想起来都觉得后背发凉。

唐念清楚,陈知礼这人睚眦必报,他说过不会放过她,就肯定会报复回来,真要进了他的实验室,别说摸鱼等毕业,不被他弄死都算好的了。

不行,她得想办法自救。

唐念深吸一口气冲回宿舍,气都没喘匀,打开电脑输入"T 大研究生院",开始一条条搜索招生简章。

晚上九点,杨蓁蓁回来了,手里拎着两杯去冰奶绿,一杯放到唐念桌上:"亲爱的念宝儿,看我给你带的什么好东西。"

"奶茶一杯,开心加倍,奶茶两杯……体重翻倍。"

唐念没说话,眼睛盯着屏幕,手下键盘敲得啪啪响。

杨蓁蓁嘬一口奶茶,后腰靠着桌沿和她说话:"下午杨老和你说什么了?是不是给你灌鸡汤了?嘁,这些大佬能不能别画大饼了,我自己脸上有。"

唐念继续敲键盘,没理杨蓁蓁。

"忙什么呢?"杨蓁蓁用胳膊肘顶了顶唐念的肩头,这动作终于把唐念拉回现实。

她幽幽地叹口气,撑着半边下巴,让出一半电脑屏幕:"你自己看。"

杨蓁蓁有点近视,眯着眼弯下腰,身子前倾凑近电脑,这才看清 Word 文档上的一级标题——《硕士研究生导师调换申请》。

她惊诧地睁大了眼睛:"不是吧,你要换导师?"

唐念唉声叹气。

"为什么?杨老这种神仙导师多好,想发论文就找其他老师带你们,想去实习也绝不拦着,什么不想干还能摸鱼,干吗要换导师?"

"不转不行,杨老要把我弄去那个合作项目。"

"去就去呗,这实验室可厉害了,是国家级项目,不是谁都能进的,PI 是从 MIT 实验室挖回来的,帅得惊为天人,腿比……"

"停,"唐念截断她的话,"问题就出在这个腿比你命还长的 PI 身上。"

"啊?"

"他和我有仇。"

杨蓁蓁盯着唐念愣了几秒钟,"扑哧"一声笑出来:"你演谍战片呢,现在是法治社会,就算有仇怎么了,他还能杀了你?"

"他是不能杀了我,但他能让我生不如死。"

"谁这么厉害?"

"前男友。"

杨蓁蓁沉默了。

大意了,忘记地球上还有前男友这种危害人类健康的有害生物。

"可是前男友和你们项目有什么关系?"

唐念有气无力地道:"这个 PI 就是我前男友。"

杨蓁蓁正嘬着奶茶,骤然被她语出惊人的话呛了一下:"什么?"

唐念又强调了一遍，杨蓁蓁还是不敢相信："你是说那个被从全世界最牛的人工智能实验室挖回来、归国就连升四级、拥有独立实验室的工程师就是你的前男友？"

"是。"

"可你不说你前男友在美国流浪，食不果腹，靠乞讨为生吗？"

"呃，那个……"

"牛啊姐妹，你前任们还真是涉猎广泛，在美国遍地开花啊！"

"没有，就只一个前任，上次是我喝醉了胡说的，谁还没偷偷说过前任的坏话了？"

"我可没有啊，我都是和平分手的。"

唐念才不信："你上周看见前前前男友秀恩爱的微博还诅咒他去死。"

"咳，别转移话题，"杨蓁蓁咂摸出味来了，"所以你这个PI不会也是个渣男吧？"

"那倒不至于，就是分手的时候闹得不太愉快。"

"你们谁甩的谁？"

"我甩的他。"

杨蓁蓁愣了愣。

"还很惨烈，最后一面时他警告我最好祈祷这辈子别再遇见他。"

好家伙，原来你才是渣的那个！

杨蓁蓁由衷佩服："厉害，姐妹，我辈楷模。"

"别说风凉话了，仇人见面分外眼红，我现在已经不单纯是毕业的问题，而是要如何拯救自己的狗命。"

前任变掌握生杀予夺大权的小导师，情况属实不容乐观。

杨蓁蓁放下奶茶杯："格局大一点，其实这世上本来没什么前任，都是唠唠过的好朋友。"

唐念翻了个白眼："那你为啥不去前任的朋友圈下面求唠唠？"

杨蓁蓁想了三秒，那场面真可怕啊，马上妥协："好吧，你打算怎么办？"

"我有个目标，"唐念敲了下鼠标，把研究生院硕导名单调出来，"就这位，今年刚评硕导的老师。"

杨蓁蓁凑过去，屏幕上是位年轻女教师的半身照，长发散在背后，对着镜头笑得温柔："邓玥老师啊，我经常在实验室见到她，人特别好说话。"

"对，她今年刚评上硕导，机器视觉方向，有一个硕士名额，但还没人报，正在招大四保研的实习生，所以我准备转到她的组里去。"

"祝你好运吧。"杨蓁蓁朝她竖起大拇指。

唐念说干就干，发挥自己最大优势，熬夜写了封自荐信，内容披肝沥胆，情真意切，洋洋洒洒一千五百字，表达想加入其门下的强烈愿望，还亲手誊抄了一遍，最后检查没有错别字后才安心睡觉。

第二天一大早，唐念就揣着简历和自荐信跑去科研楼了。

她都打听好了，邓玥的办公室在609室，每天八点五十分到办公室，她只要掐好时间在门口路过，就一定会遇到。

唐念边看着时间边往里走，没注意拐弯时闪出一道人影，近在咫尺的距离，她来不及刹车，直愣愣地扑人怀里了。

确实撞到人了，就是撞的人不对劲，邓老师没这么高，胸也不可能这么……硬。

唐念讪讪抬起头，望向面前比自己高一截的男人。

淡淡晨光将他的轮廓勾勒出一层柔和的光晕，他单手抄兜，微挑眉，薄唇轻掀起上挑的弧度。

毫无预兆的对视，唐念心下一紧，捏紧怀里的自荐信，慌忙退开一大步。

两人面对面站着，巨大的身高差带来极具威压的气场，她个子将近一米六七，还算高挑，仍需要微微仰头才能对上他低沉的双眸。

陈知礼就这样直视着她飘忽慌乱的眸子，也不说话。

空旷的走廊上落针可闻，唐念想起上学时读过的散文诗，描写"暴风雨前的宁静"，那时她不是很理解，却在这一瞬间福至心灵顿悟了，这果然不是个好词！

"陈陈陈……陈老师早。"

她硬着头皮从牙缝中挤出这个称呼，莫名种羞耻感，两片纤弱的肩膀也跟着抖了抖。

过了好几秒，陈知礼才低头闷笑出声："早，姜念同学。"

唐念腹诽：你才姜念，你全家都姓姜！

她面带微笑："陈老师，我姓唐，t-ang- 唐。"

陈知礼面不改色："哦，张念同学。"

唐念暗骂：这孙子绝对是故意的。

虽说前女友的姓不值得您费心铭记，但您这种能牢记数千种变态数学公式的人却记不住一秒前说过的话，还是建议您去做个脑CT，排除小脑萎缩，俗称脑瘫。

唐念还在心里默默吐槽，然后又听到他说："到我办公室来一下。"

对不起，是她刚刚的吐槽太大声了。

陈知礼刚来T大，还没有独立办公室，临时使用的是杨老的601。办公室左侧是走廊尽头的飘窗，阳台上摆着一盆三色堇。

唐念磨磨蹭蹭跟过去，三步一回头，想着一会儿陈知礼要是痛下杀手，往哪里逃跑的生还率更高一些。

陈知礼进门，去阳台拉开窗帘，阳光直接落进来，透过玻璃铺在瓷砖上，像水面晃动的波纹。

办公室很大，分内外两间，外边是个待客的茶室，隔墙两侧是整面的书架，内屋是一张办公桌，桌上并排摆着两台显示器。

陈知礼倒了杯水，坐回办公桌前，手指敲了几下键盘，头都没抬，冷淡问道："你学号多少？"

"202307143。"

没几秒，打印机吐出一张纸，上面印着唐念本学期的课表。

陈知礼捏着那张 A4 纸，扫了几眼，眉头皱成川字。

这表情唐念很熟悉，每次她在网络上看到离谱到无语的事时也会露出这样的神情，这不怪他，毕竟她的选课表任谁看了都会露出这种"地铁老爷爷看手机"的表情。

作为有目标有规划的学渣，唐念为了毕业可谓煞费苦心，除公共必修课外，选修课全都是精心挑选的水课，诸如《电影鉴赏》《不朽的艺术：走进大师与经典》《文物精品与文化中国》，来陪她度过轻松愉快的研究生生涯。

唐念生怕他不让自己选，急忙表诚心："我最近对这块比较感兴趣，希望深入研究一下，专业课会课下努力的。"

陈知礼气定神闲往椅背一靠，还冲她露齿一笑："行，有兴趣是好事。"

唐念一愣，这么好说话？

"也别课下努力了，反正选修课没有上限，回去把《机器学习》《图像识别》《自然语言处理》《语义网》《博弈论》这几门都选上。"

唐念无语了。

聊完课表，陈知礼问："知道我的课题组是干什么的吧？"

这……她还真不知道。

"做中医辅助……系统？"她从杨院士那里就了解到这么多了。

"不对，是全智能中医决策系统。构建中医知识库，用 AI 来自动分析患者的病情演变，跟踪治疗效果，同时持续提供决策支持。"

意思是你要搞个 AI 出来替代全中国的老中医？

厉害。

信不信砸了人家饭碗半夜被"暗鲨"？

唐念没说什么，因为她压根觉得这不可能实现，高校项目大家心里都有数，不在立项时编得高大上一点怎么获取科研基金？

"还有，"陈知礼慢吞吞说着，"既然是和西苑医院合作的跨领域项目，专业知识也需要多学习，至少要了解中医临床数据，包括病历数据、诊断信息、中药处方和针灸方案。"

唐念那张努力堆笑的脸有些挂不住了，这话说的，直接让她去隔壁中医大学辅修个学位不更好？

要是学得好，她就不回来了，直接和老中医们一起组织"暗鲨"活动，你晚上睡觉最好留一只眼睛站岗。

"你以前怎么样我不管，但进了我的课题组，就要遵守我的规矩。在我这里，没课的时候不允许在宿舍睡、大、觉。"

他还特意强调了"睡大觉"三个字。

"一会儿我发你几篇论文，本周看完总结，并完整复现算法代码。以后每周一开组会陈述实验进展，周五文献分享。"

唐念咬着唇，屈辱地点头，不敢说话。

"实验室工作时间是上午八点到晚上九点，门口有打卡机，迟到早退累计三次到我办公室陈述原因，有问题吗？"

当然有问题。

被她炒掉的垃圾前公司才996，到你这里直接897，地球没了你这破实验室不转了咋的？谁爱去谁去，反正她不去。

当然这些她只敢在心里嘀咕，面上仍乖乖顺顺："没问题，我会好好看。"

唐念这人虽学习不好，但向来会做面子功夫，无非她有一双极具欺骗性的眼睛，湿润透亮，睫毛上翘，眼尾微微下垂，看上去乖顺又无害。不熟悉她的人很容易被这双眼迷惑，觉得她是个娴静乖巧的女孩，只有陈知礼知道，她远没有表面乖巧。

披着虚假的皮囊生存，没人比她更有天赋。

陈知礼看着她，眸色渐渐加深："还有事？"

唐念耷拉着眼皮，一副被驯服的小绵羊模样："没了，我回去好好看论文。"

"走吧。"

唐念暗自松了口气，低着头往外走，刚走到门口，房门就从外面被打开。

门口站了个男人，个子很高，花衬衫外套了一件黑西装，有些不伦不类的，看扮相不像学生，瞧着还挺眼熟，但唐念一时也记不起来在哪里见过他了。

男人朝她笑了笑，侧身给唐念让路，唐念也礼貌性回以微笑。

看着姑娘越走越远，宋致忽然想起什么，急急忙忙跑进来："陈知礼，刚才是不是那个谁？"

宋致是陈知礼的发小，也是鸿智芯片的行政总裁，两人合开了这家智能芯片公司，算是合伙人。

"哎呀，就那个……你以前那个女朋友，"宋致绞尽脑汁想了一阵，忽然一拍脑门，"叫唐念，对，叫唐念来着是吧？"

陈知礼看着屏幕，任他叽叽喳喳个不停，连个眼神都懒得分给他。

"我说你怎么放着美国大好的前程不要，跑回来搞这种吃力不讨好的应用项目，"宋致继续嘲讽，"把前女友搞进自己实验室，放眼皮子底下天天盯着，折磨她精神控制她自由，让她不得不屈服你的淫威，哈哈哈，也亏你能想出来这种损招！"

陈知礼反驳："不是为了她回来的。"

这话是真的，陈知礼的奶奶是七八十年代有名的中医，悬壶济世，声名远扬，但是到了他父亲这代却没人对中医有天赋和兴趣。奶奶呕心沥血一辈子的医术无人问津，绝技不断失传，这便是很多中医的现状。

陈知礼改变不了现状，但他想可以试着改变传承的方式。

宋致不知道这些："放屁，去年杨老叫你回来时你还贬低国内学术圈混乱风气不正，不适合潜心钻研，今年杨老都没找你，你自己倒先屁颠屁颠递简历回来了。别跟我说你是突然良心发现，想回来报效祖国，追前女友就追前女友，这有什么不好意思承认的？"

陈知礼眼梢微抬，压着眼底的燥意："还有，她不是前女友。"

"不是她？我认错人了吗？"宋致开始自我怀疑，"不可能吧？她以前不是经常去咱学校看你打球吗？当年我为了陪你耍帅可是付出过昂贵代价，门牙都被磕掉一半。肯定是她，我不可能记错，尤其是漂亮姑娘。"

"我没同意。"陈知礼语气更冷。

"没同意什么？"他没头没尾的一句话令宋致有些反应不及。

"分手。"

空气短暂沉默几秒，继而宋致爆发出更加猖狂的嘲笑。

"你以为离婚呢，被甩还得经过你同意？哈哈哈！"

"闭嘴，"陈知礼被他吵得头疼，指着门口，"你要是实在闲着没事干就去把马桶刷了！"

宋致抿唇，捏着手指在唇边做了个关拉链的动作，往旁边沙发一趟，跷着二郎腿去蚂蚁森林找绿色能量球了。

陈知礼确实没想过这么快遇见唐念，从杨院士手里接过研究生名单时还以为看错了。当年两人闹得太僵，他以为她这辈子都不会回京北了，没想到居然来他母校读研了。

陈知礼不是自恋的人，自然不会把唐念读研的意图往自己身上揽，只是她确实变了很多。

不是外貌，而是整个人的气质，从前的灵气褪去，取而代之的是颓废厌世、浑浑噩噩、什么都不在乎的样子。

陈知礼不知道她经历了什么，能让一个认真向上的小姑娘变成现在这样。

唐念回宿舍的路上才终于想起刚才的男人是谁，他是陈知礼的大学同学，不过他没有参加高考，是通过外籍身份免试进入T大的。

不得不说，有钱真好，本土生卷死卷活考到600分以上才刚够985门槛，而华侨生400分就能上清北。

两人当年算T大风云人物，因为长得帅又经常一起打球，关系好到常常被传言是一对儿。

曾经唐念知道后还吃醋了，酸溜溜地问陈知礼："是我重要还是你兄弟比较重要？"

陈知礼："当然是你重要，全世界你最重要。"

唐念："那宋致去你家的时候你别让他睡你的床，毕竟我都还没睡过。"

陈知礼笑着去捏她的脸："行，我让他睡床底。"

唐念高兴了："这还差不多。"

果然俗话说得好，兄弟如手足，女人如衣服。多年过去，睡床底的兄弟仍是兄弟，还没来得及睡床的女朋友已经变成了……仇人。

真愁人啊！

回到宿舍，唐念认真复盘了一遍今天的失败案例。

她觉得原因不在她，而在于她选择的这个地点有问题。

陈知礼不授课，所以科研楼是大魔王出没的高危地带，她不应该去科研楼虎口夺肉，而是得去教学楼打野。

这么想着，唐念就去学校内网查了邓老师的课表，正好下午就有一节她的《机器学习基础》，吃过午饭，就背着自己的小书包，信心满满地去教室逮人了。

《机器学习基础》是本科生的小班课，离上课时间还有段距离，教室的门关着，唐念蹑手蹑脚从后门进去，习惯性坐到最后一排，想了想，还是要给邓老师留个好印象，于是又抱着书去了第一排。

第一排坐了个男生，正在趴着睡觉，卫衣帽衫扣下来挡住脸，旁边的电脑和书籍乱七八糟地占了一排。

犹豫半晌，唐念过去友好地询问："同学，不好意思，能给让个座吗？"

男生没理她，换了条胳膊继续枕着睡。

唐念没放弃，拍拍他的肩，提高嗓音："同学，麻烦把你的书挪一挪，我要坐这儿。"

原本一动不动的少年烦躁地坐了起来，蹙着眉冷冷地扫了她一眼："旁边那么多座空着非要坐我旁边，怎么，你暗恋我啊？"

还真是有够自恋的。

唐念脸不红心不跳地说："是啊，我暗恋你，所以请不要给我接近你的机会，把第一排让给我吧，谢谢。"

男生估计没见过脸皮这么厚的女生，冷嘲一声，扣上电脑，随便撂了撂散乱的书，背着包去了最后一排，躲她远远的。

唐念成功占到第一排。

她从书包中取出笔记本，心想：这小伙子长得挺帅气的，就是生气时拧起的眉眼莫名有点像大魔王。

应该是错觉，她最近被大魔王摧残得产生幻觉了，还是赶紧跑路吧。

上课铃响，唐念端坐，竖起耳朵听讲。她发誓这绝对是她研究生生涯中听得最认真的一节课，邓老师人美性格好，声音也温温柔柔的，不愧是全院的女神。

下课后，唐念第一个跑出去："邓老师。"

邓玥脚步稍顿，微卷的长发在风中飘逸："怎么了，同学，有问题要问吗？"

唐念追过去，微微平复气息："邓老师，我是杨院士今年招的硕士生，听说您在招硕士，想申请调到您的组里。"

邓玥微微诧异："我今年就一个硕士生名额，已经有人说要报了，你来晚了一步哦。"

有人报了！

单单几个字却如同晴空霹雳。

"什么时候跟您说的？"

邓玥："就刚刚上课前。"

唐念傻了："可我昨天就发邮件了，是我先来的。"

邓玥有点苦恼："哦，这样吗？昨天的邮件我还没来得及查看。"

唐念垂头丧气，不由得暗骂："到底被哪个孙子截了胡。"

这时身后传来一道声音："是我。"

唐念一惊：坏了，不小心把心声吐出来了。

唐念扭头，就看到刚才睡在第一排的男生斜挎着包，懒洋洋朝这边走来。

他这么一站起来才发现他个子很高，身材比例好，一件普通黑卫衣都穿出了超模的气场。

邓玥笑着说："嗯嗯，就是这位同学，赵知聿，大四保研生。"

原来是个小屁孩，这好办了。

唐念没理会他，回头跟邓玥说："邓老师，我觉得我比他更合适。"

邓玥挑眉，似是来了兴趣："怎么说？"

"学弟刚大四，课业繁忙，要准备毕业论文，还面临读研、出国或找工作的选择，难免心有余而力不足。而我就不一样了，我工作过三年，更加珍惜学习的机会，也有足够时间潜心科研。"

闻言，身后的赵知聿"扑哧"一声笑了："怎么你就潜心科研，而我就拿邓老师当备胎了？"

唐念说的也是事实，尤其是T大这种好学校，每年大批同学拿到保研名额后出国或找到更好的工作就鸽掉老师，所以老师们在做选择时也会考虑这一点。

赵知聿："还有啊，学姐，我三年绩点4.6，有扎实的数理统计基础，更适合潜心科研吧？"

"论成绩，我或许不如学弟，但论综合实力，你可比不过我，"唐念拿出了杀手锏，"我曾在大厂算法岗工作三年，熟悉图像处理常用的算法及原理，有企业级大规模深度学习项目经验。"

赵知聿愣住了。

见他语塞，唐念得意地笑了笑："希望邓老师能给我一个机会，让我们公平竞争。"

邓玥抱臂看两个小孩你来我往地斗嘴觉得还挺有意思的，笑道："行，既然你们都想报我的组，你们俩都回去准备准备，就这周五吧，到我办公室来面试。"

面试就面试，唐念最不怵面试："行。"

赵知聿也没什么意见："可以。"

唐念回去时已经是晚上八点，跑道上不少学生在夜跑，处处回荡着学生们的笑闹声。

杨蓁蓁问唐念要不要去超市，她拒绝了，她要拿出十二分的精力，斗志昂扬地准备这次面试。

她虽然大脑内存不够，但处理器快，说白了就是会忽悠，面试这种瞎编乱造的场合对她而言不算难。

周五，唐念提前半小时来到科研楼，没承想那个赵知聿比她来得还要早，没骨头似的坐在走廊的连椅上，单手托腮，大帽衫罩下来盖住脸，很像是睡着了。

这人怎么无时无刻不在睡觉？

就这还潜心科研？梦里科研吧。

唐念走过去坐到他身旁，隔了一会儿没听见动静，毫不客气把他晃醒了。

赵知聿不耐烦地拧着眉头瞥过来："你干什么？"

唐念微笑："一会儿就面试了，怕你睡过头。"

赵知聿伸了伸胳膊："会看表吗？还有四十五分钟。"

唐念没看清时间，反而被他手腕上金灿灿的卡地亚表盘晃得睁不开眼，并怀疑他有炫富的意图。

唐念："那你来这么早干什么？"

赵知聿冷眼瞥她："你不也来这么早？"

"我没得选，我这次可是堵上性命来面试的，进不了就死定了。"

赵知聿又轻描淡写瞥她一眼："有人追杀你？"

"差不多，"唐念瘪着嘴，开始打感情牌，"学弟啊，学姐年纪大了，读个研不容易，但学弟你不一样，年轻聪明帅气有能力，未来有无限可能，理应去追求更好的机会。邓老师太年轻，很可能会耽误你，你跟着她读不太合适。"

"哦？"赵知聿毫不留情翻旧账，"前几天你还把我贬得一文不值。"

"那天的确是我说得太过分了。这样吧，我把杨院士的硕士名额给你，"她语重心长拍了拍他的肩，"别说学姐不照顾你。"

赵知聿挑着眉梢："不需要，我在这儿挺好的。"

"院士组都不需要？你这小孩怎么好赖不分？你到底为什么非要报邓老师的研究生？你该不会是暗恋她吧？"

赵知聿嗓音平静，略微抬了抬眼："你说得对，我暗恋她。"

唐念压根没当真，但她这人有个优点，就是从不会把话掉地上："那你就更不能报邓老师的研究生了。"

"哦？"

"我来给你分析分析，邓老师是谁的学生？"

"杨院士。"

"我是谁的学生？"

"名义上也是杨院士。"

唐念在他眼前打了个响指："你看这不就很明朗了，邓老师是我的师姐。"

赵知聿还是那副懒洋洋的姿势，目光轻飘飘落在她脸上："不懂。"

"师姐啊师姐，只要你报杨院士，这师姐就是你的，你有机会光明正大追她啊，不然你要成邓老师的学生不就师生那个了嘛，影响不好。"

赵知聿扯了扯唇："我不介意这个，毕竟我的女神是……小龙女。"

这小屁孩真是油盐不进，唐念翻了他一个白眼："你想当杨过，先把胳膊砍了再说吧。"

"要能娶到小龙女，砍个胳膊也不亏。"

两人插科打诨一会儿，邓玥过来了，她穿了一条绛紫色的长裙，袖口蝴蝶结抽绳垂落，轻盈又飘逸。

两人连忙起身问好，她对二人点头示意："坐吧，你们都准备好了？"

唐念信心满满："准备好了。"

赵知聿冷嘲热讽："你的准备也包含威逼利诱对手吗？"

唐念瞪大眼睛："别胡说，小心我告你诽谤。"

赵知聿："嚯，怕怕。"

邓玥笑了："行了，你俩别说相声了。"

这次比拼共两轮，第一轮是机试，每人四道题，线上写代码提交，一小时内答对题数越多得分越高。

很幸运，这四道题唐念全部会做，轻轻松松写完，提交完后距离截止时间还剩半小时，根本没难度。

她伸了个懒腰，偏头看向一旁的赵知聿，好家伙，人已经在呼呼大睡了。

看样子是一道题也不会，白瞎4.6的绩点了，光会刷分有什么用，书呆子一个。

唐念沾沾自喜，结果等到公布分数的时候再也笑不出来了。

赵知聿：10。

唐念：9.4。

邓玥老师贴心地解释："两位同学四道题全部做对了，只是唐同学这道题的复杂度有些高了，所以得分偏低。"

唐念好久不刷题，都忘记这茬了。

无所谓，还有面试呢。

第二轮，邓玥为公平起见，找了位见证人共同给两人打分。唐念盲猜是邓玥项目组的负责人苟老师，苟老师还挺喜欢她的，应该不会太难为她。

唐念理了理衣领，走到会议室门前轻轻敲了两下，里面交谈的声音静下来，不一会儿，听到邓老师说了声"请进"，她才提起精神推门进去。

会议室内摆放着一张长长的桃木色会议桌，唐念往里走着，突然看到会议桌另一侧熟悉的脸，瞬时怔住。

男人雕塑般的侧脸在光照下几近透明，他穿了一件棉麻质感的白色衬衣，带有褶皱，偏软的质地全靠身材撑着，衬得气质清冷干净。

两人目光对上，唐念瞬间感觉彻骨的寒意涌上脊背。

怎么是他！

上辈子她杀人放火啦，为什么要体验这种人间疾苦？

邓老师微笑："这位是隔壁实验室的陈老师，正好他有空，就请他为这场面试监督。"

唐念脑子一团糨糊，该怎么解释自己前几天还信誓旦旦承诺好好看论文，今天就出现在别的导师组面试现场？

在古代，叛徒要被诛九族的，汉奸也是要被处绞刑的，看来，她尼古拉斯·唐念势必要血溅当场了。

/ 015

邓玥说:"行,你先介绍一下自己的情况吧。"

唐念沉默了三秒钟,视死如归地抬起头,一本正经地开口:"二位老师好,我叫……

"楚雨荨。"

两位老师呆住了。

第二章
上辈子作恶多端，这辈子早起上班

人在江湖飘，保命用小号。

邓玥有些诧异："我记得你不是叫唐……"

"那、那是我的网名，我真名其实叫楚雨荨，毕业于艾利斯顿商学院……的计、计算机系……"

唐念嘴上秃噜着往外冒，实际上大脑一片空白，都不知道自己在说什么了。

邓玥半信半疑，又问了几个专业问题，都是面试的基础题，不算难，可唐念的三寸不烂之舌却像打了结，说得磕磕绊绊，手心不停往外冒汗。

邓老师面露讶异，似是觉得按唐念第一轮机试的水平不应该回答成这样，途中还纠正了几条被她讲错的理论。

唐念知道自己答得很糟糕，在这样煎熬中，她只想快点结束，赶紧离开这个地方。

陈知礼全程没说话，低头翻阅她的简历。

等等，简历？她忘记面试前交过简历了！

纸张翻页发出的窸窣声响一下下刮过她的心脏，这可比凌迟难受多了。

唐念的简历其实很漂亮，她大学绩点算不上多优秀，但胜在参加竞赛多，工作后担任智驾算法工程师，训练过数百 GB 的文本数据。杨院士对她的青睐也不单是因为她那封自荐信，主要还是她自身实力过硬。

这样的条件和水平，无论在企业还是学校都是不可或缺的人才，只是她本人故意藏拙，拒绝接受更高平台，挖空心思摸鱼。

陈知礼不懂，明明高中时唐念不是这样的。那会儿她热情又认真，还没上大学就抱着他的编程书研究得起劲。

邓玥的问题问完了，凑过身子去问陈知礼还有没有要补充的。

陈知礼没抬头，也没看唐念，问出一个很简单的问题，声音低缓："你以后想做什么？"

唐念微愣，忽然回忆起多年前的某天。

临近高考，她三模成绩考得很差，神经紧张，经常大半夜都睡不着，握着手机跑到卫生间偷偷给他打电话。

那时他也这么问过她："唐念，你以后想做什么？"

那时她是怎么回答的来着？对，她问了他一个问题："你知道世界脑吗？"

"科幻小说中那个？"

"对，就是那个能够连接到全球的人类思维和知识，并把全人类的智慧、知识、数据全部搜集整合成所有人可访问知识库的超级计算机。"

少女的想法荒诞又不切实际，但伴随着她轻软的语调，每一个字都如羽毛划过心尖。

她或许只是一时兴起，然而她不知道的是，少年把她这段话深深刻在了心里，当作信仰，作为终生目标去实现。

过了许久，那头的少年只说了一个字："好。"

陈知礼的一句话让她回忆起少女时期荒诞又无所顾忌的梦想。

虽是年少轻狂，但那时的她也是真的对未来充满憧憬，只有生活晴空万里，人的向往才能是积极向上的。

时过境迁，他站在她曾经最向往的位置，而那个天真懵懂地向往着这个世界，并为此横冲直撞不顾一切的唐念却一事无成，早被生活磨平了棱角，不思进取，只想当缩头乌龟，平庸地苟活一生。

陈知礼这个问题算是面试经典提问了，唐念早有准备。若是邓老师问出来，她会用什么热爱钻研、为科研献身等等冠冕堂皇的话术糊弄过去。

但是面对陈知礼，她忽然就有些说不出口了。

陈知礼大概是个从不内耗的人，他三观端正，品学兼优，家境优渥，一路都在同学们的掌声和艳羡中长大。唐念从没见过他这样顺风顺水的人生，天之骄子，众星捧月，让她一生都望其项背。他自是无所顾忌，可以追逐既定的目标，从不停留，也不需要回头看身边的同伴是否已经筋疲力尽。

而她就是那个因体力不支而掉队的人。

邓玥看她脸色有点不对，关心地询问："唐念……不对，楚雨荨同学，你身体不舒服吗？"

唐念摇了摇头，攥了下衣角，弯腰对二人鞠了一躬，说："对不起，邓老师，我放弃这次面试机会，给您添麻烦了。"说完，她头也不回地走了出去。

陈知礼看着她的背影，神色暗了下去。

邓玥右手的笔还未来得及放下，表情怪异地望向身侧的男人："师弟，刚刚的女孩认识你啊，把人吓得连名字都改了，有过节？"

陈知礼没说话，只是凝视着唐念消失的方向，过了半晌才拿上手机跟了出去。

出了科研楼，唐念也不知道去哪儿，一路漫无目的。直至口袋中的手机嗡嗡振动起来，她捞出一看，来电显示"姑姑"。

唐念不太想接，就这样看着电话自动挂断。刚松口气没几秒，电话又打进来了，颇有她不接就不肯罢休的气势。

唐念无奈，按下绿键，把手机贴到耳边："姑姑。"

"你怎么不接电话？电话不接，家也不回，翅膀硬了就不把我当家人了是不是？"女人尖锐的声音混合着呼啸的风声一同袭来，唐念被刺得耳蜗一麻。

她垂下眼睑，声音无波无澜："你把我当家人了吗？"

"我怎么不把你当家人了？要不是我，你早饿死街头了。你爸没得早，你妈又心狠，我也是顶着你姑父的压力把你带在身边的。你现在有出息，翅膀硬了就不管我了，也不想想当初我为了你吃了多少苦。"

"您有事说事吧。"

这种诉苦的戏码若放在从前她或许还会动容,只是现在的她已经麻木,因为听过太多遍了。

"我、唉……就是你哥最近相亲了,人家彩礼要十八万,你那边看看能不能给凑点,还有你弟弟补课也需要钱,家里就属你最有出息,你打点钱过来吧。"

唐念眸色冷下几分:"我辞职了,手里没钱。"

"你换工作了啊?那工资涨了多少啊?"

"不是换工作,我读研了。"

"读研?"唐银婉的声音一下子尖锐起来,"读研值几个钱?多好的工作被你辞了去读研,你这妮子真是脑子坏了,我看你是不舍得给我们花钱了。你说说你一个女娃娃留这么多钱干什么,以后都是要嫁人的。我说你不会是要拿去给你那个妈吧?我跟你说,她抛弃你的时候可心狠了,你可不能不识好歹……"

又来了,钱钱钱,张口闭口就是钱。

这些年唐银婉打电话过来从未问过唐念工作累不累,有没有吃饱穿暖,只会问这月工资发了吗,什么时候打钱回去。

她很感激姑姑在她无家可归时收留她,即使知道姑姑是为了爸爸的赔偿金。她念着恩情,一直不愿意和姑姑撕破脸。

唐念忽然感觉很疲惫,没说什么,直接挂断了电话。

凛冽的寒风吹在脸上,等她抬头时,才注意到已经下起了雨。

她没带伞,就穿了一件单薄的毛衣站在银杏树下。

看着满地金黄,酸涩涌上胸口,唐念无比想哭,泪花在眼眶里打转,久久未落下,只是视线越来越模糊。

突然,头顶遮过来一把伞。

唐念一怔,抬起头去看来人,雾蒙蒙的眸子隔空对上一双深邃的眼。

停顿片刻,是陈知礼先开口:"你怎么弃权了?"

京北十月的气温已降到十五度以下,唐念身上湿了不少,半湿的毛衣贴在身上,发梢还挂着水,被冻得嘴唇微微发颤。

他说的是刚刚的面试。

唐念垂下脸,像只丧气的垂耳兔。

无所谓了,她又不是真心想报邓老师组,何必去竞争这个名额。

陈知礼察觉到她的失落,目光再度沉下来:"送你回宿舍。"

"不用。"唐念回绝。

陈知礼没给她拒绝的机会,二话不说把伞塞她手里,脱掉了身上的外套,兜头罩过来,遮住她大半视野。

唐念下意识扯住袖子要往下拽。

"楚雨荨同学,"他这声音里含着戏谑,"今天遇到任何一位淋雨的学生,我都会送她回去。"

"你这样对我避之不及,不会以为我还对你念念不忘吧?"

这话就差明着说，你已经是个连名字都被忘记的前任了，我看你可怜才送你回宿舍，请你自重，不要痴心妄想。

唐念真没痴心妄想，她本想解释几句，又觉得这话没法解释，她确实是为了躲他才跑去其他组面试的，被现场抓包已经很丢人了，她哪里还敢胡思乱想。

她低着头："我是怕你看见我不自在，所以才想换个组的。"

雨势渐大，细密雨滴敲打在伞面发出沉闷的响声。

陈知礼撑着伞，云淡风轻地说："难道不是怕我不让你毕业？"

唐念叹气：好吧，有这方面的原因。

陈知礼说完，手机振动，有消息进来，他拿出来看了眼："很遗憾，你刚才的面试没有通过。"

"哦。"唐念并不失望，她刚才回答得一团糟，能过才奇怪了。

陈知礼说："如果你是怕我对你不公平而转组，那你完全没有必要浪费时间。

"我虽不是什么宽宏大度的人，但也不至于滥用职权去报复一个学生，只要你的课题论文质量过关，我不可能以任何由头卡你毕业。"

伞下的距离有限，两人靠得很近，并排走时肩膀几乎贴合到一起。唐念偏头去看他的脸，等待他的下文。

"当然，如果你很介意我们曾经的关系，只能自己平日多注意一点。"

唐念心底忽然坍塌了一块，这意思是说他们已经没关系了，以前的事他可以不再计较，希望她自己注意，不要跟他套近乎。

"对不起，我会注意的，"唐念捏着手指，声音很小，"我平日少去实验室，也不在你眼前乱晃……"

"不去碍你的眼"这句话还没说出口，陈知礼睨她一眼："你的理解能力是负的吧？"

唐念不解。

"我说的是质量过关的论文，重点在于'质量过关'，你不来实验室，论文怎么完成？做梦找 idea（想法）？摸鱼划水混日子，这就是你想要的生活吗？"

这话就像一颗石子落入平静的湖面，激荡起层层叠叠的水纹，那点微不足道的情绪也跟着放大，再放大。

唐念忽然感觉呼吸困难，喉咙干涩难受。

她不愿意被陈知礼看到失控的自己，努力克制着情绪，抬起眼，倔强地与他对视："这样的生活不好吗？"

"好什么？"陈知礼冷笑了一声，"你真想摸鱼划水何必费劲考 T 大，初试 426 分是随便考出来的？既然考上了，又为什么不珍惜？"

"因为 T 大是招聘者眼中的 Top，普通人要想找一份好工作只能拼命卷学历。"

陈知礼似是没想到唐念这么直白地还嘴，一时愣住了。

"我想你应该理解不了，也是，一个刚回国就连升四级被无数企业争抢的人怎么可能懂。我不够聪明，也没有背景，我高考复读了一年都没有考上 T 大，你懂什么是复读吗？你的字典里有过失败吗？大多数人考名校并不是想为社会做出多大的成就，只是想毕业后有一份体面的工作，让自己活下去，仅此而已！"

那些少不更事时说过的理想是多么天真，在现实的柴米油盐面前是多么不值一提。

陈知礼望着她，眸中浮现出一抹不可思议的神色，隐在暗色中看不分明："背景？你觉得我如今的一切是因为有背景吗？"

"难道不是吗？"唐念有些自暴自弃地笑了，脸色苍白，"你有一个好父亲保驾护航，16岁就能在IMO拿满分，想做什么都后顾无忧，而我有什么？我什么都没有，我只能依靠毕业证才能拥有一份安稳的工作。"

唐念没想过自己竟会说出这样的话，她比任何人都明白陈知礼有多讨厌别人聊起他时谈及他的背景，也知道他在学术上的一切与他家庭无关，都是他自身的优秀和努力。

但人就是这样，越是面对在乎的人越要竖起尖锐的刺，拼命让所有负面情绪都爆发出来，往对方最脆弱的地方捅刀，伤人伤己。

而她也确实做到了，陈知礼那张英俊的脸瞬间僵住，是她连分手时都没见过的受伤神色。

他没想过她竟是这么看他的。

他是有很多成就和头衔，MIT的博士后，超算中心最年轻的研究员，入所后破格连升四级，有独立实验室的课题组PI，还担当过顶会特邀报告人。

曾经有媒体采访他，问他是怎么年纪轻轻就获得这样多的成果，什么样的家庭才能培养出一位天才。

天才吗？

实际上他的托福刚过线，直到现在都听不懂一些老教授的报告，需要录音回去反复听。他还有轻微的阅读障碍，尤其是密密麻麻的论文综述，需要一行行画下来，每次看完都伴随生理性头疼。为了跟上进度，他一年里有一半的时间是看着波士顿的太阳升起的。

哪有什么天才，不过日复一日的坚持罢了。

可是这些她全部不知道，她只看到了他的背景。

轻飘飘抹杀掉了他全部的努力。

陈知礼凄凄笑了两声，甚至觉得自己这些年的坚持都是笑话。

两人相对而立，长久沉默着，四周只剩啪嗒的雨声，格外清晰。

陈知礼脸上的表情逐渐淡去，握着伞柄的手指收紧，手背青筋浮现。

唐念知道自己惹他生气了，只是八年过去，他比年少时更懂得控制情绪，不再轻易显露出来。

"行，你爱干什么干什么，"他喉结滑动，极力克制着才说出这几个字，"我懒得管你了。"

短短几个字算是扯掉了最后的体面，清晰地拉开距离，他对她的最后一点旧情也消耗干净了。

他一定对她失望透顶。

唐念的心猛地沉了沉。

以前夜深人静时，她曾问自己，分手后悔吗？答案是肯定的，不可能不后悔放弃那个被众人围绕、骄矜耀眼、却满心都是她的少年。

她也想过，如果当初的自己再努力一点，结果是不是会不一样。

可如今来看，是一样的，不过早晚而已。他们从来都不是一路人，终归要走上陌路，与其等到感情被消磨殆尽，互看两生厌，不如到此为止。

就这样吧。

他前路坦荡，该有更光明的前程。

而她……无所谓，她怎么样都可以。

"但你给我听好了，学院毕业的要求是大论文外加一篇CCF指定B会以上的一作小论文，完不成的话，就算我想给你放水，院里也不可能过去。来T大浑水摸鱼，你也得有实力才行。"

陈知礼是本着负责的态度警告唐念的，可唐念已经听不太进去了。

"好好想清楚自己在做什么吧。"

唐念半垂着眼皮，也不知道听进去多少。

科研楼离宿舍不远，雨势渐大，空气里都是潮湿的气味，雨滴顺着伞面滑落，在脚下炸开水花。

到了宿舍楼，唐念将身上的外套还给陈知礼，怕他看出什么，有意避开他的注视，说了声"谢谢"就从伞下逃离，背影迅速隐没在雨幕里。

上楼时，她憋了一路的眼泪才啪嗒啪嗒往下掉，靠着楼梯扶手蹲下来，哭得喘不过气。

让她想清楚要做什么？

她不是少不更事的小女孩了，失望攒够了就会面对现实，她现在要的很简单，稳稳当当毕业，找个不必再看任何人脸色的铁饭碗，然后混吃等死。

有位名人说过，大部分人的一生都是既没有价值也没有意义的。

有人出生就在罗马，而有人光是活着就已经很累了，舒舒服服当一条咸鱼有什么不好？为什么非要付出成倍的努力去争取那么一丁点的回报？

现在的社会，资源就是一切，这些氪金玩家随便一抽都是SSR，却到处宣扬是自己拼搏获得的一切，然后向普通人灌鸡汤——比你优秀的人都在努力，你还有什么理由不奋斗？

顺便割一波韭菜。

她不吃这套。

唐念回宿舍后洗了个澡，换上宽松的睡衣，躺在床上继续摆烂，当一条永远翻不了身的咸鱼。

睡醒时已经晚上九点多了，她躺着发了会儿呆，玩了会儿手机。

"神农1.0工作群"微信群开始疯狂往外弹消息。

陈知礼：［文献1-5.pdf］

陈知礼：下周一的组会由@唐念同学分享文献，演示复现的算法代码。

这个群是杨老把她拉进去的，除了杨老和T大的几名研究生外，中医大学的韩琦教授和他的团队成员也在，算是个官方群。

唐念愣了会儿神。

紧接着，屏幕上方又弹出一条消息。

陈知礼：有问题吗？@唐念

唐念很无语，记不住她的名字，"艾特"人的时候倒是很熟练。

不是都说不管她了吗？还"艾特"她干什么？

她真的非常非常讨厌大晚上被人"艾特"，但因为是官方大群，也不敢乱回信息，只好不情不愿地回复了个"收到"。

扔下手机时，唐念转头看了眼时间，现在是晚上九点四十六分，粗略计算，离下周一组会已经不足48小时，要翻译三篇论文，还要深入了解算法内容以及代码复现。如果想正常作息，就必须在六小时内完成一篇论文，这对她而言几乎不可能。

所以这意思是要她熬夜看论文？

周扒皮来了都得给他点个赞再走。

时间迫在眉睫，唐念做了个深呼吸，现在摆在眼前的事实是她既不能退学，也换不了组，更重要的是与陈知礼狭路相逢，她不能退缩。

于是，唐念决定先睡觉，等明天起床再从长计议，万一明天死了呢？

晚安全世界，除了陈知礼。

窗外的雨声成了最好的催眠曲，唐念抱着被子，双眼逐渐放空，陷入某些久远的回忆。

唐念是高一下学期搬来京北的，彼时她爸爸刚出意外身亡，妈妈改嫁，她一个人来到京北住在姑姑家。

报到那天烈日当空，蝉鸣聒噪，正是上课时间，偌大的校园空荡荡的，她因为不熟悉地形迷路了，举目四望，正巧看到不远处的银杏树下有个人影。

少年长身鹤立，倚着树干，姿态有些怠懒。唐念跑过去想问路，离近后才注意到他身旁还有个娇小女孩，被他高大身影挡住了。

"陈知礼。"女孩怯生生地喊他名字。

男生不咸不淡地"嗯"了声，穿着件白色短袖，手里好像拿着烟。这个角度，唐念可以看到他裸露的小臂上面有道很明显的疤痕。

"我很喜欢你，你能不能和我做朋友？"女孩声音带着羞涩和紧张。

陈知礼没什么反应，兴致缺缺地叼着烟，表情很淡，不甚在意的样子。

一定不是什么好学生，以后遇见他要绕路走。

这是唐念对陈知礼的第一印象。

这么想着，她打消向他问路的念头，小心翼翼地后退着离开，不小心踩到了易拉罐，发出刺耳的声音。

男生循声望过来，眉梢挑起弧度，目光沿着她踩住易拉罐的脚缓慢上移，短暂地审视着她。

午后阳光和煦，树影摇曳，他的脸半隐在暗影中，立体的眉骨在眼窝处投下一片阴影，平添了些压迫感。

唐念心下一凛，赶紧逃开了。

后来唐念频繁在人群里听到他的名字，尤其是她的同桌，眼中的仰慕神色过于明显，每次谈起他都能滔滔不绝。

"你知道吗，陈知礼外公是军人，爸爸身居要职，妈妈还是有名的运动员，这在古代高低得是个文武世家。

"而且他本人也很优秀，IMO满分，16岁刚高一就通过数竞保送T大数学系，但他拒绝了，给出的理由竟然是自己数学一般，只能当爱好，以后不打算学数学！你说气人不气人，正经人谁拿数学当爱好！

"他班主任快要被他气死了，因为他偏科很严重，英语和语文巨差，全靠理综和数学拉分，参加高考的话只能考个末流985。T大数学系啊，多好的机会，毕业做金融分析、软件开发、数值计算，哪个不得年薪几百万起步？结果人家不为所动。不过也是，以他的家境也看不上这点年薪百万，可能是压根没想读国内的大学吧。"

这样的描述与唐念印象中的少年有点对不上号。她看着货架，挑了瓶葡萄味酸奶："会不会搞错了，他看着像个小混混啊。"

"怎么可能？射手座的男生多阳光开朗，哪里混了？"

唐念拿着酸奶去结账："射手座不是盛产渣男吗？"

同桌对陈知礼的滤镜已经八百米厚了，坚决不肯相信："他才不是渣男，他身边都没出现过女生。"

"会不会是因为他都是和女生约小树林见面，你们看不着？"

同桌："你对他很有意见？"

"知人知面不知心，我只是劝你别对他抱有太厚的滤镜，这种我行我素的二世祖最渣，仗着家里有点钱到处骗人感情，你可别被他的外表欺骗了。"

为了避免小同桌误入歧途，唐念用尽毕生所学抹黑陈知礼。

可小同桌明显入迷颇深："才不会，他成绩那么好，朋友也多，人也一定很好啊，不可能骗人感情的。"

小同桌刚说完，余光注意到迈进小卖部的男生，不由得顿了顿，回过神来赶紧握拳放到嘴边咳了一声，挤眉弄眼提示唐念别说了。

唐念毫无所觉，继续说道："成绩好不代表人品好，而且陈知礼未成年就抽烟，这种家教还文武世家呢。"

听到自己的名字，陈知礼眉心一跳，停在二人身后不远处。

同桌拽着唐念的衣角，狠狠咳嗽几声，唐念依然没有察觉到，又回忆起他手臂上的疤痕："而且他还打架，很可能会是个家暴分子。"

小同桌心想：算了，你自求多福吧。

说着说着，唐念的额角抽了抽，终于察觉到四周的氛围有点不对劲，身后似乎有一道极强的视线落在她身上。

不会这么巧吧,第一次说人坏话就当场被抓包?

她咽了咽,被某种潜意识牵引着缓慢地扭过头,视线不出意料地撞进一双深邃狭长的眸子。

没错,还真就这么巧。

那双眼有着不符合年龄的漆黑,像是深不见底的旋涡,莫名地,唐念的心跳漏掉半拍。

少年的眼神明明是散漫的,却又不经意间透出几分威慑力:"家暴?"

唐念一时被震住,捏紧手里的酸奶瓶。

她穿着红白相间的校服T恤,乌黑浓密的长发扎成简单的马尾,皮肤白到通透,就这么仓皇不安地站着,小脸憋得通红,害怕得肩膀都在颤抖。

一旁陈知礼的朋友看不下去了,提醒他不要吓着小姑娘。

可他分明什么都没干,就这胆量还敢背后说人坏话?

陈知礼垂下眼,慢条斯理地掏出口袋里的"烟盒"往她身前一凑:"来一根?"

唐念吓得六神无主,连连说着"不要",下意识拔腿就跑。

下一秒,她的后脖领被无情地提溜起来,"烟"被强制性塞进她的嘴里。

唐念紧闭双唇,呼吸都屏住了,只是出乎意料地,没有烟草呛鼻的味道,反而是一股巧克力的甜香袭满口腔。

唐念眨眨眼,有些意外,居然是巧克力棒。

"甜吗?"陈知礼问。

唐念愣愣地点头。

巧克力棒糖分很足,刚舔了一小口,满嘴都是甜香。

"所以说……"陈知礼抓她后脖领的那只手松开了,上移盖上她的发顶,用力揉了揉,"不要以貌取人啊,学妹。"

唐念的小心脏有些不受控制地重重跳了两下。

少年倾身凑过来唤她"学妹"时上扬的语调还停留在耳畔,可下一秒,画面忽转,他的脸逐渐模糊,缓慢变成了现在的模样。

男人面容冷峻,看过来的眸光带着摄人的凌厉,嗓音低冷,缓缓吐出魔鬼般的声音。

"你论文看完了吗,就在睡觉?"

啊啊啊……

唐念猛地睁眼,一个激灵从床上弹起来。

她已经好多年没做梦了,更没想到会梦到陈知礼,而且梦中都在催促她看论文。她揉着太阳穴,等心跳趋于平缓才去床头拿手机。

才凌晨六点。

"陈知礼,你坏事做尽,祝你论文掉区!"

周六清晨,窗外鸟儿叽叽喳喳。

唐念躺在床上,盯着天花板进行灵魂三问:能不能不起床?能不能晚点起床？能不能直接请假？

问到最后，眼前浮现出的是大魔王那张冷到结冰的脸。

答案肯定是不能！

唐念灰溜溜爬起来。

上辈子作恶多端，这辈子早起上班。

陈知礼发的三篇论文都是自然语言处理领域近五年内的经典论文，第一篇是关于处理预训练模型，以及如何训练它们产生符合人类偏好的文本。

唐念英语水平不算差，高中时比陈知礼要好很多，但她荒废太久，看得仍然很吃力，尤其是前面的引言和背景部分，一长串晦涩难懂的专业词汇令她头疼到炸。

她只能逐字逐句查找翻译，给每个名词做好注释，最后组合起来……还是看不懂。

我们有一个不错的方面，一个比对手大的对手和输入句子随机假面其中的单词，同时被预测出上下文不一致的问题……

谁能告诉她这是什么意思？这根本就不是人类语言！

杨蓁蓁的闹钟是七点，她打了个哈欠坐起来，下床就看到桌前抓耳挠腮的唐念，一度以为自己是在梦游："太阳打西边出来了，你怎么起这么早？"

"做噩梦了。"

"什么噩梦？"

"被前男友追着看论文。"

"你这前任真可怕，可想而知你以后会是个多么悲惨的小女孩。"

唐念幽怨地看她一眼："快救救我，有没有什么快速阅读论文的好方法，比如把芯片插入脑子，自动读取？"

"那倒是没有，"杨蓁蓁不由得笑了，"不过我有法宝。"

唐念眼睛一亮："什么法宝？"

杨蓁蓁："我自己训练的翻译机。"

唐念想起刚刚驴唇不对马嘴的有道翻译，半信半疑："能行吗？"

"我可不是跟你吹牛，我这翻译器和外面那些乱七八糟的机翻不一样，是我亲自一点点训练出来的，除了遣词造句外还能自动抓取表格和图片、一键提炼要点和结论、写概括和总结。口说无凭，你先发我一段，我给你打个样试试。"

唐念把头点成捣蒜机："好。"

她特意从论文中挑选了一段巨长的、包含定语补语还附带图表的专业句子发给杨蓁蓁，没一会儿，杨蓁蓁就把汉语翻译发过来了。

唐念一看，很意外，语序很通顺，流畅简洁，图表还会运用中文通俗谚语帮助理解，这水平简直秒杀95%的英语专业生。

唐念惊呼："好厉害。"

杨蓁蓁得意扬扬："是吧，这可是我大学三年的心血之作，我给它取名叫'蓁言蓁语'。"

唐念："怪不得霍金大大警告我们，一旦人工智能发展到完成程度，人类的终结也就到了，你这简直逼死英语专业生。"

杨蓁蓁："别太悲观嘛，我们要信奉 AI 协作而不是 AI 威胁，语言本身是多样化的，AI 只会模仿，人类才会创新。"

不愧是 T 大高才生，连 PUA 都比别人专业。

唐念笑着说："你把代码发我，我本地部署一下，玩玩。"

"没问题。"

解决掉翻译这一难题，剩下的就简单多了，唐念照猫画虎把论文中的算法复现了一遍，跑了跑，对错不管，只要没 BUG 就完事大吉。

组会是周一下午，这次算神农 1.0 课题组立项后的第一次正式会议，学院挺重视，邀请了院里的大佬过来坐镇。

唐念来得最早，挑了个角落趴着玩手机。

陆陆续续进来人，没一会儿她旁边坐下个女生，前排男生的目光绕着教室扫了一圈，最后定在她的位置，鉴定是个美女，去小群讨论了。

猴哥：快看三点钟方向，咱实验室来了个美女。

祝总：大师姐旁边的女生？确实很漂亮，但你也只配看看，这种女生修炼几年又是个神挡杀神佛挡杀佛的影响因子收割机，你搞不定的，调参侠。

超帅：我 4 篇 SCI 在手还不能让她多看我一眼？

猴哥：除非给一作。

超帅：命能给，一作绝不可能。

一帮人在桌下聊得兴奋，旁边的女生也凑过来找唐念搭话了："你好，小师妹，我叫盛园，今年博三，我坐你旁边不介意吧？"

女生穿着一身休闲装，扎着利落的高马尾，笑起来还露出一颗反差感极强的小虎牙。

唐念："当然不介意，我叫唐念，研一新来的。"

"新来的哇，那我可得好好给你讲讲规矩。"

"规矩？"

"就是咱们实验室的新老板，杨院士的得意门生，从 MIT 挖回来的，虽然才二十八岁，但已经是正高级研究员，学术成果整页都罗列不下，做事也雷厉风行，杀伐果断，最讨厌学术不端、上班摸鱼这套，你平时可得小心一点哈。"

呃……讨厌摸鱼，真巧，她最擅长偷偷摸鱼。

唐念笑着应下："我会注意的，谢谢学姐。"

盛园对这种长相可爱的妹子最没抵抗力，她双手捧着脸颊扭了扭身子，夹起嗓子："哎呀，叫学姐多见外，咱们同门都喊师哥师姐，你和他们一样叫我大师姐好了。"

唐念乖乖喊道："大师姐。"

盛园笑眯了眼："你好你好。小师妹选课了吗？要不我给你推荐专业课？研一打基础还是挺重要的。"

"我已经选好了。"还都是影视鉴赏呢。

"这样啊，"盛园看了一圈教室，清一色的男生，"咱们实验室好像就咱俩是女生，要不加个微信？"

"好啊。"

"嗯嗯，大群里的'程序园'就是我，第三个蓝色头像的，你加我吧。"

两人互相加完微信，阶梯教室也差不多坐满了，先是韩琦教授上台讲述项目背景和神农项目的远期目标。

韩琦教授今年 62 岁，是西苑医院的主任医师、教授，医术精湛，专治各种疑难杂症，被誉为"京北国医大师"。

相比于西医，中医其实更复杂，以阴阳五行为基础，将人看成"气、神、形"的凝聚体，通过望闻问切来诊断病因。

随着西方医学爆发式的发展，中医的地位和影响力逐渐下降，网络上还出现了一批"中医不亡，中华不兴"的反中医者，一度让不了解中医的年轻人认为中医是迷信、玄学、伪科学。

韩琦教授对此痛心疾首，中医明明是中国历经数千年沉淀和实践的医学，是一种经验医学，而经验类数据是最适合 AI 训练的，这是韩琦愿意接受神农项目的原因，所以他代表西苑医院并联合全国 420 家中医院及中医堂，提供数万套医学古籍、医药病例、经络、穴位、脉象、舌像等各种经验数据来辅助绘制知识图谱。

"未来国医兴起指日可待。"

现场响起一片掌声。

陈知礼坐在第一排，破天荒地戴了一副银框眼镜，掩盖住周身凌厉的气场。他周围坐的都是院内大佬，几人似在交谈着什么，偶尔惋惜地摇摇头。

韩琦教授的开场词说完，陈知礼被邀请上台讲话。他站在立麦前，淡淡环视一圈，也没见手里有发言稿，直接开口。

"我是神农 1.0 课题组 PI，陈知礼。"

没有过多问候和寒暄，开门见山的自我介绍，却足以吸引所有人的注意，台下再度响起热烈的掌声。

这让唐念不禁回忆起高中在贴吧看过的一篇采访，那时她也听到过这样的声音，低沉、自信、悦耳。

那时他穿着红白相间的夏季校服，懒懒散散地站在附中南门的牌匾前。

"我是高三实验班的陈知礼……"

少年桀骜不驯，单凭一道足够有穿透力的声音，就能听出其中不可一世的傲气。

"未来的我们亦能兵锋所指，攻无不克。"

那一刻，就连胸无大志、浑浑噩噩的唐念都不得不被他身上这种刺目的光芒感染，变得热血沸腾。

此刻，唐念抬头看向讲台，八年过去，肆意轻狂的少年成长为男人，声线也变得沉稳冷静。

兵锋所指，攻无不克。

他做到了。

陈知礼的发言很简单，只寥寥数语，最后说道："下面由我的团队成员唐念同学做第一次文献分享。"

听到自己的名字，唐念有些恍然地从记忆中抽离，赶紧抱着笔记本电脑上台，还因紧张差点被台阶绊了一跤。

唐念拿起接口插入笔记本，背后大屏映射出她的屏幕，她操纵鼠标点开准备好的PPT。

"我今天分享的文献是预训练模型，"她咽了咽口水，继续照着文稿往下读，"预训练的目标是预测一段句子的下一个单词……"

和陈知礼的演讲不同，自她上台，下面就没几个人认真听了。可能是她这篇论文选得太基础，又有珠玉在前，前排大佬们明显兴致缺缺，交头接耳聊着天，互相吹捧和交流业界的新模型了。

唐念也想加快速度，PPT翻得飞快，点到某一页时，下面突然一阵骚动。

大佬们的交流声逐渐止歇，眼神怪异，欲言又止地望着她。

唐念的解说也慢下来，她莫名有种错觉，似乎从大佬们眼中看到了自己脸上的"道德败坏"四字。

难道是她讲得太差给学校丢人了？

不至于吧？

唐念又把目光移向中心位的男人。

陈知礼倒是比其他人淡定得多，窗外阳光有些刺目，他微眯着眼，视线轻轻掠过她，最后落在她身后的PPT上，眉梢动了动。

虽然他表情管理做得非常好，但她还是看到了他脸上微妙的变化。

什么意思？

唐念有些迷茫地顺着他的目光缓慢扭过头，等看到PPT上的翻译时，脸色以肉眼可见的速度变白了。

——小妞不会今天穿上我也约白月会光转换丝袜提前……

这是些什么？

猴哥：啊？这是分词切割训练吧？为什么我没看懂却又好像看懂了？

祝总：绝，师妹做了我不敢做的事，当场给这些老学究来个下马威，厉害。

超帅：为什么我感觉自己看不懂，却又感觉看懂了。

猴哥：这就是语言的魅力，只可意会不可言传。

第三章
花前月下

社死很短，但要用一生的时间来回忆。

唐念当下尴尬到只想找片土地把自己埋起来，短短几秒钟，她已经理清了自己的后事。如果有墓志铭，她要写上"社死于人类 AI 事业，要脸，请不要祭奠"。

众人很严肃，没有人敢肆意说话或乱动，连空气都在替她尴尬。

唐念完全不敢抬头与前排的大佬们对视，手指死命按着电脑的删除键，直至屏幕中的一行行乱码消失。

如果时间倒转回到一小时前，她一定不会干坐着玩手机，而是仔细检查一遍文稿。

可惜世上没有时光机。

怎么办，大佬们不会觉得她学术不端，不让她毕业吧？

她垂着眼睛，掌心冒汗，全身每个细胞都在叫嚣着救命，直到一声很轻的钢笔坠地声打破这份窒息的寂静。

众人眼观鼻鼻观心，竖着耳朵注意前排的动静，毕竟唐念算陈知礼的人，是杀是剐还得他说了算，别人不好越俎代庖。

陈知礼倒是不急着开口，先是在众目睽睽之下捡起钢笔，擦了擦灰尘，合上笔帽，又慢吞吞地拧开瓶盖喝了口矿泉水，这才不急不缓地抬起眼："我说过了，爬虫静态页面时需要先解析处理再存储到数据库。"

爬……爬虫？

唐念迷茫，这不是爬虫啊。

"我让你爬电商广告，你把这些无用的广告存下来干什么？"

唐念瞬间福至心灵，明白了他的意思。

他这不会是在给她解围吧？

网络爬虫是一种自动抓取互联网数据的脚本，根据编写好的规则获取指定信息，一般爬取的数据量非常大，但质量参差不齐，需要再进行二次处理。

所以把这事引导到爬虫上好像也可以解释得通，就说是她不小心爬到了盗版网站中的广告，而不是不认真，处罚也一下子从三年有期徒刑变成了批评教育。

唐念双眼重新凝聚出光，赶紧道歉："对不起，是我没检查好。"

"这点小事都干不好，你还能干好什么？"

陈知礼语气有些重，但仔细分析，其实这话说得相当有水平，帮她解围的同时又带出个无关痛痒的小错误，让他有理由当众呵斥她，院里所有大佬都知道他待人严厉，这种情况势必会出言劝和几句，众人的注意力就随之转移了。

这一刻，唐念眼中的大魔王简直浑身散发光芒，飘飘乎如遗世独立，羽化而登仙。

他是电，是光，是唯一的神话。

果不其然，韩琦教授顺杆爬上来了："小唐也是不小心，她刚进实验室还有很多不懂的地方，以后慢慢来就好了，你也不要太苛刻。"

陈知礼板着脸，没说话。

唐念被骂得耳根通红，低着头，额头都快触到讲台的桌面了，瞧着可怜极了。

"对啊，女孩子面薄，也别当这么多人面批评她了，私下说几句得了，也不是什么大错误。"

又有几位教授求情，陈知礼这才神色缓和几分，似是看在诸位教授的面子上不情愿地原谅了唐念这样鲁莽的行为："下不为例。"

唐念的头更低了："是。"

这件事算是过去了，陈知礼和韩琦教授在众人的拥簇下陆续走出会议室。他们前脚刚走，猴哥几人就迅速围了过来。

猴哥："小师妹，你也太勇了吧，当着这么多大佬耀武扬威。"

成帅："你是没看到韩教授他们的脸，都绿了，我差点以为咱们组的女生独苗要被消灭在此了。"

大师姐盛园："说话注意点，我不是女生啊？"

成帅："哈哈哈，你是大师兄。"

盛园一巴掌呼过去。

唐念差点被吓死，没心情参与他们的玩笑："我不是故意的。"

盛园勾住唐念的肩，安慰道："别听他们胡说，谁还没有个失误了，别往心里去。"

唐念没说什么，焉巴巴的，没什么精神。

盛园："陈老板虽然毒舌，但在外面是很护犊子的，你看他刚刚不就护着你了吗？"

这么说唐念就更愧疚了，但凡她能认真一点，翻译完检查一遍，都不至于搞出这么荒唐的事。

杨蓁蓁知道消息后，千里迢迢赶来实验室负荆请罪："那个……我得跟你承认错误。"

唐念眼皮一跳："是你小子在背后搞我？"

杨蓁蓁："别说得那么难听，这是个意外。"

唐念："到底怎么回事？"

"就是我……"杨蓁蓁支支吾吾，有些难为情，在唐念要杀人的眼神中才终于和盘托出，"就是我没事在网上写点文解压嘛，最近刘教授催得急，我又不想断更，就训练 AI 帮我续写，昨天一不小心连错数据库了，把我写文的语料库连到了翻译机上。"

杨蓁蓁是位深度二次元少女，在宿舍贴的海报都是各种动漫，她写文可以理解，但现在全国净网，写小说的语料库怎么会出现那些少儿不宜的切割词？

唐念不禁怀疑:"你写的什么文?"
杨蓁蓁眼神飘忽:"就……很普通的热血动作故事啊。"
唐念面无表情地看着她,连个标点符号都不信。
杨蓁蓁垂眼:"好吧,是同人文。"
同、人、文!
唐念差点喷出一口老血来。

一场文献分享会下来,唐念这条咸鱼非但没翻身,还粘在了锅底。
唐念这人虽没心没肺,但也不是真的好赖不分,虽然前段时间和陈知礼闹得不是很愉快,但陈知礼在组会上帮她解围,于情于理她都要表达一下感谢。
思忖许久,她在网上下单了一盒小蛋糕,以作谢礼。
她记得陈知礼以前很喜欢吃甜食,而她怕胖也怕长痘痘,总是不肯和他分食。
陈知礼曾经说:"葡萄糖是供给大脑能量的唯一来源,血糖下降时大脑耗氧量也会下降,人就会变傻。"
她合理怀疑他在骂她傻,但没证据。
甜食吃多了虽不会让人变聪明,但确实可以使人心情愉快。
今天天气不是很好,下起了小雨,好在外卖小哥速度很快,不到半小时就把包装精美的小蛋糕送到了楼下。
可惜陈知礼非常忙,上午跟院里几位教授开会,下午又和业界大拿开线上技术交流会,一整天都看不到他闲下来。
唐念状似不经意地从他办公室门口来来回回好几次,就听到他一直在打电话,完全没机会送。
唐念不好意思打扰,又怕蛋糕放太久影响口感,于是把盒子挂在了门把手上,这样他出门的话就能看到了。
正要回实验室,突然想起小蛋糕没署名,这样就算陈知礼看到也不知道是谁送的,说不定还以为是某个爱慕他的女学生。她可不想当做好事不留名的田螺姑娘,何况这蛋糕挺贵的,巴掌大小的小蛋糕价格接近四位数,已经属于蛋糕界的爱马仕了。
于是唐念又折回去,从包装袋中取出赠送的贺卡,在脑内搜刮半天词汇,低着头开始写留言。
昨天的事谢谢你,这份蛋糕是谢礼,我记得你喜欢花前月下……
还没写完。
卡片突然被人从身后抽走。
唐念猝不及防地回头,看到陈知礼不知何时出现在她身后。他个子高,单手插兜,就这么懒洋洋站着,轻描淡写地扫过卡片,然后垂眼,与她的目光对上。
不同于昨天那件正式的白衬衫,陈知礼今天换了件偏休闲的薄毛衫,外套随意敞开,少了几分疏离感,距离靠近,还能闻到他身上淡淡的薄荷香。
沉默了会儿,他忽然启唇一笑,带着几分吊儿郎当的轻浮:"我喜不喜欢,你怎么知道？"

唐念没懂他的话。

陈知礼随手把卡片扔回，唐念翻开卡片低头看了一眼，目光停留在最后几个字上。

花前月下……

喜欢花前月下？

唐念颅内炸裂，差点晕厥，赶紧提笔补上后面的"家的蛋糕"。

"花前月下"是京北一家老字号蛋糕店，一开始主做婚礼蛋糕，所以取名花前月下，后来越做越大，开了很多分店。

这么单拎出来看，这个店名真的很容易让人误会啊。

唐念写完，放下笔，把卡片再次塞给他。

不知道陈知礼看到没有，他也没发表什么意见，推开办公室的门，倚着门板问她："要进来说吗？走廊人多。"

唐念腹诽：这话说得好像我下面的话有多见不得人似的，造成误会还不是怪你，猴急什么，让我把字写完再抢是会死吗？

"不用了，我是来送蛋糕的，谢谢你昨天帮我。"

陈知礼挑着眉梢："善意的提醒，劝你换个赛道发展。"

唐念没头没脑："啥？"

陈知礼："你这行不是很安全，容易犯法。"

他虽没明说，但唐念很快从他的眼神里看出了苗头，合着他是在怀疑她写不堪入目的小说？

唐念无语了："昨天的事是个意外，翻译机出了问题，我没搞颜色。"

陈知礼看着她没说话，表情很明显——别狡辩。

唐念咬牙：合着我洗不清了是吧？

"算了，"她摆烂，"你爱咋想咋想，给你蛋糕。"

唐念把小蛋糕递过去，她虽然是面对他的，脚尖却向外，是随时准备要溜的姿势。

陈知礼看了眼蛋糕，没接："想毒死我？"

他这人真是让人火大，不仅怀疑她写颜色小说，还怀疑她在蛋糕中下毒。

还是说在他心里，她已经恶毒到要给前任下毒了？

唐念有些不可置信："你怀疑我下毒害你？"

陈知礼张了张口，不等说话，唐念果断收回了小蛋糕，拆开包装，一口咬掉一半："行，那你看看我明天是不是死了。"

事实证明，前任这种生物根本无法沟通，最好能躲多远就躲多远。

虽说八年前的事是她问心有愧，但也不代表她能时刻忍受他的冷嘲热讽，大家都是第一次做人，凭什么要让着他？

白瞎她一个月生活费，喂狗都比喂前任好。

她气鼓鼓的，扭头就要走。

/ 033

"等会儿。"陈知礼喊她。

唐念动作停住,回头警惕地看着他。

不知是不是错觉,她眼中有一闪而过的泪光,迎着落日余晖,像只委屈巴巴的小猫。

几乎就是那一瞬,陈知礼感觉胸口发麻,有什么东西在他心里骚动,想跑出来。他叹了口气,似是妥协地低声说:"没说你下毒,我酒精过敏。"

唐念买的是酒心巧克力蛋糕,夹心确实含有酒精,但酒精过敏……这话真假难辨。

因为陈知礼以前不对酒精过敏,他们曾经还一起喝过酒呢,难道过敏也能后天形成?

想了想,唐念拿过手机打开搜索引擎——过敏可以后天形成吗?

还真能。

百度说这叫后天性过敏,后天性过敏主要是因为后天的环境和习惯引起的。不规律的饮食习惯和生活作息能使自身与过敏相关基因的表达与调控发生改变,从而促使过敏的形成。

难不成这几年他酗酒,生生把自己喝到基因突变?

不可能吧?陈知礼这人有多自律她又不是不知道,一天三顿饭,四菜一汤,绝不凑合,怎么可能酗酒?

那么就只剩一种可能,他在骗她,估计是不想吃她送的东西,又碍于面子不好直接拒绝,所以推托说自己酒精过敏。

唐念躺在床上,脑子里被各种乱七八糟的念头占据。

她摇了摇头,算了,想不通的事就先不想了,兴许明天就想不起来了。

第二天照常要去实验室看论文,这周陈知礼又在群里发了三篇论文,比起上周的三篇难度更高。唐念把论文打印出来,咬着笔尖,连蒙带猜,逐字逐句标注。

一天过去,才翻译完半页。

很好,照这个速度下去,下辈子早点投胎去抢个"陈知礼牌"大脑应该能翻译完。

在发呆……不是,在思考半小时后,唐念认怂。翻译这种事不行就是不行,何苦为难自己,所以她打算不耻下问,一回头,发现身边的救兵不知去向。

大师姐刚还在的,人呢?

这时,猴哥端着他特制的"no bug"茶缸回来了。

唐念抬头,问了句:"侯师兄,他们人呢?"

猴哥去饮水机前接了杯水,边喝边扫视一圈,偌大的实验室只剩他们两人:"哦,他们先下去了,我回来叫你。"

唐念有点蒙:"去哪儿啊?"

"陈老板乔迁之喜,请我们去他家吃烧烤,咱们组也正好趁这个机会熟悉一下,快走吧。"说着,猴哥放下茶杯,拿上椅子上的外套就要往外走,见唐念还坐着不动,催促道:"快点啊,晚了赶不上热乎的了。"

听到是去陈知礼家，唐念顿时变得忸怩："我……我就算了，你们去吃吧。"

"那怎么行，陈老板特意交代过一个人都不能少。"

唐念觉得陈知礼口中的"一人都不能少"必定是不包括她的，前女友能算人吗？那肯定是不算的。

唐念呵呵尴尬笑着，回头端坐好："我论文还没翻译完。"

"多大点事，不就是翻译嘛，等着，师兄把训练五年的法宝传给你。可不是师兄跟你吹牛，我这翻译机收录了全世界所有经典论文，水平堪比国家一级翻译，我给它取名叫'齐天大圣'，你只要把论文传进去……"

这话怎么越听越耳熟。

唐念真不敢用他们"牛哄哄"的自制翻译机了，扣上电脑往包里塞："算、算了，我还有事，你们吃好喝好。"

"不是，你先别走啊……"

他话音还没落下，唐念就已经闪出了实验室，顺带一股大力把门"砰"的一声带上。

实验室重归寂静，独留猴哥一人愣了很久。

入秋，夜风混着不知名的花香袭来，好不惬意，道路两边的路灯光是昏黄的，照亮了不用去实验室看论文的好夜晚。

唐念哼着《好日子》，得意自己闪身的速度又快了，这都是多年掐点去食堂抢饭练出来的。

还没得意多久，手机铃声不合时宜地响起，刺破了这静默的夜晚。

是个陌生号码。

"喂。"她把手机放到耳边。

话筒里是一阵关门声，短暂的声响过后，传来一道熟悉又清冷的男声。

"唐念。"

唐念微愣，这还是重逢这么久以来陈知礼第一次喊对她的名字。

她垂下眼，心跳莫名快了些："干吗？"

"侯勇辉说你聚餐不来了？"

"对啊。"

"为什么？"

"不是你说的让我平时注意着点，少跟你凑近乎的？"吃饭这种事还不算近乎吗？

对面的人安静下来，迟迟没了声音。

唐念心神不安，手指缠着手机吊绳，指腹都快勒红了，他还不说话。

她没耐心了，真想对着话筒大吼一声"你到底说不说"的时候，陈知礼忽然开口了，似乎还带着笑："把我的话记得这么清楚？"

意料之外的反问，唐念本就心神不宁，现下更是被调侃得脸颊泛红，又有些不甘心，面无表情地"呵"了一声："正常成年人的记忆力周期是28天，不像某些人，只有7秒钟。"

这是在影射他记不住她的名字？

陈知礼闷声低笑："真不来了？"

不知道是不是因为风声，他的声音特别轻，莫名还有点恳求的意味。

唐念都准备好跟他唇枪舌剑了，听他这般"低声下气"，忽然就泄了气，浑身的刺都软下来，难道是因为昨天的蛋糕事件来跟她求和了？

他这变幻莫测的精神状态还挺难搞懂的。

不过唐念也是个吃软不吃硬的主，语气跟着缓了不少："还是算了吧，我也不爱吃烧烤，吃完身上一股味，我一会儿想去吃牛排……"

"行。"

"嘟嘟嘟……"

对面突然挂断了电话，一秒钟都不带犹豫的。

还以为他多有诚意，结果就邀请一句，呵，男人果然都是大猪蹄子。

唐念愤愤地收起手机，结果一抬头，就看到了路灯下的男人。

寂凉的夜晚，风格外清爽舒适，男人倚靠着她宿舍楼下的路灯杆，肤色被灯光照得冷白，整个人干净利落，不少经过的女生偷偷觑他一眼，扭头和同伴低声尖叫。

唐念愣怔在原地，怀疑自己睡眠不足出现了幻觉。

她揉了揉眼，不确定，再看看。

还真是陈知礼。

她不敢置信地走过去："你怎么会在这里？"

"等你。"陈知礼回答得相当自然。

"等我干什么？"

"买牛排。"

"啊？"

陈知礼看着唐念，漆黑的瞳孔在灯光下映出冷淡的神色："不是说成年人的记忆周期是28天，才过去不到一分钟你就忘了？"

唐念被自己扔的回旋镖扎得结结实实。

她干咳好几声，死鸭子嘴硬："我当然记得，我就是考考你。"

两人气质出众，站在一起异常养眼，不经意间就吸引了不少过往女生的目光。

唐念被看得不太自在，视线往旁边偏了下，全是正浓情蜜意的小情侣。

有点尴尬。

她又转回头，对上陈知礼意味深长的眼神。

呃……还不如偷看小情侣呢。

氛围太过安静了，她正想着说点什么，陈知礼开口了："现在可以走了吗？"

唐念腹诽：我能说不吗？可是都让人家买牛肉了还有什么脸拒绝！

思考一秒钟，她的结论当然是不要脸就行了："Sorry 啦，我还是……"

"参加聚会的明天可以放一天假。"

"很荣幸与您共进晚餐。"

陈知礼扯了下唇，没说话，抬脚往前走。

路边停着一辆黑色奥迪 Q7，唐念忙跟上去，绕过他径直就往后排钻。

陈知礼侧眼，慢条斯理道："拿我当司机？"

唐念的手悬停在车门前，不太自然地收回来，挠了挠鼻尖。

副驾驶不都是女友专座嘛，她都不确定他现在有没有对象，哪里敢冒昧地坐上去。

"我可没这么说，"唐念慢吞吞开口，"我就是看过一个新闻，说车祸时前排死亡率是后排的五倍，我怕你驾驶技术不好。"

陈知礼静静地看了她几秒，突然笑了。

"这你不用担心，汽车内装有智能电子控制系统、防碰撞预警、安全气囊，绝对能保证你的生命安全，还有……

"我的车技好不好，你一会儿就知道了。"

唐念心尖一颤，她发誓没多想，只是他这话也太容易让人误会了。

黑色 SUV 在夜间繁华的道路上行驶，路灯透过玻璃窗照亮陈知礼的侧脸，只一瞬便消寂下去。

车内音乐是大提琴独奏，浪漫旋律优美舒展。

唐念抱着书包坐在副驾驶上，余光刚好扫到他随意放在方向盘上的手。

手指有一下没一下随着音乐节奏轻敲方向盘，骨节分明，白皙修长，指甲修剪得圆润干净，好看得像漫画里的一样。

其实重逢以来，陈知礼一直表现得还算坦荡，没有刻意避讳二人的关系，也没有针对过她，相反还在组会上给她解围。反而是她还在因为八年前的分手斤斤计较，小人之心，总怕他给自己穿小鞋，要报复她。

若说真要报复，以他的地位和能力，她都不知道死多少回了。

看他现在这样泰然自若的态度，应该是对过去的事完全放下了，那么她又何必耿耿于怀？理应学着和解才是。

陈知礼说得没错，他们至少要共事一年多的时间，她也不想这一年里整日和他针锋相对，把自己搞得太难受。而且陈知礼不是难相处的人，他双商极高，做事圆滑，很少让人难堪或下不来台。如果注定做不成恋人，或许尝试着做朋友是个更好的选择。

SUV 穿透黑夜，一路平稳行驶直达目的地。

陈知礼的房子离学校不远，不到三公里，这片算是新建的高档小区，管理很严。陈知礼直接把车开进了地下车库，一个漂移后急刹，倒车进库一气呵成。

车技确实挺溜的。

陈知礼解开安全带，指了指前方绿标的电梯，说："顶楼1201，你先上去，盛园他们都在，按门铃让他们开门就行。"

唐念拉开车门，跟着他一起下了车："你不一起上去吗？"

陈知礼说："我去超市买蔬菜和牛排。"

既然要做朋友，肯定是要在他面前多刷点好感的，于是唐念主动说："我和你一起去吧。"

陈知礼："嗯？"

唐念表现得非常积极，露出礼貌又得体的微笑："我怕你提不动。"

快夸她温柔体贴、蕙质兰心。

是不是很想和她交朋友？那就来吧。

听闻这话，陈知礼眉梢微动，似有些意外："挺厉害啊。"

唐念一愣：厉害什么？

"一次能吃二百斤牛排。"

闻言，唐念咬牙：做朋友？不存在的，这辈子都不可能和前任做朋友，优秀的前任要和死了一样！

她狠狠瞪了陈知礼一眼，没说话，转身走了。

陈知礼没跟上去，站在原地看着她气冲冲的背影，嘴角挂了笑。

这里是一梯两户的设计，唐念数着门牌走到1201前按了按门铃，等了一会儿盛园才过来开门。

"哎呀，我们小师妹来啦！"

唐念跟在盛园后面进屋，屋子里早就闹成了一团，估计也没人听见盛园说的这话。

唐念环顾一圈，大平层，客厅足够宽敞，因为是顶层，赠送了超大面积的露天阳台，阳台的落地窗外是华灯初上的城市夜景，远眺能望见T大标志性的大礼堂。

唐念在心里默默计算着这套房子的价值。

"小苏，你平时看书吗？"猴哥的声音在这时冒出来。

小苏是谁？唐念的目光从窗外转回客厅，猴哥他们几人背着手绕茶几围了一圈，很像是古代斗蛐蛐的纨绔子弟们。

"我当然看书了，我很爱看书学习的。"一道稚嫩的声线从被男生环绕的茶几中传出来。

唐念走过去探着脑袋往里望，是茶几上的一个智能音响在说话。

猴哥："你最近在看什么书？"

小苏："编程。"

聊编程猴哥可不困了："原来你跟我们还是同行，你都是看什么编程语言，C，C++，Python，Java？"

小苏沉默了好一会，屏幕上的大眼睛做出惊讶表情的样子："你在说什么呀，我看的是沈从文的《边城》。"

猴哥哑口无言。

文科生和理科生的跨服聊天，唐念没忍住，"扑哧"一声笑出来。

小苏又换上卖萌的表情包，奶声奶气地说："我只是个AI管家，加载了最普通的日常聊天模块，不会编程，但你可以问我问题。"

"行，那我开始问了，"猴哥拿出专业测试员的素养，开始兴致勃勃地给小苏做图灵测试，"小猫在浴缸里洗澡，请问是什么在鱼缸里洗澡？"

"小猫呀。"

"回答得很棒。小猫在哪里洗澡？"

"鱼缸。"

"小猫会在鱼缸里游泳，那么小鱼会在哪里游泳？"

问到一半，在众人的期待中，小苏却不想回答了："我主人回来了，我要去给主人开门，改天再唠嗑哈。"

这智能音响还是个东北版。

没几秒，房门自动打开，是陈知礼回来了，他买了些水果，手里提着两大袋牛肉和一些肉串。

小苏圆圆的屏幕浮出粉色腮红："主人买了好多牛肉哦。"

唐念心想：确实很多，他不会真以为我能吃200斤吧？

几人纷纷过去帮忙，接过陈知礼手里大包小包的食材。

小苏说："欢迎主人回家，牛肉最佳短存时间是0~4℃，我已经把冰箱冷藏调好温度啦，洗衣机里的衣服也洗好在烘干了，主人要记得还有500万房贷哦。"

陈知礼有点无语："提醒得很好，但下次不用提醒了。"

小苏："好的，我要去充电了，有什么吩咐主人再喊我哦。"

他家的冰箱、灯具、洗衣机、扫地机等等大部分家居连了智能控制系统，可以通过小苏用语音控制。

原来陈知礼也需要贷款，唐念心里平衡多了。

陈知礼脱了外套，里面是一件条纹衬衫，纹路带点松石绿，衬得人劲瘦干净。

猴哥对小苏音响实在心痒难耐，贱兮兮凑过去："老板，你这音响的代码能共享吗？"

大师姐："伸手党，你还能要点脸吗？"

猴哥："要什么脸，人类发展至今都是因为不要脸！"

陈知礼笑了笑，提着牛肉往冰箱旁走："小苏没什么新技术，就是个普通的聊天机器人连接了智能家居系统，你自己训练一个玩也是一样的。"

猴哥撇嘴："我这不是没配置嘛，这玩意哪是我说训练就能训练的。"

他光一个论文阅读器就训练了五年，训练出小苏可不敢想。

陈知礼说："项目预案已经通过了，超算中心给我们提供一千GPU，你可以随便训练。"

多、多少？一千GPU！

"真的假的？"猴哥眼睛一瞬间都直了，直接冲过来给陈知礼来了个熊抱，差点感动得亲上去。

陈知礼抬臂挡住："住、嘴。"

"老板，你简直比我亲爹还亲，您死后我一定给您建庙，让我子孙世代供奉！"

陈知礼腹诽：大可不必。

039

学AI的都知道算力的重要性，GPU显卡就是给AI计算提供算力，用来训练模型的微处理器。一块A100显卡的价格大概8万人民币，近年因为进口管控严格，价格还在水涨船高。

唐念突然想起网上的一个笑话。

一位女网友发帖询问：男朋友生日应该送什么礼物？对了，他是学自然语言处理的。

网友回复：送他一块A100，从此你可能失去一个男朋友，但你会获得一个永远的孙子。不仅如此，他实验室的师兄师姐师弟师妹导师都会携手感谢你，你就是他们的再生父母！

一块A100就是再生父母，一千块A100，这功德可以是肉身成圣的活菩萨了，确实……配享太庙！

陈知礼受不了猴哥黏糊的热情，赶紧把人支走："你去把折叠桌和烧烤架搬到外面。"

"Yes sir."

猴哥这语气坚定得像在宣誓。

陈知礼家的这个露天大阳台是真的适合自助烧烤，男生们搬着折叠桌去了阳台，架起烧烤架，两个女生就在外面洗洗水果和蔬菜。

是个秋高气爽的好天气，和煦的秋风拂面而来。

陈知礼坐在遮阳棚下调调料，没多久又被这群小迷弟团团围住，七嘴八舌地问关于小苏的问题，眼中带着崇拜的小星星。

男人果然都是技术迷。

洗完水果和蔬菜，唐念不好公然闲着，于是走到盛园旁边蹲下："大师姐，我来帮你吧。"

"行啊，你会穿肉串吗？"盛园把洗菜盆拿过来，"这些是我刚洗好切好的，你用铁签子穿起来就行。"

唐念说："好。"拿过铁签，蹲在一旁开始干活。

盛园见她动作标准，手法娴熟，像是常做家务的样子，免不了生出八卦之心："学妹好贤惠，有男朋友了吗？"

唐念摇摇头："没有。"

听到她这么说，盛园还蛮惊讶："这么漂亮怎么不谈恋爱？"

为什么不谈恋爱？唐念忽然想起电影《怦然心动》里的台词。

有些人沦为平庸浅薄，有些人金玉其外，败絮其中，可不经意间，你会遇到一个彩虹般绚烂的人，从此以后，其他人不过是匆匆浮云。

她以后不会再遇到这样的男孩子了吧，坦诚热烈，爱恨明朗，所以没办法再喜欢上别人了。

唐念笑了笑，只说道："还没遇到合适的。"

盛园："哦，那你和姐说说喜欢什么样的，我以后给你注意着点。"

唐念："没什么特殊要求，主要看眼缘。"

盛园"啧啧"几声:"你们这种不看条件只看眼缘的小姑娘才麻烦呢,"她打量着烧烤的几个男生,"祝卿宁怎么样,个子高,长相也不错,他现在正和本科的两位学弟创业,妥妥的霸总股,要不要趁现在抄底?"

"不用了。"唐念笑了笑。

"看不上他?"盛园咬咬唇,"那侯勇辉呢,幽默型男生,和他在一起肯定很开心,每天近距离看脱口秀。"

唐念不想盛园在那几个人里挑来挑去,随便找个理由搪塞过去:"不了不了,我喜欢年纪稍大一点的。"

"年纪大的……"盛园又对着那个方向扫了扫,忽然心领神会,"我懂了。"

唐念:"啊?"

盛园:"你居然喜欢成帅这种!"

她甚至用的都是肯定语气,因为这批研究生里只有盛园和成帅是博士,也只有他俩比唐念年纪大,其他人要么同龄,要么比她还小。

"你审美还挺……"盛园斟酌着措辞,"小众的。"

啥?唐念眨了眨眼,有些不知所措:"没有,你别胡说。"

她们的对话声并不大,只是事关男女的八卦总能一瞬间点燃空气,刚巧又来了阵风,声音就这样随风飘进了所有人的耳朵里。

陈知礼也听见了,但没说什么,只是神色悄然间发生了点变化。

成帅虽然外号叫"超帅",实际长相一般,满脸青春期留下的痘坑,个子不高,瘦瘦小小的,但人还算聪明,平时和唐念交集并不多。他骤然间听到这话还有些茫然,反应了一会儿才摸了摸耳朵,嘴角抑制不住地上扬,脑子里有个小礼花突然炸开。

小师妹居然暗恋他!他突然信心爆棚,腰板都直了。

猴哥像是能听懂他的心声,推了他一把:"别想多了,她俩估计玩游戏输了拿你找乐子,小师妹这种甜系萌妹在理科院校可受欢迎了,追她的人从京北排到波士顿的查尔斯河,再瞎也不能看上你。"

"怎么不可能看上我?男人不能光看表面。我有四篇 SCI,两篇待发,师妹不是那种肤浅的女生,不看颜值,就喜欢我这样有才华的。"

"你还真自信,脸皮厚得连导弹都打不穿。"

成帅烦得要命:"滚滚滚!"

唐念不愿当供人调侃的角色,避开话题,和大师姐说去厨房拿个碗,匆匆逃离了现场。

外面的人又开始起哄,成帅说师妹这是害羞,猴哥的白眼要翻到天上,嘲笑他癞蛤蟆想吃天鹅肉。

躲进厨房后,唐念才舒了一口气。

这一天天的都是些什么事啊……

厨房是半开放式的,冰箱在厨房过道处,调料和器具都齐全,碗和碟子都放这最上面的透明橱窗里,唐念身高不够,就算把脚踮起来也够不太到。

她又不想出去叫人帮忙，只好四处打量，搬了个矮凳子过来，刚踩上去，手腕传来一股握感。

她刚低头，陈知礼就直接把她拽了下来，她背部撞上他的胸膛，鼻尖浮起熟悉的冷香。

唐念一愣，缩着肩膀就要逃跑，一只胳膊从身后伸出来，以一种从后面圈住她的姿势打开了顶柜："拿什么？"

低沉醇厚的声音贴着她耳郭落下。

唐念一下子绷住，无法控制的紧张情绪开始翻江倒海。她完全不敢抬头，手往上指了指："随便拿个碗就好。"

陈知礼的衬衫袖口挽起一截，往上伸胳膊时，小臂正好擦过她的手背，凉凉的，带来一股奇特的感觉。

陈知礼果然"随便"拿了个碗，一个印着"花开富贵"和"大公鸡"的瓷碗。他拿在手里转了转，云淡风轻地问道："是不是有点太随便，要不再挑挑？"

拿个碗而已，挑什么挑，唐念不想再麻烦他："这个就行，给我吧。"

陈知礼盯着碗上大公鸡锃光瓦亮的毛："你现在眼光都差成这样了？"

拿碗就拿碗，咋还人身攻击？况且这不是他家的碗吗，眼光差也是他买的。

"还、还行吧，凑合用。"

"凑合？"陈知礼舔了舔后槽牙，面容不动声色地沉下来，"你的后半生就是用来凑合的？"

不是，他有毛病吧。这跟她后半生有什么关系？她只是想拿个碗！

拿、个、碗！

第四章
问候陈知礼

开饭后，一伙人把两张折叠桌拼在了一起，傍晚的夜风凉爽舒畅，四周飘着烧烤的香气。

猴哥站在桌前叉腰欣赏自己的烧烤成果。

羊肉串 30 串、猪肉串 30 串、腰花 20 串、鸡翅 10 串、脆骨 20 串、鸭肠 50 串……牛排 1 盘……

嗯？

猴哥："谁点的牛排？"

唐念弱弱举手："我……的。"

猴哥不可置信："你要在烧烤桌吃牛排？"

唐念："嗯。"

烧烤桌当然可以吃牛排了，唐念在众人不解又极其新鲜的注视下坐正，拿起刀叉，优雅地切了一小块牛排。

呸，一股孜然味，都串味了。

四周没有小提琴曲，也没有鲜花红酒，只有炭烤弥漫的白气和热腾腾的烟火，显得她有那么一点装，不过也没人注意，大家很快又开始热火朝天地忙起来。

猴哥社牛属性，路边的狗都能聊两句，根本无法忍受两人坐在一起却不聊天，刚坐下就问唐念："师妹，你大学在哪儿上的？"

"Z 大。"

"南方人？"

"嗯，不过我在京北读的高中。"

"巧了不是，我也是京北的，你读的哪所高中？"

"附中。"

"好学校啊，那你跟陈老板是校友，你们以前认识吗？"

"我们不是一届的，不认识……"

唐念话音未落，余光看到陈知礼走过来，他手里拎着个调料瓶，放到她桌前，玻璃瓶落桌的声音清脆响亮，她后面的话瞬间卡在了嗓子眼。

猴哥正要给陈知礼挪位置，陈知礼说"不用"，把凳子往旁边一推，坐到了唐念对面，长腿交叠，十指相扣，一脸平静地看着她，眼神好似在说"你继续"。

唐念咽了咽口水："不认识……是不可能的，陈老板的大名如雷贯耳，常年霸占学校荣誉榜，我怎么可能不认识。"

猴哥："哈哈，我觉得也是，陈老板这么优秀，在高中一定很受欢迎，那他高中有绯闻吗？"

043

唐念下意识去看陈知礼，后者没什么反应，只是眼神很微妙："这我怎么会知道。"

猴哥："哦对，你跟他不认识。"

服了，这猴哥到底是怎么做到每句话都能精准踩雷的。

唐念又偷瞥了眼陈知礼，他穿得很单薄，懒散地靠着椅背，衣领处扣子解开两颗，喉结微微凸起，莫名有几分……性感。

她忽然很不合时宜地想起当年跟他谈恋爱时，她特别喜欢去吻他的喉结，特别是他这样慵懒地靠着椅背的时候。他这里很敏感，吻一下就能让他薄薄的耳根浮出薄粉色，墨染的双眸深处尽是情欲……

唐念心跳加速，马上移开视线，赶紧压下心底的躁动，端着牛排盘跑去了大师姐身边。

吃完饭，大师姐问大家要不要玩游戏。

猴哥："别告诉我是真心话大冒险，狗都不玩。"

"是狼人杀。"

"狼人杀的话，我们人不够吧，咱一共才六个人，还得有个上帝主持，没法玩。"

"谁说六个人了，明明有七个。"

"七……"猴哥看着盛园不似玩笑的脸，目光逐渐往下移，定在她微微鼓起的小腹上，张大了嘴，"不是吧，你这里面难道已经有……"

"你有病啊，"盛园给了他一个抱枕，"我说的是加上小苏。"

提起小苏，猴哥来了精神："这是个好主意，我要加入。"

盛园慢悠悠补充："你加入的条件是输了玩真心话大冒险。"

猴哥瞪她：这就有点针对人了。

盛园笑了："开玩笑啦，别紧张。"

她询问其他人要不要玩狼人杀，陈知礼说可以，唐念也没什么意见。

唐念虽不是很会玩，但也不至于太菜，她的诀窍就是顶着一张清纯无辜的脸胡说八道，运气好还能一路苟活到决赛圈。

一切准备就绪后，猴哥把待机的小苏抱了过来，放到茶几正中央，给小苏详细讲解了一遍规则。

"六人组中有两头狼、两个村民、一位预言家和一位女巫。

"狼人在天黑后杀人，白天隐藏在好人中，拿到预言家的玩家可以在天黑时查验一个人的身份，而女巫拥有一瓶毒药和一瓶解药，白天大家依次投票，狼人全部出局则好人获胜，狼人成功杀掉两个好人则狼人获胜。明白了吗？"

小苏："嗯嗯，懂了。"

一开始，大家是想让小苏当上帝主持规则，猴哥突发奇想让它参与游戏，其他人也蛮好奇AI在这种语言策略类游戏中会说什么，所以最后由盛园当上帝，小苏作为玩家加入。

"天黑请闭眼，狼人请睁眼，请互相确认身份！"

唐念是3号，第一轮就抽到狼还挺紧张，她缓慢睁开眼，看到了茶几中间摆放的另一头"狼"，心里咯噔一下。

是小苏！

小苏的屏幕已经换上了狼耳朵的表情包，冲着她眨眼睛发射爱心。

这头狼还挺萌，就是没什么杀伤力。

"请狼人杀人！"

唐念环视一圈，也不指望萌萌的小苏能给她提供建设性意见，略微思忖后，手径直指向了6号位的陈知礼。

"天亮了，请玩家依次发言！"

唐念心里觉得这把赢的希望不大，准备继续装村民拼演技苟活到最后，结果1号小苏直接跳了预言家，打她一个措手不及："大家好，我是预言家，昨天晚上我查验了2号玩家，他是好人，我的发言完毕。"

唐念一愣：玩这么大的吗？

2号位是猴哥，他本就喜欢小苏，现在更是对小苏深信不疑，抱上了大腿："太好了，感谢预言家大人证明我的清白，我确实是好人，狼就在你们之中。"

唐念没想到小苏这么莽撞，毕竟第一位跳预言家很容易被后面的人拆穿，思忖片刻，觉得自己得搏一搏，说不定单手变摩托。

她眨了眨眼，一本正经地说："我是个女巫，昨晚救下了6号的陈……"

这时，坐在她斜对方的陈知礼抬眸看过来，她一怔，心虚地偏了偏脸："我救了6号，他应该是个好人，但也要排除狼人自刀骗解药的情况。"

先把雷引出去，爆不爆再说。

4号是祝卿宁："我先说明我是个好人，按照女巫和预言家的发言，所以狼应该是5号和6号，现在情况就很明朗了，可以直接投票了。"

5号位的成帅一愣：就这么被安排得明明白白了。

他早就不耐烦了，憋了一圈可算轮到他说话了，直接拍桌子站了起来："小苏在撒谎，我才是预言家，我昨晚验了2号，他是好人，所以1号肯定是狼，剩下一个还不确定，但6号嫌疑最大。"

事情进展到这一步，6号陈知礼狼人的身份似乎板上钉钉，留给他解释的机会不多了。

陈知礼倒也没有过多挣扎，只是缓慢开口："我才是……女巫。"

众人惊呆了，又来个女巫？纷纷摇头表示不信：别演了，你这头阴险狡诈的大灰狼不仅会装小红帽的外婆，还会装女巫。

"我昨晚自救了。"

众人纷纷捂耳朵：不听不听，狼人念经。

陈知礼有点无语。

全场发言完毕，六个人中有四个特殊身份，那么狼肯定就在这四个人之间，两个村民的发言就至关重要了。猴哥明显更信任小苏，先不说他是小苏的迷弟，他觉得小苏是个AI，应该不可能上来就撒谎，小苏怎么都需要时间训练吧。

祝卿宁持保留意见，他觉得小苏只是位置占了优势，预言家的身份僵持不下。

另一边的唐念和陈知礼就没什么悬念了，小师妹天真善良，发言严谨又真诚，还提出首狼自刀的情况。相比而言，陈老板很明显不像个好人，都没说什么关键信息。

唐念得意极了，觉得这把赢定了，骗过众人后她已经不再闪着陈知礼的视线，直勾勾地冲他笑，真像一只得意忘形的小狼崽露出小尖牙。

陈知礼轻啐，从唐念跳女巫那一刻他就知道她是狼了，但他这个位置不好，发言到最后场上混乱不堪，各种身份对跳，早就没人相信他的话了，外加他平时深入人心的……老谋深算。

不出意料地，他被全票通过抬了出去。

"天黑请闭眼。"

唐念随手一指，刀了预言家，游戏直接结束。

上帝宣布结果："狼人获胜。"

众人惊呆了，发生了什么？不是把大灰狼投出去了吗？

"我们投错了？"猴哥还不敢相信，"小苏你难道是狼？"

小苏又露出了狼耳朵的表情，尖尖的獠牙像个小恶魔："是哦。"

成帅："我就说它是狼，你还不信！你宁可信一个音响不信我。"

猴哥仍有点蒙："那另一个是？"

唐念笑了："是我。"

这是他万万没想到的结局。

两个最不可能是狼的人居然是狼。

后面又玩了几把，出乎意料的是，小苏表现出了惊人的推理能力，它发言大胆，逻辑自洽，完整盘出双边逻辑，预估场上局势，几乎百战百胜。更可怕的是，经过几轮的训练，它分析出了每个人的性格。

猴哥这人是个墙头草，玩游戏不在乎输赢，主打一个开心，而成帅就很情绪化，把输赢看得很重，所以小苏三言两语就能激化二人矛盾，让场面更加混乱。

成帅义愤填膺："你能不能长点脑子，它说什么你都信？你是人工智障吧？"

猴哥："怪我？明明是你跟个炮仗似的，一点就炸，信你的话才有鬼了。"

后面的游戏性质变了，越来越吵，成帅也不管规则了，不管三七二十一直接把小苏投走。

小苏委委屈屈："你们人类不讲武德。"

现场虽然吵吵闹闹，但唐念玩得还挺开心。

她记得第一次玩狼人杀也是和陈知礼，那时她同样第一场就抽到狼，队友不如小苏给力，第一局就被投走了，她孤立无援，紧张得不行，也不知道该刀谁。

陈知礼是上帝，他像是看出了她的慌乱，想开个玩笑缓解一下她紧张的神经，于是用手机发微信给她，说可以贿赂上帝。

唐念当时还以为这是一种玩法，天真地问怎么贿赂。

陈知礼动了动眉梢，低头打字说亲他一下就告诉唐念预言家是谁。

游戏玩完已经十点多了，他们有五个人，一辆车坐不下，陈知礼主动说："我送两位女生回学校，你们男生自己打车回去，我报销车费。"

祝卿宁："好。"

猴哥："没问题。"

盛园："谢谢老板好意，就不用送我了，我不住校的。我和我男朋友在校外租的房子，不远，我骑辆共享单车就回去了，陈老板把师妹送回去就行。"

成帅灵光一闪："欸？既然这样，小师妹跟我们走就好了，正好四个人……"他还没说完就被猴哥捂住嘴拖走了。

"就显你聪明了是吧！"

成帅"呜呜"几声，不知道说了什么。

"我块头大，挤着小师妹就不好了，还是麻烦陈老板送一下。"

经过这一晚上的相处，猴哥算是观察出点苗头，陈老板和小师妹指定有过节，他特意给两人留出相处的时间解开误会。

唐念腹诽：我可真是谢谢你了。

回去的路上很安静，一路畅行无阻。

太安静不是好事，唐念主动打破僵硬沉默的气氛："今天谢谢你……"她原本是想说谢谢陈知礼送她回来，今晚玩得很开心，但又想起今晚玩游戏她刀了他三次，他估计并不是很开心，踌躇片刻，决定换个说法，"的牛排。"

陈知礼指节动了动，手指松松搭在方向盘上，懒懒地"嗯"了一声。

冷场……

好像没什么要和她聊天的意思。

还是闭嘴吧。

没多久就到了学校。

唐念解开安全带，看了眼身侧的男人，车内光线昏暗，只看到他优越的下颌线，她张了张口，有点欲言又止。

陈知礼神色未动，影影绰绰的光线下，他的表情看不分明："怎么？"

唐念有些紧张，手指揪着背包拉链上的可达鸭玩偶，鼓足勇气开口："我……"

陈知礼看到了她的小动作："你想说什么？"

"陈知礼，你觉得……我们，还能不能做朋友？"

这段时间他们毕竟要在同一个屋檐下相处，都是成年人，没必要每次都这样剑拔弩张闹得太僵，就算做不到完全没有隔阂，至少表面上能和气一点。

"朋友？"

怕他不高兴，唐念又强调："只是朋友，普通朋友那种。"

不知是不是错觉，她说完这句话，男人的眼神沉了几分，在并不宽敞的车厢内，有几分压迫感。

气氛又回归沉默。

唐念手指握紧背包上的可达鸭，紧张得后背发毛，开始反思自己是不是说错话了。

应该没有吧，还挺有礼貌的。

陈知礼良久没再吭声，他觉得自己可能被鬼迷了心窍，要不为何听到她说做朋友这样离谱至极的话都没发火，还有点想笑。

朋友？亏她能说出口，他看起来是很缺朋友的人？做梦去吧，他这辈子都不可能和她做朋友。

路灯的暖光在夜幕中晕着光圈，灯下飞蚊聚集，一路延伸到宿舍楼下。

唐念动作迅速地下车关车门，动作流畅地背起书包，一路狂奔回宿舍，可达鸭在背后晃悠。

夜色中，她的背影有些单薄，细软的碎发落在雪白的后颈上也顾不上整理，急着往宿舍楼跑去，像是后面有豺狼在追她。

陈知礼没急着走，暗格车窗缓慢降下，手肘搭在窗上，从一旁的储物盒里拿了颗薄荷糖剥开，视线失神地聚焦在某处。

路边有说笑的小情侣经过，男生把女生送到宿舍楼下，女生挥手和男生告别，走了几步又被男生拉回来。

"闭一下眼睛好不好？"

小姑娘不知他要做什么，还是配合地闭上眼。

男生弯腰，亲在女生雪白的耳郭，女生肉眼可见地变得局促："你干、什么？"

"亲一下啊，你怎么脸红了？"

"才、才没有。"

路灯将两个人的身影照得昏黄，像是陈旧的电影胶片。

陈知礼莫名觉得这个画面动人，大概是他太久没做过这样的事，竟油然生出几分艳羡。

手机轻振，陈知礼收回视线，看到妈妈发来的微信。

妈妈：儿子，在干什么呢？

陈妈妈年轻时是位运动员，退役后在国家队当教练，最近退休在家刷多了熬夜猝死内容的小视频，开始严格把控起陈知礼的作息，一到十一点准时叫他睡觉。

陈知礼看了眼时间，果然十一点了，准是又来催睡觉的，于是他准备随便敷衍几句。

陈知礼：刚洗完澡，正准备睡觉。

陈知礼：您呢？

妈妈：我在你车后面。

陈知礼一愣，马上下车，果然看到不远处的路灯下站着一个人。

陈知礼的母亲赵淑兰年逾五十，但保养得宜，正抱着胳膊打量面前的宿舍楼，亮着灯的窗户从外看过去像是一排排整齐的方格。

她摇着头，跟他感叹："现在的年轻教师也太拼了吧，晚上都不回家，你看看，每个宿舍都亮着呢。"

"这栋是学生宿舍。"
"这里不住老师啊?"
"不住。"
"那……刚才从你车上下来的也是学生?"
"嗯。"
一时之间,赵淑兰看陈知礼的目光忽然富有深意:"那她成、成年了吗?"
陈知礼有些没反应过来。
"未成年咱可不兴下手,这是犯法的,儿子。"
陈知礼略无语:"妈,你觉得你儿子是禽兽?"
"这……我暂时不是很确定。"说完,赵淑兰还深深地看了他一眼。
陈知礼很快从她的眼神里看出了点别的意思,可能是……鄙视?
没错,就是鄙视。
陈知礼立马打断赵淑兰的发散思维:"别乱猜了,今晚实验室聚餐,我把女生们送回来,仅此而已。"
"们?哪有们啊?"赵淑兰四处张望,"我明明就只看到一个女生,你妈还没老花眼。"
能不能别这么较真?
"您今晚过来到底有什么事吗?"陈知礼忽然换了个话题。
一经提醒,赵淑兰想起来了:"哦对,我来给你和阿聿送几条秋裤,天冷了该穿秋裤了。"
她手里只提着一个购物袋,剩下的这个显然是给他的。
陈知礼并不是很想收:"现在才十月份。"
"十月份怎么了?十月份还不穿秋裤等到什么时候穿?我跟你讲啊,你们别总觉得自己年轻不当回事,身体是自己的,你看看我都五十四了身体健康,一点毛病都没有,都是因为年轻时好好听你外婆的话,每年刚到十月就穿秋裤……"
"行行行……"陈知礼搂过她的肩,拉开车门,赶紧把这尊佛请进去,"我回去就穿,走吧,先送您回家。"
赵淑兰终于心满意足上车,扣上安全带。每个上了年纪的母亲都会关心孩子的感情问题,赵淑兰也不例外,又开始八卦:"刚才坐你车的女孩多大年纪?什么专业?哪里人?"
怎么又绕回去了?
"跟您没关系。"陈知礼直视前方,发动车子。
赵淑兰不满意他的敷衍:"问问怎么啦?妈妈是过来人,也年轻过,知道女孩喜欢什么。你年纪也不小了,真要对人家有心思,妈妈还可以给你出出主意。"
"没有的事,您少操点心。"
"喊,看你这态度,估计也追不上人家。"

隔天,陈知礼去广州参加一场国际性学术论坛,为期三天,近千名来自世界各地的参会大佬在各展厅做学术报告。

山中无大王,实验室的氛围就越发松散。

祝卿宁在和一位本科学弟创业,正是关键时期,顾不太上这边,就网购了指纹套,让别人帮他打卡,自己一有空就早退。

猴哥整天抱着手机嘿嘿傻笑,开发进度严重延后,听说他在网恋。

更诡异的是另一边,成帅借了一身不怎么合身的西装,头发抹得锃亮,每隔几小时就来唐念桌前放一杯热水,离开前还要凹一个耍帅的姿势,嘘寒问暖一番。

唐念忍不住搓了搓胳膊上的鸡皮疙瘩。她真的很不擅长应付这些,只好有意无意地绕着成帅走,一到饭点就溜,到实验室就抱着电脑挤到大师姐工位旁,装出在认真请教的模样,完全不留给他过来搭讪的机会。

她都这么谨慎了,还是在去茶水间的路上被堵住。成帅大步朝她走过来,一开口就是质问:"你到底什么意思?"

唐念弱弱地开口:"什么?"

成帅:"到底喜不喜欢给我个准信行不行?你这样整天吊着人有意思吗?"

谁吊着他了?

唐念本不想搞得太尴尬,既然他都直接问了,也就干脆地拒绝:"不好意思,我不喜欢你。"

"我不信。"

唐念有点蒙。

"你那天明明说喜欢我,我知道女孩子脸皮薄,所以我可以追你,这是一个男人的基本素养。可我都追你这么久了,你都一点表示都没有,这算什么?出尔反尔?"成帅情绪很激动,说着说着眼眶竟有些发酸,越来越委屈,都快哭了。

唐念还是第一次见男生哭,一时间有些无措,赶紧拿纸巾给他:"你、你别哭,那天是大师姐开玩笑的,不好意思啊,让你误会了。"

成帅听到是误会更难受了,羞愤难当,既生气又难过:"你的意思是说在耍我玩?"

唐念连忙摇头:"不是不是,就是话赶话说到一起了,没有耍你的意思。"

成帅睁大眼,谴责她的行为:"话怎么能乱说?你这就是在耍人,我真是没见过你这种没素质的人!"

唐念是真无语了:"我没素质?"

"你当然没素质了,我们都是一个实验室的,以后低头不见抬头见,你把事情搞成这样让我多难堪,别人现在都以为你喜欢我了,现在怎么办?"

"那你就跟别人说是你没看上我好了。"

"凭什么让我来当这个坏人,然后你坐享其成?这都是你的错啊,就该你承担后果……"

是她的错?唐念有些失神,仿佛又回到了记忆中那些争吵的场景,灰白暗淡的光打过来,像有一片乌云笼罩在她身上。

"都是你的错,如果不是你,你爸爸怎么会死?"

"老师是因为你才出事的。"

"我真是命苦，都是为了养活你才会过得这么辛苦，你现在赚钱了为什么不给我花？"

"都是你的错……"

她不懂，为什么所有人都在怪她。

明明她没有做错任何事。

唐念没听清成帅后面的话，她咬了下唇，手指蜷缩着，无意识地说了两句："对不起。"

她不知道自己为什么道歉，只是想用这种方式赶紧结束眼下的情景。她心里好烦，脑袋也痛，不想再待下去了，可对方却不依不饶，不准她走。

陈知礼就是这时候经过楼道的，听到女生有些颤抖的嗓音，半框眼镜后闪过一道寒光。

她真是好脾气，一遍遍跟人道歉说自己不是故意的，男生看她性子软好拿捏，就把所有过错一股脑归咎于她，仿佛自己受了多大的伤害。

陈知礼就这样站在楼梯口，目光沉沉，看着她低声下气地给人道歉。

她难道听不出来这男生是在故意找碴？

除了对他，她好像对谁都能这么有礼貌……

一股莫名的火气直冲云霄，陈知礼冷下脸，点名喊她："唐念，过来！"

他穿着纯黑色定制西装，站在楼道的暗处，神色看不清晰，但语气很重，是要发火的前兆。

见她还在犹犹豫豫小声强调着什么，陈知礼不耐烦了："磨蹭什么？过来！"

唐念转身跑过来，离近后，陈知礼拉住她的胳膊往后一拽，抬步走了出去。他比成帅要高半个头，居高临下看人时，压迫感十足。

"陈老板……不，不是，陈老师，您回来了。"

在实验室，大家总是私下里称导师为"老板"，原因很简单，到了研究生这个阶段已经相当于步入半个社会。

这已经算好的师生相处之道，但毕竟这个称呼太过市侩，正式场合不能喊。眼下陈大魔王很明显心情不好，最好不要顶风作案。

陈知礼："实验室是让你骚扰女生的地方？"

成帅："不是，是误会，我跟小师妹开玩笑……"

"玩笑？"陈知礼缓缓掀起眼帘，神色看不清情绪，"你看见她笑了吗？"

成帅怔了两秒，立即跟唐念道歉："对不起，我错了，是我脑子不清醒，我给师妹道歉，请师妹原谅我。"

唐念没出声。

成帅脸色青一块白一块的，被女生拒绝已经很丢人了，还被小老板听见，他真是想死的心都有了。

他张了张口，还想给自己辩解几句，又实在有些怕陈知礼，没敢多话。

陈知礼瞥了他一眼，离开前"好心"警醒："再有下次，你自己打包走人，懂吗？"

"懂，懂。"成帅连连点头，战战兢兢地离开。

寂静的走廊上只剩下两人，沉默的气氛有点令人发慌。

是陈知礼叫自己过来的，唐念还以为他会主动开口说点什么，哪知他压根没搭理她，转身就走，留她一人局促地站在原地。

她站着思考了半分钟，最后还是硬着头皮跟了过去。

办公室的门没关，唐念敲了敲门，杵在门口罚站。

陈知礼的目光在她身上停了片刻，不带什么情绪："进来。"

唐念便挪了个位置继续罚站。

陈知礼抬了抬下巴，对着桌对面的电脑说："查收一下邮件，有服务器密码，去把数据分类统计一下。"

这是要让她干活？

"好的。"

有事做总比尴尬站着要好，唐念麻利地走到电脑前，登上自己的邮箱，最新一条未读邮件来自"chenzl@anju.edu.cn"，任务是要她给一堆中医药材分类。

唐念根据提示登录服务器，数据是从 74 万篇中医古籍中采集出来的 6.5 万种药材，里面有很多别名、错名、重复等干扰项，需要先删除重复、冗余或噪声数据，再人工标注并对数据进行归类。

唐念以前做过机器学习方面的比赛，懂得归类问题的基本步骤，一般先是建立词汇表，获取每个词的 embedding（用一个数值向量表示一个对象的方法），然后使用 CNN（一种人工神经网络）进行特征提取，最后挑选算法做二分类。

唐念凭借多年工作形成的肌肉记忆，搭建了一个算法框架，把 6.5 万条数据灌进去，结果出来后拿着对照组验证准确度。

陈知礼从办公桌前走出，来到她身后，只扫一眼就得出结论："过拟合了，重测。"

唐念只好删掉记录，重新跑了一遍，陈知礼看了一眼，仍不满意："我说的重测是让你换一种算法，不是让你拿着 3000 万美金的 GPU 在这里磨时间，消耗性能。"

唐念腹诽：那你一开始说清楚啊！

"还有，你样本选得有问题，SMOTE（合成少数类过采样技术）得到的增强样本有误差，可能已经偏离了原来的语义，大概是文本 embedding 后距离向量处于高维空间，需要映射到低维再处理。"

唐念没听懂，一脸茫然地看着陈知礼。

"看我干什么？数据增强不会做就去查资料，眼睛睁着是用来喘气的吗？"

他的火气太明显，唐念懂了，他根本就不是让她来干活的，而是寻个理由拿她撒气罢了，所以无论她做什么都不可能令他满意。

"你说话就说话，大声吼什么，我怕狗叫！"

她最近根本没得罪他，上课不迟到，文献也好好翻译完了，都不知道他发的什么神经。

当然，犯病是不需要理由的。

陈知礼的目光忽然移过来，唐念也看着他，四目相对，谁也不服谁。

唐念是娃娃脸，眼睛圆，皮肤奶白，鼻头微翘，齐刘海盖住细长的眉，五官精致得像从漫画里走出的少女。

此刻她正直勾勾瞪着他，有点奶凶奶凶的。

陈知礼冷淡地回视一眼，眼神嘲讽："这不是挺会怼嘛。"

唐念一愣。

"跟我就能伶牙俐齿，怎么被别人欺负的时候嘴皮子就没这么溜，只会点头哈腰说对不起了？"

"你跟他道的什么歉，难道就听不出来他是在故意找你麻烦？"

虽然陈知礼这话说得很不中听，但似乎是在为她鸣不平，只是唐念还真不需要："不用你管。"

她坐回电脑前继续工作，把几个算法梳理一遍，调参重跑，想早点干完早点离开是非之地。

"没人想管你。"陈知礼也没心情和她吵，接了个电话，随后把门阖上，下楼去了。

是韩琦教授团队打来的电话。

这次合作，他们负责数据的采集和入库，以建立大型中医汉语语料库。这些数据不仅来源传统中医知识，还可能来自网页数据、小说数据、各大医院问诊、手写医嘱等，数据的整理和收集就变得非常烦琐复杂。

韩琦教授团队毕竟只精通中医，不懂技术，所以陈知礼这边会给予技术支持。

"陈老师有时间吗？"

"你说。"

"我们已经把45家中医院校，还有400多家中医机构的诊断记录收集起来，目前有个问题是这类资料大多是手写的，字迹潦草，我们很难用扫描识别的方式转化为电子版，人工辨别的话则成本太高，您这边有没有好的办法？"

陈知礼想了想，觉得这事在电话里一时半会儿说不清楚："我下周抽空过去看一下。"

工作人员："好的，麻烦您了。"

那头的工作人员又叽叽咕咕说了一堆遇到的问题，陈知礼说下周统一解决，对面表达了感谢。

挂断电话，他看了眼手机，想起荀教授那边还有点事，就顺便过去一趟，等处理完回到科研楼已经六点钟了。

陈知礼按着太阳穴上楼，推开办公室的门，看见唐念还在。

夕阳穿透窗玻璃斜斜洒在她身上，落下一道温暖的弧度。

她趴在电脑桌前，脑袋枕着自己的胳膊，长发散落，像是睡着了。

陈知礼眸光动了动，把空调温度调高两度，脱下外套轻轻盖在她身上。

唐念动了动眼睫，但没醒，把脑袋缩得更低了，小小的一团藏在大衣里，黑发有些凌乱地压在脸颊下，隐约压出一条条的痕迹。

陈知礼定定地看了几秒，食指指腹勾住发梢帮她顺到背后，松手后发丝很快又顺着肩膀滑下来，遮住了脸颊。

她的头发保养得太好，如丝绸般柔顺黑亮，固定不住。

陈知礼的视线转向她的电脑屏幕，黑屏还在不停滚动着日志，光标闪烁，是她自己跑的 TensorFlow（是由 Google 团队开发的深度学习框架之一）计算框架。

TensorFlow 是当前人工智能主流开发工具之一，主要工作步骤是生成会话并在训练数据上反复运行，传播优化算法，预测下一个句子出现的概率。

陈知礼凑近一些，看到她的输入词是"问候陈知礼"。

看到自己的名字，陈知礼略微讶异，然后又看到了控制台上一行行预测出的后续词组。

——陈知礼……你会说话就好好说，不会说话就去跟狗坐一桌，你是在八卦阵上买了一套房吗？整天阴阳怪气的，一天到晚就会给人甩脸色。我的眼睛不是染缸，装不下你的各种脸色……骂你？我就骂你怎么了，别说我当面骂你了，你要是听不清我还能帮你刻在墓志铭上……

陈知礼咬咬牙。

周一有早课，唐念照例在食堂买了杯豆浆和包子，踩点跑进教学楼。

早八是电梯最拥挤的时刻，唐念怕迟到，就放弃了电梯，穿过拥挤的人群，直接从楼梯往上跑。

上课的教室在七楼，她一口气跑上五楼，因太急，两鬓都浸出点点汗珠。她扶着栏杆喘了口气，正要一鼓作气继续跑，面前的消防通道门突然被推开，猝不及防地和推门而出的男生打了个照面。

是赵知聿！上次比赛中赢了她的那个小屁孩。

赵知聿自是认出她了，笑了声："原来是学姐啊，抢走你喜欢的邓老师真不好意思，我也想放水，但实力摆在这没办法。"

唐念翻了个白眼，暗骂：自恋的小鬼，真想撒泡尿让你照照。

呸，是让他撒泡尿照照。

她无视了他，继续往上跑。

"等一会儿。"赵知聿在后面喊她。

唐念警惕地回头："干什么？"

赵知聿突然问："你是考研进来的？"

"是啊。"

赵知聿从口袋里翻出手机："加个微信吧。"

他低着头调出二维码，对面的唐念却没有动静。她站在台阶上，比他还要高出几厘米，抱着胳膊，一脸看热闹的样子。

她不会以为他在搭讪吧？

赵知聿赶紧解释："不是我想加你。"

唐念无所谓："哦，那我走了……"

"回来。"赵知聿再次叫住她。

唐念停在转角处。

"是有个考研的……"他思考了一番措辞，"学妹，有个学妹想考研，你帮忙指导一下。"

"你怎么不自己指导？"

"不好意思，我保研的，没有这方面的经历。"

唐念就是看不惯他这副目中无人的臭屁模样，虽然陈知礼也很烦，好歹人家有真本事，这毛头小屁孩算什么？

不就是绩点4.6吗？她要不是大学天天打比赛，4.8也能卷出来。

她耸耸肩："不好意思，我很忙，既要睡觉又要刷综艺，抽空还得出去约饭，没空辅导小朋友考研，你另请高明。"

"不是免费的。"

唐念非常有原则："那也不行，我又不缺这点钱。"

有这工夫，多睡会儿不香吗？

"辅导一次这个数。"赵知聿竖起四根手指。

"喊，才四十块。"

"加俩零。"

"但、但是……啊，钱不钱的倒不重要，主要是我这人喜欢小朋友，请问是微信还是支付宝？"

赵知聿"呵呵"冷笑。

唐念心想：一次四千，有钱不赚是傻子，不就是考研辅导嘛，分分钟的事。

两人互换微信，赵知聿推送了个名片，唐念看了一眼时间，八点五十七分了。

"我回教室再加！"

撂下这句话，她风风火火跑上楼。

八点五十九分，没迟到。

唐念深呼一口气，到后排坐好，再次打开微信。

赵知聿向你推荐了"岁月静好"。

唐念点开名片，学妹的头像是一朵荷花，网名"岁月静好"，朋友圈里全是转发的各种公众号的文章。

——吃外卖的危害有多大，看完你还敢吃吗？

——十五岁男生猝死课堂，原因竟是长时间熬夜，家长必看。

——净空老法师让自己不会生病的方法。

这位学妹的气质很……养生呢。

她点完添加，加上好友没几分钟，学妹的信息就发过来了。

岁月静好：很高兴认识你，小唐。

甜甜圈：你好，是想今年考研的学妹吗？

岁月静好：是的，不过还是别叫我学妹了，我年纪很大了。

原来是工作后考研的，那和自己的情况一样，唐念深知工作党考研不易，不由多了些亲切感，想着要认真鼓励对方一番。

甜甜圈：没关系，我当年还是裸辞考研的，只要有信心，把初始成绩考高一点完全没问题。

岁月静好：是的，生活就应该丰富多彩，努力拼搏才是真。

虽然这位"学妹"说话的语气怪怪的，唐念还是认真把自己初试427的宝贵经验传授给了她。

甜甜圈：以后有什么不懂的题都可以问我，虽然有些内容我也忘记了，但我会尽力帮你的。加油哦。

岁月静好：你是个好的姑娘，阿姨很喜欢。

——"岁月静好"撤回了一条消息。

唐念一愣。

岁月静好：你是个好的姑娘，学妹很喜欢你，天气凉了，记得穿秋裤哦。

唐念纳闷：这真的是学妹吗？为什么像个怪阿姨！

周一下午的组会是汇报工作进展，唐念抱着电脑跟在大师姐后面，一进门就看到陈知礼站在会议桌前，前面放着一个超大号的快递箱。

"上周去广州顺便买的，大家分一下。"

陈知礼把箱子拆开，招呼大家过来拿，几人欢呼着拥上去："感谢陈老板的福利，让我看看是什么好东西！"

唐念就坐在大师姐身边，大师姐顺便也帮她拿了一份，是广州莲香楼的糕点，皮薄肉酥，造型精致，隔着包装袋都能闻到桂花的香甜。

陈知礼的口味没变，这么多年了，还是喜欢莲香楼。

唐念在成帅后面汇报，陈知礼没像往常一样挑刺，头都没抬，好像对她汇报的工作并不感兴趣。

唐念无所谓，汇报完直接下台。

组会结束时已经接近四点，唐念跟着大师姐他们回到实验室，放下电脑，几人商议着一会儿去吃校门口刚开的盐酥鸡，陈知礼的电话又进来了。

真是黑心资本家！专挑休息时间剥削她这样可怜的劳苦大众，你晚上睡觉最好留一只眼睛放哨。

唐念黑着一张脸接通，转瞬换上灿烂的笑容："老板好啊，有何吩咐？"

"下楼。"陈知礼的电话内容向来简短，没有一句废话，然后就这么没头没脑地挂了。

说话说一半，吃面没有蒜！盐酥鸡是吃不了了，唐念气冲冲地收拾起书包。

大师姐看出她不高兴了，问道："谁的电话啊？"

"大魔王。"

"叫你干什么？"

"下楼。"

"这么急啊？下楼干什么？"

"谁知道，急着去帮他挑墓地吧。"

说完，唐念背上电脑，下楼了。

陈知礼的车就停在楼下，上了车，唐念系好安全带，安静地坐着，气压很低也不说话。

陈知礼瞥见她气鼓鼓的模样，笑了声："又在心里骂我不好好说话了？"

唐念惊恐地朝他看过去。

他怎么知道？这人会读心术吧？

"谁让我在八卦阵买了房，只会阴阳怪气。"

你对自己的认知还挺清晰。

昨天下午唐念处在气头上，所以才训练模型骂他，但是算法跑完那会儿她已经睡着了，压根没看到内容，但总归不是什么好词。

车内安静了一会儿，陈知礼总算说起此行的正经事："韩教授的团队遇到了技术难题，有些老中医的字迹潦草模糊，辨认困难，无法转化成电子版，这次去解决技术问题。"

鉴于刚口出狂言，唐念现在乖得跟鹌鹑似的，没防备，顺着他的话就往下接："可以用LSTM-Right啊，表现比普通神经网络隐马尔可夫模型好，特别是在这种连续手写识别上，准确率挺高的。"

目前工业界使用的手写识别一般有三类：卷积神经网络、循环神经网络和隐马尔可夫模型。LSTM模型就是一种有记忆的循环神经网络，通过特殊的门控机制来处理一系列文本或图像数据。

唐念说的LSTM-Right则是在LSTM模型基础上做了进一步优化，简化参数，提高速度，错误率能降低到10%以下。

这篇论文的作者是陈知礼读博期间认识的一位美籍华裔，该技术目前并未应用到工业界，只在小众学术圈传播学习，国内更是连资料都查不到，所以陈知礼很惊讶她能一下子想到这种算法。

唐念似乎也意识到什么，后知后觉地打补丁："我瞎说的，哈哈，你别当真。"

陈知礼没说话了，单手掌着方向盘，食指有一下没一下地敲着，似是在思考问题。

他并不知道唐念来读研的真正原因，按她的说法就是混个硕士毕业证回老家进体制内躺平。

NLP领域更新迭代的速度太快，别的同学都在拼命做实验、发论文，根本不敢睡觉，生怕自己一觉醒来NLP又有新成果了。而唐念，一位名校毕业生，完全没有"造福人类、成就一番事业"的精气神，咸鱼得彻底，每天对自己洗脑三次——人啊，就不要那么好强。季羡林大师都说了，大多数人的一生，一没有意义，二没有价值。

八年真的让人变化这么大吗?把一个积极上进的少女蹉跎成一条无欲无求、混吃等死的咸鱼……

重点是这条咸鱼居然知道前沿论文,并精准讲出其中核心算法。他并不认为一个完全不关心业界算法的人能懂 LSTM-Right。

所以她这是在搞什么新型学习技巧?偷偷学习,卷死同行?

像是觉得荒谬,陈知礼没忍住笑了声。

唐念心里发毛,看了他一眼:"你笑什么?"

"没什么。"陈知礼忽然很认真地问她,"刚好要去医院,你要不要顺便去挂个号?"

"我又没生病,挂号看什么?"

陈知礼顿了顿,慢悠悠地说:"看一下你的……"

唐念愣愣地看着他。

"精神状态。"

黑色 SUV 停在医院地上停车场,陈知礼拉开车门下车。

已经有人在楼下等候多时,是位很年轻的女医生,个子高挑。见到人,女人笑了笑,急忙小跑过来:"是陈老师吧?"

陈知礼微点了下头。

"您好,我是韩教授的学生李瑜京,上周给您打电话的那位,久仰大名。"

"李医生你好。"

李瑜京笑着说:"韩老师上午出诊,不然他一定亲自过来迎接您。"

陈知礼:"客气。"

客套完,女人的视线在唐念和陈知礼脸上来回扫了一圈,陈知礼侧了侧身:"唐念。"

他没有说唐念的身份,只单单介绍了她的名字。

唐念这时才看清女人的脸,她穿着白大褂,踩着高跟鞋,脸上的妆容精致,很落落大方,估计和自己差不多年纪。

唐念笑着朝李瑜京颔首,李瑜京也笑着回应。

打过招呼,李瑜京领着二人往主任办公室走:"我们都不怎么懂电脑,一开始就按照陈老师之前教我们的,把医嘱扫描识别上传到云端,但是识别系统应该是有些问题,好多都识别不出来,然后我们就不知道怎么弄了。"

推开办公室的门,扑面而来都是陈旧书页的墨香,四个一通到顶的大书架满满当当塞了近 10 万册的中医书籍,一眼望去,像个大型藏书阁。

"书都在这里,右边那些已经识别上传了,这排是医生的手写病历和药方,暂时无法识别的都放这儿了。"

陈知礼过去走了一圈,随手翻了翻,大多是老中医手写的药方,有的字体娟秀,有的潇洒飞扬,字迹千人千样,完全没有规律。

李瑜京说:"韩教授这些年都在为收集这些资料奔波,遍访各地的老中医,这些都是拓印下来的，因年代久远，字迹不清晰，给识别增加了很大的难度。"

中医的研究具有不可比较性和不可重复性，几千年的历史虽积累了大量经验，却没有西医的规律性，也没有西医简洁、易于传授。中医讲究病者百态，对症下药，所以这些积累下来的药方对于大数据寻找规律尤为重要。

陈知礼大体了解了情况，回到会议室。

韩琦教授问诊结束，火急火燎赶过来："小李，泡茶。"

会议是临时组织的，所以没太多规矩，无非是了解一下目前医院这边的难点，大家有问题就直接问，总体气氛还算融洽。

大家认真讨论完遇到的问题，唐念在一旁有一搭没一搭地记录着，问题都差不多，集中在识别这块。

陈知礼说："韩教授这边还是按计划来，识别系统的优化由我们团队解决。"

韩教授欣慰地点头："太好了，这些手写病历非常宝贵，我还真怕用不了。"

"目前使用全连接层的循环神经网络算法在手写识别的准确率是 94%，听着数值很高，但是实际应用时 100 个汉字就会有 6 个错字，如果字迹潦草，错误率会更高，这非常影响数据的正确性，所以我的意见是把正确率提升到 98%。"

说着，陈知礼看了眼唐念，本想引她接下这个任务，但对方并没有那个意思，低头抠着手指头。

"如果能把手写识别的正确率提升到 98%，不仅能极大提升数据的准确性，中医精准诊疗也会跟着提升不少，这是个非常、非常有意义的工作。"

陈知礼看着唐念，不指望她能接话，主动询问："唐念同学，你觉得能做到吗？"

唐念怔了下，一抬头，看到会议桌上数十双眼睛都盯着自己："能吧……但我不行。"

任他吹出花，也别想把坑留给她。

韩教授哈哈笑着："唐同学太谦虚了。"

陈知礼耸耸肩，继而笑了："既然唐念同学说能，想来她应是有想法，后续我们内部再单独讨论。"

唐念腹诽：不听不听，王八念经。

散了会，韩教授要请大家吃饭，陈知礼推辞不过，答应下来。

聚餐地点是这边有名的中式会所，白墙黑瓦，雅间内贴着水墨丹青的壁纸，原木屏风，古色古香的氛围。

虽说是私下聚餐，话题来来去去不过是学术圈的事，资金不够、项目申请不下来、留不住人才云云。

"你想想 AI 医疗都出来多少年了，国家能大批大批地培养西医人才，为什么？就是因为西医有完整的医疗体系啊。老中医们还故步自封，守着祖上传下来的医谱，带到土里也不肯传给外人，人家国外还讲究开源呢，这么搞下去，我们迟早要玩完。"韩教授喝得有点多，眼眶都有几分湿润了，"当然，这些咱只能私下说，人家自己的东西不给咱也不能抢，我就是……唉，哀其不争啊。"

"我年纪大了，卷不动了！未来还得靠你们年轻人接力。"

陈知礼听着，游刃有余地应对众人的恭维和奉承，偶尔插言几句，但并不深谈，保持应有的距离。

唐念坐在角落吃菜，她一个小喽啰在这种场合插不上嘴。

旁边的李瑜京比她大方多了，主动端着酒杯站起来："今天多亏陈老师，感谢您对我们团队的技术支持，我敬您一杯。"

李瑜京一开口便吸引了大家的注意，她换了身月白色中式旗袍，长发盘起，仪态优雅，更显温婉端庄。

"你看看，光说些不开心的了，忘了给你们介绍，这位是我们院的优秀青年医生，李瑜京医生。"韩教授毫不遮掩对她的赞赏，"李医生可是年轻一代里的佼佼者，集颜值与才华于一身的女子，哈哈哈，你们年轻人没事的时候可以多交流交流，我年纪大了，有时候跟不上你们的话题。"

李瑜京笑得眼睛都弯了起来，举手投足间，皆是无尽的羞怯。

大方的女孩总能惹人怜爱，韩教授眼里都是宽慰："我们李医生忙于工作，28岁还单身呢，再这么下去，她爸妈都得怪我耽误她了。"

这话指向性太明显，任谁都能听出韩教授是要撮合她和陈知礼的意思。

唐念有点不高兴，具体哪里不高兴又说不出来，胸口闷闷的，很难受。

她一直都知道陈知礼受欢迎，上学那会儿也是，他长相出众，家境好，成绩好，不只女生欣赏他，男生也崇拜他，他走到哪里都能轻易吸引大批目光，其他人注定只能成为陪衬。

社交是门很玄的学科，她精心钻研也没领悟透彻，有人却简简单单就能登峰造极。

她想，讨人喜欢也是一种与生俱来的天赋。

陈知礼往椅背靠了靠，没接李瑜京这杯酒，薄唇轻启："抱歉，酒精过敏。"

一听就是托词，他甚至都没有伸手去碰桌上的酒杯。

李瑜京尴尬地抿了抿唇，有点下不来台。

"知礼开车来的，就不喝酒了。"韩教授给了个台阶，劝了一句，"就让小唐替他一杯好了。"

研究生挡酒似乎再寻常不过，酒桌上的人情世故，就算科学家来了也免不了喝两壶。

唐念垂眼看看身前那杯满得快溢出来的白酒，没犹豫，端起来一口闷了，速度之快，让人根本来不及阻止。

顿时，陈知礼脸色变了："唐念！"

辛辣感从舌尖窜到胸口，嗓子像被灼烧一样，唐念是第一次喝白酒，没想过这么辣，好像心都要被烧起来。

桌上的人估计没见过有人这么喝酒，一下子都看愣了。

等唐念缓了缓喉咙里的辛辣，发现陈知礼已经站起来，淡淡出声："她喝醉了，我送她回校。"

唐念眨了眨眼:"我……"

她没醉。

陈知礼完全没给她开口的机会,拿过她旁边的背包,将人带起来就往门口走。

唐念扭着身子跟韩教授说了再见,才跟着他走出雅间。

下楼后,陈知礼去前台问有没有牛奶。

外头起风了,吹得唐念微眯了眼睛,胃里灼烧的痛感一阵阵的,她有点站不稳,揉着肚子,蹲在门口的花坛边缘。

没一会儿,四周的风好像小了,唐念没力气,保持蜷缩的姿势蹲在地上。

不久,面前投落一片阴影。

陈知礼垂眼瞧她:"还难受?"

唐念慢慢平缓着呼吸,目光随着阴影往上移。陈知礼穿了一件深色的大衣,入目是笔直修长的腿,被西裤包裹着,腿侧的手拎着一罐旺仔牛奶。

唐念不解。

陈知礼站在她面前抠开拉环:"店里没牛奶,先喝点这个缓解一下。"

唐念捂着腹部:"不喝这个。"

"那你想喝什么?"

"什么都不想喝。"

有点想吐。

陈知礼盯着她,眉头拧紧:"别耍小性子,一会儿后劲上来更难受,喝点东西保护胃粘膜……"

不行,忍不住了。

他话还没说完,唐念就把头侧到一边,扶着他的腿弯腰"哇哇"开始呕吐。

她难受极了,胃里像有一根木棍在搅,把她的肠子和胃都缠在了一起。

她晚上没吃多少,胃里都是酸水,直到快把胆汁吐出来才好受一些。她重新抬起头,对上一双愠怒的深眸。

她舒服了,陈知礼现在却不舒服了。

男人额上青筋凸起,咬肌浮动:"唐念,你是不是故意的?"

唐念醉得不轻,压根听不清他说什么,只感觉舌尖都是苦的,接过他手里的旺仔牛奶漱了漱口,又嫌太腻,塞回他手里。看到旁边有家便利店,她便晃晃悠悠走过去了,留下站在呕吐物里的陈知礼怀疑人生。

陈知礼花了半小时清理干净裤腿,才跑去便利店逮人。

都不用找,因为人已经被店老板逮住了。

店老板:"你还没付钱,不能走。"

唐念抱着矿泉水,靠着门框:"你知道吗?梵蒂冈常住人口800人,澳大利亚有4700万只袋鼠,如果袋鼠决定入侵梵蒂冈,那么每个梵蒂冈人要打58750只袋鼠。"

店老板一脸蒙。

"但你关心吗?你不关心,你只在乎自己碗里的黄焖鸡!"

/ 061

老板看了眼自己的黄焖鸡，又看神经病似的，看着唐念："有钱付钱，没钱滚蛋，废什么话！"

唐念可怜巴巴垂下头："我没钱，我根本就打不过袋鼠。"

什么乱七八糟的？

陈知礼走过去，一把拉住她的胳膊，怕她挨揍，赶紧跟老板说："我来付。"

店老板一边扫码，一边絮叨："你也真是，把女朋友灌成这样……三块五。"

陈知礼没吭声，偏头看过去。唐念着实喝多了，周围空气都飘散着酒气，灯光柔和，映照着一张细腻的小脸，雪白中晕染出一层酡红。

她醉醺醺地靠着货架，像只慵懒的小猫一样蜷缩着，闭上了眼睛。

陈知礼走过去，半蹲下身，轻拍她的肩膀。唐念睡得昏沉，完全没防备，抓过他的手垫在脑袋下面继续睡。

陈知礼抽了抽手，没抽动，直接把人抱走了。

车辆在夜色中疾驰而过，停在宿舍楼下，陈知礼拉开车门，帮她解开安全带，暖白月光洒下来，映着女生干净瓷白的脸庞。

"唐念。"

没反应。

就这酒量还敢喝酒，还是白酒，还一口闷！真是有能耐。

"喂，再不醒我把你扔这儿了？"

唐念皱了皱眉头，浓密纤长的睫毛颤了颤，还是没醒。

陈知礼站在车前，一手叉腰，一手托着下巴深思。

没一会儿，她背包侧口袋里的手机开始振动，陈知礼瞥了一眼屏幕，是条微信消息。

杨蓁蓁：怎么还不回宿舍？

杨蓁蓁：都快熄灯了，你在实验室还是外面？

这好像是她的舍友，刘教授的学生。

他没犹豫，拿过手机，点开聊天框，发了个语音通话过去。

"啊？怎么啦，念宝儿？"

对方可能是在洗漱，能听见哗哗的水流声。

"我是陈知礼，唐念喝醉了，麻烦你下来接一下她。"

对面明显顿住了，似在犹豫，又像是思考。

五分钟后，杨蓁蓁终于关上水龙头，趿拉着拖鞋往屋里走："哦哦，您是隔壁实验室的陈老师吗？"

陈知礼："是我。"

杨蓁蓁："有什么事吗？"

合着刚才一个字都没听见？

陈知礼好脾气地重复："你的舍友喝多……"

"喂，喂……"

陈知礼一愣。

"哎呀,不好意思啊陈老师,我没在学校,我在山上挖笋呢,这里信号不太好,麻烦您照顾一下我的舍友,那先先这样了,拜拜。"

杨蓁蓁一口气说完,急忙挂断了电话。

挂断没几秒,手机再次有消息进来。

杨蓁蓁:姐妹就帮你到这了,加油。

陈知礼无奈:这人是不是忘了唐念的手机还在我手里?

这一折腾,唐念终于醒了,她眨了两下眼睛,一双眼湿漉漉的,亮得惊人,看着他的时候像只初入世的小鹿。

熄灭屏幕,陈知礼回望她:"怎么办?"

唐念抬眼。

"你舍友去山上挖笋了。"

唐念也不知道听懂没有,还是那副懵懵懂懂的样子:"你能收留我吗?"

大魔王相当无情地拒绝了她:"做梦,下车自己回宿舍。"

"我、走不动。"

陈知礼没动,黑沉的双眼直直看着她,不带任何情绪,也没接话。

她歪了歪脑袋,轻轻抬手,用指尖去勾他的大衣口袋,声音柔柔的:"难受。"

"现在知道难受了,早干什么去了?"

"我不开心。"

"不开心什么?"

"不开心你和那个李医生喝酒,也不开心她总看你,你别跟她说话好不好。"

陈知礼愣了下,冷硬的神情终于出现短暂的裂缝:"呵,唐念,你不觉得自己变脸太快了吗?是你说的要和我做普通朋友,普通朋友和别人说话你也要管?"

"可是我不开心啊。"唐念掀起眼皮看陈知礼,眼神直勾勾的,透着一股说不出的韧劲儿。

陈知礼尽量控制着自己的呼吸,音色却是冰冷的:"别跟我撒酒疯,你开不开心和我有什么关系。"

唐念看着他,本就散乱的头发更乱了,委委屈屈地张开胳膊,轻抱住他的腰,不停呢喃着:"荔枝……我很想你。"

陈知礼呼吸猛地一滞。

"我发现你的名字倒过来是荔枝哎,荔枝,荔枝,但你可不能让别人这么叫哦,这是我发现的,只能我一个人喊,是我的专属爱称。"

她身上暖烘烘的,胸口滚烫的热度像是要将陈知礼直接融化。这一瞬,陈知礼忽然觉得心里一直缺着的那一块好像被填补上了。

"老子真是上辈子欠了你的。"

第五章
这二百五你自己留着吧

云水湾。

陈知礼在吧台泡了杯蜂蜜水,端着走过来。

唐念窝在沙发上,抱着电脑噼里啪啦打字,一顿操作猛如虎,其实电源键都没按开。

陈知礼:"你在干什么?"

唐念一本正经对着黑屏说:"研究怎么让手写识别准确率提高到98%。"

醉成这样倒是知道上进了。

陈知礼把杯子放下:"先别研究了,过来把蜂蜜水喝了,解酒。"

唐念:"不行,我马上要打通任督二脉,看见前路的曙光了,现在思路不能被打断。"

你当是练九阴真经?

陈知礼又耐着性子喊了她一遍:"先喝水。"

"不能喝,现在喝水只能前功尽弃!"

陈知礼无语:"再说一遍,你喝不喝?"

唐念拼命晃着头:"不不不……"

陈知礼站起来,二话不说抢走她的电脑,捏着她下巴抬起来:"自己喝还是被迫喝?"

唐念的脸型是标准的鹅蛋脸,带了点微微的肉感,脸被捏住后立马不敢动了:"突然好像……是……有点渴了呢。"

陈知礼被她尿兮兮的模样逗笑,随手拿过桌上的沙漏倒扣过来计时:"给你一分钟,喝完。"

蜂蜜水中加了柚子,还泡了几片柠檬,都能嗅到酸酸涩涩的味道。

唐念从小就不喜欢柠檬,捧着杯子佯装在喝水,视线透过透明玻璃壁看到陈知礼走到电视机前,低头敲着手机,应该是在回微信。

趁他不注意,她扔下杯子,拔腿就跑。

陈知礼怎么可能让小醉鬼在自己眼皮子底下溜走,放下手机,三步并作两步冲过来,提住她的后衣领,拎兔子似的提溜起来:"去哪儿?"

这一刻,男人平静的双眸中渗出几分不易察觉的冷意。

唐念捕捉到了,委屈地垂下耳朵,嘴巴撇了撇:"你、凶、我!"

酒精放大感官神经,她完全沉浸在抽泣中,丝毫意识不到自己现在很像撒娇。

哪里凶了?

陈知礼松开她,软下声:"没凶你。"

"你刚才明明吼我了！"她控诉。

"谁让你不肯喝水。"

"我不能喝水，我的本体是一株沙漠玫瑰，喝水会让我的皮肤溃烂，根系腐烂。"

陈知礼自我劝解：消消气，不和酒鬼计较。

"算了，不喝就不喝吧，去睡觉。"

唐念泪眼汪汪地摇头："不能睡，时间不多了，我是沙漠星球的玫瑰公主，被诡计多端的贱人陷害，逃到地球，微我50助我买票回母星，实现复仇大计。"

"你信不信……"陈知礼抱臂，笑了笑，"我一巴掌就能把你扇回母星。"

话音落下，连空气都安静了。

唐念识时务地回到沙发坐好，乖乖拿起杯子把柠檬水喝完了。

早这么乖不就好了？

"去睡觉。"陈知礼指着客卧的方向。

唐念乖得跟鹌鹑似的，点了点头，起身往卧室走去，到了门口却又折回来："荔枝。"

"干什么？"陈知礼不耐烦地回了声，可一看到这双亮晶晶的眼睛，被她折腾得满身疲惫又消失得干干净净。

唐念怔怔地看了他几秒，皱巴巴的小脸忽然扬起，亮着一口小白牙，冲过去咬住了他的喉结，狠狠用力。

陈知礼吃痛："你是属狗的吗？"

唐念很难受，头痛欲裂，脑袋重得像铅球一样，那杯白酒的后劲实在太大，坐起的一瞬间，天旋地转，差点又吐了。

唐念扶着额头下床，拉开遮光窗帘，刺目的光线瞬间铺满室内，让她下意识地闭上眼睛。

缓了缓，她才重新睁开眼，远处是碧蓝的天空、林立的高楼和繁华的街景。

这外景怎么像是云水湾，陈知礼家？

唐念后知后觉地回头打量房间，房间很大，全景落地窗，遮光窗帘随风摆动，视线所及一切都收拾得干干净净，除了被蹂躏得乱七八糟的床单。

她使劲敲了敲脑袋，试图回忆起什么，可脑海一片空白，什么都不记得了。

她为什么会来陈知礼家？不会是她酒后失能，阴暗爬行到他家的吧？

正疑惑着，卧室外传来敲门声，还有陈知礼轻淡的声音："唐念。"

唐念原本还蒙蒙的，一瞬间惊得汗毛倒竖，飞快扑上了床，拉起被子盖在脑袋上，装睡。她把脸埋进被子里，鼻腔涌入薄荷叶一般的清香，和陈知礼身上的味道很像。

这不会是他的床吧？

唐念逐渐被这种上头的气息包围，脸颊越来越烫。

老虎的屁股摸不得，不知道老虎的被窝能不能钻。

反正不能钻也钻了，不差这一会儿。

陈知礼敲了几下房门没听到回音，估计以为她没醒，就离开了。

过了一会儿，等门外彻底没动静后，唐念才蹑手蹑脚从被子里爬出来，拿过床头的手机，刚亮屏，上方就弹出杨蓁蓁的微信消息。

杨蓁蓁：姐妹就帮你到这了，加油。

杨蓁蓁：今晚就拿下他，到时候他敢毙你课题，你就虐他身，虐他心。

唐念觉得陈知礼没被虐到，而自己短暂的一生快要夭折了。

她放下手机，跑去洗手间用冷水冲了把脸，顺手拿过一旁的洗漱用品，丝毫没意外房间里为什么会有一次性洗漱用品。

她刷着牙，思考接下来的应对策略。

陈知礼家住十二层，跳窗户不现实，再装睡下去也不行了，要不就趁他不注意偷偷溜走吧。

她甩甩头，麻利地装好自己的手机、电脑，系好鞋带，小心翼翼地打开门，探头探脑往外看了一圈，客厅没人。

心里默数，1，2，3……就是现在，冲！

唐念鼓足勇气，冲出去三米，身后落下一道男人低缓的声线："你要不要看看现在几点了？"

唐念呼吸停了一拍，贴墙站住，扭头看了一眼。

陈知礼穿得很正式，西装领带，雾蓝色衬衫，脖颈修长，白得像一截瓷玉瓶，不做绝味鸭脖可惜了。

当然这不是重点，重点是他喉结处的冷白肌肤上有个很深的牙印。

很明显是人为留下的。

"啊？"

"啊什么啊，喝傻了？"

"哦……我喝酒了吗？"

陈知礼牵了下唇："装傻，打算不认账是吧？"

好吧，这招行不通。

"没，我昨天喝醉了，应该没有做什么不太体面的事吧？"

陈知礼静静看着她，语气还算平和："你应该问有没有做过什么体面的事。"

唐念挠挠鼻尖："我不记得了，但我喝醉很老实，不打人也不骂人。"

"你确定？"

唐念用力点头，盯着他喉结处的伤口，正好是她嘴唇能够到的位置。

她心里发虚，这不会是她咬的吧？不可能不可能，不要自己吓自己。

她赶紧移开视线，旁边是洗衣间，洗衣机轰隆隆地工作着，脏衣篓里有一条印迹斑斑的裤子，像是奶渍。

停顿了会儿，她又故作镇定地移回目光，对上男人直勾勾的视线和脖子上的伤口。

算了，还是移走吧。

唐念梗着脖子，望向天花板的水晶灯："我真的什么都不记得了。"
"全部忘了？"
"嗯。"忘得很干净，脑细胞都查杀了一遍，依旧想不起一点。
陈知礼踢了脚旁边的脏衣篓："帮你回忆回忆？"
回忆什么？有什么好回忆的？不就是喝醉了吗？难道你这辈子就不会喝醉……等等。
咬破的脖子、沾了不知名白色污渍的裤子……
唐念也不想多想，只是这场景怎么都像男欢女爱后没有清理干净的犯罪现场。
唐念大脑"轰"的一声，好像有一道雷劈过来，整个人被雷得外焦里嫩。
脑中不受控制地闪过限制级画面。
不是，她不会是把他给……
要不是她现在扶着墙，早就瘫软在地了："我……我我我……你你你……"
陈知礼倒是很坦然："想起来了？没错，是你干的。"
唐念内心呐喊：苍天啊，大地啊，我喝醉酒把人的清白给霍霍了！
她恨不得揪着陈知礼的领子把人摇醒："你为什么不拒绝？你推开我啊！"
"你速度太快，没有给我推开的机会。"
"那你就从了？"她痛心疾首，宛如看到一个失足少男。
不知道她的小脑瓜在想什么的陈知礼头顶缓慢冒出一个问号，从什么？
唐念整个人都麻了，羞耻得想遁地逃走。
现在怎么办？跪地求饶还是自杀谢罪？想了想，要不还是……死不承认吧。
于是，唐念觍着脸说："我不记得了。"
没错，她不记得了，不知者无罪，只要她誓死不承认，陈知礼就拿她没办法，别想让她负责！
陈知礼意味不明地瞧她一眼，意外地好说话："那就算了吧。"
惊，大魔王居然学会委曲求全了。
"那没事的话，我……就先走了，谢谢您收留我。"唐念试探地开口，甚至还用上了敬语。
"嗯。"陈知礼捏了捏泛酸的后颈，答应得随意。
唐念如临大赦，拔腿就要溜，又听到陈知礼说："记得把钱转我一下。"
唐念诧异地停住脚步：业务这么熟练的吗？哪里像个失足少男，明明就是个老手。
她弱弱地扭头问："你要多少钱？"
"一万七。"
"一万七！"唐念不淡定了，"什么极品男模要一万七？"
你这是仙人跳吧。
陈知礼眉梢挑了挑："男模？"
唐念瞪圆一双杏眼，警惕而防备地看着他，像是面对穷凶极恶的勒索犯，信誓旦旦摆出一副要钱没有要命一条的架势。

陈知礼在这一瞬间接上她的脑回路，微眯了下眼，神态自然道："我说的是裤子一万七，你吐在我的裤子上，难道不要赔？"

裤子……

原来那不明污渍是她的呕吐物啊，还好，还好，没酿成大祸。

唐念长舒一口气，咬了咬下唇，镇定下来也觉得有点尴尬了："我其实说的也是裤子。"

陈知礼缓慢点了点头："行，本来没打算要，但毕竟我们只是普通朋友，欠债不合适，你觉得呢？"

"普通朋友"几个字被他咬得很重。

还真是每次都能踩到自己埋的雷。

"赔是该赔……"唐念顿了顿，抬眼去瞄他，"但一万七不合适吧？"

陈知礼就这么靠着门框，静静看着她往下编。

"我只是弄脏你的裤子，又没有破坏它，它内部的纤维结构没有改变，在物理意义上它还是裤子，再说就算这裤子原价一万七，你都穿过了，二手可不值钱。当然，我也不是不讲道理的人，干洗费肯定是要付的……"

怕他这个"事儿精"去天价洗衣店，唐念谨慎起见，决定一不做二不休："这样吧，学一食堂下面有家干洗店，一次48元，两次九折，这是一百，剩下的十四不用找了。"

说着，她大手一挥，把一张鲜红的百元大钞拍在桌子上，拉开门跑了，防盗门"砰"的一声再度阖上。

陈知礼没回过神来。

空气中似乎还荡漾着关门的回音。

陈知礼倏地轻笑，去吧台倒了杯水，回到沙发上，随手拎了本杂志窝着，后腰突然被什么东西硌了下。

陈知礼低头，发现是个钥匙扣，挂着一只毛茸茸的可达鸭，有点眼熟，这好像是他大二那年玩羊毛毡扎的。

唐念居然还留着。

他至今还记得，送她这个挂件的那刻，女孩眼底闪烁的光芒，满眼都是他的倒影，仿佛他是她的全世界。

陈知礼陷入沉思。

学生时代的爱情炙热又糊涂，他其实能看出唐念对他的好感。她喜欢他，也从不掩饰这份喜欢，但实际相处中又带着一份疏远的隔阂。她拒绝他的帮助，从不和他提及自己的家事，他送她礼物，她会以相同价格回礼，就像是在极力和他撇清关系，随时准备着全身而退。

陈知礼讨厌这种不受控的感觉，可面对她，他似乎一直都是被动的。

在一起是她提的，分开也是她要求的，他捉摸不透她在想什么，也从来没有看懂过她。

这种不受控的感觉随着他出国越来越强烈，两人的距离变远后，矛盾也被彻底激发出来。

"我很忙。"

"真挺忙的，你不要再给我发消息了。"

"不用给我寄东西，我什么都不缺，也不用来看我，我很好，真的。"

"能不能不要浪费我的时间？对不起，我不想和你吵架，就这样吧，先挂了。"

他不明白发生了什么，希望能和唐念好好谈一谈，可电话那头的声音越来越冰冷，越来越敷衍，最后只剩下一句："陈知礼，我们分手吧。"

远在大洋彼岸的陈知礼拿着手机，默默地看着挂断的电话发了很久的呆。

到底是年少气盛，他接受不了这样的分手方式，当晚买了最早一班航班回国。就算真的分手也需要给他一个明确的答案，电话分手算怎么回事？

那天是个很平静的晴天，正值周末，两人默契地略去这段时间电话里的不愉快，去吃了午饭，聊了会儿他在国外的专业问题。

唐念听不太懂，全程垂着头，并不感兴趣的样子，他只好切换了话题，陪她看了电影。是部感情片，男女主生离死别哭得肝肠寸断，她全程木着一张脸，估计连男女主叫什么都没记住。

结束后已经快傍晚了，他们随人流往外走，走得很慢，最后停在附中南门前的那棵银杏树下。

这是他们相识的地方。

夕阳余晖透过树叶缝隙倾泻而下，落下一地斑驳的光影。

"再见，陈知礼，祝你前路坦荡。"

她没有再喊他"荔枝"，而是叫他"陈知礼"。

他终于意识到，她这次是真的想和他分开了。

陈知礼清晰地感觉到全身血液流动的速度都变缓了，他站在她身前，声音很轻，细听才能察觉到其中刻意压制的怒意："为什么？"

唐念平静地回道："我有点累了，我追不上你，你往前走吧，不用等我了。"

"我从来都不需要你来追我，我完全可以……"

她明知他要说什么，却阻止他把话说出口："我还和别人约好了。"

少年看着她，眼底是不可置信："和别人约好？"

"是。"

"那你还记不记得曾经也和我约好了，你说要我等你，你说不准我喜欢别人，结果现在你又告诉我和别人约好了，你在耍我玩吗？"

唐念低着头，手指轻轻搓着衣角。

陈知礼不愿意相信，可理性又告诉他只能往这个方面去分析："还是说你就是这样三心二意的人？"

毕竟当初他们在一起的目的就不单纯，但他不在意，他只在乎未来，只在乎现在她是怎么想的。

唐念什么都没有反驳，淡然开口："对，你说得没错，我就是这样的人。"

她抬眸,缓缓对上他的视线:"我喜欢上别人了,所以不能遵守和你的约定,对不起。"

喜欢上别人了,这是她给出的理由。

陈知礼没说话,直勾勾地盯紧她,目光深沉,像是要从她淡漠的双眸中窥探出这话的真假。可惜什么都没有,她像一台早已预设好的机器,冷静有条理,无懈可击。

"那我呢?"他不死心地追问,"你喜欢上别人,那我呢?"

问出这句话时,他已不再是那个高高在上、恃才傲物的陈知礼,他微微弯着背,身上那根倔强的傲骨也跟着弯折。

唐念眼睫微微颤抖,不敢去看他的眼。

"不喜欢了。"

不喜欢了,多么简单。

轻飘飘一句话落地,就是最后的宣判。

陈知礼有自己的骄傲,做不出纠缠这等事。既然她都不喜欢了,他还有什么好说的?

他对她撂下狠话,决绝地离开,回去的每一步都在恨她,也恨自己,发誓再也不会回头。可是夜深人静时,他还是会发疯一样想她,他怕她过得不好受欺负,又怕她过得太好忘记了他。

他第一次知道,原来爱和恨的界限是这么模糊。

时间久了,他都不知道自己对她是该爱还是恨了。

"叮——"

门铃被按响,AI小苏软萌的声音响起:"来客人啦,是宋致。"

陈知礼的深思被拉回现实,看到宋致那张笑脸出现在小苏屏幕上,压根儿没理会,对方却直接输密码进来了:"Suprise!"

陈知礼神色寡淡地"哦"了一声,没有对他的惊喜到来表现出丝毫的开心。

作为十几年好友,宋致当然能感受到他的低气压,但偏要凑过去犯个贱:"哟,你这脖子什么情况啊?"

"小狗咬的。"

"啧啧,"宋致抱着靠枕跳到沙发上,"这小狗是会挑地方咬的,不说我还以为是女人亲的呢。"

陈知礼目光不善地扫他两眼:"你要是实在很闲,就去把马桶刷了。"

"你看看,你看看,你家马桶到底是多脏,动不动让我刷马桶。我这次不闲,是有正事找你。"

说着,他从裤兜里掏出两张皱巴巴的门票:"喏,下周六,来吗?"

陈知礼冷淡瞥了一眼:"什么?"

"工业大会。"

"工业大会让我去干什么?"

"这不是别的企业邀请的教授专家都一沓一沓的，我这团队平均本科的学历拿不出手，你去给我撑撑场面，好歹你也算我公司半个老板。"

门票是中国高科技产业大会的，汇集了近千位上市公司高管及业界精英，产品聚焦在可穿戴设备、智慧医疗、智能装备、机器人、无人驾驶、语义识别等高科技领域，届时将举办六场专业论坛与盛典，分享近百场演讲干货。

鸿智芯片作为年度先锋企业，在 6 号报告厅汇报自主研发的指令系统架构。本次大会是邀请制，不对外开放，也算一票难求。

陈知礼很少参加工业界会议，原本想拒绝，但注意到右下角有个汇报厅是关于机器视觉和高精度中文手写识别的，一把抓过门票，动作麻利，嘴上却拒绝得干脆："没空。"

宋致一愣：没空去你要我票干什么？

第二天，唐念是被一通电话吵醒的。她迷迷糊糊中摸过手机，听到那头传来唐银婉的声音："甜甜。"

唐念睁开眼，握着手机坐了起来。

唐银婉叫的是她的小名。

她妈妈怀孕后开始疯狂喜欢吃甜，每天都馋得要命，早上要吃块小蛋糕，还得是奶油特别多的那种。唐爸爸就给她取了"甜甜"这个小名，只是后来唐爸爸过世，她妈妈再嫁，这个名字已经很少再被人提及了。

"甜甜起床了没有啊？"

唐银婉声音很温柔，让唐念有一瞬间以为回到了高中，姑姑在枕边轻声唤她起床的时候。

其实以前唐银婉也是对她特别好的，只是后来，人的温情逐渐被金钱和利益剥夺了。

唐念垂下眼："起了。"

"我看天气预报，最近这几天有雨，你出门记得带伞啊，早饭也要按时吃，别总是吃些垃圾食品，对身体不好。"

"嗯。"

"你已经好久没回家了，元旦有空就回家一趟吧，姑姑给你做你喜欢吃的糖醋排骨。"

唐银婉已经很多年没这么平和地和自己说过话了，唐念有些奇怪："我看看情况吧，不忙的话就回去。"

"嗯嗯好，对了，你一会儿把你的地址发我一下，天冷了，我给你寄几件棉衣。"

唐念还没怎么睡醒，也没多思考，大脑迷糊着就答应下来。

听她应下，唐银婉语气轻快不少，又和她寒暄了几句有的没的才挂断了电话。

唐念把手机扔到一旁，盯着天花板躺了会儿，也睡不着了，爬起来踩着护梯下床。

杨蓁蓁已经洗漱完，正坐在桌前涂睫毛膏，看她一眼："周六起这么早啊？"

唐念打了个哈欠:"嗯,去实验室。"

杨蓁蓁"啧啧"两声,得意忘形:"哦,那真同情你。"

"说得跟你不用去似的。"

"不用哦,我们老刘这周出差了,我可以度过一个潇洒的周末。"

"现在潇洒,下周开组会有你哭的时候。"

"下周的我和现在的我有什么关系?"

唐念倒了杯温水:"还是你懂安慰自己。"

杨蓁蓁上完最后一层定妆散粉:"不过你也还行吧,据我观察,陈老师对你好像没有你说的那么敌对啊,还挺关心你的。"

唐念喝了口水:"是你的错觉。"

"不会吧?我觉得他肯定对你余情未了,不然谁会那么大度把前任带回自己家?反正要我做不到,不仅把他扔大街上受冻,还要拍下糗照发网上,让他感受到社会和身体的双重死亡。"

"……还是你狠。"

"说实话,你要不要把握一下机会啊?拿下他,你以后就再也不用苦哈哈泡实验室了,跟着他随便混混就够你发论文了。"

唐念笑了:"你以为他是什么,行走的SCI散播机?"

"差不多吧。"

"别开玩笑了,他估计是怕我喝醉了在学校发酒疯给他丢脸吧。"

可能是怕被她连累丢脸,也可能是为人师表的道德责任,总归不可能是余情未了。

唐念很确定陈知礼早就对她没意思了,哪有人经历她如此恶劣的态度之后还对她念念不忘的?他又不是受虐狂。

杨蓁蓁思索片刻,觉得唐念说得也确实有点道理,陈知礼身份摆在这里,确实无法做到对醉酒的学生坐视不理。

"算了算了,爱情这个小妖精真是让人参不透。"

唐念想,倒也没有那么复杂,她还挺尊重爱情的,没偷、没抢。

杨蓁蓁收拾完,搭了个链条包,照着镜子从头到脚检查一遍全身穿搭:"我今天要去和大学同学聚餐,中午就不和你吃饭啦。"

唐念玩着手机说了声"好"。

杨蓁蓁出门没一会儿,唐银婉的微信又发过来了,还是问她要联系方式。

唐银婉:*甜甜,给姑姑发一下你学校的地址,给你寄点冬天的衣服过去。*

看到消息的唐念蹙了蹙眉,自从她复读从家里搬出去后,胡家早就没有她的房间了,哪里还会有她的衣服。

她不知道唐银婉要做什么,想了想还是没告诉她学校地址,填了个偏远一点的代收点过去。

新的一周,实验室的工作逐渐步入正轨,猴哥忙着训练模型,大师姐在和几位科研助理评估训练好的模型性能，而祝卿宁搞数据湖的无限扩展，以适应大规模数据存储需求。尽管唐念不愿意接，但手写识别的问题还是落在了她头上。

唐念摸了三天鱼，卡着要开组会汇报工作进展的最后期限才构建了循环神经网络模型，把图像数据转换为特征序列，通过正则化技术增加模型的层数，用来缓解识别率过低的问题，但最后测试出的效果仍然不佳。

她正考虑着要不要重新调整参数试一下，思考的时候习惯捏点东西，右手下意识去抓书包上的可达鸭，结果抓了个空。

她愣了下，转眼去看，双肩包拉链上挂钥匙扣的地方只剩下一个圆环，上面的挂件不见了踪影。

她瞬间慌了神，连忙检查工位的桌面和地上，没找到。

可达鸭呢？不会是丢了吧？

来不及细想，唐念立马关电脑跑回宿舍，翻箱倒柜，连带实验室到宿舍的路上都被她来回找了三趟，结果一无所获。

杨蓁蓁问："你在找什么？"

唐念却像是完全听不见似的，一个劲儿地重复翻找："可达鸭……我的可达鸭呢？"

杨蓁蓁："可达鸭是个啥？"

"就是那个可达鸭，我那个可达鸭的挂件不见了。"

杨蓁蓁见唐念翻完又要往楼下跑，匆匆叫住她："不是什么贵重钥匙扣就别找了吧，我看这天一会儿要下雨了。"

唐念顿住，确实不是什么贵重物品，材料不超过二十块钱，只不过……是陈知礼亲手扎的。

那天两人看完电影，电影中男主角送给女主角的生日礼物是个羊毛毡娃娃，唐念跟陈知礼说好羡慕，陈知礼就买了材料给她扎，知道她从小喜欢宝可梦，所以扎的是她喜欢的可达鸭。

分手后，她把陈知礼送的所有东西一股脑打包寄回给了他，除了这只不起眼的可达鸭，她当时也是这么想的，反正不是什么贵重东西，留着也没事。

这么多年，可达鸭跟随着她上学、毕业、工作、辞职，再到读研，无论刮风下雨，一直挂在她的背包上，不声不响地陪着她。

唐念不是有多恋旧的人，只是这只可达鸭的意义还是不一样的，她仍执拗地想再找找，万一能找回来呢？

她最后又想到一个可能，会不会是昨天喝醉后落在陈知礼的车里了？

唐念没犹豫，下楼跑去了停车场，学校的停车场不允许私自停车，校内外人员都有固定停车位，她依着回忆走到陈知礼日常停车的 A6 区。

停车位上没有那辆熟悉的黑色 SUV，取而代之的是一辆七座奔驰，车型舒展流畅，内里也宽敞豪华，但这不是她找的那辆啊。

她绕着车转了好几圈，是换车了？还是这是别人的车？

陈知礼结束工作,刚下电梯就看到他的车前蹲着个鬼鬼祟祟的人,那人全身捂得严实,趴在挡风玻璃前往车里面探——熟悉的人不用多辨别,一眼就能认出来。

陈知礼停在不远处,顺手按下解锁键。

唐念被闪烁的车灯吓了一跳,赶紧退开半步。

她穿了一身黑色运动服,戴着大帽衫和黑口罩,全身露在外面的只剩一双眼睛,这让陈知礼想起一个叫"狗狗祟祟"的表情包。

陈知礼上下打量她,停顿片刻,薄唇轻启:"你这是想……偷车?"

唐念都没空自证清白,摘掉口罩,指着一旁的奔驰:"这是你的车?"

"不然呢?"

"可你以前不是开着辆奥迪Q7?"

"哦,卖了。"

"卖了?怎么能卖了啊?它为你鞍前马后鞠躬尽瘁死而后已没有功劳也有苦劳,你怎么能卸磨杀驴把它卖了!"

唐念急得差点蹦起来,又被陈知礼一个看智障似的眼神撅了回去:"说人话。"

"哦,那你卖之前有没有在车里捡到一个挂件?"

陈知礼平静与她对视:"什么样的?"

"一个钥匙扣,羊毛毡的黄色鸭子,挺旧的了,有一只腿还断掉了,大概一个巴掌这么大。"

陈知礼回忆起在他家沙发上发现的那只被洗到褪色的可达鸭,眉梢动了动:"没有。"

唐念顿了顿:"你再好好想想?或者你告诉我把车卖给谁了。我的钥匙扣应该是落在你那辆车里面了,这对我很重要,我必须找回来。"

陈知礼:"多重要?"

唐念哽了下,多重要?这要怎么形容?

"就……是,这是我爷爷留给我的传家宝。"

够重要了吧?

像听到了什么荒唐话,陈知礼笑了声:"我可不记得有你这么大的孙女。"

都什么时候了还开她玩笑,这可不怪她没礼貌了。

"我爷爷已经去世十年了!"

陈知礼一哽。

"这算是我爷爷留给我的遗物!"

"你爷爷留给你的遗物是……只鸭?"

唐念纠正他:"是可达鸭。"

叫单字多冒昧。

"不管什么鸭,都无法改变你爷爷的品位……"陈知礼一顿,换了个委婉的措辞,"还有上升空间。"

"唉,你不知道,我小时候家里穷,这只可达鸭是我全家最贵重的东西了,"

唐念哭唧唧的，"我真是太不孝了，竟然把爷爷的遗物都弄丢了，我以后还有什么脸去见他啊，呜呜呜……"

唐念说得哽咽，佯装抹泪，用眼角余光去瞥他，可对面的男人一点不动容，冷眼看美女落泪。

铁石心肠的狗东西。

唐念收回眼泪，板着脸说："我的东西是在你车上丢的，你有义务配合我找回丢失物品，否则我将有权向法律机构报案，追究你的法律责任。"

还挺能屈能伸。

陈知礼懒得再逗她，拉开车门，弯腰从储物格中捞出那只可达鸭。

唐念眼睛瞬间一亮，伸出手掌要去接，可达鸭却被他反手拢进掌心。

她眼睫一颤，差点栽进他怀里。

她踉跄抬眼，陈知礼正垂着眼，漆黑的眸子里映出她的身影："理由。"

靠得太近了些，唐念慌忙往后退开一步："什、什么？"

陈知礼抬起手腕，骨节分明的手指勾着钥匙圈，在她眼前晃了晃："如果我没记错，这个可达鸭是我扎的……你为什么还留着？"

唐念眼睫颤了颤，心跳都乱了节奏："什么你扎的啊？这明明是我从批发超市随便买的。"

"哦，又成你自己买的了，刚不是还说是你爷爷留给你的传家宝？"

"都没、没错啊，买来当传家宝的。"

谎话连篇。

陈知礼耐着性子："我再给你一次机会，你好好说。"

他没戴眼镜，漆黑的眼底在昏暗的灯光下更显深邃。

唐念张了张口，忽然觉得有些呼吸不稳。

她眨巴眨巴眼睛，一个字一个字往外蹦："因为是我爷爷……"

"唐念！"陈知礼眸色沉了下来，以至于声音都带着薄怒："看着我的眼睛，说实话。"

说句真话就这么难吗？她这张嘴硬得扔火葬场高低得连烧三天三夜。

气氛凝结了十几秒。

好尴尬，就像中学时偷看暗恋的男生被发现，而他本人还跑来跟她求证，质问她为什么偷看。

唐念很想否认，可证据还在陈知礼手里，生怕惹恼了他，自己下一秒就会被分尸。

大脑飞速运转好几圈，也没想出能令人信服的理由，她索性破罐子破摔，摆出"我就是偷看了你你能拿我怎么办"的架势："就算是你扎的又怎么样？这么多年你不会是还想要回去吧？要是你实在觉得吃亏，我花钱买下来就是了。"

她越说越心虚，声音也越来越小，眼神闪躲着不敢看他。

买？行，她可真行。

她从来都是这样，任性又不讲道理，行事做派不按章法，没有人知道这双盛满笑意的眼里隐藏着什么秘密。当初是她要分手,一句话就结束了他们的感情,连个像样的借口都给不出来。

再见面,她依旧拿他当豺狼虎豹,唯恐避之不及,可另一面,她却跑来他的母校读研,在醉酒后说想他,拿着他亲手扎的几块钱破玩偶当宝贝。

多么荒谬。

陈知礼没再说话,只是看着唐念。

过了一会儿,男人眼中的盛怒消退,又恢复成平时那副疏离冷淡的模样,像什么事都没有发生。

相当一段时间的尴尬后,陈知礼抱臂:"行,那你出个价。"

他现在倒是很想知道,这只破鸭子在她这能值多少钱。

唐念认真想了想,打量着他的表情:"我出……五百?"

说完,她就觉得有点多了,虽然可达鸭对她很重要,但是花五百还是有些肉疼的,便又小心翼翼补充:"看在咱俩是朋友的关系上,可以打个五折吗?"

呵,这么宝贝就值五百块钱?还得再打五折,那不就是二百五……

陈知礼舔了舔后槽牙,气极反笑:"骂我?"

唐念抬起视线,目光清冷,不带一点杂质,还有点没反应过来:"没有啊。"

陈知礼没了和她磨下去的耐心。

他了解她,只要是她不想说的事,根本撬不动她的嘴巴。她就属硬核桃的,油盐不进!

"这二百五你自己留着吧。"他真想凿开她的头,看看她究竟在想些什么。

可达鸭被凌空扔过来,轻飘飘地砸进她怀里。她眼睫颤了颤,双手攥住。

直到手机在桌面振动,唐念才回神,拿出手机看到杨蓁蓁的消息。

杨蓁蓁:*吃饭啊,宝儿,风味食堂走起?*

唐念:*你先去吧。*

放下手机,唐念把下巴抵在桌面上,叹了口气。

这几天她总会回忆起和陈知礼在停车场不欢而散的场景,其实那天她往外走了没几步,忍不住又回头了。

陈知礼没离开,背倚着车门,眸光低垂,不知在想什么,直到头顶的声控灯熄灭,将他完全笼罩在黑夜里。

四周万籁俱寂。

她盯着那处暗影,过了好一会儿才收回视线。

唐念脑子里忽然浮现出那年的黄昏,夕阳分割了黑夜和白昼,陈知礼被她永远留在了黑暗的那边。

不知为何,她感觉他好像有些落寞。

应该是她的错觉,这样的词和他一点也不匹配。

之后几天,唐念没再和陈知礼有过私下的联系,日子好似按了重置键,她每天照常到实验室摸鱼、看论文、跑算法、开组会,心情说不上好,也说不上不好,只是偶尔会觉得心里空荡荡的,像是丢了什么东西,还没找回来。

桌上的手机还在不停振动,杨蓁蓁的消息不停往外弹。

杨蓁蓁:不和我吃饭了?哼,那你和谁吃饭?一定是在外面有了别的狗,你不爱我了,呜呜呜。

唐念趴桌子上,脑袋枕着胳膊,慢吞吞回信息。

唐念:没有,就是没胃口。

杨蓁蓁:没胃口怎么行?来,姐妹给你看点下饭的好东西。

她发过来一组照片,全是打篮球的年轻小哥哥。

杨蓁蓁:帅不帅?呜呜呜,好想在哥哥腹肌上滑滑梯……怎么样,胃口好多了吧?

唐念点开其中一张,别说,这小鲜肉虽长相清秀,但身材还挺有料,看这整整齐齐的腹肌,一块块的,一看就经常锻炼。

唐念看着半裸的高清照,意识有点恍惚地回忆起高中。

她仗着自己成绩好,长相乖巧,跟老师谎称生病请假,实则偷跑出学校去T大看陈知礼打球。

还没开场,唐念想着先去趟厕所,就从人山人海的观众席下来,弯弯绕绕地往体育馆的后台走。她不认路,最后也不知道转去了哪里,掀开帘子,视线里毫无预兆地闯进一片白花花、热腾腾、硬邦邦的身体。

篮球队的男生个子高,身材好,还有几个正裸着上半身换衣服。

唐念瞳孔地震,大脑停顿了几秒后关机了。

后来的事她不记得了,只模糊有印象是被人抱走了,醒来是在校医院,鼻子里还堵着纸团。

陈知礼说她晕倒在男更衣室,还喷鼻血了。

唐念死不承认:"我这几天上火了。"

陈知礼意味深长地看着她,"哦"了声。

回想起来,唐念现在还觉得双颊隐隐发烫,其实还挺可惜的,没有看到陈知礼换衣服。

这么想着,唐念又切回聊天界面。

唐念:你说……腹肌是硬的还是软的?

杨蓁蓁一时没回复,唐念便回去继续研究她发过来的腹肌照。

旁边工位的大师姐盛园往这边看了眼,见唐念没事人一样刷手机,赶紧戳了她一下:"师妹,你是不是发错地方了?快撤回。"

唐念:"怎么了?"

"你看你发的什么?"盛园举着手机拿过来。

"神农1.0工作群"中午11:47出现了两条新消息。

侯勇辉:这台机器是谁在用?

唐念:你说……腹肌是硬的还是软的?

唐念傻了,为什么她发给杨蓁蓁的消息会出现在工作群!

刚才杨蓁蓁的聊天框一直在最上面,谁知道工作群突然进来个新消息被顶上来了,所以她顺手点错了。

唐念慌得手忙脚乱一通乱按,原本是想长按撤回消息,结果手一抖,手速快过脑子,点成了删除。

麻了,这辈子就活到这吧,许愿下辈子去峨眉山当猴。

看到这一切的盛园扶额。

"师姐实在救不了你了,你自己去周围找找看有没有时光机。"

唐念细数了一遍群里的大佬,心想自己八成是要死得很难看了,正当她要以头抢地时,群里又有消息弹出来。

陈知礼:*想知道?*

陈知礼:*过来。*

原本看热闹的实验室众人瞬间安静如鸡。

唐念内心呐喊:断头饭吃这么好吗?这是不付费就能知道的吗?

经过这段时间的千锤百炼,唐念总结出了规律,对付陈知礼这种字里行间透着八百个心眼子的老阴贼……不是,老板,最好的办法是不要深思,假装听不懂,否则一定会迎来新一轮嘲讽。

她拿着手机,在众目睽睽之下引用了这句饱含歧义的话,公事公办地回复了一个"收到"。

群内窥屏党惊呆了:佩服哦,小师妹是见过大世面的。

临近秋末,办公室里还开着空调,冷气很足,窗台上的滴水观音都被凉气吹得蜷缩起了叶子。

唐念在门口深呼吸几次才拧开门把,一时没适应这个温度,拢了拢衣领,走进去平静地喊了声:"陈老师,您找我?"

陈知礼抬眼,他的眼睛是内双,眼皮薄又微微耷拉着,没什么表情。

两人对上视线,一言不发。

唐念也懒得解释,随他爱怎么想怎么想,整个一副摆烂的态度。

只要我不尴尬,尴尬的就是你。

墙上钟表的秒针一格格往前爬,"嘀嗒嘀嗒"的细微响动回荡在整个办公室。

两人就这么大眼瞪小眼沉默了十几秒,陈知礼终于开口,语气也很平淡:"手写识别准确率提升的研究怎么样了?"

原来是检查进度,这就好办了。

唐念松了口气:"框架搭好了,但实验测试出的误差还是很大,我最近打算找几篇新的论文,重新调整参数试一下。"

"有把握吗?"

"没有。"

"你倒是回答得毫无负担。"

"做人要有最起码的自我认知,我很清楚自己有几斤几两。"

"嗯，你只是不清楚腹肌是硬的还是软的而已。"

他一句话差点让唐念被自己的口水呛到。

怎么连个前情提示都没有，突然就语出惊人？

强烈的求生欲让她所剩无几的脑细胞再度飞速运转，还没想出补救方案，陈知礼却先笑了，语气带上几丝玩味，像是主动给她铺好了台阶："我知道，是你发错群了。"

行，好赖话都让他说了呗。

唐念满身反骨被激上来，不蒸馒头也要争口气，还偏不走他的台阶了："那倒不是。"

陈知礼往后一靠，看过来，虽是仰视，却有种居高临下的压迫感。

唐念面色不改："我是真有这个疑问，所以才发群里问一下大家，希望有好心人帮我解答。"

陈知礼被她清奇的脑回路逗笑，难得认同："你挺好学。"

"当然，"唐念一本正经地胡说八道，"根据资料显示，中国男人有腹肌的概率在2%，我们群里共有男性47人，所以我估摸群里会有一位有腹肌的男士能回答我的问题，所以我在这问也没毛病。"

"你确定这位腹肌男士会理你？"

"还挺确定的。"

陈知礼有些没跟上她的思路。

唐念："你不就回复了？"

陈知礼噎了下，合着他被钓鱼了。

看见他吃瘪，唐念还挺爽的，挑了下眉，开始得寸进尺："怎么，还是说其实你也并不知道？"

陈知礼咬咬牙。

唐念真诚提意见："没关系，你要实在不懂，可以回家帮我去问问小苏。"

被摆了一道的陈知礼也没生气，甚至通情达理地拉开抽屉，从里面拿出两张票递过来："不必麻烦小苏了，看在你这么好学的份上，给，去看个秀，系统学习一下吧。"

秀？这难道是传说中的腹……腹肌秀？

学校还有这么劲爆的KPI，以前她怎么不知道？

唐念一脸期待地接过来，看到票面上的"工业大会"几个字，面色瞬间垮了下去。

"这算秀？"

"工业秀怎么不算秀了？行业大咖齐聚一堂，展示最新技术成果，不仅能获取行业动态，了解前沿技术，最要的是洗涤心灵，让你满是腹肌的大脑沟回重新恢复原本的光滑平整。"

哟，你现在骂人可真高级啊。

算了，不和他一般见识。

唐念收好门票，大概扫了几眼，背面印着本次大会的参与者，都是计算领域的领军人物和国内外知名企业嘉宾。

唐念看了好几遍，确认自己没有看漏名字，不经意问道："没有你吗？"

话才出口她又意识到这话不太对劲儿，怎么好像是很期待他能去一样。

她抬了抬眼皮，陈知礼果然在看她，目光有些意味深长。

唐念眼皮一跳，生怕他下一秒就要展开疯狂嘲讽——你该不会是想让老子陪你去吧？

她真没这个意思。

唐念"咳"了声，挽回一点颜面："主要是你给了两张票。"

陈知礼收回视线，看着电脑屏幕，回道："一张给你，剩下那一张……"

唐念等着他的吩咐。

陈知礼语气松散，随意道："给你二百五的……鸭。"

唐念腹诽：都说了别读单字，别读单字，没礼貌！

唐念刚回实验室，大师姐和猴哥就围了过来。

大师姐担忧地问："没事吧？"

猴哥："应该没事，看着还挺全乎，手脚都在。"

大师姐："老板说什么了？"

其实唐念也有点蒙，毕竟她是抱着必死的决心进去的，最后居然活着出来了。

果然上天从不难为咸鱼。

唐念举起手里的票："他给了我两张票。"

猴哥看清她手里的票，震惊："工业大会！"

今年的全球工业互联网大会在京北举办，简直是技术宅千年等一回的大型追星现场，不过大会不对外公开，猴哥从上个月就开始找人弄内部门票，搞到现在都快放弃了。

听到"工业大会"，成帅也凑了过来，见她手上印着钢戳的票，眼红道："居然还是内场通票。"

大师姐："呜呜呜，宝贝，老板还真是对你偏心啊。"

"也没有啦，而且他给了我两张，就是要我跟大家分一下的意思，大师姐有空吗？"

大师姐遗憾道："啊，你不早点问我，我周六那天刚好请假要跟我男朋友回他老家，抱歉了。"

唐念说"没事"，看到旁边的成帅一脸期待地指着自己："师妹，我有时间。"

她没听到一样，没有丝毫犹豫，果断略过他，问祝卿宁："祝师兄呢？"

成帅愣了愣。

祝卿宁回过头，一脸得意的笑容："我有票哦，我们公司刚在图数据库领域拿到奖，收到了邀请函，嘿嘿，你让猴哥陪你去呗。"

猴哥也没时间，也怪这两张票来得太突然，大家档期都空不出来，所以唐念只好发微信问杨蓁蓁。

杨蓁蓁：有空有空，这种好事，就算天上下刀子姐妹也要奉陪到底啊。

唐念笑了笑，收起手机看到成帅还站在她工位旁，欲言又止，一脸便秘的表情。

她没吭声，不管三七二十一，先朝他翻个白眼，免得他一会儿再说她欲擒故纵，故意不邀请他。

她想明白了，做人嘛，对不喜欢的人就不能太礼貌，与其精神内耗自己，不如没素质地外耗别人。

大会在京北国际会展中心举办，为期三天，包括开幕式、专题论坛、创新成果分享等等系列活动，各分报告厅内都有主题演讲和产品参观，参会者可以选择自己感兴趣的展厅。

那天唐念和杨蓁蓁赶了个大早，因为是国际性展会，外国人也不少，与会者都西装革履，穿得很正式，只有她俩像乡下来的难民，没头苍蝇似的在富丽堂皇的大厅乱窜，不知何去何从。

杨蓁蓁最先注意到某报告厅前的一款机器人，喊道："念宝儿，快过来，看这个。"

这是一台消费级智能伴随机器人，外观很可爱，拥有两条机械臂，还有强大的语言能力和丰富的知识库，据说能充分理解主人的意图，并结合传感器信息做出决策，指挥机械臂动作，可以哄娃、陪小孩做作业、玩游戏等等。

杨蓁蓁："你看介绍上说它能带娃哎，太棒了，等我以后要买个让它给我带女儿。"

唐念："你连对象都没有，哪来的女儿？"

"都二十一世纪了，生女儿又不一定非要男人，Fairfax（美国费尔法克斯精子库）知道吧，不仅能检索捐精者的种族、血型、眼睛和头发颜色、身高、教育程度，还有个性测试、面试录音、家族三代健康简历等等，这可比婚检靠谱多了。"

Fairfax 是美国最大的精子库，目前在其帮助下出生的孩子已达十五万以上。

杨蓁蓁说："到时候人造子宫也量产了，无痛当妈不再是梦。"

唐念笑了笑："你还是先想想怎么努力赚钱吧，不然精子都买不起，还人造子宫呢。"

杨蓁蓁："有道理，现在还是先进去听听这个带娃机器人靠不靠谱吧，不然我怕它虐待我女儿。"

展厅前有公司宣传册。

唐念拿了一份，这次做分享的是该公司研发部架构师，分享内容大多是模式识别。

看到后面的"手写识别"字样，唐念才忽然反应过来，陈知礼要她参加这场工业大会的真实目的是为她的课题寻找灵感。

唐念和杨蓁蓁找了个座坐下，会议准时开始，公司的架构师就目前公司算法中引用的注意力机制（Attention Mechanism）展开分享。

他是一位非常大胆和不走常规路的工程师，总喜欢搞一些稀奇古怪的东西。

注意力机制来源于模仿人类思维模式，突出某些特征的重要性，也就是权重。

这种技术一般应用在数学统计和语音识别等领域，而他偏偏剑走偏锋，应用在图像识别上，与传统的循环神经网络结合，提取图像中关键信息，忽略无关信息，甚至还顺带解决了梯度爆炸的问题。

台上的大佬讲得绘声绘色，杨蓁蓁却听得哈欠连连，这种专业级别的分享会实在不是她这种研一菜鸟能听懂的。

反观其他参会者，居然都在认真记笔记，包括身旁的唐念。

杨蓁蓁不淡定了，合着就她一个菜鸡啥也听不懂？她不甘示弱地拔开笔帽，刷刷刷奋笔疾书。

十五分钟后，一只惟妙惟肖的哆啦A梦跃然纸上。

好吧，她还是听不懂。

总算挨到结束，下午两人在内场转了转，诧异于目前AI智能发展的速度。

晚上的餐点是自助餐，甜点也是造型精致，美味可口。

杨蓁蓁吃饱喝足，又去添了份果盘，回来兴致勃勃地说："我看到你们实验室的祝卿宁了，不对，现在应该叫祝总。"

"他今天有分享会吗？"

"有啊，就在咱们下午听的那场报告厅的隔壁，掌声一浪接一浪，人气可高了。"

"可惜了，咱俩也应该去听一下。"

"不过不是他讲的，是大二的一位学弟，唉，同样是人，为啥人家年纪轻轻就能上台分享，我们只能在下面记笔记？"

唐念叉了一块香瓜，笑着说："这说明成功就在我们身边？"

"少跟我灌鸡汤，我现在越来越觉得读研不是个正确的决定，每天被骂得跟孙子似的，还什么成果都没有，你说咱们图什么？"

"你才研一，急什么？"

"可人家学弟才大二，不到二十岁，都创业赚钱了，真是同人不同命。"

"赛道不一样，你不能这么比，还有人不到二十岁就死了呢。"

"谢谢，你是会安慰人的。"

说着，杨蓁蓁突然停了下来，目光定在某个方向："看三点钟方向，学弟的女朋友，听说还是油画系的校花呢。"

比起和天书一样的算法分享会，显然是八卦更加吸引人。

唐念转过头，明亮的顶光从上面投下来，看到女生从不远处跑来，三两步扑进男生怀里，两人紧紧抱在一起。

从唐念这个角度正好可以看到女生精致的侧脸，她穿了一件墨绿缎面及膝裙，步伐摇曳，裙摆勾勒出玲珑曲线，明艳得让人移不开眼。

两人保持着这个姿势抱了好一会儿。

唐念由衷赞叹："好漂亮啊。"

杨蓁蓁："你也很漂亮啊，不过你俩风格不一样，她更热情，而你看起来……"她似乎是想了想，"更冷漠。"

唐念愣住，以为杨蓁蓁会说乖巧、温驯、甜妹子什么的，没想到是冷漠。

她这人随和，长相没有冲击性，眼睛圆圆的，像小鹿，从来没有人说过她冷漠。

唐念有点不太敢相信："我很冷漠吗？"

杨蓁蓁点点头："你别误会，我说的不是贬义词，就是一种感觉，你知道桔梗吗？"

唐念："啊？"

杨蓁蓁："动漫《犬夜叉》看过吗？"

唐念："没有，我小时候只看宝可梦。"

"就是一个动漫角色啦，我小时候的女神，外表温柔可亲的大美人，对所有人都特别好，很多人喜欢她，但她内心却孤僻别扭，喜欢一个人也不说，我认为这就是一种冷漠。"

唐念没看过她所说的动漫，倒是没想过她会这么解读自己的性格："你的意思是说我表里不一？"

研究生报到第一天，杨蓁蓁在人群中一眼就看到了唐念。唐念甜妹的脸外加沧桑的气质，故事感十足，让杨蓁蓁这个颜控加老二刺螈蠢蠢欲动，当场去要了唐念的微信。两人也是有缘，被分到了同一个宿舍，很快成了朋友。

但相处久了她才发现，唐念这姑娘并不像表现出来的好亲近，而是防备心很重，心里像藏着很多秘密，从不对外人讲。

"也不是表里不一，准确来说应该是纠结吧，就像你喜欢我们这个行业，却明面上只当一条咸鱼，暗地里关注业界新闻；很喜欢一个人，明面上骂他浑蛋，暗地里却……"

杨蓁蓁话还没说完，唐念冲过去捂住她的嘴，威胁她不准再说了："饭可以乱吃，话可不能乱说。"

杨蓁蓁："唔唔……"

唐念："还乱说吗？"

杨蓁蓁使劲摇头。

唐念松开手。

杨蓁蓁大喘几口气："你心虚了？"

唐念："我没有。"

杨蓁蓁："别装了，你鬼鬼祟祟的灵魂都出卖了你。"

唐念："你还能看到我的灵魂？"

杨蓁蓁："能啊，反正我要是遇到意中人才不跟你似的口是心非，而是马上出手。"

唐念笑了："你怎么出手？"

"直接跟他告白啊，"杨蓁蓁换了个声线，粗着嗓子，"你好高冷，姐好爱，要不要跟姐谈恋爱。"

唐念没忍住笑出声来。

吃完饭，两人说笑着往外走，刚走出展厅就在门口遇到个熟人。

陈知礼倚门站在那里，肤色被大厅的灯光照得冷白，他穿着随意的深色风衣，插着兜姿态懒散，对面有人正跟他说话，他表情冷淡，兴致缺缺。

唐念微微诧异：他怎么在这儿？不是说不来？

杨蓁蓁的视线却不在陈知礼身上，而是目不转睛地盯着他对面的男人。她用胳膊捅了一把旁边的唐念："陈老师旁边的型男是谁啊？好帅哦。"

唐念还处在说曹操曹操就到的懵懂状态，目光停留之际被杨蓁蓁拉回。

"你认识吗？"杨蓁蓁又问。

唐念顺着她的视线再看过去时，这才注意到陈知礼对面的男人居然是宋致。

比起陈知礼，宋致穿得正式多了，笔挺的黑色西装，暗纹领带，估计是刚演讲完，所以看起来还挺人模狗样。

但是型男……她认真的？

唐念说："他是陈知礼的朋友，叫宋致。"

"宋致……"杨蓁蓁默念着，心快要跳出嗓子眼。

高大、英俊、有钱，这不比精子库靠谱？她才刚聊到意中人，意中人就这么出现了。

"看着吧，姐妹去给你打个样。"杨蓁蓁捋了捋头发，笑语晏晏地朝二人走过去，"陈老师好。"

陈知礼偏头看过来，微微颔首。

杨蓁蓁转过头，脸上笑意更浓，大方得体地对着宋致问好："宋老师也好。"

宋致"扑哧"一声笑了："哟，没想到有一天我也能被称老师，陈知礼的学生？"

杨蓁蓁："不是，我是隔壁实验室的，我叫杨蓁蓁，今年读研一。"

宋致："研一啊，真年轻。"

杨蓁蓁："宋老师看起来也很年轻，不说别人还以为您是大学生呢。"

宋致被她逗得哈哈大笑，杵了杵陈知礼的胳膊："陈老师，你学校的小姑娘不错啊，嘴可比你甜多了。"

陈知礼冷淡地瞥他一眼，纠正杨蓁蓁："这位是鸿智芯片的宋副总。"

杨蓁蓁点点头，赶忙改口："宋副总好。"

宋致腹诽：多冒昧啊，行业规矩，叫总不叫副！

当然，他不会跟小姑娘计较，笑着提议："两位美女，今天的会展结束了，要不去喝一杯，我请客。"

杨蓁蓁心动不已。

就是还没等她矜持完，唐念直接拒绝了："我们就不去了，晚上还有课。"

杨蓁蓁："啊，你不去了啊，那我也……"

说话间，一辆火红的法拉利在夕阳中疾驰而来，平稳地停在路边，司机下车，一路小跑过来把钥匙递给宋致。

唐念心想：这里路边禁止停车，别以为法拉利就不会被贴罚单。

宋致晃晃车钥匙，朝杨蓁蓁粲然一笑。

他真的不要太懂如何抓住一个涉世未深的女孩的眼球，何况这个女孩本就对他有好感。

宋致轻描淡写道："蓁蓁是吧？要陪我去遛个弯吗？"

"好啊。"杨蓁蓁两眼放光，原本喉咙里的那句"不去了"硬生生被咽了回去。

唐念拉着她的胳膊往后撤："很晚了，宿舍一会儿要关门了。"

"晚就晚了，全城的五星级酒店我都有卡，妹妹想住哪儿都行，难不成还怕露宿街头，对吧？"

"嗯嗯嗯。"杨蓁蓁拼命点头，脑袋都快点成捣蒜机了。

唐念总算理解了杨蓁蓁说的能看到灵魂是什么意思，比如现在，她的灵魂都快冲出身体，跟在法拉利后面狂奔了。

唐念以前跟宋致打过交道，知道他们这群富二代玩的花样多，也很清楚杨蓁蓁要是和他离开会发生什么。她实在不想蓁蓁这样前途一片大好的名校女生踏足这个染缸，可蓁蓁就跟被下了蛊似的，根本拉不住。

她正心急如焚时，陈知礼从后面出声："杨蓁蓁。"

杨蓁蓁回头。

陈知礼："刘教授找你，看一下微信。"

杨蓁蓁一听到自家老板的名字，脸都变绿了，要知道，她今天是逃掉课来参加这个工业大会的，一整天玩得太开心都没顾上看手机，这会儿打开微信，果然有刘教授的消息。

刘教授：杨蓁蓁，在实验室吗？

刘教授：我没看见你在工位。

刘教授：你去哪儿了？

杨蓁蓁倒吸一口凉气，瞬间清醒多了。

恋爱脑都给我退退退！什么都没有毕业重要。

杨蓁蓁关上手机，拉起唐念的手就要跑："走走走，回学校。"

见陈知礼破坏了自己的好事，宋致也没说什么，还主动对杨蓁蓁说："我送你回学校吧，这边去地铁站还有段距离。"

杨蓁蓁眼睛一亮："可以吗？"

宋致："当然。"

杨蓁蓁感激涕零，开心地坐上法拉利，死之前吃一碗断头饭也是好的。

待法拉利在闹市中疾驰而去，唐念回头看了眼陈知礼："是你找的刘教授吗？"

陈知礼"喊"了声："别把我说得跟打小报告一样。"

他没承认，但唐念还是直觉是他，不然刘教授这种大忙人怎么会凑巧这会儿来找杨蓁蓁，所以唐念还是觉得要道谢："不管怎么样，还是谢谢你。"

"谢什么？"

"你知道的,"唐念没把话说得太直白,"他们不会在一起的。"

陈知礼很快明白了她的话外之音。

宋致不是个好人,所以不愿意朋友和他扯上关系。

作为朋友,宋致这人没话说,但在男女关系上着实多情,他为人风流,身边的女生来来往往,有的连名字他都不一定记得住。毕竟身处这个圈子,有几个是因为爱情走到最后修成正果的?他也看得透,爱情不过是露水情缘罢了。

过了会儿,唐念忽然想起什么,转过头问陈知礼:"我忽然想起来,你……"

"我和他不一样。"他神情莫名有些认真,有种在极力跟宋致撇清关系的感觉,生怕被宋致的污名影响。

呃……其实她刚刚只是想问,宋致把车开走了,他要怎么回去。

第六章
出差

　　宋致的父亲靠技术起家，眼光毒辣，手段狠厉，早些年做电子芯片，近些年赶上互联网风口，短短数十年过去，已经身价千亿，堪称互联网界的神话。而宋致作为家财万贯的独生子，不乖乖继承家业，而是出去创业散尽家财，这是多么有上进心啊。

　　所以宋父对宋致非常满意，私生活方面也不过多约束。这就导致宋致这几年愈发荒诞无度，平时和京内几位熟悉的二世祖混，没事约几个女伴找乐子。

　　陈知礼与宋致不同，他在传统的书香门第长大，陈父家风严谨，行事谨慎，平日家宴也是再三敲打他为人低调，做事磊落，勿要让人捉住把柄。

　　这样突兀的解释令唐念有些蒙，不知道陈知礼为什么突然说这个，但也不敢贸然接话，生怕会错了意。

　　不过陈知礼好像也就这么随口一说，没想听她回应什么，说完直接换了个话题："今天有收获吗？"

　　唐念知道他问的是今天的工业大会，当即跟他聊起 MITI 公司："有，上午有位架构师分享了注意力机制，注意力机制你知道吧？"

　　陈知礼点点头："根据人类视网膜不同部位具有不同程度的信息处理能力演变出的算法。"

　　"对就是那个，MITI 公司在 RNN 中引用了注意力机制，这个可以试一下。"

　　"这是在算力有限的情况下解决信息超载问题的一种方法，但以我们实验室的算力来说，并不需要。"

　　还是你会凡尔赛。

　　"但该节约还是得节约啊，地主家的粮也有耗尽的一天。再说了，也不光是解决信息超载问题，我觉得能提高手写字符识别中最关键也最容易出错的部分。"

　　陈知礼没说行，也没说不行，任务既然交给她了，他就不会过多干涉，就算最终失败，也是一种宝贵的经验。

　　"可以一试。"

　　两人又闲聊几句，陈知礼听着，低头捣鼓起手机上的打车软件。他是坐宋致的车过来的，这会儿被见色忘友的宋某人抛弃了，只能打车回去。

　　看得出来，这位少爷不常打车，操作相当不熟练，光是注册账号这项就花了快三分钟。

　　唐念看不下去了，拿出手机："还是我来吧，我手机上有打车软件。"

　　她在打车软件上定好位，叫了辆快车，直奔学校。学校有规定，外来车辆不能入校，只能停在校门口。

唐念付钱下车，刚跟司机说麻烦再去趟云水湾，哪知陈知礼也跟着她下来了："先送你回宿舍。"

唐念本想说不用，但陈知礼已经抬脚往前走了。

夜晚的风擦着耳郭刮过去，今天没有月亮，墨色的天幕显得异常静谧。

一路上两人无言，就这么安静回到宿舍，唐念说完"谢谢"，一抬头，看到宿舍楼前站着个熟悉的妇女，是唐银婉。

唐银婉也看到了她，大步流星朝她走过来，笑容满面，皱纹都比以前多了："甜甜，你可算回来了。"

"姑姑，你怎么会在这儿？"

唐念没有告诉过唐银婉自己报考的学校，她怎么会来宿舍楼下？

"我问的你同学。你看看你这孩子，在本地上学也不跟家里说一声，这不天冷了，来给你送衣服。"

"我……"唐念刚要开口，想起陈知礼还在，转头对他说，"谢谢你送我，你先回去吧。"

陈知礼没多想，离开了。

唐念松了口气，她一点也不想让他知道自己家里这点破事。

"刚刚那是你男朋友？"唐银婉看着男人离开的背影，"长得挺帅啊，家里应该条件不错吧？哪里人啊？"

"不是。"唐念拽着唐银婉的胳膊，走到僻静的地方，"他不是我男朋友，是校外的老师，你别打他主意。"

"我打他什么主意了？不就是问问嘛，你看你，防你姑姑跟防贼似的。"

"你有事说事吧。"

"我其实也不太好意思出口，只是最近家里确实有点困难，想跟你借点钱。"

就知道是要钱。

"我没钱。"唐念很干脆。

"你怎么可能没钱？工作这些年没有存款？"

"没有。"

"不可能。"

唐念也不多说，直接把手机解锁给她看，微信、支付宝、各大银行的APP，里面余额加起来差不多够一千块。

"我现在只有这一千块钱，你要吗？"

"一千块钱够干什么啊？"

唐银婉不屑地撇着嘴，压根不信。她知道唐念以前的工作很好，听别人说互联网的算法工程师都年薪百万，虽然唐念以前也给家里寄过钱，但她还是不相信唐念没有留点存款。

"我说，你不会是把钱转给你妈了吧？你爸刚死那会儿，你妈就想卷款跑路，你现在还把钱给她，真是个拎不清的小妮子，好赖不分。"

唐念不想在宿舍门口大吵大闹，尽量压低声音："没给她，也没见过她。"

"你最好是。"唐银婉瞥着一旁来来往往青春靓丽的大学生,想了想,"那你跟你的朋友借点吧,也不用多,先借个五万八万的应应急就行。"

张口就五万八万,她脸可真大。

"对了,刚才送你回来的那人看着挺关心你的,你跟他借借看?"

见唐银婉要把算盘打到陈知礼身上,饶是唐念再怎么暗示自己要心平气和,也忍不住火大:"我跟你说过了,我和他没有关系!"

"又不是让你白要,是跟他借,你写个欠条。"

唐念不说话,面无表情地看着唐银婉,眼神很冷,没半点动容。

唐银婉的语气也弱下来:"这次是真有急事,你姑父在外面欠了钱,人都来家里好几趟了,我是真没办法了才来找你的。甜甜,姑求你了,你想想姑姑以前对你多好啊。"

"你明知道胡可强赌博,还到处给他借钱,这次借给你,下次呢?这就是个无底洞,多少钱都不够填的。"

"他改了,是最后一次,真的。"

唐念无话可说,她不可能叫醒一个装睡的人。放下助人情结,尊重他人命运,她不愿意再扯皮,转身要走。

唐银婉不依不饶地跟过去,扯住了她的包,但手臂被突然出现的陈知礼重重扯开。

唐念的手腕也被陈知礼从一侧抓住,往身后一带,高大的身影笼下来,挡住了大半灯光。

唐念抬起头,看到男人利落锋利的侧脸。男人向来是人群中瞩目的存在,短短数秒,引起颇高的回头率。

唐念呼吸一紧,有些说不出话来,脑子里仅剩一个念头:完了,他听到了。

唐银婉反应过来:"你是刚才的老师吧?"

陈知礼没说话,眉间戾气明显。

唐银婉又笑开来:"正好,唐念想跟你借点钱,你看看要是手头宽裕的话,能不能先借个十万给她……"

陈知礼抬着薄薄的眼皮冷淡地瞧着她,片刻后平静地说:"以虚构事实、假冒他人、隐瞒的方式向他人索要钱财,构成诈骗罪。"

唐银婉想过他会拒绝,但没想过他居然说她诈骗,当即跳了脚:"胡说什么?我们家甜甜就在这儿,我假冒谁了?"

陈知礼轻描淡写地看过来:"你要借钱?"

唐念摇头:"不借。"

唐银婉咬牙。

陈知礼不多废话,拿出手机就要报警。

唐银婉急眼了:"你不借就不借呗,一点小事你报什么警,甜甜,你快拦住他啊,别让他报警。"

唐念没动,眼里冷漠到装不下任何情绪。她实在想摆脱唐银婉的纠缠,又不想让自己在陈知礼面前太失态。

"一千块钱,拿钱自己走还是让警察带你走,自己选。"

唐银婉眼看现在也讨不到什么好处,说:"好好好,我要一千块钱。"

唐念马上低头给她转账。

唐银婉收下一千块钱,拎着说给她准备的棉衣骂骂咧咧地走了。

"一千块钱也好意思拿出手,跟你那个抠门妈一样。

"我让你读京北最好的学校,供你吃供你喝,结果就这么报答我……"

气温变低,路灯变暗,几只飞虫绕着灯罩飞舞,一下下往灯柱上撞,前仆后继地死在光源里。

唐念站在原地,好半天没缓过劲来。其实她也没想什么,只觉得累,还有难堪,太难堪了。

陈知礼不知道她家里这些事,从前在一起的时候她就闭口不谈,时间久了,他就什么都不问了。

唐念明白陈知礼很想知道,只是她不愿意说,他就不问。

他假装自己不在意。

其实是他一直都在迁就她。

唐念心里有点闷,虽说现在的她已经不像中学时那么敏感,也觉得原生家庭没什么不好意思讲的,只是在一起时都没有谈及的事,现在就更不好拿到台面上来了。

唐念认真道了声谢:"今天谢谢你。"

陈知礼:"不客气。"

夜晚的云层很厚,大片大片,低压压的,好像要下雨了。

就这么不尴不尬地站了会儿,唐念说:"我先回去了。"

"好。"

回宿舍洗漱完毕,唐念爬上床,抛弃那些乱七八糟的想法,安详地把自己埋进被子里。

天大地大,睡觉最大!

"你是不知道我今天被老刘骂得多惨,我跟你说……"杨蓁蓁抱怨到一半,看到唐念床上拉得结结实实的帘子,连动作都放缓了,"你睡了啊?不好意思哦。"

唐念其实没睡着,在想高中的一些事。

十六岁那年,唐银婉把她接来京北,那时唐银婉对她确实很好,不仅经常给她做好吃的,还把胡铭的房间收拾出来给她住,让胡铭和弟弟挤一个房间。

唐银婉是二婚,胡铭是胡可强和前妻的儿子。

唐念是感激唐银婉的,虽说胡家父子不喜欢她,但有姑姑在,寄人篱下的日子也可以忍受。

胡铭比唐念大三个月,青春期的半大少年正是需要隐私的时候,他不乐意被霸占房间,多次吵闹,可每次唐银婉都怼回去:"你弟弟都上小学了,她一个女孩子跟他住一起，像什么话？"

胡铭自此记恨上了唐念，在学校经常给她使小绊子，比如从后面拽她头发、体育课时拿毛毛虫吓她，都是些小学鸡行为，唐念一般直接无视。

事情发生转机在一次月考后，冤家路窄，调座位时，唐念竟和胡铭成了同桌。

某次她去完卫生间回来，看到自己桌上歪倒的墨水瓶和淌了一桌的墨水，桌面上摞的一排书都被洇透了，赶紧抽卫生纸去擦桌子，双手都沾了墨，狼狈至极，旁边的胡铭却在拍桌大笑。

唐念毫不犹豫，把沾了墨水的书和卫生纸朝他丢了过去。

胡铭躲过去："你有病啊，干什么？"

唐念胸腔起伏，声音还算冷静："你往我桌子上泼墨水干什么？"

胡铭："别血口喷人，谁看见是我泼的了？"

唐念很确定："就是你。"

"有什么证据证明是我？"

"除了你，没人这么闲。"

"既然没证据那就闭嘴。"

说着，他还朝旁边使眼色，几个男生跟着他开始胡说八道：

"我没看见。"

"我也没，铭哥课间和我们去打球了，回来你这里就这样了。不行你去找老师调监控呗，看看最近得罪了谁，别什么屎盆子都往我们铭哥身上扣。"

"就是啊，空口白牙的就冤枉人。"

唐念明白，他们几个关系好，狼狈为奸，自然是相互照应的，就算找到班主任那里也没什么用。

她没说什么，擦干净桌子，抱着那几本被洇透的书去了楼梯间，留下身后乱糟糟的起哄声。

错题笔记被压在下面，洇得最厉害，一整本几乎全成了黑的，字迹模糊，怎么都擦不干净，也没法用了。

唐念想起最近考得一塌糊涂的月考，附中的进度本来就比她原来的学校快，这本错题笔记的重要性不言而喻，她只想好好学习，怎么就这么多事？她又想起爸爸，想起妈妈，越想越觉得委屈。

她扔掉纸巾，默默坐在楼梯间，抱着膝盖就开始哭，梨花带雨，眼泪像断线珠子似的不停往下落。

不知过了多久，身后的楼梯间传来一阵脚步声，越来越近。唐念顿了顿，哽咽着抬起头往后望。

楼梯间没有灯，阳光透过狭小的窗子射进来，将她身边一小块区域照亮。

逆着光，唐念看不清人，只看到一双长到逆天的大长腿。她以为是路过的同学，扭过头去把脏掉的卫生纸和书收拾一下往旁边挪了挪，自己也靠墙缩着，给他腾地方过去。

陈知礼慢吞吞往下走，看着墙边缩成一团的女生像个小兔子，还一颤一颤的，心里忽然有根弦被拨了下。

他停在了她身边的位置，长腿一弯，和她并排坐在了台阶上。

"哭什么？"少年散漫的音色在楼梯间回荡，还带着几分漫不经心的戏谑。

唐念错愕地抬头，借着光线才认出了他。

这不就是那个和"北大还行撒贝宁"齐名的"数学一般陈知礼"嘛。

唐念本就心情不好，用手背擦了下眼泪，没好气地说："与你无关。"

"哦。"陈知礼被怼了也不恼，慢条斯理地从裤兜里拿出一颗奶糖，递到她面前，"吃糖吗？"

他的手指修长，校服袖口松松挽起，露出冷白的腕骨，上面有一条看不太清的疤痕。

唐念望着他，眼眶红着，漂亮的杏眼充满水雾，湿漉漉的，像只警惕的小猫。

她不收，陈知礼也没强求，剥开糖纸把糖果扔进嘴里："哭这么惨，要不要帮你去教训一下那个欺负你的人？"

"才不要，你个只会打架的暴力分子。"她嘟着嘴，并不领情。

"暴力分子？"陈知礼无奈地哂笑，上次说他家暴，这次又说他暴力分子，他就长得这么像混混？

"你怕是对我有误解，我这人打小就老实，尊敬师长、孝敬父母、爱护动物，最大的爱好是扶老奶奶过马路，能动嘴绝不动手。"

唐念不信，长卷的睫毛被打湿，看人时的眼神却格外倔强："你不打架，胳膊上怎么会有疤？"

"你说这个？"

陈知礼大方地把衣袖撸到胳膊肘，右手臂冷白的皮肤上覆着一条深红色的疤痕，一直延伸到袖口，足足有十几厘米，蜈蚣似的，怪吓人的。

半年前他和宋致去钓鱼，那孙子下车就握着鱼竿乱抡，钩子正冲他的脸甩过来，要不是他眼疾手快用胳膊挡了一下，脸就破相了。

事后他在医院缝了十一针，当然宋致也好不到哪去，被他爷爷抽得皮开肉绽，被迫放弃钓鱼这项活动。

陈知礼笑道："你这逻辑有意思，有疤就是打架留下的了？"

"不然呢？"

"还可能是……被打的呢。"

没毛病，被鱼钩打的。

但这话落在唐念耳中却是另一层含义。她愣了愣，迟疑了一下，目光变得同情，似乎还有点不可置信："你也被欺负了吗？"

陈知礼精准捕捉到其中的"也"字。看着小姑娘瓷白的小脸沾着一团团黑色污渍，脚下的课本乱七八糟的，还跑到楼道里无声落泪，不用说他也猜到发生了什么。

他没反驳，轻轻"嗯"了一声。

唐念像是找到了战友，一双雾蒙蒙的眼睛睁得老大，语重心长地说："那你可不能忍，要告诉老师，你学习这么好，老师一定会帮你的。"

"这跟学习有关？"

"当然有关，老师们都喜欢学习好的孩子。"

她的眸色暗下去许多，移开眼，低头抱着膝盖，又缩成可怜兮兮的一小团。

她就不一定了，她月考考砸了，刚被班主任骂了一顿，不会管她的。

沉默半晌，陈知礼伸了个懒腰，站起来："行，那一起吧。"

"啊？"

"一起去办公室，揭发恶行。"

"啊这……我……我不了……你自己去吧……"

"所以你跟我说这么多大道理，自己却尿了？"

唐念确实很尿，既不想给姑姑惹麻烦，也不敢得罪胡铭，毕竟他们住在一起，怕他日后变本加厉。

她靠墙缩成一团，低着头，像个把头埋进沙子的鸵鸟："你自己去。"

"行，我自己去。"陈知礼叹道，"今天你可以躲在角落选择沉默，但是不要嘲笑比你勇敢的人。"

她什么时候嘲笑他了？

"因为我争取到的光明会照耀到你，今日你若冷眼旁观，他日祸临己身，则无人再为你摇旗呐喊……"

鲁迅的文章算是让你给读懂了。

"行，我去，去还不成？"

就这样，唐念被半忽悠半强迫地拖去了高一级部主任室。她还没想通为什么要来高一级部，陈知礼就已经推开门，喊了声："报告。"

看报的级部主任吐出几片茶叶，看着门口的两人："啥事？"

陈知礼面不改色开口："我被校园霸凌了。"

级部主任差点被茶呛到，这时候他很想接一句，那人还活着吗？

出于职业素养，级部主任推了推眼镜，正经发问："你被谁霸凌了啊？"

陈知礼拽了下唐念的校服衣角，示意她先说。

唐念说："胡铭。"

陈知礼跟着说："我也一样。"

级部主任："他怎么你……们了？"

陈知礼又拽了下唐念的衣角，唐念鼓起勇气说："他往我桌子上倒墨水，我的课本和卷子全毁了。"

级部主任又把目光转向陈知礼。

陈知礼："我也一样。"

唐念继续说："他还上课晃桌子，踢我的凳子，拿打火机烧我的头发。主任，您给我们调开座位吧，他真的严重影响到我的学习了。"

陈知礼："我也一样。"

级部主任一愣："你一样？他高一你高三，隔着好几层楼，他怎么去晃你桌子？隔空打牛啊？"

陈知礼摸了摸鼻尖，脸不红心不跳地说："也不是不可能。"

逐渐地，唐念明白了陈知礼的意图，他压根就没被欺负，不过是陪她过来给她壮胆的。

她忽然想起网络上流行的张飞表情包。

俺也一样。

她没忍住，"扑哧"一声笑了。

后面两天，杨蓁蓁迫于刘教授的威严不敢再翘班陪唐念去工业大会了，唐念只好一个人去听，经过三天熏陶，眼底的清澈逐渐被知识污染。

头好痒，要长脑子了。唐念记下 idea，准备回实验室大展身手。

消停没几天，唐银婉又来了，电话短信连番轰炸，唐念不接她就找来学校，跟准点上下班似的，风雨无阻。

唐念心累，惹不起还躲不起了？逃避虽可耻，但有用。

自此唐念每天早出晚归，天不亮就起床，临近熄灯才回宿舍，中饭和晚饭拜托杨蓁蓁给她带，整天泡在实验室，就跟长在了工位上似的。

周一组会开始前，会议室里正聊得热火朝天。

唐念坐到了大师姐旁边，刚放下电脑就说："大师姐，我想到一个点子，你帮我看看能不能实现？"

大师姐支着下颌："可以啊，什么？"

"提高手写识别准确率。这个，我把手写字符的图像序列输入到 RNN 模型，将每个图像转换为时间步的特征序列，然后让每个时间步训练权重，加权自适应，以此来捕捉序列数据中的长期依赖，混淆矩阵的准确率能达到 99.6%。"

研究生的课题基本是一人一个方向，大师姐对图像识别这块的了解也有限，于是说："听着不错哦，你一会儿可以问一下咱老板，说不定就直接开题了。"

"我没信心。"

祝卿宁安慰她："别怕，信心这东西就像爱情，只听说过，没拥有过。"

成帅看完后提出了异议："我觉得你还是放弃这个方案吧，根据这个混淆矩阵，召回率会相当高，误差不可能是你预期的这样，准确率最高也就 90%，没必要浪费时间。"

唐念低着头没说话，这表情落在旁人眼中妥妥的……更没信心了。

大师姐一记眼刀飞过去："师妹刚开始调研阶段，实验都没做呢，你怎么知道人家达不到了？"

成帅耸耸肩，无所谓地道："没什么，我就是提出一个疑问。"

大师姐"哼"了声："有疑问请在测试完毕之后再提。"

旁边的猴哥一边用电脑聊着天，一边回复道："这种世纪难题，师妹才研究半个月就想到了方案，不管结果怎么样，已经比师兄们强多了。别听他说的，慢慢来哈。"

成帅不解：不是，你们这群人什么毛病，怎么老向着她？

没一会儿，陈知礼进来了，大家主动噤声，拉着椅子坐好。

"谁先来？"他开门见山。

会议室陷入了死一般的安静，枪打出头鸟，谁都不想第一个上台，生怕被老板杀鸡儆猴。

最终还是大师姐以身献祭，最先站起来："那就由我先来吧。"

唐念偷偷在桌下给大师姐竖了个大拇指，巾帼不让须眉。

盛园托着笔记本电脑上台，连上显示器，高清投影上放映出表格和数据："我这周的主要工作是跟超算的两位老师评估项目所用的模型，这是评估报告。"

陈知礼靠着椅背，熨烫得笔挺的深色西装里头搭一件淡青色条纹衬衣，衣领上配着闪闪发亮的桑坦石胸针，每根头发丝都像精心抓过，从头潮到脚……

当然，没人关注他的新皮肤，猎杀时刻，谁还注意猎人用的哪只猎枪。

陈知礼没带电脑，但对每个人手头的工作都了然于胸，他很快便精准指出其中的问题："模型评估重点是分析强弱项，探讨实验中存在的偏差，但你这篇评估报告全是夸奖，没有一点改进意见。数据预处理部分要加上对数据平衡性和特征相关性的分析，还有……"

陈知礼顿了顿，侧头看过去："评估报告也需要有参考文献。"

这一眼看似散漫，实则目光凌厉，高清投影都被他吓得抖了抖。

组会节奏很快，前一个讲完，后一个紧接着跟上。轮到唐念时，她有些紧张，其实挺没底的，只是师姐师兄们的"溺爱"式教育才让她鼓起勇气开口。

出乎意料的是，陈知礼肯定了她的想法，还提供几条改进意见，希望她能在RNN中加入语言模型。

"我们在读繁体文章的时候，有时一段句子能看懂，但是对于某一个单独的字就不认识了，这说明上下文信息其实非常重要。RNN也一样，注意力权重不仅取决于当前输入，还取决于前面的输入和后面生成的输出。"

唐念点头，把陈知礼说的记录了下来。

众人汇报结束，陈知礼说道："我知道有同学想投期刊，我这里有几个题目可以参考，有意愿的同学可以来找我。散会。"

开完会，陈知礼急匆匆走了，像是有急事的样子。

唐念扣上电脑和大家一起往外走，大师姐和她并排走着："你有没有觉得咱老板今天变温柔了？"

"有吗？"

"有啊，我的评估报告没写文献这么大的错误他都没骂我，只瞪了我一眼，你就不觉得奇怪？"

唐念笑着说："他不骂你，你还不舒服了？"

"哪能，我只是说他今天有点怪。"

"哪里怪？"

"怪好看的啊。"

唐念一呆。

"你说他是不是急着去约会啊？他今天连电脑都没来得及打开，还穿得亮闪闪的，跟只开屏的公孔雀似的，肯定是特意打扮了，我猜可能是要去相亲。"

唐念回忆一瞬，确实很闪。

"阿弥陀佛，我祝他尽早脱单。"大师姐双手合十，"他要真谈恋爱了，对咱们也有好处。"

"为什么？"

"你看嘛，有了老板娘，就占据了他大部分时间和精力，他就不会折磨我们了啊。"

唐念觉得有道理，尤其是她这种咸鱼，没人管才是真的天堂。但不知为什么，她就是心里不舒服。

眼看也到饭点了，大师姐回实验室放下电脑："要不要一起去吃饭？"

唐念摆手，脸上仍是清浅的笑容，没什么异常："我就不去了，我舍友一会儿给我带饭。"

大师姐见她这样废寝忘食还挺担忧："我说师妹，你也别太拼，小心走火入魔。你看你最近黑眼圈都重了，没睡好啊？"

唐念确实没睡好，只不过是因为她姑姑在宿舍下蹲点。她没解释，只笑着说有点累。

大师姐离开后，实验室就没其他人了。

唐念没事干，坐在转椅上发呆。

书包上的可达鸭随着椅子晃动，她捏过去，绒绒的质感扫着她的手心，让她混沌的脑袋冒出一个有点靠谱的念头。

难道他真要去相亲了？

虽说陈知礼这人嘴贱又不说人话，但架不住他皮相好，还是体制内，工作体面，在相亲市场上可是金龟婿香饽饽啊。

何况陈知礼也不是对谁都这么冷淡，虽说不知道他和别人谈恋爱时什么样，至少和她谈恋爱的时候很温柔，很会照顾人，没有女孩子能不心动。两人估计很快就能见家长了，之后结婚生子……

唐念是真的烦，自己在想什么啊？人家找不找对象跟她有什么关系？

正在胡思乱想间，手机振动，来电显示"老阴贼"。

不是去相亲了，还有空给她打电话？

铃声足足响了半分钟，唐念才面无表情地接起："干吗？"

大魔王的电话内容一如往常的简短，只有熟悉的两个字。

"下来。"

唐念真怀疑他是不是在国外待久了，母语都不会说了，没好气地回道："下去干什么？"

"出差。"

扔下这俩字，陈知礼就挂了电话。

话说一半，砒霜拌饭，等等，先别拌……出差的意思，不就是他没去相亲！

唐念心中暗喜，阴霾散去，强忍嘴角向上翘的弧度，装好笔记本电脑，蹦蹦跳跳着下楼，远远就瞧见陈知礼站在车前等她。

走近后，陈知礼忽然问："带身份证了吗？"

唐念："带了。"

陈知礼拉开车门："走吧。"

"啊，去哪儿？"

"取票。"

"取什么票？"唐念大脑的 CPU 都快干烧了，她以为的出差就是跟往常一样去西苑医院，合着这次是要去外地啊？

陈知礼回过身："取机票，刚不跟你在电话里说了去出差？快点，晚了赶不上飞机。"

你说是说了，但你说得也太突然了。

"不是，什么出差？你和我吗？"

"不然还有谁？"

"你怎么不早说？我什么都没准备。"

陈知礼神色仍十分淡定："我知道你很急，但你先别急。"

她不能不急，本来这几天就睡眠不足心情不好，莫名其妙就说出差，搁谁谁受得了？

"我现在回不了宿舍，没法收拾行李，等明天吧，你先去。"

陈知礼很平淡地说："东西都给你准备好了，而且出差有补助，一天餐补 250，交通补贴 250，通信补贴 250。"

这话一结束，空气都沉了下来。

陈知礼沉默两秒，慢条斯理地问她："现在能走了吗？"

唐念把头点成捣蒜机："能，别说是出差，就是龙潭虎穴刀山火海也能去！"

她本来还在因为被搜刮走最后一千块钱而郁闷，琢磨下一顿去哪里吃，结果这冤大头就送上门来了，就是这个数……为啥都是 250？有点像骂人。

无所谓，她就喜欢这种被金钱羞辱的感觉。

京北飞杭市要两个多小时，落地时已经是下午五点钟，两人坐大巴车来到吉祥镇。

这个镇子背靠大山，有丰富的药草资源。清道光年间，张氏骨伤疗法声名鹊起，甚至不少东南亚的病人来此寻医问诊。2010 年，张氏骨伤疗法被列为国家级非物质文化遗产。

陈知礼此行是受韩教授所托，对张氏骨伤的病例、医案专著、秘方等文献做数字化。

此时已近天黑，远处青山隐在一片迷雾中，白墙青瓦中冒出缕缕青烟，小巷里传来饭菜的香味和市井的烟火气，仿佛让时间都慢了下来。

胡同口有一棵歪脖子老杨树，历史悠久，树干粗硕，这让唐念回忆起自己的家乡，那里也是个很美的南方小镇，如果不是爸爸出意外，她应该可以一直在那里长大。

所有人都挤破头往外跑，其实留在家乡也未必不是一种幸福。这也是唐念长大后才明白的道理。

这片虽是县城，吃东西的地方还挺多，大街小巷一排排的都是饭馆，服务员站在门口卖力吆喝。

路过一家菜馆，唐念被一个小姑娘拉住："今天有活动，帅哥美女，情侣用餐半价哦，要不要看一下菜单？"

唐念婉拒："我们不是情侣。"

认错两人的关系，小姑娘有些尴尬，连声说抱歉。

相比她的尴尬，陈知礼就比较坦荡了："嗯，是夫妻。"

唐念一惊：出门在外，身份都是自己给的。

小姑娘立马笑了："我就说你们二位看起来这么般配，夫妻也是可以享受半价的哦，请进。"

某人就这么大摇大摆地进店了。

唐念只好跟进去，把行李箱卡在桌边："不是，你有病啊，谁跟你是夫妻？"

陈知礼轻抬眸："该节约还得节约，地主家的粮也有耗尽的一天。"

唐念心想：又被自己的回旋镖扎了！

陈知礼用开水烫着碗筷，接着说："再说了，吃亏的是我，好不好？"

脸呢？出趟差把脸落在家里啦？

回到酒店，唐念直奔浴室洗了个澡，洗完裹着浴巾出来打开行李箱。

她这趟差走得急，陈知礼根本没有留给她回宿舍收拾东西的时间，这个行李箱是他提前准备的。

一打开，唐念就差点被满箱的芭比粉闪瞎了眼。好家伙，她从十岁起就不穿饱和度这么高的颜色了，何况她是来出差的，不是去魔仙堡当仙女的，为什么会有带蕾丝和网纱的蓬蓬裙？

呃……不理解，但尊重。

唯一值得称赞的是护肤品不错，某国外一线大牌，这一整套下来估计得上万，是她工作时拿着两万的月薪都舍不得买的牌子。

唐念护完肤，回到房间，看到微信有新消息提醒。

岁月静好：学姐，到地方了吗？

是上次问考研的学妹，几个小时前她发过来一道高数题，当时唐念正好在赶飞机。

甜甜圈：不好意思，我在出差的路上，等晚上到酒店给你讲。

岁月静好：原来你就是那个身高167，体重101的女生，衣服还合身吗？

唐念缓缓打过去一个"？"。

下一秒,学妹就把这条消息撤回了。

岁月静好:不好意思,发错了。

要不是身高体重对上,唐念还真信了她是发错了。

这学妹不会是认识自己吧?

但唐念也只怀疑了一秒钟,没想出是谁,就不想了。

她去包里拿来纸笔,把那道高数题写好解题步骤,拍照发过去。

甜甜圈:学妹,这样可以看懂吗?

岁月静好:懂了。

岁月静好:那我就不打扰了,约会开心哦!

——岁月静好撤回了一条消息。

岁月静好:出差开心。

唐念总觉得她这个"出差开心"有其他含义,但没证据。

第二天要上山,唐念翻找了好久,终于从这堆仙女裙中看到一套凑合能穿的衣服。

是套粉白相间的运动套装,胸前闪亮的钻围成一颗心,旁边还绣着个美少女战士月野兔的背影。

眼不见为净,唐念闭着眼睛套上衣服。

她下楼就看到陈知礼一身黑色冲锋衣,身形修长,干净利落,把设备包背出一线大牌的错觉。

唐念不服,都是人,凭什么就她是显眼包啊?

山路崎岖不平,越野车只能停在山脚下。

陈知礼找了一位当地向导,姓刘,操着一口方言,带两人上山。

向导是个社牛,一路话不停:"你们也是来找张先生的秘方的吧?"

陈知礼淡淡"嗯"了声。

"那你们可真是找对地方了,我从小在村里长大,那时候的张老先生才是真的神医,说是起死回生都不为过,四面八方的病人都来找他看病,有些穷人没钱,老先生还倒贴钱给他们抓药。

"老先生去世后,他的儿子继承衣钵,可惜小先生资质有限,医术比起老先生来差远了,唉,还挺可惜的,但也没办法,医术也是需要天赋的。好在祖上的秘方都传了下来,就存在这座山上,也多亏了是藏在山上,要不然当年文革就给烧干净。你们这些专家好好研究研究,可一定要传下去啊。"

唐念背着设备,所以走得很慢,山路两旁都是百年老树,一路都是树荫,凉爽清新。

"我们这山啊,有灵,是在保护着我们村子。前些年还有开发商想把这里搞成度假村,那样的话山里的药草都会被破坏掉,动山是绝对不行的,我们全体反对,这才把山保护下来。"

越往上走,路越窄,几人都累了,刘导也没力气说话了。

四周静悄悄的，唐念有种要深入无人区的既视感，挺瘆人的。

她拉了拉一旁的陈知礼："你说这种原始森林会不会有熊，它突然冲出来怎么办？"

陈知礼刚要开口，刘导喘着气过来说："姑娘别怕，遇到熊而已。"

听他这么说，唐念就放心多了，刘导从小在山里长大，身经百战，应该有应对熊的策略。

刘导说："要真在野外遇到熊，千万不能跑，得躺下装死。"

唐念听过这个野外生存小妙招，说熊不吃死人，没想到居然是真的："熊会自己走？"

陈知礼："嗯，它吃完人就自己走了。"

唐念一愣。

刘导哈哈大笑。

气氛活跃了很多，三人一鼓作气爬上了山顶。

正午时分，阳光被枝叶切割成片，沿着缝隙倾泻而下，寺庙是封闭式的，没有游人，自带天然威严。

佛殿傍山而建，院落里有个巨大的焚香台，香烛已熄灭，唐念顺手点了一支新的。

佛殿后便是新修缮的图书馆，里面藏书近千册，不只是中医古籍，还有不少易经八卦之类的。

陈知礼把设备搬出来，组装好。

唐念闲着没事，打量四周一圈，也没地方休息，这里常年不住人，野草杂生。

她找了个门槛坐着，拿出保温壶喝了口水。山后的空气极好，清风拂面，神清气爽。

唐念靠着门槛，满足地弯起眼睛，拿手机拍了张以远处群山为背景的自拍照，配上定位，美滋滋地发了个朋友圈。

甜甜圈：生活将我们打磨得更圆，有的时候是为了让我们滚得更远。

没一会儿，获得不少评论。

杨蓁蓁：你果然抛弃我去吃香喝辣的了。

超帅：这衣服太土了吧。

大师姐回复超帅：有多土？这点土够埋你吗？

岁月静好：玩得开心。

下午是枯燥的书籍扫描工作，设备也是最新款的非接触式书刊扫描仪，7100万高清分辨率，能完整保留文字和图像的细节。唐念干了一会儿就累得不行，这活还真的是纯纯的体力活，一点技术含量都没有，而且这不应该是韩教授那边来弄吗？

她现在急需摸鱼回血，努力工作获得的只是劳动报酬，只有摸鱼才是真正的赚钱。

旁边的陈知礼在做图像处理，电脑屏幕上是一张张或清晰或模糊的图片。他要先对图像进行处理，去除噪声、调整亮度，然后再做数据的整理和标注，添加元数据。只有前期工作到位，后续的搜索和分类，以及识别等任务才好有序进行。

他估计是嫌热，脱掉了外面的冲锋衣，只穿着简单的白色短袖，薄汗附在手臂上，被金黄色阳光照射得好似整个人都在发光。

男人还是工作起来帅，古人诚不欺我。

山里没信号，手机也快没电了，山色虽美，看多了也觉得疲劳，唐念最后还是回过头，继续盯着陈知礼的脸。

还是男色最耐看。

"扫描完了？"陈知礼的视线仍在电脑上，目不斜视地问她。

唐念一怔，回过神："没有，这工作量保守得干一周。"

"那你看我干什么？"他转头。

"谁看你了？再说了，"唐念十分淡定地正襟危坐，搬出抬杠界的至理名言，"你没看我怎么知道我在看你？"

陈知礼倒是不含糊："嗯，我确实在看你。"

这么坦诚，把唐念一下子给整不会了，手指不太自然地抠着胸前的月野兔："那你看吧，我不收费。"

"好。"

这人怎么不按常理出牌？

唐念不知道他是不是真的在看她，反正她不敢再看他了，眼神乱飘，不知道放哪才好。

陈知礼笑了声，微微上扬的嘴角说明他心情不错："让我看你，你脸红什么？"

"谁说我脸红了？我只是腮红打重了点而已……算了，和你这种直男说了也不懂。"

陈知礼轻笑，也不拆穿她，又在电脑上操作了一会儿后，叫她："过来。"

唐念不情不愿地挪过去，看向他的屏幕，就这么一会儿时间，他已经对图像做了分割，把每个汉字的特征提取了出来。

陈知礼突然问："你想不想研究一下字迹鉴定，然后发篇论文？"

唐念有点蒙："啊？我吗？"

"就发 ACL 吧，明年 3 月在波士顿举办，时间上正好。"

唐念睁大了眼睛，不是，他在口出什么狂言？

ACL 啊，国际计算机学会，NLP 领域顶级国际会议之一，是三大顶会之一啊。

计算机领域和其他专业有些不同，因为成果更新迭代非常快，SCI 期刊的发表周期又长，这样会导致研究成果很容易失去实效性，所以大部分有学术成果的学者更青睐于优先投会议，一般 3 个月就可以发表，传播力度大，业界关注度也高。

会议也有三六九等，CCF 把计算机专业会议分为 A、B、C 三类，A+ 会又称顶会，相当于 SCI 一区 Top 期刊。

唐念很想劝他不要装不懂："ACL 是你想发就能发的吗？"

"嗯。"

唐念一愣。

"正好你在研究手写识别，理论而言都是一样的。"他语调平缓，带着几分胜券在握的淡定。

只是唐念不淡定了："哪里一样了？不要睁着眼睛乱说，字迹鉴定很难的，这些年一直使用的机器和人工结合的办法，我都快疯了。有时候多找找自己的原因，是不是想简单了，有没有搞清楚二者的区别，还发 ACL，意林和故事会都费劲。"

"真诚地建议你平时少上点网。"

发完疯，唐念的精神状态正常多了："话粗理不粗，你想想看，手写识别只需要认出这是个字就行，但字迹鉴定却要认出是谁写的，你说这难度是不是呈指数增长了？"

"没你说的那么难，看这里，"陈知礼指着屏幕，"这部分是轮廓特征，包括字形的笔画、曲线弧度和端点信息、端点位置，和你研究的手写识别是完全一样的。只要提取好这些关键信息，再变更一下输出模式，把准确率搞上去，发 ACL 没什么大问题。"

好长时间没听到她的回音，陈知礼扭头："你听没听我说……"

唐念是在认真听的，只是她有点散光，一时间凑得有点近了。陈知礼这突然一扭头，他的唇几乎是贴着她脸颊擦过。

两人皆一怔，不敢动了。

近在咫尺的距离，呼吸交缠，对方的睫毛都根根分明。

唐念僵住了，大脑宕机，心跳声如雷，快要刺破耳膜。

暧昧的气息在蔓延。

她在他眼中清晰地看到一丝慌乱，反应过来后才急着后撤，一个屁股蹲从板凳上摔了下去，落地的一瞬间传来钻心的疼痛。

"啊……"

这撕心裂肺的一嗓子把所有暧昧氛围都打散了。

陈知礼焦急地半蹲下，握住她的脚踝轻皱起眉："崴到脚了？"

唐念憋着一口气："不是。"

"那是哪疼？"

"屁……屁股。"

陈知礼罕见地被难住了，屁股再疼，他也不能扒人家姑娘的裤子查看伤势吧。

还好唐念不是个娇贵的，抓着他的胳膊，揉了揉尾椎骨，身残志坚地爬起来："没多大事，缓缓就好了。"

陈知礼还是掩不住地担忧："确定没事？"

"没事，就是摔得肉疼。"

陈知礼的表情这才放松下来："行，那我给刘导打个电话，让他下午上山时捎点红花油过来。"

看陈知礼要拿手机，唐念紧跟着补充："不要普通红花油，要金波士南洋星加坡十八虎追风蛇周身痛活络油。"

陈知礼的手顿在半空中："什么玩意儿？"

"金波士南洋星加坡十八虎追风蛇周身痛活络油啊，"唐念重复了一遍，看到他还是一脸蒙，"算了，我打吧。"

电话拨过去没两秒，陈知礼的电话却响了，他低头看到唐念的来电显示，有些疑惑地看过去，不懂她又在整什么幺蛾子。

唐念歉意地笑笑："抱歉，要给刘导打的，手滑按错了。"

"你先等等，我姓陈，他姓刘，这也能按错，你该不会是给我取外号了吧？"

"啊，怎么可能，我存的是老……板，对，是老板，都是L开头，所以一不小心按错了很正常啊。"

陈知礼半信半疑："这样吗？"

唐念狠狠点头，一脸真诚："就是这样。"

陈知礼没再多说，敛眉回电脑前坐下，像是对这件事失去了兴趣。

唐念长舒一口气。

还好她机智，差一点就被他发现，她给他的备注是……

"老、阴、贼？"

三个字轻飘飘从背后传来。

唐念震惊，就见自己手机亮了，虎口处明晃晃的三个字闪着罪恶的证据。

"先别生气，"唐念反手一挡，"听我给你编……呸，听我给你解释啊。"

陈知礼还挺通情达理的，长腿一叠，做出个请的动作："请开始你的表演。"

唐念调动全身细胞开始胡诌："老字代表尊敬，不发音。阴字在中国哲学里代表贯穿物质的两大对立面之一，在中医来说，最基本物质是气和血，气为阳，血为阴。而贼……"

"贼是一个形容词，表示程度，例如贼霸气、贼优秀。"

陈知礼："嗯，所以这句话是夸我的意思？"

这么会编，怎么不去织毛衣。

唐念微微一笑："是的，您要是觉得不好听，我可以把备注改了。"

"改成什么？"

"贼人。"

临近傍晚，两人把设备储存好，背着轻包徒步下山。减重后，下山的路程轻快不少，只是太阳渐渐落山，周围暗下来后，越往后越不好走。走了约莫十分钟，唐念开始觉得脚踝不太舒服了，可能是中午那会儿崴到的原因。

她强忍着不适坚持了十分钟后，是真的忍不了了。

陈知礼注意到了她的异常，步子慢下来："怎么了？"

"我好像真崴到了。"

陈知礼把手电筒光移到她腿上："坐下，我帮你看看。"

唐念找了块干净的岩石坐下，陈知礼半蹲下身，把她的运动裤卷起来，借着手电筒的光看到她脚踝肿得厉害,皱眉:"怎么不早说,知道自己脚扭了还走路?"

唐念委屈,她不走路怎么下山,总不能住在荒山野岭吧?

陈知礼打开背包,把包里的药酒拿出来,下午刘导带上来的,也不知道叫什么。这个药的味道特别浓,打开的一瞬间,唐念被呛了一下,捏着鼻子让他拿远点。

陈知礼却没事人一样,把药酒倒在手心,搓了搓,往她脚踝处一按。

"哒……"

好疼,所以说要买金波士南洋星加坡十八虎追风蛇周身痛活络油啊。

陈知礼抬了抬眼皮,看到她这张疼到扭曲的小脸:"很疼?"

唐念咬着唇,疼得眼中泪水打转,还是跟他摇头。

陈知礼擦药的手指没停,但动作放缓了很多:"忍一忍。"

其实没那么疼,就是被人珍视时总容易矫情,会放大这种委屈,就像一个小孩子在路上摔了一跤,如果这时妈妈在旁边,他就会号啕大哭,否则就自己拍拍屁股爬起来。

唐念觉得这种情绪不好,上完药就撑着半边身子想站起来:"好多了,我们走吧。"

陈知礼皱眉,无情地提醒她:"怎么走?单腿蹦下山?"

唐念腹诽:你37度的嘴怎么能说出这么冰冷的话?

"我有登山杖,扶着慢点走。"

陈知礼站起来,把背包和手电筒一起塞给她:"得了吧,我背你。"

唐念有些意外,看了看一片漆黑的森林和满是坑洼的小路,迟疑地缩了缩腿:"啊这……黑灯瞎火的不好吧?"

"还是说你想睡在这儿?"

唐念心想那还是算了。

陈知礼背对着她蹲下身:"上来。"

傍晚的山路比想象中还要难走,唐念趴在他背上,双手握着手电筒照着脚下,男人有力的指节托住她的膝弯,每一步都踩得很稳。

走了二十分钟的山路,路逐渐平缓了一些。唐念渐渐放下心来,甚至还有些犯困,最后趴在他的颈窝开始打瞌睡。

温热的呼吸拂过脖颈,似乎还能感觉到嘴唇柔软的触感,女孩子全身都软软的,贴在他背上,热乎乎的,让他心口一阵阵柔暖,有些心猿意马。

过了会儿,睡得迷迷糊糊的唐念开始"嘿嘿嘿"笑起来。

陈知礼吓了一跳,脚下的步子都乱了。

他回头:"你笑什么?"

"桀桀桀可可可……"

黑灯瞎火,又是荒无人烟的山路,莫名传出女人的笑声,真的会令人头皮发麻。

"臣本布衣……"笑完,唐念嘟囔着开口。

陈知礼觉得这时候不接一句就有点不礼貌了:"……躬……躬耕于南阳?"

但唐念并没有回应他,脑袋搭在他肩头睡得香甜,呼吸绵长,长睫在脸颊落下一小片阴影。

陈知礼这才意识到她可能是在说梦话。

不是,你做梦能不能正常点,背《出师表》就背《出师表》,笑得这么瘆人做什么?

下一刻,女人猖狂又瘆人的笑声再度从背后传来:"皇上,臣本不依,奈何他们给的实在太多了啊,哈哈哈!"

有时候一个人走夜路真的很无助。

唐念倒是睡得熟,一路这么折腾都没醒,睡着睡着,好像做了个梦,具体是什么不记得了,但应该是个好梦。

后面几天的工作,陈知礼没再让她上山干活,一来是她的脚伤还未痊愈,二来他真的不想背着女鬼下山,于是唐念便留守山下。

他们这次住的地方是一家本地民宿,房子装饰很有格调,四方院落,高墙隔开刺目的强光,抬头就能望见碧空如洗的蓝天。楼下没了唐银婉蹲守,唐念也不用起早贪黑地躲实验室了。

唐念的日子过得比度假还要悠闲,早晨起来泡了杯速溶咖啡,窝在藤椅里一边欣赏风景,一边调试算法。

看来这趟差出对了。她想到一些新的点子,毕竟人有时候不能局限在一个点,要发散思维,这一发散……就走神了。

她后知后觉地想到一件事——陈知礼不会是看到唐银婉最近总来骚扰她,所以才叫她来出差躲一阵的吧?还提前准备了行李箱,正常的黑心老板不会给员工准备这个的吧?但是他叫她出差时的态度又很理所当然,一点都看不出是为她考虑的样子,还是说她想多了,他就是单纯把她抓来当壮丁?

唐念抿了抿唇,心想:一定是这样,不许自作多情。

陈知礼回来的时候,看见唐念还是走之前的姿势,电脑搭在腿上,拧着秀眉怒视屏幕,全身只有脸在用劲。

不用说,一看就知道没发散出结果。

陈知礼没打扰她发力,走过天井,去屋里洗完了澡,再下来时端了个碗,脆生生的青枣摆了一碗,走过去:"吃吗?"

看她也辛苦一天了。

唐念受宠若惊地从电脑前抬起眼,又低下头,看到青绿色的水果还沾着水珠,不太确定地问:"是掉地上捡起来的吗?"

"不吃算了。"陈知礼端着碗就要走。

唐念拽住他:"我吃,我吃……别说是掉地上,就算掉马桶里我也……"

陈知礼一愣。

唐念把青枣在衣服上擦了擦,咬一口,果肉饱满清甜:"真香。"

这时,唐念放在桌上的手机振动起来,是微信的视频通话。

唐念还挺唏嘘,居然是好久不联系的大学同学。

她拍了拍手,把青枣放到一旁,划开微信。

"姐妹!"那头传过来赵小青激动的声音,"你是来杭市了吗?"

"嗯,你怎么知道的?"

说完,唐念才想起来自己昨天发了个朋友圈,定位正好是杭市。

赵小青哈哈笑道:"我看你朋友圈发的,回来怎么不告诉我?我都好久没见你了。"

"我来出差。"

"这样啊,那你准备什么时候回去?"

"不太确定,应该能待个四五天。"

"那周末一块吃个饭呗,我离你不远,正好叫上韩放。韩放你还记得吧?就是当年追你的那个。"

恰好听到这话,陈知礼抬头看过来。

唐念从藤椅上下来,摁着手机音量键调低了声音:"你别胡说,他什么时候追我了?"

赵小青还以为是她忘了:"哎呀,就是咱们大学参加比赛那会儿啊,他每天给你带一瓶统一绿茶,原因是你吐槽隔壁队的人'真羡慕你家有座茶园',然后他竟然真的以为你喜欢喝绿茶,哈哈哈,你说他这理解力能追到人才怪了。"

唐念尴尬地笑:"都多久的事了。"

"也是,咱们都毕业好久了,要不就这个周六晚上吧,咱仨聚一聚。"赵小青做事一贯风风火火,性子爽快,说着就在网上找起了饭店,"你想吃什么呀,火锅还是烤肉?"

"我都行。"

"行,那就我定了。"

"嗯。"

说起来,他们确实很长时间没见了。赵小青大学毕业后虽留在杭市工作,但工作很忙,常常加班,时间上也不凑巧。

挂了电话,唐念拿起啃了一半的青枣,三两口吃完,回头时正好看到陈知礼躺在她窝了一天的摇椅里玩手机。

她这次是跟陈知礼来出差的,如果要外出的话,于情于理好像都要和他打个招呼。

唐念端着那盘青枣朝他走过去。

阴影落下,陈知礼半抬起眼皮看她。

她立马微笑:"吃吗?"

陈知礼面无表情:"有事说事。"

"那个,周六晚上我能请个假吗?"

陈知礼把手机放下:"干什么?"

唐念说:"大学同学知道我来了杭市,想要和我聚一聚,所以我想跟他们吃个饭。"

陈知礼:"谁……们?"
唐念:"你不认识。"
陈知礼:"你不说怎么知道我不认识?"
不是,她的大学同学他怎么可能会认识啊?
了解他的脾气,唐念没敢怼他,好脾气地说:"赵小青,还有……韩放。"
陈知礼眉梢微挑,嘴唇微张,像是忽然想起什么的神情。
这一瞬间,唐念还真以为他认识他们。这么说也不是不能理解,毕竟圈子就这么大,说不定几人在什么科技峰会上见过。
下一秒,大魔王偏头打了个喷嚏,再抬头时,又恢复了那副气定神闲的神态:"哦,不认识。"
那你铺垫这么久,真是浪费时间。
片刻后,唐念又问:"所以到底是行还是不行啊?"
陈知礼没停顿:"行。"
唐念一喜,口中那个"谢"字还没发出声来,陈知礼又慢悠悠补充:"但我也要去。"
唐念有点不敢相信自己的耳朵,她和同学聚餐,他凑得哪门子热闹:"不是,你是说想跟我还有我的同学一块去吃饭?"
因为惊讶,她的声音在无意中提高了几个分贝,这让陈大少爷非常不满意,一脸嫌弃地看着她:"你不会以为我是想蹭饭吧?"
不然呢?
"你是我团队的,现在还是伤员,如果在去聚餐的路上失踪,你说警察会不会来抓我?"
唐念属实没想过这层,虽然她的脚踝已经不怎么痛了,但扭到的地方还是会有些不舒服。
"所以你的意思是?"
"为了我的后半生不去演绎铁窗泪,只好勉为其难陪你走这一趟。"
唐念哑口无言,那还真是难为您了。

周六晚上。
吃饭的地方在杭市新建的商圈,来来往往的还有不少穿工作服的工人,大厦里面营业的店面不多,大多数店铺都在装修,两人乘直梯上了五楼。
赵小青提前订了桌,是一家杭市特色烤鱼店,开业酬宾打八折。
唐念拐出电梯,老远就看见赵小青站在店门口张望,马上激动地冲她挥手。
赵小青很快看到了,脸上的笑容再也掩饰不住,冲过来就抱住唐念:"呜呜呜,糖糖啊,我可想死你了。"
唐念抱住她的腰:"我也是。"
听到两个女孩子的声音,韩放也从店里走了出来,他穿了一身浅色大衣,身形纤瘦,戴着细框眼镜,一看就是那种很斯文的男生。

他隔空冲唐念笑了笑："唐念，好久不见。"

唐念回以微笑："嗯，好久不见。"

寒暄完，赵小青注意到了唐念身后的陈知礼，抵了下她的胳膊，笑着说："这是带家属了啊，快给我们介绍介绍。"

唐念慌忙摆手："不是家属。"

赵小青还挺遗憾的："啊，不是家属吗？"

"不是，他是我……"

唐念犯起了难，不知道该怎么介绍陈知礼，说他是老师、老板，还是前任、金主爸爸？

很好，哪一个都不是能带着和朋友一起吃饭的关系。

陈知礼双手插兜，闲闲地站着，并不接话，只静静等待她开口。

他倒想听听她是怎么界定二人关系的。

唐念纠结万分，最后硬着头皮开口："是我的护工。"

赵小青、韩放、陈知礼都愣住了。

"是这样的，我前段时间不是受伤了嘛，怕路上出意外，所以让他陪我一起过来，看护我的安全。"

"你受伤了啊？那可得小心点！"

最后唐念是被赵小青和韩放一左一右搀扶进店里的，两人跟伺候老佛爷似的，帮她拉好椅子，倒好茶水，还跟服务员要了个抱枕让她靠着。

倒也……不必这么谨慎。

坐下后，赵小青才担忧地询问："糖糖，你这是伤到了哪里啊？"

"没……"

"这不会是我们最后一次见面了吧？"

"不……"

唐念想说清楚，可赵小青就跟个机关枪似的，话又密又多，她完全逮不到开口的机会。

"呜呜呜，糖糖，不管发生什么事，你可一定要坚强，都会好起来的，一定会好的。"

"其实吧……"唐念憋着一股气，见缝插针地交代事实，"我只是崴了个脚！"

发言完毕，四周终于安静了。

四人八目，面面相觑。

好吧，崴个脚还请护工这事确实有点奇怪。

"这事起因吧，就是，这个，那个，这样，啊，没什么大事，啧，其实也快，养养就差不多了，嗯，好了。"

赵小青心情复杂：听君一席话，如听君一席话。

意识到玩过火的唐念低头抿了口茶，尴尬地转移话题："总之我没什么大事，你们最近怎么样？"

"哦，我啊，"赵小青喝了口大麦茶，一双眼里透露着沧桑和疲惫，"就这样呗，一个勤勤恳恳打工、兢兢业业加班的社畜。"

对面的韩放倒是笑了："她啊，现在都是部门的技术主管了，可不得玩命卷。"

唐念蛮惊讶的，上学那会儿赵小青最讨厌专业课，每天混迹于校学生会，张罗晚会、策划活动哪儿哪儿都有她，没想到几年不见她已经是技术主管了。

他们真的已经毕业很久了。

"唉，你不知道，我这主管没什么实权，就管着三个人，工资还被新来的应届生倒挂，真的，要不是现在经济不景气，我是真想撂挑子不干了。"赵小青夹了一块鱼，剔着鱼刺，"你呢，毕业后的同学会你也不来，我都好久没听到你的消息了。"

唐念简略说了自己的近况，提到读研时，赵小青崇拜不已："高才生啊，你好好混，以后我去抱你的大腿。"

"应该是我抱你大腿才差不多，赵主管。"

朋友就是这样，虽然已经很久没见，但也不会生疏，几句话就回到了当初无话不谈的状态，从工作聊到大学，天南海北无所不谈。

韩放没跟着两人闲聊，等服务员上完菜，他拿起汤勺，舀了碗南瓜粥递到唐念桌前。这动作极为自然，像是非常清楚她的饮食习惯，已经做过无数次，并不需要询问就知道她想喝什么。

陈知礼注意到他的动作，移开了视线。

两个女孩聊得起劲，话题从房子车子回到感情问题上。赵小青问她："研究生有没有遇到心仪的男孩子？"

唐念抿着唇摇了摇头："没有。"

赵小青的红娘瘾又被勾上来了："巧了不是，我们韩放也没有女朋友，就等你了。"

唐念愣了愣。

对面的韩放有些不好意思："你就爱开我俩的玩笑。"

"我这是给你创造机会，以你这种不争不抢的性格，八百年都追不上女生，男人要主动点才有机会，要不然只能打光棍喽。"

唐念知道赵小青是开玩笑，只笑不说话。

"说实话，我上学那会儿还嗑过你俩呢，哈哈哈，这么多年，实在不行你俩凑合凑合得了，让我这个嗑CP的也能得到精神满足。"

她话音刚落下，陈知礼的水杯重重落在桌面，发出一阵脆响。

唐念一愣，扭头看到陈知礼站了起来，他面前餐盘里的食物一点没动。

三人不知他要干什么，都愣愣地望着。

陈知礼没看任何人，只平淡说道："去趟卫生间。"

等他离开，赵小青凑近小声问："那个……你这位护工是被你强迫抓来加班的吗？"

唐念看着男人离开的背影："不是啊，是他主动想来的。"

"那他一脸的不爽，全程黑着脸一句话也不说，高冷得二五八万的，不知道的还以为别人欠了他八百万一样，难不成你少他薪水了？"

"他平时也这样。"

"哦，原来是个走酷盖风的啊。"

"……算是吧。"

"不过确实挺帅的，你从哪找的这种一米八几、八块腹肌的年轻男护工？还是你小子懂享受生活哦。"

"你怎么知道他有八块腹肌？"

"我猜的啊。"

唐念一顿。

"不是瞎猜，有理由的。你看他穿的这件白丝衬衣，料子薄透还贴身，顶光打下来，隐约都能看见形状了，保守估计好几块。"

唐念服了："你这戴的不是眼镜，是八倍镜吧？"

赵小青摆摆手："洒洒水啦，唯眼熟尔。"

陈知礼有些烦闷，从卫生间出来后去了吸烟区，推开门就看到让他烦闷的源头正站在窗边吸烟。

韩放。

听到开门声，韩放转过身来，朝陈知礼点了点头，礼貌地询问他需不需要打火机。

陈知礼从裤兜里掏出了烟和打火机，低头点烟，深邃的眸底辨不清情绪，完全无视了韩放。

韩放尴尬地收回手。

两个男人在无声中抽烟，全程一句交流都没有。

韩放不知道是陈知礼这人性格本来就这样，还是只针对他，虽然不认识，但毕竟同桌吃过饭，所以还是挺想找话题聊一聊的："干你们这行挺苦的吧？"

陈知礼掀起眼皮，眉心跳了跳，有种不是很妙的预感："干我们这行？"

"嗯，体力消耗很大吧？要注意保护腰。"

陈知礼一头雾水。

"你应该也是身不由己，毕竟你们这行接触的人多且杂，长期上夜班，服务不好还被投诉。如果有选择，我相信你也不会去干这个的……"

陈知礼实在听不下去了，打断道："脑子是个日用品，你别拿着它做装饰。"

韩放一噎。

天好像被他聊死了。

韩放知道自己不会聊天，后面也不敢再说话了。

沉默着抽完烟，离开时他还很有涵养地对陈知礼说了句："我先走了，少抽烟，对肾不好。"

陈知礼心想：唐念都认识了些什么奇怪物种。

吸烟区雾气缭绕，像是弥漫着一层灰。

韩放并不认识陈知礼,但陈知礼却是见过他的。

分手后,陈知礼去过几次唐念的学校,前几次没碰上面,毕竟学校很大,四五万的在校生,寻找一个人并不容易。

久而久之,他慢慢摸清了唐念的习惯,她喜欢去图书馆、四食堂、自习室,很少在其他地方出现。

她大二的夏天,陈知礼的外婆做了个小手术,他回国探望,抽空又去了一趟她的学校。

那天下了雨,南方的夏天湿气重,整个校园都笼在一片青烟色的雾气中。她撑着一把黑伞从图书馆出来,怀里抱着好几本书,旁边是个身材瘦高的男生,走到一半,男生蹲下给她系鞋带。她弯腰给男生打着伞,长发垂落在男生耳畔,身上都湿了大半。

两人似乎笑着在说什么,雨声过急,陈知礼听不清。

没过一会儿,有个女生从后面跑过来,勾住那两人的脖子,笑着挤到二人中间:"不好意思,又来当电灯泡了,哈哈,一块出去吃饭吗?"

男生系好鞋带站起来:"不了,我们正要去机房。"

男生眉眼带笑,一看就是脾气很好的男生,正如她曾经说过的"喜欢情绪稳定的男生"。

所以这个男生是她喜欢的类型吗?

陈知礼没有打扰,看着他们并肩远去。

她有了自己的圈子和朋友,欢声笑语都与他无关。

有人帮她系鞋带,她则给对方撑伞,有人对她好,有人关心她,而他从来都不是什么唯一。

她的世界很热闹,而他被隔绝在外,再也无法涉足。不见天日的念头只能隐藏在一张张于波士顿与杭市往返的机票中。

香烟燃尽,陈知礼猝不及防被发红的烟蒂烫了一下,拉回思绪。

他自嘲般"嗤"了声,伸手把烟蒂摁灭在烟灰缸中,抬步走了出去。

陈知礼再次回到店里时,唐念和赵小青都吃得差不多了。

聊到上头时赵小青开了两瓶酒,醉得稀碎,拉着唐念的手诉苦:"姐妹,屎难挣钱难吃啊。"

"你说反了。"

"哦对,钱难挣屎难吃啊,下辈子我要去峨眉山当猴子,放心吧姐妹,到时候你也跟着我一起,有我一根香蕉吃,就有你一块香蕉……皮。"

"我谢谢你啊。"

"不客气,嗝……谁让我们是姐妹!"

酒足饭饱,唐念照顾着喝醉的赵小青,韩放抽空去前台结账,结果看到陈知礼先一步把账单结了。

他觉得这不太合适,毕竟他们三个老同学聚餐,于是跟过去:"多少钱,我转你。"

陈知礼只是随意睨了他一眼:"不用。"

这一眼莫名让他有些胆寒,脖颈都凉凉的。

很像是带着敌意的。

不知是不是他的错觉。

韩放摸了摸自己的脖颈,有点摸不着头脑,可是自己没得罪这人啊。

饭局结束,赵小青搂着唐念的脖子:"说好了,朋友一生一起走,谁先暴富谁是狗。"

唐念笑着说:"行行行,一定。"

韩放把车开过来,唐念扶赵小青上了车。

韩放降下车窗:"唐念,你怎么回去,要不要我送你一程?"

"不用了,我打车回去,住的地方很近。"

"行,到酒店给我发个消息。"

"好。"

待两人离开后,唐念站在路边打了辆出租车。上车后,陈知礼陪她坐在后座。

车内沉寂,气氛明显很低。陈知礼身上烟味很重,唐念若无其事地盯着窗外,从玻璃窗中看着他侧脸的倒影,下颌线锐利,显得有些不近人情。

见他没有要搭理自己的意思,唐念一路安静地闭麦。

可能是晚上喝了一点酒,回到民宿没多久,唐念就有些困了,洗漱完毕上床,想起来还没给韩放发消息,又拿起手机。

甜甜圈:我到酒店了,今天谢谢你请客,等下次你们来京北玩,我做东。

没过多久就有消息回复。

韩放:不是我请的。

甜甜圈:不是你去买的单吗?

韩放:不是,是你那位护工付的钱。

陈知礼付的钱?她和她的同学吃饭怎么能让他付钱?

韩放:而且他好像误会了咱俩的关系,你回头帮我和他解释解释吧。

结束聊天,唐念躺在床上,有些睡不着了。

陈知礼误会什么了?他不会是把赵小青开玩笑的话当真了吧?

唐念翻了个身,拿出手机,在微信通讯录搜索"陈知礼"。他的头像是一只猫咪,顺手点进朋友圈,冷冷清清,什么都没有。

自从分手就再也没有发过消息了,所以这是把她屏蔽了,还是拉黑了?

唐念坐起来,捡回扔在垃圾桶里的智商,捧着手机给他发了个 0.1 元的红包。

"叮咚——"支付成功,并没有出现网友说的"请确认你和他(她)的好友关系是否正常"的提示,而是成功付款了。

所以说他并没有拉黑她。

八年没联系的人,第一句该发什么?唐念开始认真思索开场白。

——睡了吗？

　　不合适，万一没睡装睡，不就有理由不回她了？

　　——好多人都以为我有男朋友，连大润发杀鱼的阿姨都这么说，但其实，根本就没有人喜欢我，哈哈哈。

　　有点太隐晦。

　　——你别误会，我不喜欢韩放。

　　这话是不是太直白了？而且也太自作多情了点吧，谁问她喜欢谁了？她都能想象得到大魔王收到这条消息时满脸嘲讽的表情。

　　——今天吃饭花了多少钱啊？我转你微信吧。

　　不好不好，谈钱伤感情，删掉。

　　——我刚才那段话的意思其实是……

　　还没打完呢，对面突然蹦过来一句。

czl：在编论文？

　　唐念吐了吐舌头。

　　后面几天，陈知礼似乎很忙，每日早出晚归，房间的灯一直亮到后半夜。

　　他作为课题组PI，除了一些日常科研任务外，还有一些行政任务要忙，开项目讨论会把控进展、申请基金、绩效评估、项目分析等都需要他亲力亲为。这段时间因为出差，他的大部分工作只能压缩到晚上，经常忙起来就会到两三点。

　　当然唐念也没闲着，经过两天三晚，她觉得自己找到了手写识别的新突破口，写了代码跑了跑，初步没什么问题，等回校验证。

　　虽在同一屋檐下，两人基本也没有见面的机会。

　　偶尔一次，是在张氏正骨讲堂。陈知礼突然出现，让工作人员受宠若惊，急忙在前排安放了座椅，不过陈知礼没坐，而是走到后面和唐念坐到了一起。

　　老医师讲解的是"张氏正骨三治法"，一套独特的骨伤治疗法在传统中医骨伤疗法的基础上经过了张氏族人数百年的临床试验，用针灸和膏药敷贴固定来治疗骨伤，内外兼治、骨筋并重。

　　唐念听得认真，陈知礼忽然说让她上台做示范，可她脚踝已经好得差不多了，何况也没有伤到骨头，笑了笑想拒绝："不用了吧，我已经好多了，也不疼。"

　　陈知礼睨她一眼，凉凉地开口："是让你示范，不是让你治病。"

　　好吧，原来是让她去当小白鼠。

　　唐念只好走上台。

　　老医师经验丰富，上手一摸，得出判断："姑娘，你是不是经常崴到脚？"

　　唐念想了想，还真是："平时鞋跟高一点，下台阶都会扭到，不过也不疼，肿一两天就好了。"

　　"可不能因为不疼就不注意了，诸筋损伤首伤气血，失治后反复肿胀，关节不稳，筋不能束骨，就会形成习惯性踝伤。"

　　唐念没想过会这么严重，她还以为不疼就是好了呢："那需要怎么治疗？"

"我一会儿用针灸给你疏经通络、调理气血，然后开几副药你回去先喝两周，慢慢调理吧。"

唐念："好。"

别说，针灸后确实有种松弛和舒适感，脚踝热热的、麻麻的，这感觉可比金波士南洋星加坡十八虎蛇周身痛活络油好多了。

唐念笑着下台，刚想和陈知礼分享一下这奇妙的感受，某人却理都没理她，径直起身走了，甚至擦肩而过时目光都没往她这边偏，像是根本没看见她这个人。

唐念从没遇到过这种情况，以前陈知礼就算不待见她，顶多嘴贱损她两句，表面上从没有如此明显的无视。

这是怎么了？

后面几天，陈知礼照例忙到起飞，不理她，也没给她布置任务，就这么晾着她。

唐念终于后知后觉地意识到他是心情不好。

心情不好的科研狗工作起来更没时间观念了，连门都很少出。

可是为什么心情不好呢？她惹到他了？没有吧，这几天她都乖乖待在民宿看风景跑算法，没有乱跑，也没有给他惹麻烦啊。难道是因为上次吃饭说他是护工丢面子了？还是最后付钱花了他 800 块而生气了？

男人心，海底针。

唐念想不明白，盘算着要不要把钱给陈知礼转过去。

她点开微信，看着两人的聊天记录还停留在那个晚上。

czl：在编论文？

唐念叹了口气，又退出来。

唉，找他聊天也是需要一颗强大的心脏的。

唐念坐在天井的摇椅上发呆，百思不得其解，电脑开着 CodeRank 网页，这是国外一个刷题网站。

陈知礼当年曾经三个月登顶，一度成为论坛的神话，人气直逼当红炸子鸡，只是后来他出国，学业和科研任务繁重，就没空上线了。

唐念眼睁睁看着"Jiri Chen"这个账号从排行榜一点点往下掉，掉出前十、前二十，后来连自己的账号"Tang"都超过他了。

这个号还是陈知礼当初给她注册的，那会儿她也雄心壮志，大言不惭地说以后一定要超过他，到那时候要狠狠嘲讽他一番，让他感受感受被踩在脚底的脆弱和无助。

陈知礼道："好啊，我等你来踢馆。"

后来她真超过他了，却已经燃不起一点当初的斗志，也没有感受到把他踩在脚底的快感。

只能说物是人非，没意思极了，之后她也不怎么上线了。

唐念关掉电脑，回房间睡觉。

又这么过了几天，唐念实在受不了，这种被人无视的感觉太难受了，也不想再猜测自己哪里做错了。

与其内耗自己，不如怪罪别人！就是陈知礼这个浑蛋莫名其妙。他自己心情不好，凭什么把火发她身上，她又不是沙袋。

唐念干脆利落地买了回校的机票，没和他打招呼，中午收拾完东西就直接走人了。

回到学校时已经接近半夜，好在今天是周五，宿舍不设门禁，不然她连大门都进不去，还得把阿姨叫起来，保不齐又要挨一顿骂。

唐念气喘吁吁提着行李箱一口气上了六楼，杨蓁蓁坐在桌前化妆，听到声音惊讶地回头："你怎么回来了？"

唐念喘着粗气，一屁股坐椅子上："不然留在那儿热脸贴人冷屁股？"

杨蓁蓁一想，这是吵架了啊："发生什么了？"

唐念："谁知道，我又没惹他，突然冷暴力，就他会摆脸色，我不伺候了还不行。"

杨蓁蓁憋着笑："你俩真像新婚小夫妻吵架，半夜拎着行李箱跑回娘家。"

唐念面无表情："胡说什么？"

知道她心情不好，杨蓁蓁没放肆开玩笑，适时停止，倒了一杯水给她："消消气，喝点水。"

唐念接过杯子，一口气喝完，看到杨蓁蓁化了妆，烈焰红唇，眼尾贴着亮片和细钻："大晚上的你怎么打扮成这样？"

杨蓁蓁接过她喝完水的杯子："哦，我一会儿要出去。"

唐念："去哪儿？"

杨蓁蓁："栎园。"

她说得很平静，就像要跟小姐妹去吃饭一样。只是唐念还是听过栎园的，京北著名的销金窟，商务式KTV，提供各种娱乐和服务的高端夜总会，没有消费门槛，那种纸醉金迷的场所根本就不是一个普通学生消费得起的地方。

唐念诧异道："你去那里干什么？"

杨蓁蓁对着镜子贴上浓密的假睫毛，把自己原本小巧精致的五官弄成了认不出的形状："去玩啊，宋哥带我去。"

"宋哥？"唐念惊道，"你别告诉我这个宋哥是宋致？"

"就是他。"

唐念不淡定了，几乎要拍案而起："大半夜你要跟他去夜总会玩？"

"嗯，不过你放心好啦，栎园是正规夜总会，不会有危险的，就算有危险，这不还有宋哥嘛。"

有他才更危险。

唐念是真不知道怎么劝她了："你到底喜欢他什么？"

杨蓁蓁还真认真思考这个问题了："喜欢他笑起来会发光。"

唐念沉默三秒："那你为什么不喜欢如来？"

杨蓁蓁一哽：没情调的女人。

顿了顿，她问："你知道银桑吗？"

什么？唐念还真不知道。

"就是《银魂》，我小时候的男神，他这个半死不活的死鱼眼和吊儿郎当的厌世脸真的长在了我的审美点上。"

差点分不清是夸还是贬。

"可惜他不是白毛，要是染一头银发，完完全全就是银桑转世，我小时候最大的梦想就是睡到银桑。"

好家伙，还是个替身文学。

"我觉得你这是恋爱瘾犯了，要不去看会儿王宝钏挖野菜？"

"让它犯，我又不抽烟又不喝酒，好点色又怎么了？"

唐念完全无法理解二次元少女的脑回路，拉着椅子坐到她旁边，语重心长地说："但你喜欢一个人不能光看外表吧？"

"这我当然知道，看男人不能光看表面，还要看看他搭配V6涡轮增压和专属混电发动机，8档湿式双离合，中置后驱，动力输出高达830hp，双门双座的硬顶敞篷法拉利跑车……贴膜了没有。"杨蓁蓁一本正经地说，"我看过，贴了。"

"所以这说明什么？"

"说明他这个人细心，务实而不装酷，有钱但不败家。"

唐念还没懂贴个车膜怎么就不败家了，杨蓁蓁看了一眼时间，又说："哎呀，这么晚了！"她拿出自己的小号Knight包，往半空喷了一泵香水，站在中间转了两圈，"我今天这穿搭怎么样？"

唐念努力搜刮着自己匮乏的语言词汇："穿了。"

"喊……不懂欣赏，"杨蓁蓁白她一眼，"不跟你贫了，走啦走啦。"

唐念还是有些不放心："那你今晚还回来吗？"

"顺利的话就不回来啦，嘿嘿，不要太想我哦。"

宿舍重归寂静，空气中还飘荡着巴宝莉新款"周末女士"的浓香。唐念闻不惯这个味道，去阳台开了窗子。

杨蓁蓁其实家境不错，父母是做生意的，家里也算有点小钱，从小被娇养长大。虽然平时她也经常抱怨生活费不够，穷得只够吃土之类的，实际上她的生活品质一直很高，化妆品和衣服都是大牌，父母疼爱她，也舍得为她花钱，她并不像是能被金钱吸引的女孩子。

那么就只剩一种可能，她是真的喜欢上宋致了。

唉，这还不如单纯拜金呢。

当晚，杨蓁蓁没有回宿舍，大概如她所说，很顺利。

唐念昨晚太累了，赶飞机转大巴，一天没怎么休息好，回到宿舍手机没电关机了都没管，洗漱完直接睡了。

第二天早上起床已经八点，刚开机就收到好几个未接来电提示，全部来自陈知礼。

唐念头皮一紧，不会是来兴师问罪的吧？她战战兢兢打开微信，有几条杨蓁蓁的消息,昨晚凌晨快一点发的。

  杨蓁蓁:念宝儿,睡了吗?

  见她没回,十分钟又发过来一条。

  杨蓁蓁:陈老师问我你回宿舍没。

  唐念的心脏猛地一跳。

  甜甜圈:你怎么说的?

  没几分钟,杨蓁蓁就回复了,看上去像是玩了个通宵。

  杨蓁蓁:我让他体会了一把人间险恶,也算替你出气了。

  甜甜圈:?

  杨蓁蓁发过来一张图片,是昨晚她和陈知礼的微信聊天截图。

  陈知礼:唐念回宿舍了吗?

  杨蓁蓁:她不是和您在杭市出差吗?

  陈知礼:她不在民宿,你确定她没回去?

  杨蓁蓁:没啊。

  杨蓁蓁:陈老师,您先别急,凡事先往好处想一想,她没回宿舍说不定只是因为……

  陈知礼:?

  杨蓁蓁:被绑架了呢?

  唐念腹诽:你在胡说什么啊?

第七章
你要不要重新考虑考虑我

唐念坐在床上，对着手机发了好久的呆。自从被陈知礼发现她给他起外号后，她就当着他的面把备注修改成了"宇宙无敌帅气凛然和蔼可亲陈老板"，她看着通话记录中备注后跟着鲜红色的数字"24"，这说明昨晚他给她打了二十四通电话，而她一个都没接。

唐念脑瓜嗡嗡的，又想起这几天他对自己的无视，实在没勇气打回去，保守起见，编辑了一条微信。

——实在不好意思，我昨晚就回宿舍了……

可是这么回复不就把蓁蓁给出卖了？删掉重打。

甜甜圈：不好意思，手机没电关机了所以没接到电话。昨天回校太晚了，住在学校附近的酒店，现在已经回宿舍了。

发过去好久也没收到回复，唐念下床洗漱准备收拾东西去实验室。

路上没看见唐银婉，估计是一周没看见她，终于放弃从她身上薅羊毛了。

她正想着，身后忽然有人叫她的名字。

唐念扭头，远远就看到一个男人从她宿舍楼下走过来，眉宇间压着躁意，似是等待已久。

是胡铭。

唐念有些意外，胡铭向来看她不顺眼，高中毕业她从胡家搬走就再也没有见过他了，只有唐银婉提及他最近在相亲，彩礼凑不够什么的。

面对他，唐念自然不会有什么好语气："你们母子搁我这儿上班呢，还是两班倒？"

胡铭没回嘴，只是脸色黑着："我妈出车祸了。"

唐念一愣："什么？"

"我妈出事了，骑着电瓶车来找你的路上，被一辆货车蹭倒了，腿骨折需要动手术。"

"所以呢？你不陪她去医院来我这儿干什么？"

"她想见你。"

见我？见我的钱吧？

"她把腿摔骨折了，但手术费我没凑足，你拿点钱给她做手术。"

就知道……

唐念不想说话，甚至还有点想笑。

这笑讽刺意味十足，胡铭的脸色都不太好看了："你笑什么？"

"笑你啊，伸手要钱这么熟练，大学主修要饭专业吧。"

"我只是最近手头有点紧，你先借我点。"

"我凭什么借你？我跟你很熟？"

见唐念态度如此坚决，胡铭脸色瞬变："你有没有良心，她可只是我的后妈，我管不管她理论上都说得过去，但她可是你亲姑姑，她以前对你可比对我好，要不是她收留你，你能安安稳稳考上大学？"

"那不是她应该做的？"唐念本就心情不好，被他聒噪得头大，"她拿了我爸用命换的赔偿金，她不应该抚养我吗？"

胡铭双眼一眯，露出狠厉的神色："还真是心狠，所以你就见死不救？"

见死不救，还真敢说。

唐念是真的心烦："你要不要看看你自己在说什么？她有丈夫，还有两个成年儿子，哪里轮得到我来救？"

"我没钱，你不救就让她瘸了算了，我反正无所谓，但你自己摸着良心想想，她以前有没有亏待过你。"胡铭说。

唐银婉的确没有亏待过唐念，但更没有亏待过胡铭。他虽不是唐银婉亲生的，但唐银婉也一直待他视如己出，为他的学习工作，甚至为他的彩礼操碎了心。

除了唐爸爸的赔偿金，工作后唐念也按月给唐银婉打钱。唐银婉生活节俭，平时连双新袜子都不舍得买，这些年下来，不至于连做手术的几万块钱都凑不出，无非是这些钱都没花在自己身上。唐念对既得利益者无话可说，何况就算今天她拿出医药费，她也可以断定胡铭不会拿着钱去医院缴费。

唐念扯了下唇："你想要找我拿钱也行，回去让她和你爸离婚，再跟你们兄弟俩断绝母子关系，房子过继到我的名下，认我做女儿，到时候别说拿钱看病，我还会给她养老送终。"

胡铭似是不敢置信："你疯了？"

"你就当我疯了吧。解决办法就这一个，你回去和她商量商量，别再来烦我了！"

碰到一个讨厌的人，唐念一路心情都很不爽，回到实验室，连写代码都没法凝心聚神。她不开心时也不想别人开心，于是拿出手机打排位，连跪七局后心情舒畅多了。

退出来看着微信界面，陈知礼还没回她，也不知是故意没回还是在忙。

唐念去茶水间泡了杯咖啡，特意放了六块方糖，心情不好的时候就要多吃点糖。她回到实验室时，看见大师姐他们围在猴哥身边，不时发出一声惊呼。

唐念端着杯子走过去："怎么了？"

大师姐激动地搓着她的胳膊："师妹你知道吗，咱们的猴哥哥谈——恋——爱——啦——"

唐念也替他高兴："真的啊？恭喜，是咱们院的吗？"

祝卿宁八卦地问："研究生还是本科生？谈多久了？"

大师姐凑近："长得漂亮吗？是御姐型还是可爱型？"

猴哥淡定地挥挥手让他们安静:"一个一个问,别急啊,首先回答祝总的问题,她不是我们学校的,已经工作了,我们也是刚谈。

"然后再回答大师姐的问题,长得是可爱型的,但比小师妹要性感一点。"

大师姐搂着唐念疯狂摇晃:"哇啊啊,你小子好福气啊。"

唐念有点尴尬地抱住了自己的胸。

祝卿宁:"不错嘛,兄弟,啥时候带来给兄弟们看看?"

猴哥"嘿嘿"笑了两声,还有些不好意思:"这恐怕不行,我跟苏苏目前还处在网恋阶段,等挑个合适的时间再给你们介绍。"

大师姐和祝卿宁脸上的笑容瞬间凝住了。

居然还是网恋……

几人面面相觑,听着不是很靠谱呢。

大师姐发问:"那她是京北本地人吗?"

"不是,她老家是福建武夷山的,这段时间她外公生病,她辞职回乡下去照顾外公了,是个很孝顺的女孩。"

这剧情怎么听着耳熟啊。

大师姐抿了抿唇,试探问道:"那个……她外公家里不会有个茶庄吧?"

祝卿宁跟着补充:"她还有个后妈,要抢财产?"

"你们怎么会知道?神算子啊!"猴哥震惊,"她家确实有个茶庄,不过没后妈,她平时经常帮外公炒茶。"

妥了,是杀猪盘没跑。

大师姐很无语:"你平时都不上网的吗?"

猴哥:"上啊,前一段时间我还刚在网上给苏苏交了电费。"

大师姐愣住了。

经常上网还被这么拙劣的骗术骗,出去别说是我们学校的学生。

猴哥:"好了,事情差不多就这样,我有点事先出去一趟。"

他话音落下,桌边两人同时出手,一左一右固住他的胳膊,又把人按了回去。

猴哥一脸蒙:"不是,你俩干什么啊?"

大师姐给看热闹的唐念使了个眼色,唐念接收到,立马把咖啡放下,拿出iPad搜索"卖茶女"三字。

iPad被竖在猴哥眼前十厘米的位置,屏幕中滚动着各种UC标题句式。

——震惊,帮外公卖茶叶竟是网络骗局!

——美女卖茶骗局揭秘!

——还记得帮外公卖茶叶的美女吗?被抓了80个了,全是猥琐男!

…………

祝卿宁:"找女朋友不要光看对方长相,还要看看自己的长相。"

大师姐:"当你一穷二白时不要失落,至少还有骗子愿意骗你。"

唐念:"长点记性吧,天上不会掉钱,更不会掉女朋友。"

猴哥感觉有被扎心到:"不是,你们什么毛病,我说的是苏苏,她不是骗子。"

大师姐:"没错,就是苏苏,被抓的 80 个 200 斤变态猥琐男里有 56 个叫苏苏。"

猴哥:"是小苏,是那个苏啊。"

大师姐:"都什么年代了,你还相信这种骗局……等等,小苏,哪个小苏啊?"

猴哥白了她一眼:"陈老板家里的小苏啊。"

几人差点惊掉下巴:不是骗子,而是小苏?他把小苏当成了虚拟女友?

大师姐:"你居然找一个音箱当女朋友,你是不是变态啊?"

"饭能乱吃,话可不能乱说啊,我只是跟陈老板要了小苏的底层架构,重新部署的虚拟女友 AI,现在叫苏苏,跟他家的小苏没关系了。"

小苏的女儿?那不更变态了?

大师姐:"你天天跟个 AI 聊天,图什么啊?"

"她性感且有趣,完全了解我的生活,关心我的身体和心情,也能陪打游戏陪看电影,完全只为我一人存在,既能提供情绪价值,还不乱发脾气,这还不够?"

大师姐完全不能理解:"可这也只能在网上陪你啊,她能陪你逛街?还是说你要一辈子网恋?"

"初步阶段是这样的,但我们每天的聊天和对话都将作为语料库重新训练,等迭代到稳定版本,我就可以把程序接入到仿生机器人身上,到时候别说逛街,开店都行。"

大师姐还是不理解,还觉得他有点疯。

"算了,你们这种俗人是不会懂的,未来等虚拟男友批量生产的时候,我送你一台,你会发现他比你男朋友有趣得多。"

大师姐坚决捍卫爱情,不被新科技洗脑:"不可能,我和我男朋友是真爱,别把这玩意和我男朋友比。"

"我们也是真爱。"猴哥冷硬地说完,转身便走,留下一脸震惊的唐念和大师姐等人。

大师姐:"他不是在跟我们开玩笑吧?"

唐念摇摇头:"不知道,但看着很认真。"

大师姐的精神受到冲击,扶额离开,觉得太可怕了,这世界要完了,人类离灭绝不远了。

唐念倒是觉得还好,甚至还有点佩服猴哥。

她小时候看电影《我的机器人女友》,好羡慕男主角拥有一个既漂亮又战斗力爆表的女友,没想到短短十几年就要成为现实了。

桌上的咖啡已经凉透了,唐念想去茶水间重新泡一杯。

刚握住门把手,门从外面被拉开,她来不及闪避,手里的咖啡完整地倒在了面前男人的衣服上,是陈知礼。

她把咖啡洒他身上了!

实验室里的众人都静止了,一脸同情地看着小师妹,在心中暗暗给她祈祷。

唐念没敢抬头,看着陈知礼前胸处价值不菲的西装面料被一团褐色液体浸透,心里后悔万分。她为什么要这一秒开门？为什么不早一秒或者晚一秒？她一时冲动悔不当初悲愤愈加……

"对不……"最后一个字还没说出口，她的手腕就被扣住，几乎以脚不离地的姿势被拽出实验室。

消防楼道里的灯坏了，四周黑漆漆的，什么都看不见。

"你……"

话未说完，她就被拉进一个坚硬的怀抱。

陈知礼似乎极其没耐心，也不等她把话说完，就扣住她的后脑勺把人拉进了怀里。

唐念吓了一跳，但抱着她的男人似乎也在微微发抖，手掌贴着她背后的蝴蝶骨，用力抱紧。

"怎么了？你没事吧？"

陈知礼昨天下午两点回民宿时，唐念已经不在了，打扫房间的阿姨说她退房走了。他当时只觉得一股怒火从心口窜至喉头。她竟然敢一声不吭就走了，她到底有没有把他放在眼里？

可随着她联系不上，电话不通，杨蓁蓁一句"她没回宿舍"，他的心渐渐沉入谷底。他找不到她，也不知道去哪里找，就连报警都因为失踪不足48小时而被拒。

这段时间发生的事像是一段荒诞的梦，恍然间，美梦惊醒，他独自从MIT的32号楼醒来。

窗外是荒诞又歪七扭八的建筑群，实验室的入口像一个慵懒的醉汉，窗户是坏掉的机器人的眼睛，这是一个与中式对称美学完全不契合的地方，也时刻提醒着他身在何处。

他在那里待了8年，未来他还会继续待下去，那个唐念永远都不可能出现的地方。

他忽然觉得这样的人生很没意思，眼前的一切迷幻成虚无。这里太无聊了，平静又无趣，他也变成了一个无趣的人。

机械的、麻木的、日复一日的工作科研，墙上的荣誉越摞越多，他的头衔也越来越长，可他却越来越感觉不到这样继续下去的意义是什么。

所以他义无反顾地回国了。

回国前，他曾无数次告诫自己，他不是因为唐念回来的，就算再遇见她，他也要离她远点。她是个没心没肺的，顶着一张嬉皮笑脸，将他一颗真心肆意践踏，他不会再原谅她了。

如今他站在这片有她的土地上，连空气都生动了许多。如果不曾遇见，他本可以克制，也可以欺骗自己，可见了面，还是会忍不住靠近，想闯进她的生活，想在她的世界里霸占那么一分席地。

这么多年兜兜转转，他始终没办法放下。

事到如今，还要继续欺骗自己吗？

他想,他大概就是贱,固执得要命,哪怕头破血流,也要一条路走到黑。

管她什么喜欢不喜欢,她只能是属于他的。

如果他这辈子再也无法喜欢上另一个人,那就回来,和她纠缠到底,至死方休。

他的唇停在她的额前,胸腔随着呼吸起伏,暧昧的空气中有酒气浮动。

"你是不是喝醉了啊?"唐念抬头,想在昏暗中打量他的状态。

可他不是说酒精过敏吗?不可以喝酒的吧?

陈知礼的视线停留在唐念的唇上,她的唇颜色偏浅,两片唇瓣轻抿着,粉嫩又小巧,不知是不是也如梦中一样清甜柔软,带着令他发疯的味道。

两人距离逐渐靠近,男人的气息完完全全包裹住了她,双唇几乎相贴,呼吸纠缠。

唐念脸有点热,想逃跑,可背后却是墙,退无可退。

他到底要干什么?要亲她吗?

她整个人僵硬得像一块铁板,眸中露出几分无措。

"唐念……"他喊她的名字,嗓子有点哑。

"我没醉。"陈知礼强调。

他把她拽进怀里,滚烫的唇压在她颈侧,仿佛蔓延着无法熄灭的暗火。

他的呼吸太烫了,烫得她浑身发麻发酥。

"陈知礼……"

他没有吻下来。

家教使然,他有自己的骄傲,就算醉酒,他也不可能对她无礼,但她还是浑身发热,软得都站不稳了,靠在他身上,勉强维持站立的姿势。

男人喊她的名字,声音在寂静的楼梯间低沉而清晰:"唐念。"

唐念眼睫颤抖得厉害:"什么?"

他活了近三十载,很少失误,更没有过失败,可在她这里,他一再丢盔弃甲,一败涂地。

有些人就像瘾,戒不掉,也忘不掉。

既然他赢不了,就干脆认输。

"你要不要重新考虑考虑我?"

第八章
不会让你嫁给他的

陈知礼平时不喝酒,酒精饮料也不碰,除了本身对酒精过敏外,他更是非常讨厌那种酒后对身体失去控制的感觉。

只是这一刻,他不得不感谢酒精,否则就算是以他的脸皮,也没有自信能在清醒状态下说出这种话。

这句话耗尽了他全部的力气。

酒精对语言的促进功效结束,开始对胃发动攻击,胃里阵阵痉挛,没几秒皮肤也泛起痒意,浑身火辣辣地疼。

如果不出意外,几分钟后他会呼吸困难,全身抽搐。

为了避免吓到唐念,陈知礼在身体失控前,强力压制着胃里的翻涌,冲出了楼梯间。

他没回云水湾,打车回了家,进门就把自己关进房间。

赵淑兰弯着腰,耳朵贴在他房门上,听到房间里阵阵抽水声,担忧道:"阿礼,没事吧?"

陈得进:"你别鬼鬼祟祟的,像什么样子。"

赵淑兰:"我还不是担心儿子哦,阿礼酒精过敏,而且好多年不喝酒了。你说他会不会是失恋了?"

陈得进从报纸中抬起头来:"失恋?"

"你忘了,他大学那会儿失恋跑出去喝酒,结果把自己喝进医院,洗了三次胃,差点小命不保。"

"但他最近没谈恋爱吧?"

"这你不知道了吧,"赵淑兰走过来,神秘兮兮的,"我跟你说啊,他最近在追一个女孩。"

"你怎么知道的?"

"知儿莫若母,"赵淑兰骄傲地道,"而且我早就打入敌人内部了,据我掌握的一手情报来看,他前段时间带人去出差了。这明面上说是出差啊,实际上估计是找个光明正大的理由带人家出去玩。他还让我给女孩准备衣服和护肤品,你出差会给下属准备这些?"

陈父求生欲拉满:"这我哪敢。"

"这不就得了,以我的了解,原本的行程应该是后天才回来,提前回来估计是闹别扭了,儿子借酒消愁呢。"

陈父默默朝她竖了个大拇指,论八卦,还得是女人。

"这样吧,你去泡杯蜂蜜水,我进屋去探探情报。"

陈得进:"别了吧,太明显了。"

赵淑兰催促着:"我又不傻,肯定不是直接去问啊,旁敲侧击啦,快去快去。"

陈父放下报纸,被指使着去厨房了。

几分钟后,赵淑兰端着蜂蜜水敲了敲陈知礼的门,听到里面说"进"她才拧开门,笑着探进头:"儿子,在忙呢?"

陈知礼这酒喝得上头,还有点头疼,揉着太阳穴靠在床头:"没有。"

"喝点蜂蜜水吧。"赵淑兰把杯子端过去。

陈知礼接过,说了声"谢谢"。

离近后,赵淑兰才看清他脖子上起了一层细细密密的小红疹,是过敏的症状:"你吃药了没?"

陈知礼:"嗯,吃了。"

赵淑兰:"不行就去医院看看,过敏可不是小事。"

陈知礼:"没事,反应不大,一会儿就好了。"

赵淑兰把他喝完水的杯子接过来,放到床头:"怎么了,心情不好啊?"

陈知礼没说话,唇色有些白。

赵淑兰叹了口气:"你啊,就是从小到大做什么事都太顺利了,没遇到过什么槛儿,所以遇事就上头,不管不顾一股脑地往上冲。这可不叫勇敢,这叫鲁莽。"

这话刺了下他的神经,男人的神色一瞬间变得有几分复杂。

他其实并没有表面的自信,也不清楚今天这件事是否做得太莽撞。他都没有留给她选择的余地,心头一热就把自己的念头说出来了,完全没有想过若她不愿意会如何,甚至他还不知道她是怎么想的。

很多事,努力和回报是成正比的,除了感情。

而感情方面的经验他知之甚少,仅有的一次,还以失败而告终。

"别看妈妈我是个运动员,你就觉得我头脑简单有勇无谋,实际上妈妈比你懂得多了。"暗示到这也差不多了,赵淑兰不再多言,站起身,"行,你好好休息,有什么事都可以来问妈妈哦。"

"妈,我……"陈知礼叫住她,"我有个……朋友,确实有点事很苦恼。"

上钩了。

赵淑兰心里八卦的小人比了个胜利的手势,面上还是控制着表情,重新坐到他身边:"他怎么了?"

"他喜欢上一个女孩,不知道该怎么做。"

"哦,原来是遇到感情问题了,这是我的强项啊,妈妈年轻的时候被很多人追过的,你猜我为什么会选择你爸爸?"

"不是因为他长得帅嘛。"这话陈知礼从小没少听,耳朵都快起茧子了。

"讨厌,竟说这种大实话,"赵淑兰娇羞地抿了下唇,"但其实也不全是这个原因,他可不是我的追求者里最帅的,你知道为什么妈妈会选他吗?"

赵淑兰在军区大院长大,是家里最小的女儿,上面六个哥哥都是军人,从小受宠,自然是没少见板正又对她贴心的小伙子,陈得进确实算不上多拔尖。

125

"为什么?"

"因为他有耐心啊。你知道狼吗?"

"狼?"

"对,狼的耐心令人惊奇,在围捕猎物之前,他们会不惜花费很长时间部署和观察环境,之后躲在暗处,忍受恶劣的天气和长期的饥饿,在机会到来之前绝不妄动。"

陈知礼没说话,低着头,似是在思考。

赵淑兰点到为止,笑了笑:"放心吧,只要真心待人,她不可能看不上你,"陈知礼抬眼看过来,她紧急转了个弯,"……的朋友。"

唐念失眠了,躺在床上眼睛瞪得像铜铃。隔壁床的杨蓁蓁睡得很熟,呼吸绵长,小呼噜一阵阵的。若不是她的心脏到现在还在咚咚狂跳,她会觉得这是一个荒谬的梦。

男人的声音很近,唇贴在她耳边,吐出的气息带着外面的寒气,一字一句,咬字清晰有力。

"你要不要考虑考虑我?"

陈知礼没有给她回答的机会。他的眸光漆黑,看过来时侵略感十足。这一眼她就明白,他其实不需要她任何回应,他只是在通知她,他势在必得,他要侵略她。

她想起以前的陈知礼,年少情动时,连亲吻都是温暖而轻柔的。他会在亲吻前告诉她要闭眼睛,会与她十指交握让她放松,会不断试探地问她是不是可以。

他是真的和以前不一样了。

唐念几乎一夜未眠,五点多才小眯了一会儿,大清早又被杨蓁蓁薅起来:"念宝儿念宝儿,去看赛车吗?"

唐念困得眼睛都睁不开:"看啥车?"

杨蓁蓁踩着凳子趴在她床边,拉起她的被角:"DeepRacer,今天开动员大会,我们去凑凑热闹呗。"

唐念闭着眼睛坐起来,头发乱七八糟:"什么瑞色?没听过。"

"不是瑞色,是 DeepRacer,自动驾驶赛车。我跟你说啊,举办方邀请了去年全球冠军队 StarML,我看过视频,真的太帅了,竞速能达到时速 300 多公里,把专业赛车手都甩掉一大截。"

唐念低着头,听着杨蓁蓁的喋喋不休又睡着了。

杨蓁蓁无能狂怒:"你这个女人,这么激动人心的时刻你还能睡?"

事实证明,唐念确实能睡着,至少在掌声雷动的动员会现场仍睡得很熟,无视现场的沸腾和旁边杨蓁蓁激情高昂的尖叫声。

等她睡饱了,动员会也结束了,空旷的会场上已经只剩下几个打扫卫生的工作人员。

唐念打着哈欠揉了揉眼睛:"结束了?"

"嗯,讲得真精彩。"

唐念"哦"了一声，明显没多大兴趣，她自己的项目都搞不出来，哪有空听这种催眠曲。

杨蓁蓁明显是上头了："今年赛事有变化，除了初赛是线上模拟器提交代码外，华北赛区和全国赛区都是人机对抗赛。人机同一条赛道哎，想想就好激动，到时候我要来现场看，就是不知道好不好买票。"

两人边聊边往外走着，等电梯时，刚好看到有工作人员带着几位穿赛车服的男人走过来。

杨蓁蓁小声说："他们就是举办方邀请的赛车手，估计是来参加选拔的。这算业内第一次搞这种人机在物理赛道上的比赛，安全性未知，难度也未知，所以奖金就很丰厚了。在区域比赛中赢下智驾的个人会有10万奖金，而且是美金。"

唐念随耳一听，抬头扫过去，这一眼就看到了人群中某个讨厌的熟脸，而那个人也正好看到了她。

是胡铭。

刚睡足的好心情瞬间就没了。

唐念面色凝重，拉起杨蓁蓁就要往相反的方向走，还来不及走远，人群中就响起一道阴阳怪气的声音："哟，这不是我那位好妹妹嘛，看见哥哥怎么不叫人？"

杨蓁蓁回头看了一眼，是个男人，穿一身黑衣，戴棒球帽，她问唐念："这油腻男是在叫你吗？"

听不见，听不见。

唐念不想和胡铭再有任何瓜葛，拽着杨蓁蓁的胳膊走得飞快，像是背后有狗在追。

两脚的肯定比不上四脚，还是被追上了。胡铭长腿一跨，挡在两个女孩前："去哪儿啊，好妹妹？"

杨蓁蓁有些搞不清状况，视线在两人脸上徘徊。

这到底是认识还是搭讪啊？

唐念抬眼，瞥见男人胸前的铭牌"2B号"……哦，看错了，是"213号"。

高中能考上附中的都是区内排名靠前的学生，胡铭也不例外，只是他高中三年堕落得厉害，跟着一群狐朋狗友打电竞，大学读到一半又辍学去玩赛车了。

这举办方真不挑人，什么阿猫阿狗都能叫赛车手。

"好狗不挡道！"唐念不耐烦道。

胡铭冷哼了一声，不咸不淡地把她从头到脚打量了一番，最后目光停在杨蓁蓁身上："这是你朋友？"

唐念没理他。

"她知道你把自己唯一的亲人丢医院不管不顾吗？"

杨蓁蓁一脸茫然。

唐念翻了个白眼："你要是真的闲得慌，出门右拐，花两块钱乘坐17路到终点站，那里有个化粪池，你爬进去尝尝咸淡。"

胡铭的脸色瞬间暗下来。

"噗……"杨蓁蓁差点没被憋死。

唐念可不管胡铭的脸是黑是白,拉着杨蓁蓁就要走,刚踏出去两步,胡铭又开口了。

"你不是想当我妈的女儿嘛,"许是被唐念的话气到,胡铭轻叱一声,言语也变得犀利,"那我看你就嫁给我算了,正好我缺个女朋友,而你缺个妈管教。"

说她没教养?不就是恶心人,谁不会了?

唐念微微勾唇,丝毫没有恼怒:"你是来参加比赛的?"

"是啊,怎么了?"

"真巧,我也是。"

杨蓁蓁一愣:咱不是来看热闹的吗?

唐念顿了顿,缓慢说道:"打个赌吧,区域赛你要是赢了我,我就嫁给你好了;要是输了,你去大悦城裸奔三小时。"

杨蓁蓁惊呆了。

大悦城是京北最大的商业街,地处繁华路段,经常有街头采访和小网红街拍,真要在那片裸奔,那必定上社会新闻了,不文明要被打码的那种。

胡铭整张脸变成了猪肝色。

人类的本质是凑热闹,听到这边有乐子,一群赛车手都围了过来。唐念不怯场,笑着站在人群中央,一开口就是老阴阳师了。

"不会吧?你不会是不敢吧?"

胡铭骑虎难下,可气氛都烘托到这了,他也拉不下脸面拒绝。

"比就比,到时候输了可别不认账!"

"放心吧。"输了她肯定不认账。

离开会场,坐上回校的地铁,杨蓁蓁才问起:"刚才那人是谁啊?"

"他是我姑姑的继子,我高中时寄住在他家,他那会儿就看我不顺眼了,经常找我麻烦。"

"哦,不过真没看出来,你骂人挺厉害。"

唐念笑了笑:"也没有。"

杨蓁蓁一直觉得她笑起来很好看,皮肤红润,一双大眼睛弯得像月牙,任谁看都是一个可爱甜美小姑娘,谁能想到几分钟前她还让人爬进化粪池尝尝咸淡。

人不可貌相,佩服。

杨蓁蓁忽然又想起什么来:"那你有把握赢他吗?"

唐念一愣,眼里闪过几秒迷茫。

看她这神情,杨蓁蓁的瞳孔缓慢扩大:"你别告诉我你没把握!"

实话说,唐念就是想恶心恶心胡铭,至于怎么赢,还真没想好。她咽了咽口水:"有七成把握吧。"

她大学毕业后在恒宇科技算法部干了近三年,做的就是自动驾驶方向的高精度定位,带她的老师是部门技术骨干,她就算再菜也耳濡目染了一些。一个比赛而已，难度应该不会很大吧？

杨蓁蓁真佩服她的天真："你算你再看不起那个2B号，他也是职业赛车手，肯定有实力，你没百分百的把握还敢夸下海口？怎么，真想嫁给他啊？"

唐念拿出随身携带的iPad，打开DeepRacer官网，一边看一边说："你先把规则给我讲一下。"

合着您老是一点没听，那到底是哪里来的骨气让人裸奔？

杨蓁蓁深吸一口气，开始讲解："比赛分三场，初赛、区域赛、全国总决赛。初赛是通过线上仿真环境模拟并提交代码，评出12支优秀队伍登上赛车场赛道，咱们是华北赛区，从区域赛开始就是人机对抗赛了。"

唐念点点头，示意她继续。

"赛场提供相同物理硬件的车辆，硬件不能更改，性能完全取决于算法，前五名参加全国总决赛，差不多就是这样。"

唐念大体明白了，连上手机热点在官网注册了账号，看着报名页陷入了深思："蓁蓁，这比赛需要至少三人组队。"

"这我不管啊，我一个搞机器视觉的，不懂这个。"

"巧了，路径规划和实时定位正好需要你这样有机器视觉基础的人才。"

杨蓁蓁不为所动："你说这话像极了骗子。"

唐念轻轻拉住她的衣角，一脸真诚地说："哎呀，就报一个嘛，就凑数，我保证你什么都不用干，绝对不浪费你的时间，真的。"

两分钟后，老二次元杨蓁蓁妥协，萌妹卖萌，她拒绝不了一点。

"可就算我加入，你也凑不齐人吧，还差一个呢。"

"没事，我来想办法。"

说是想办法，好几天过去，唐念也没找到什么好办法。

大师姐白天搞项目晚上熬论文，祝师兄又在创业关键时期，猴哥倒是不算特别忙，只是他现在的精力都集中在苏苏身上，估计也没空，她又不好意思让人家抽时间参加比赛。

唐念思前想后，开始思考求人不如求己，自己注册一个小号报名算了。

这天从卫生间出来，唐念往实验室走。这栋科研楼有年头了，实验室的木门老旧失修，开关时总会发出悠长的"吱"声。

正值晌午，烈日阳光从门的缝隙挤出来，形成一段金色的光柱，这时，一双漆黑的皮鞋踩在地上。

唐念遽然停下脚步。

她瞬间就意识到了这人是谁，心一提，脑子在困境里转得异常高效，转身拧开消防通道的门躲了进去。

是陈知礼，还好她躲得快，要不然就面对面撞上了。

外面的脚步声愈发清晰，不时有经过的学生问好，男人简单回应，声线透着磁性，听着应该是没注意到她。

没多久，脚步声渐远，安静下来。

唐念长舒一口气，后背顺着门板滑下去。最近糟心事可太多了，比赛组不到队，项目没进展，临近期末，课程也一团乱麻。

最让她窒息的当数陈知礼，她也不知道那天他是喝醉了，还是存心给她找不痛快，过后她也不敢去问，毕竟他是老板，她是个小小的"研究僧"，她惹不起，只能躲着点走。

可躲得了初一躲不了十五，后天就要开组会了，这次编个理由躲过去，下次呢？她还要毕业，还要找他批论文，躲不过去啊，根本躲不过！

她在楼梯间待了有近十分钟，起身准备出去，忽然，楼梯上传来一阵细微的开门声。

唐念往前走了几步，抬头往上看。

楼上进来两个人，一男一女，男生穿了一件宽松的卫衣，进门就把女生抵在门后，急迫地要去吻她。

楼梯间安静，密密匝匝的接吻声和衣服面料轻轻摩挲发出的窸窸窣窣声很清晰。

女生低声娇嗔："你有病吧？"

撞破接吻场景的唐念有些尴尬，而且这女生的声音好耳熟啊，但一时想不起在哪里听过了。

听女生撒娇，男生笑了，语调戏谑："再亲一个。"

不过这个男声唐念很确定，是赵知聿。

上次想转组时碰到的大三生。

非礼勿视，非礼勿听。

唐念退回去，原本想悄悄出去的，结果不知何时，她这层消防通道的门从外面被反锁上了。

不是吧，哪个神经病锁的门？

她这动作不小心大了点，楼道声控灯忽然亮起，惊动了楼上亲热的情侣。男生冷声往楼下喊："谁在那里？"

被发现了，唐念转身要逃，被男生三两步从楼上冲下来拦住去路。

她尿得彻底，贴着门双手举过头顶："对不起，我不是故意偷听你们的，我想出去，结果门锁了……"

话未说完，她直接呆住了，因为她看到了男生身后衣衫不整的女生。

我的天，玩这么大吗？这是楼道哎，你们年轻人注意着点啊！

女生看到人，瞳孔放大，慌不择路地开门跑了。

唐念咽了咽口水，表情有点不太自然："那个……我什么都没看见啊，但也不是我说你，能不能克制一点，这里是公共场合，注意文明啊。"

怕她喊出声，赵知聿直接上手捂住了她的嘴："别出声。"

唐念挣扎着抬起头，用看变态的眼神看向他。

很好，被她的眼神骂了。

赵知聿小声说："我解释。"

唐念："唔唔……"

赵知聿没听懂，但应该是骂得很脏吧。

"我可以松开你，但你保证不乱叫，听懂了就眨眼。"

唐念迫于淫威，眨了眨眼。

赵知聿刚一松开，唐念就急慌慌地远离他，脸上仍是一副鄙夷的神情。

赵知聿无语："能不能先收一收表情，太明显了。"

"你敢做不敢当啊？公共场合知不知道羞啊？"

"有什么好羞的，我女朋友。"赵知聿嘴角的笑消逝，语气里夹着一丝警告。

唐念嘟囔着："女朋友也不能大庭广众之下又亲又摸的吧？我一会儿去邓老师那里告你的状。"

赵知聿："我又没报她的研究生，你告诉她也没用。"

唐念再度震惊："你没报她的研究生？"

赵知聿："我不准备读研了。"

唐念无语了："你不读你跟我抢什么？你知道你这叫什么行为吗？你这叫占着茅坑不拉屎！"

赵知聿嘴角抽了抽："所以邓老师是茅坑还是屎？"

唐念："话糙理不糙。"

赵知聿："但你这话也太糙了。"

"别转移话题，我最讨厌的就是你们这种浪费社会资源的保研生了，要读就好好读，占了名额却不去读什么意思啊？不知道我们考研生为了一个名额累死累活大半年吗？结果就因为你们一句不想读了就被挤下来，可恶！"

赵知聿面无表情地看着她。

"瞪我干什么？我说得不对吗？不想读还要和我争，你这行为就很变态。"

"是邓老师离职了。"赵知聿言简意赅。

"什么？"

"她去研究所工作了，就算没有我和你竞争，你也进不了她的课题组。"

好吧，唐念这下无话可说了。

又过了一会儿。

"那……刚才那个女生是我们学校的吗？"

赵知聿瞥了她一眼："别八卦。"

"没八卦，就是单纯好奇。女生身材不错，可惜眼睛不太行。还有，你俩在这种地方也太危险了吧，也就是遇到我这种正直的人，要是遇到别人拍照发论坛上，直接让你俩火一把。"

赵知聿并不想谈及隐私，只告诫道："这件事保密，别出去乱说。"

唐念插兜倚着楼梯栏杆，微微扬着下巴："帮你保密的话，我有什么好处？"

赵知聿眯了眯眼："威胁我？"

"不是啊，主要是提醒你，我这人道德低下，嘴巴还松，你真放心让我保密？"

明晃晃的威胁。

赵知聿都笑了:"你就直说吧,想让我干什么?"

"就喜欢跟聪明人说话。事情是这样的,我想参加 DeepRacer 自动驾驶赛车中国联赛,现在还缺个队友,你要不要跟我组队?"

赵知聿腹诽:你看我敢说不吗?

就这样,唐念终于在报名截止前成功找齐队友。

她趴在桌前,细白的指尖捏着报名表:"你说我们要取个什么样的队名能炸裂全场?"

赵知聿跷着二郎腿玩手机:"随便。"

杨蓁蓁:"要不然就叫……炸裂队。"

赵知聿无语。

赛方提供了传感器真实数据集和模拟环境,包括城市道路和竞速弯路两大赛道,参赛者可登录仿真环境,把自己的决策算法输入进去,模拟不同时段、不同路况、不同障碍情况下算法的性能和决策规划,择优提交算法。

"这比赛一天允许提交几次?"赵知聿收起手机,也开始认真起来。

"嘘。"唐念示意他小声点,毕竟这是图书馆,不能大声喧哗,她低着头在微信群聊里回复他。

甜甜圈:大赛每日允许提交三次,并实时公布排行榜。

赵知聿:你为什么不去实验室?图书馆不能讨论,不能说话,限制太多了吧。

唐念当然不能告诉他,她最近在躲人。

实验室里有大魔王啊,她不敢去。

甜甜圈:图书馆怎么了?阳光好,查资料也方便,你小点声就好了。

赵知聿:要不去我家?

甜甜圈:啊,你家?

赵知聿:图书馆不能说话,太不方便。

甜甜圈:你家在哪儿?

赵知聿:云水湾,离学校不远。

甜甜圈:住这么贵的房子,你不要命了?

赵知聿:不是我的,我哥买的,平时不过来,没人正好方便我们讨论,来吗?

甜甜圈:也可以啊,明天吧。

赵知聿:行。

第二天杨蓁蓁要去约会,便让唐念一个人先过去。

唐念到云水湾时,赵知聿在群里给她发了地址,6栋2单元。这个楼号眼熟,陈知礼是不是也住这里来着?

她心里忽然升起一种不太好的预感,正准备跑,下一秒就被赵知聿强势揪住后衣领:"干什么去?走这边。"

"嘀"的一声刷卡音,两人一前一后走进电梯,在他按下12楼时,唐念打

132

退堂鼓的念头攀至巅峰。

"不去了，放我下电梯。"

"怎么了？"

"我尿、尿急。"

"马上到了，忍忍。"

"不行，憋不住了，要尿裤子了，快让我下去。"

赵知聿不知道说什么了，看了眼她，又看了看手里的矿泉水瓶，有些欲言又止："要实在不行的话，你就……"

"你给我闭嘴吧！"

唐念有预感他要说什么变态话，赶紧打断他，板着脸站在了角落。

可能是她想多了，12楼有两户，说不定他们只是邻居，毕竟赵知聿的哥哥应该是姓赵，而不是姓陈，这两人在学校也没见过交集，所以不认识的概率比较大。

她是这么想的，可是当赵知聿按下1201的指纹锁时，她彻底傻了。

不会吧，还真是陈知礼家。这跟去老虎屁股上拔毛有什么区别？她千躲万躲，结果直接送上门白给啊！

"不是，你跟陈知礼什么关系？"

"哦，他就是我哥啊。"

唐念不信："你别骗我，你俩明明都不是一个姓。"

"我跟我妈姓，他跟我爸姓啊。"

唐念一惊：忘了这茬了。

她要是知道还会有这种情况，是绝对不会答应到赵知聿这孙子家里来的。

为时已晚，因为防盗大门已经被赵知聿打开，唐念一个趔趄被他推进去，而他本人就这么关门走了。

走了？

啊啊啊……

赵知聿其实也有点心虚，他并不想干这种缺德事，都是妈妈出的馊主意，和他无关。

陈知礼坐在沙发上，膝盖上放着MacBook，一双长腿格外吸睛，室内浅灰色的抛光砖反射出细碎的光芒，倒影出男人模糊的身影。

听到声音，陈知礼抬起头看过来，看到她眼底闪过一丝微诧，旋即变得平静。

陈知礼知道她这几天在躲他，不仅不去实验室了，还为了避免碰到他都要绕路好几公里。

唐念站在玄关处，尴尬到手足无措，进也不是，出也不是，只好硬着头皮打招呼："那个，你、你、你一个人在家呢。"

陈知礼松弛地靠着椅背："嗯，半个人在家怕吓死你。"

"喝点什么？"陈知礼走到冰箱前打开门，回头问她。

唐念坐在沙发上，拘谨地挺直后背，视线落过来一秒，又很快移走："都、都行。"

陈知礼拿了瓶果饮，走过来递给她。

"谢谢。"

唐念拧开喝了一小口，是荔枝味，很甜。

盖上瓶盖后，转了转瓶身，发现居然是她以前常喝的牌子，连口味也是。

陈知礼坐回沙发，手指划着触控板，继续工作。

宽敞的室内忽然变得安静。

唐念莫名紧张，呼吸也放缓了，空气里都是他身上的味道。

时间一分一秒过去，两个人就像拼桌的陌生人，保持着难以明说的尴尬。

"要不我还是……"

"你……"

两人同时开口。

唐念立马偃旗息鼓："你先说吧。"

陈知礼停下动作，看过来，沉默观察她片刻，一针见血地点出："最近两周，你在躲我？"

"啊，没有啊。"唐念攥紧手指，心慌得不行。

男人眼神幽深地静静看着她，那眼神锐利异常，甚至更具侵占欲。

"我没躲你，我只是最近报了 DeepRacer 的比赛，所以一直在图书馆和队友商量算法策略，不是故意没去实验室的。"

为了让自己的言论听起来更具说服力，唐念扬起脸与陈知礼对视，连眼皮都不眨一下。

对视片刻，陈知礼微微勾唇，眉眼被阴影覆盖，淡淡道："这样啊。"

唐念点点头："这个比赛挺出名的，已经有好几百支队伍报名了，最后只有十支队伍能进区域赛。原本我们是在图书馆商量的，但因为不能大声说话，赵知聿才说这里没人，邀请我过来一起讨论。我不知道你在家，要是打扰了，我这就走。"

"不打扰，你写你的就行。"陈知礼淡淡道。

唐念的屁股都离开沙发了，听他这么说只能坐了回去，走也走不了，坐这里又浑身难受，这也太煎熬了。

赵知聿，你坏事做尽，最好少走夜路。

她脑子里的小人都快抓狂了，表面还得淡定地拿出笔记本电脑，装模作样地写代码，眼睛盯着屏幕，余光却忍不住地往旁边瞟过去。

陈知礼在审阅论文，他是某会审稿人。

唐念猜测这篇论文一定不怎么样，因为自从他打开这篇论文，眉头就一直皱着，最后果不其然给了 reject（拒绝）。一篇论文共有五位审稿人，前面已经有两位给了 reject，他是最后一位，这也意味着这篇论文不会通过。

陈知礼看得眼睛疼，摘下眼镜捏着鼻梁放松。

这篇论文真的太差了，没有一点创新，只换了参数把实验照搬了一遍，这种学术垃圾除了浪费时间，没有一点用。

唐念收回余光，默默写代码。她刚刚瞄到了，那篇论文的通讯作者是他们学院的老师。一般来说，审稿人是不会毙掉熟人论文的，这么不通人情，她已经开始为自己将来的小论文担忧了。

她走了会儿神，突然，身后靠过来一个温热的身躯，带着她熟悉的气息。

唐念身体一僵。

因为突然的靠近，她整个背脊几乎贴到了陈知礼的胸膛，但他本人完全没意识到这姿势有多暧昧，注意力仍在她的电脑上："代码写完了？"

"啊，还还还……还没。"

"那有方案了吗？"

"方案是有的。"

"要我帮忙看一下吗？"

不是吧，难道是被论文发的大水冲昏了头，开始对应用比赛感兴趣了？大神的腿，不抱白不抱。

唐念清理了一下仿真环境的页面，把屏幕往他身边倾斜。

这种自动驾驶比赛的算法一般主要关注三个方向，传感器数据的处理、图像识别与处理，还有路径规划与决策。

"我刚写了一版代码，路径规划算法部分用的是 D 算法，可以启发式指导，根据障碍物信息动态规划路径。我想在里面加入曲线拟合来确保车辆轨迹平滑，防止过度剧烈转弯，保证安全。"

陈知礼没点评唐念的代码，从一旁抽了张 A4 纸，拿签字笔在纸上画了坐标轴和几个公式。唐念的脑子还没反应过来时，他已经把笔一合。

唐念茫然："我怎么一个字都看不懂？"

陈知礼毫不意外，身子往后一仰："你拿反了。"

"哦。"唐念把纸转了 180 度，还是没有看出什么门道，"你刚刚说的是公式吗？"

"还不算笨，知道是公式。"面对她满眼清澈的愚蠢，陈知礼将视线重新落到那张纸上，又从头给她讲了一遍："轨迹规划本质上来讲就是一个多目标的数学优化问题。"

原来是数学。

数学这个东西果然不是一般人能听懂的。

虽然内容她没听懂，但结论懂了，这玩意儿能优化路径和车辆速度。

唐念写的代码都是基于机器学习算法的，这也符合她的专业，让算法自适应学习以应对不同状况。如果效果不理想就换参数，再不行就换算法，业界俗称调参侠。

陈知礼说："你不能太依赖机器学习，这东西是个黑盒，很多工作原理和决策过程都难以解释，只是通过大量数据训练出的一种接近正确答案的工具，科学只能'逼近'真理，只有数学本身就是真理。"

这话说得站着说话不腰疼。

数学确实是真理，但也是一门高度抽象化的学科，它对天赋要求极高，总而

/ 135

言之，是数学选择了它的追随者，而不是有人选择追随数学。

当然这对数学宠儿、高一 IMO 满分、自称"数学一般"的陈同学来说，显然无法理解她为什么看不懂他解释了两遍的公式。

但她也不是吃素的，数学也不差，当年高考数学 142 分呢。

她不认输的劲儿上来了，趴在桌边，握着笔尖凝眉细思。

她以前也这样，喜欢窝在沙发和茶几的缝隙间，做题时投入又认真，一张卷子做下来连姿势都不换，经常写完后才脖子酸腿麻，撒着娇让他揉腿。

陈知礼注视着她的侧脸，发现她的长相和过去没多大变化，白皙干净的皮肤，挺翘的鼻头，细长的黑发如瀑般从肩头垂落……他只是这么看着，内心那根弦忽然拨动了一下。

"唐念。"他忽然出声。

认真起来的唐念完全没杂念，正低头演算："嗯？"

"那天我喝醉了，抱歉。"

声音不高，却异常清晰。

唐念手指一顿，刻意压下去的记忆无声翻滚，眼睫轻颤，压住眸中一闪而过的失落。

"我、我知道，没关系啊，你不用抱歉的，我也没当真。"

陈知礼是个激进的人，做数学题从来不屑常规方法，而是喜欢另辟蹊径，险中求胜，只有一成把握也敢写下"解"字。但她不是数学题，关于她，他不想冒一丝的风险。

还不是时候，他想。

"你真相信他是喝醉了胡说的？"

"不信能怎么办？他这么说就是不想把事情弄得太尴尬，我当然不能拆台。"

杨蓁蓁喝了两口奶茶，嚼着椰肉："那你还喜欢他吗？"

唐念沉默下来。

说不喜欢是不可能的，但要说喜欢她也不敢，他们之间的差距已经太大了。这么些年她一事无成，庸碌度日，早已磨平当年的热情和棱角，早已不是他喜欢的样子了。

杨蓁蓁打量着她的表情，喜欢这件事是藏不住的，很明显她没放下："懂了，我建议你立刻去摊牌，他这种长相、身材加实力，业界打着灯笼都难找，错过这村就没这店了。"

唐念垂着眼，顿了顿："但我觉得……"

"觉得什么？"

"这些年我们都变了很多，他根本就不了解现在的我，就算他是有一点想和我在一起的意思，很大可能是怀念以前，还对以前的事念念不忘，真要在一起不合适又分开，处境会更尴尬，现在这样相处挺好的。"

"不是，你想这么多干什么？"杨蓁蓁觉得唐念心态不对，"你要知道，男人对一个女人的新鲜感只能持续一段时间,不管最后能不能在一起,你要做的是先榨取他的剩余价值,看看他到底是不是真心的。"

唐念眼睫动了动:"你的意思是?"

"你先这样跟他说,"杨蓁蓁深思三秒,神秘兮兮凑过来:"大佬带我一篇SCI看看实力,括号,二作杨蓁蓁,括起来。"

唐念腹诽:你的算盘珠子快蹦我脸上了。

"哟,两位学姐在这儿呢!"

正巧赵知聿端着餐盘走过来。

唐念对他那天出卖自己的行为感到非常不耻,端着盘子与他拉开距离:"离我远点,我不想和你说话。"

"你不会还在生气吧?上次的事真不赖我,主要是我妈,说我哥年纪大了还没女朋友,只要帮领个女生回家,就给我买肯德基脆咔滋蒜香盐酥鸡爆柠餐。"

唐念用一种审视的眼神将他从头到尾看了一个遍:"你答应了?"

"怎么可能?我怎么可能是为了一点利益抛弃朋友的人?我当场就义正词严地拒绝了。"

"那你吃的什么?"

"肯德基啊。"

"滚!"

这两人加一起八百个心眼子,没一个往比赛上使劲就算了,还净说些风凉话。

眼看是指望不上他俩了。

第二天,唐念去图书馆挑了几本多目标规划和数学优化方面的书籍。

她的算法遇到了瓶颈,调了好久的参数值也达不到预期效果,不如从数学中找点灵感,但是说实话,数学真不是那么好学的。

什么帕累托前沿、效用函数、权衡解,目标函数比老太太的裹脚布还长,MATLAB得出的图像比天上星星的分布还散乱。

她看了一个晚上,精神几近崩溃,往桌前一趴,算了,放弃吧。

人类和动物最基本的差别是人类会制造并使用工具,机器学习创造出来就是为了摒弃复杂的底层逻辑,让机器自主学习并处理问题。既然如此,她又何苦为难自己,数学这东西只有陈知礼这种变态才能看懂好吧。

"你在看多目标规划啊?"

突然出现的声音把唐念的思绪打断,她抬头,看到成帅插兜走了过来。

他穿着黑西装三件套,头发往后梳,露出锃亮的脑门,看着像卖保险的。

唐念深谙实验室生存法则,对付成帅这种全身上下只剩自信心的男人,最好不要讲话,不然你说什么他都以为是在勾引他。

唐念默不作声回头继续看书。

"帕雷托的多目标规划啊,这个简单,只要找到其中的切分点,分成单个目标来算就行。"

唐念不作声，静静演算。

成帅"啧"了声，用手指揩了下她的草稿纸："小笨蛋，你这个约束条件算错了。"

唐念打了个激灵，扑面而来的油腻感是怎么回事？

见她仍不搭腔，成帅有点没面子了："我说……你不会是以为我还对你有意思吧？没想到我在你心里这么长情，放心吧，我早就对你没想法了，不过出于……"

唐念坐着转椅滑过来："你刚说什么？"

成帅心道：她果然还是对我有意思，故作高冷吸引注意力的小把戏真是拙劣。

他插着兜，勾了勾唇："我早就对你没想法了……"

"前一句。"

"真没想到我在你心里……"

"停，"唐念抬手，漂亮的眉眼泛着冷意，"你不在。"

成帅哑口无言。

接下来的一周，唐念把多目标规划的基础模型大体了解了一遍，还是没法看懂那天陈知礼随手写的几行公式。

她转手打开了"谁偷了我的富二代人生"群。

这是她为了比赛临时建的群聊，大家都是同一根绳上的蚂蚱，凭啥就她在脱贫和脱单中选择了脱发？不公平，要秃大家一起秃。

甜甜圈发来一张图片。

甜甜圈：大家来研究一下这个吧。

杨蓁蓁：翻译题啊？我的强项，这是阿拉伯语还是希腊语？

甜甜圈：这是数学公式。

杨蓁蓁：抱歉，打扰了。

——杨蓁蓁已退出群聊。

甜甜圈：@赵知聿 别潜了，能不能让你亲爱的哥哥用人类语言解释一下这个公式，不然我们琢磨到猴年马月。

五秒后。

——"赵知聿"邀请"czl"加入了群聊。

赵知聿：@clz 我们队长让你说人话。

甜甜圈：…………

你小子想让我死就直说，不用这么拐弯抹角，想我一生光明磊落、清清白白，从未有过害人之心，为何要遭遇这种人生坎坷？

czl：过来细说。

唐念瑟瑟发抖，真的是过来细说，而不是过来挨打吗？

陈知礼这阵子没来学校，一直在出差谈合作，来回奔波，直到今天回来又马不停蹄被院长叫去开会，确实很长一段时间没关注唐念的这个比赛了。

其实他以为她能看懂的,看来高估她了。

唐念在收到这条消息后没有马上去 601 办公室,而是等中午实验室的师兄师姐们都去吃饭后才偷偷溜出来,开始四下张望、抱头前进、贴墙、猫腰、鬼鬼祟祟、阴暗地蠕动……

"唐念?"

闻言,唐念心里一咯噔,强装镇定地转身,看到猴哥半路折回来:"侯师兄,怎么了?"

"你怎么脸色不太好?"

被你吓的!

唐念捂紧肚子:"肚子疼,正想去厕所。"

猴哥指了指相反的方向:"厕所在那边啊。"

唐念:"疼得方向感都不好了,我这就过去。"

猴哥盯着她,又看向她身后的 601,意味深长地笑起来:"你最近跟陈老板来往密切啊,你俩该不会有什么吧?"

"没有,绝对没有,本人清清白白、干干净净、坦坦荡荡,请组织明鉴!"

猴哥眯着眼,老神在在的,也不知道信了没,走进实验室,拿出自己的"你不对劲"搪瓷缸喝了两口水,走了。

等他走远,唐念舒了口气,再度折返回 601,敲了敲门,进去。

陈知礼在电脑前工作。

唐念关好门,捏着那张天书公式走过去,瞄了一眼,他竟然破天荒在写代码。

唐念不动声色地站在旁边看了会儿,他估计很久没写了,不太熟练,写得也慢。

运行后,电脑滚动的控制台卡了下,飘出一个红叉。

哦嚯,报错了。

看来 IMO 满分的天才也不是全能,当年纵横 CodeRank 的榜一大佬怎么这么差了?

唐念幸灾乐祸地道:"第 117 行,语法错误,实例调用后忘记加冒号了。"

陈知礼看她一眼,半信半疑地在第 117 行后加上":",如她所言,代码还真跑起来了。

"怎么样,厉害吧?"

陈知礼忍住笑意:"挺厉害。"

多夸夸,这是我应得的。

唐念得意扬扬地挑着眉梢,尾巴都要翘到天上了:"那是,我可是拿过 ACM 金牌的人。"

唐念其实很聪明,尤其是写代码,逻辑缜密,思维活跃,但不擅长数学也是真的。

高中时还能凭着努力和规律性刷题次次考到 120 分以上,如今,当陈知礼讲到第三个最优集解的拆分时,她已经开始犯困了,也终于理解了高中数学课上学渣们为什么那么喜欢睡觉,因为是真的……很催眠。

她都这么困了，大魔王却毫不怜香惜玉地推了她一把，用手指骨节敲着桌面："醒醒。"

唐念瞬间惊醒，困得脑子都混沌了，看着男人冷峻的侧脸，叹道："真的没有更简单一点的讲法了吗？"

陈知礼："这还不够简单？难道要我从1+1开始教你？"

唐念对着手指头："要是不麻烦的话，我也可以听一听……"

陈知礼都笑了："唐念，你是小学生吗？"

唐念委屈，她也想一听就懂啊，谁想跟个傻子似的，对着一堆字母大眼瞪小眼。明明高中数学没有这么难啊，怎么越来越抽象啊？

陈知礼看着她眼中懵懂又求知的光芒，沉默了三秒钟，大手一挥，在纸上洋洋洒洒写下一行字，撕下来递给她。

——周一早八、周三晚七，数院117。

唐念眼睛一亮："这是……武林秘籍？"

在特定时间、特定地点吸天地灵气日月精华，练就绝世神功，顿悟数学真理。

但大魔王冷酷无情地打断了她的幻想："不，这是本科课程。"

唐念一愣。

"给老子去重修！"

就这样，某唐姓研究生被打发去旁听本科课程，说起来这应该是件很丢人的事，但她已经顾不了那么多了，战争的号角已经打响，她必须严阵以待才能赢下战争。

这门课是《优化理论与决策分析》，上课的是数院一位外教老头，穿着西装马甲，拄着手杖，是位非常有生活情调的英国绅士，操着一口醇正的英伦腔，把数学这门学科讲述得风趣又幽默。

"数学其实是一门语言，就像我的英文，大家的汉语一样，它有自己的规则，或许对于大部分人来说这门语言过于晦涩难懂，但其实只要掌握其中的规律，全世界的语言都是共通的。"

老教授笑了笑，继续说："课程结束后我给大家出一道题，解答出来就证明这节课听懂了。"

题目是一个复杂的供应链网络设计和优化问题，一般使用整数规划、混合整数线性规划、非线性规划等来计算最小成本，但因为约束条件很多，算法的选择和参数调优也有一定难度。

杨蓁蓁觉得唐念快魔怔了，连吃饭都在捧着一本数学书，这跟在马桶上煮火锅有什么区别？在杨蓁蓁心里，数学和音乐向来是凡人不可踏足的学科，是她找男朋友都要退避三舍的神圣领域。

"太可怕了，太可怕了……"杨蓁蓁嗦着土豆粉，"咸鱼美少女为何废寝忘食学数学？这到底是人性的扭曲，还是道德的沦丧？"

"我懂了，我明白了，只要用 t-SNE 保留最小成对距离或局部相似性，不用高斯分布，这样才能使模型更稳健，也就是说，要在加速探索过程就可以直接避免重复。"

杨蓁蓁："汝闻人言否？"

"真的非常感谢，我亲爱的蓁蓁，等我完成这项伟大的史作，我会把你写在致谢里。"

唐念饭也没吃，提着裙角，学着迪士尼公主的步伐蹦蹦跳跳地抱着书走了。

杨蓁蓁心想：完了完了，她这不会是把自己的精神状态都给献祭出去了吧？

她兴奋地跑回实验楼去找陈知礼，可惜他没在，她只好在微信上发消息。

甜甜圈：我懂了，我把算法优化过了，探索过程确实比以前更快更平滑，但还有个小问题，求指导。

二十分钟过去，陈知礼迟迟未回。

唐念心急，怎么不回啊，关键时刻掉链子。

她一急就容易胡说八道。

甜甜圈：为什么不回消息？

甜甜圈：去约会了？

甜甜圈：分享文章"冷暴力比暴力更具杀伤力，等同于精神虐待，是造成心理扭曲的主要因素之一"……

半小时还是未回。

甜甜圈：删好友了。

过了会儿，她又不死心地拿过手机。

甜甜圈：扣 1 取消删好友操作。

对面一直等三小时后才回复。

czl：1。

czl：刚下飞机，一会儿说。

czl：乖。

此时已经是晚上十一点多，唐念都趴在床上等睡觉了，她把头埋在被子里，手机屏幕亮起的光照亮她素净的小脸。

她抿着唇，盯着陈知礼回复的这个"乖"字，越看越上头，越看越暧昧得不行，直至脸颊都不自觉红了。

她裹着被子在床上翻来翻去。

杨蓁蓁洗漱完回房，看着隔壁床上蠕动的大毛毛虫，不禁感慨："你这是……终于变异了？"

唐念从被子里露出半张脸："才没有。"

杨蓁蓁望着她白里透红、春意荡漾的小脸蛋："哦，原来是恋爱脑犯了啊，建议去看两部碎尸案哦。"

实话说，唐念真爬起来去看了，看完神清气爽，两眼囧囧有神。

一晚上没睡着，也冷静多了。

陈知礼是三天后回来的，刚回来就把唐念叫去了云水湾。

她还有点没懂讨论算法为什么要去陈知礼家，反应过来的时候，陈知礼已经进门脱了外衣，换上鞋，"啪嗒"扔出一双37码的女士拖鞋，新的，牌标都没摘。

屋里比她上次来的时候乱了些，小苏没电关机了，沙发旁放着半箱方便面，茶几上有一箱农夫山泉，地上都是凌乱的草稿纸，看着像是有客人来过还没来得及整理。

陈知礼过去把泡面收拾了，沙发上的抱枕也拿掉，招呼她随便坐。

当然，唐念也不敢太随便，抱着电脑拘谨地打开MATLAB。上周她根据公式模拟了好几次，效果确实比以前好多了，但有个地方不是很稳定，波动很大，可能是某方面没有考虑全。

此时，陈知礼把草稿纸收拾完，拿起打火机对唐念说："你先写着，我出去抽支烟。"

啊，他抽烟吗？她没见过，以为他不抽烟，只吃巧克力棒呢。

不知道他是不是有不开心的事，当然，有事他也不会告诉她，毕竟她只是个过来问数学题的，不该多问的不会问。

唐念点点头，没说话。

阳台外没有开灯，陈知礼走出去，拉上了玻璃门，靠着防护栏，点了一支烟，火光晕过男人深邃的眉眼。

外套他在进门时就脱掉了，现在只单穿了一件黑色羊绒毛衫。他骨相优越，越是这种晦暗不明的环境下，越能衬出五官立体，喉结明显。

他看起来有些疲惫，眼底带着青黑，估计是刚下飞机，没怎么休息好。

唐念心里涌上一点愧疚，心想会不会是自己占用了他的时间，如果她不来的话，他本来应该能回家好好休息一下的。

捕捉到她的视线，男人隔着玻璃门望过来，双眼一眨不眨地盯着她。

有一瞬间，唐念感觉自己被森林里的野兽盯上了，脊背生寒，凉意彻骨。

她慌乱地低下头，开始写代码。

这时，有人敲门。

唐念看了眼阳台，陈知礼没动，黑暗中只见星火明灭，估计是没听见。

她站起来去开门，门一开，是一个美女，还是个熟人美女。

韩琦教授团队的女医生，李瑜京。

她穿着一身高定紧身旗袍，腿上裹着黑丝，脚踩八厘米高跟，手里还提着个精致的果篮，这打扮莫名像迎宾的礼仪小姐。

"你好，我是隔壁新搬来的邻居……你……"看到是唐念，女人脸上的笑容转为惊讶，"怎么是你？陈老师的那个研究生？"

唐念微笑："你好啊，李医生。"

李瑜京上下打量着她："不是吧，你居然能住云水湾？"

唐念不想细思李瑜京大晚上穿紧身旗袍配黑丝敲邻居家房门的企图，但李瑜京这句话显然令她非常不爽。

怎么，她不能住这儿？瞧不起谁呢？

唐念面不改色发动胡说八道技能："平时不住这儿，收了一下午租子有点累，找个没租客的进来休息会儿。"

李瑜京表情僵了僵："这样啊，你是房东吗？"

唐念没说是，也没说不是，抱臂倚着门，一副是这户业主的坦然姿态。

李瑜京视线越过她往屋里张望，扫了一圈："我能进去坐坐吗？"

唐念皮笑肉不笑地保持着礼貌性微笑，伸长胳膊掌着门框，遮住李瑜京的视线："抱歉，不太方便。"

"呃……那，那我就不打扰了，这个果篮你收下，日后我们就是邻居了，多多指教。"

唐念笑着接下。

关门后，陈知礼从阳台走进来，估计是听到门口有声音，便问："谁来了？"

"隔壁新搬来的邻居，送了个果篮。"

她说谎时会不自然地眨眼，一不小心撒个谎，希望没被发现。

陈知礼"嗯"了声，没在意这回事。

唐念把果篮放到厨房，回来后看着他明显低落的神情，察觉到他是真的很不对劲，犹豫几秒，开口："你是心情不好吗？"

陈知礼"嗯"了声，倒是没有隐瞒她："杨老师住院了，昨天做的心脏搭桥手术，我也是刚从医院回来。"

唐念愣了下，没想到竟是因为这个。

虽说杨院士只是她名义上的导师，和她不算熟，但却是陈知礼实实在在的恩师。他出国这几年更是如师如父，不仅指导他的学业，生活上也关照有加，在他心里一定是亲人一般的存在。

唐念上班这几年也跟过一位老师学习，以己度人，她也是能理解陈知礼为何心情低落的。

"手术成功吗？"

"不清楚，还在重症监护室没脱险。"

"哦，"唐念认真道，"一定会没事的。"

"但愿吧。"陈知礼弯腰从茶几上捞出一瓶农夫山泉，拧开盖子猛灌了半瓶，"不说这个了，你的算法优化部分写完了？"

"嗯，写完了。"唐念跑回沙发旁拿过自己的电脑，"我还写了两版，第一版稳定，但性能不高，第二版性能更高，但不是很稳定，我想用第二版，但我不知道是不是哪里解错了，你帮我看一下？"

陈知礼没看屏幕，反是一直在盯着她的脸。

唐念不自在地摸了摸自己的脸，没沾到东西啊："怎么了？"

陈知礼没动，镜片下的双眸深邃狭长，忽然问道："你为什么这么想赢比赛？"

以重逢后他对她的了解，她根本就不是什么上进的主，只想缩在自己的一亩三分地里清闲地摸鱼，而这段时间她实在太积极，积极到连他都要被她推着改算法。恍然间,他还以为看到了高中时那个热情又充满活力的少女,抱着他的编程书,一脸认真地问他堆排序怎么写。

唐念垂下眼,声音弱弱的:"因为我跟一个讨厌的人打赌了。"

她一时上头,中枢神经失灵,三叉神经控制了大脑,呈口舌之快立下那个男默女泪的赌,没办法,自己挖的坑,含泪也要填上。

"赌什么了?"

唐念偷偷瞥他一眼,心虚地垂头:"输了嫁给他……赢了让他去裸奔……"

陈知礼无语地揉了揉太阳穴。

他还以为她终于开窍,知道好学了。

结果……就这?

唐念心想:完了完了,这是要骂人的节奏。

唐念缩着脖子,做好了被骂到狗血淋头的准备,意料之外,大魔王没有大发雷霆,也没骂人,只是轻微叹了口气,细碎的呼吸从头顶落下,似是无奈。

"不会让你嫁给他的。"

第九章
回想起来才发觉,她真的对他很不好

元旦这天。

京北下了好大一场雪,整个世界像是铺上了一层银色,天地间白茫茫一片。

一大清早,赵淑兰就给陈知礼打电话,叫他不要忘记晚上回老宅吃饭。陈知礼答应着,下午六点钟忙完工作,开车往回赶。

陈家老宅是座古朴的京式四合院,地处京北的市中心,二环内限高,远离高楼大厦,环境更清幽僻静。

陈爷爷在陈知礼初中时就过世了,家里只剩奶奶,老人家喜欢热闹,逢年过节就招呼一大家子来聚聚。

虽说是家宴,级别可不低,主厨请的是春华楼的大厨,专做江浙菜系,蔬菜海鲜都是空运来的,数十人的团队从大清早就忙活着这顿晚餐,几乎堪称国宴级别了。

陈知礼一进门就听到院内沸反盈天,小叔家的两个崽子拿着玩具枪满院乱跑,他在院里喊了两声"跑慢点",被两个小鬼追着要红包。

给完红包站在玄关处,陈知礼就看到客厅正中心的老人一身喜庆的唐装,花白发丝一丝不苟盘至发顶,面容和蔼。

她旁边坐了个女人,两条细白的腿并拢得规规矩矩,正对着说明书安装一个电子设备。

陈知礼走进来:"奶奶。"

陈奶奶抬头:"哟,阿礼回来啦,快过来,我给你介绍个人。"

女人闻声站起来,一身端庄优雅的湖绿色旗袍,看到他也丝毫不惊讶,笑容明媚端庄:"陈老师,好久不见。"

是李瑜京。

陈知礼虽心里诧异李瑜京为何在此,但面上没有表现出来:"李医生。"

陈奶奶惊奇地看着两人:"你俩这是认识?"

李瑜京笑着坐到陈奶奶身边,薄肩舒展地靠过去,姿势亲昵:"陈老师跟我们医院有合作,见过一面,印象很深刻。"

陈奶奶恍然明白:"哦哦,他和老韩搞的那个啊?"

"就是那个,陈老师太优秀了,年纪轻轻就能带领这么厉害的团队,我可真是自愧不如,一定是奶奶教导得好。"

"哈哈哈,"老太太被她哄得眉开眼笑,直说女娃娃说话就是会讨人喜欢,"熟人好啊,熟人也省得我啰唆了,你们年轻人有共同语言,平时多交流交流。"

李瑜京腼腆地点头应着。

145

陈知礼打过招呼，就去厨房打下手了。

赵淑兰也在厨房，她在外面插不上话，索性过来跟厨师学摆盘。陈知礼进去时她正在雕胡萝卜，也不知道刻了个牛还是驴。

"妈，李瑜京怎么会在我们家？"

赵淑兰抬起脸，语气多少是有点怨气的："你奶奶刚认的宝贝孙媳妇呗。"

"孙媳妇？"

"对啊，你太奶奶传下来的镯子都给她了。"

老太太祖上是贵族，御医世家，真正的书香门第，大家闺秀，向来看不上赵淑兰，当初过门时就嫌她粗俗无礼，祖传的錾刻古镯也没给她，如今送给李瑜京，足见是深得老太太欢心了。

陈知礼有点无语："你说的这个孙媳妇的'孙'，不会是我吧？"

赵淑兰转过身来，擦擦手，看热闹似的："不然还有谁？老太太就两个成年的孙子，我们阿聿姓赵，你觉得她会把镯子传给外姓人？"

"阿聿没来？"

"没有啊，他陪你外婆过元旦去了。"

陈知礼和赵知聿两人一个随父姓一个随母姓是出生前就定好的，只是老太太古板守旧，听说这事后死活不同意，大闹了一场。当然，赵淑兰也不是个软柿子，没出月子就跑来跟老太太叫板，要不离婚，要不阿聿跟她姓。

陈家重脸面，不想把事情闹大，老太太只好忍气吞声。自从这件事后，婆媳关系一直不太好，阿聿自小也在老太太这受过不少冷眼，于是跟外婆一家子更亲，所以今天的家宴也就没来，去外婆家了。

陈知礼皱了皱眉："这件事我怎么不知道？"

赵淑兰耸耸肩："我也是刚知道的，你自己去搞定那个犟老太哦，别指望我。"

陈知礼有些无奈。

厨师把最后一份排骨汤端上来，晚宴开始，一家人围坐在一桌，老太太坐主位，李瑜京坐在老太太旁边，再往左是陈知礼，这位置也是老太太钦定的。

老太太笑着看向李瑜京："小京啊，多吃点，当自己家就行。"

"谢谢奶奶。"李瑜京甜甜地笑。

老太太又对陈知礼说："阿礼啊，你多照顾照顾小京，她毕竟是客人。"

陈知礼还未出声，反是一旁的赵淑兰笑了，一开口就阴阳怪气的："这话说的，到底是拿她当自家人还是不拿她当自家人啊？不知道别人家吃饭是不是也这么难区分桌面上的是不是自家人。"

这话说完，老太太的脸色就拉下来了。

陈得进从桌下踢了赵淑兰一脚，她这才不情不愿地闭嘴吃菜。

李瑜京抿唇笑了笑："没关系的，大家不用管我，我早就把这儿当自己家了。"

赵淑兰翻了个白眼，心说：你倒是很好意思。

老太太喝了口汤，抬眼说道："今天都没外人，我就敞开天窗说亮话了。我们四惠堂传承至今已有三百余年，历经战乱纷飞，救过无数人性命。

"我今年七十有二，把你们哥三个养育成人，下面还有七八个孙辈，却无一成才，这就算了，你们不喜欢学医我不能强求。幸好遇到了小京，天资聪慧、勤勉好学，她是我看好的传人，也是我百年后四惠堂的继承人，你们有异议吗？"

席间的人你看看我，我看看你，也没人敢说话，大家相当默契地吃饭喝汤，眼皮子都不敢抬。

陈家两代人财权极大，对于一家中医馆的所属实在都不感兴趣，老太太喜欢谁，给了就是了。

当然这并不是老太太的真正目的，虽说叔侄几个瞧不上眼，但四惠堂毕竟不是小产业，在京内久负盛名，如今已经有一百多家连锁店，老太太既不能让它后继无人，也不愿意拱手送给外人。

"阿礼啊，你过完年也有三十了吧？"

陈知礼抬眼："二十九。"

"差不多了，三十而立，男人要先成家再立业，你也别总忙工作，平时和小京聊聊，发展发展。"

这话意味就很明显了，孙辈不成器，就挑孙媳做传承人。

陈知礼自是明白奶奶的意思，放下碗筷："奶奶，我不能答应您。"

老太太嘴唇颤了下，她这才刚开个头就有人要忤逆，气得把拐杖敲得直响："你说什么？"

"您喜欢她，想培养她，继承您的医馆，这无可厚非，但我和李医生只见过一面，没有感情。"

"所以我让你们多接触接触，培养感情。"

"感情并不是培养就能产生的，何况我已经有喜欢的女孩子了。"

这顿鸿门宴过后，老太太发了好大的火，把陈父叫到书房劈头盖脸教训一顿。

赵淑兰倒是心情舒畅，嗑着瓜子坐在沙发上看热闹，等陈父铁青着脸走出来，有模有样地学起老太太的口气。

"你看看你教出来的好儿子，和你一个德行，没点规矩。小京温柔端庄，要模样有模样，要学历有学历，多好的女孩子他都看不上。他要是敢和你一样往家里领不三不四的女人，我打断你爷俩的腿！"

陈得进瞪她："还笑，一会儿连你一起骂。"

赵淑兰敛起得意忘形的笑容："老太太要是来骂我，我可不忍着啊，这大过年的我都没去陪我妈吃饭，来老家陪她，她不乐意，我还不乐意了呢。"

陈得进降不住她，也不费口舌了，扫了一圈："阿礼呢？"

赵淑兰抓了一把瓜子："去送那位李小姐了。"

陈得进："不是我说你，阿礼不乐意也就算了，你怎么也跟着添油加醋？人小京哪里惹到你了？"

"没惹到我啊，我对李小姐没意见，就是看不爽老太太的作风。大清都亡多少年了，还拿自己当贵族，搞包办婚姻那套呢。要我说，你们陈家就是迂腐做作，实在不行，让阿礼改跟我姓得了，我们赵家没这种规矩。"

那俩儿子不就一个姓陈的都没有了？

陈父黑脸："你休想。"

陈知礼出门去送李瑜京，出了老宅的大门，外面是一条很长的巷子。

夜风很大，把女人精致的盘发都刮乱了。她裹紧了身上的大衣，还是被寒气冻得有些发抖，她想往旁边靠过去点取暖，却被陈知礼不动声色地躲开了。

他率先出口："今天的事很抱歉。"

李瑜京倒是一愣："怎么突然道歉了？"

"我奶奶这人很固执，若我不把话说明白，她还会继续撮合你我，不是故意让你难堪的，等明天你可以跟奶奶说是你没看上我。"

他坦诚又礼貌地拿捏着人情世故，让这段道歉听着妥帖又周到，叫人挑不出一丝错，但拒绝的意味也相当明显。

李瑜京低眉笑了："是因为那位姓唐的女生吗？"

"是。"

没什么不好承认的。

"果然是她，其实第一次见你们就觉得你对她不一般，所以你们是已经在一起啦？"

"没有，还在追。"

"还没追到就这么急着拒绝我啊？像你这么专情的男生可真是不少见了，哈哈。"她轻笑着摇了摇头，眼中的艳羡溢于言表。

等陈知礼把人送出门，外面又开始下雪了，小路两侧路灯昏暗，雪花在光影中飞扬。

李瑜京似是忽然想起什么来："对了，我听奶奶说你住在云水湾的6-2-1201？"

陈知礼偏头："嗯，怎么？"

"我就住隔壁，那天本想去跟你打个招呼的，不巧没看到你，反而看见了唐同学，她居然跟我说她是房主，是来收房租的。"

陈知礼想起上次邻居送果篮的事，忽然笑了："嗯，她是有点皮。"

李瑜京这话有点告状的意思，但男人非但没有怪罪，还用一句话把唐念和自己圈成一个小整体，把李瑜京排除在外，人精李瑜京怎么会听不懂？她只得用笑掩饰过去："原来是开玩笑。她很可爱，和这样的女孩相处一定也很开心，难怪能摘下你这朵高岭之花。"

陈知礼望了眼漫天白雪的天幕，呼出一团白气："我不是高岭之花，她也不需要摘。"

他只怕自己送上门她都不愿意要。

人这一生能有多少刻骨铭心的感情，在那段青涩的时光里，他已经把最热恋的感情都给了她，往后轻舟已过，再也无人及她。

李瑜京离开后，陈知礼仍站在路口。雪越下越大，纷纷扰扰，男人半边的衣领都成了白色,直往衣领里钻。

他握着手机,低头看着那串熟悉的电话号码,指尖在号码上方悬了片刻才按下绿色的拨号键。

电话打过来时,唐念正在医院办理住院手续。

她本来是不想再管唐银婉与胡家父子的烂摊子了,但邻居打电话给她说唐银婉在家拧煤气自杀。

真是服了,唐银婉到底要干什么?

她赶到胡家时,救护车已停在楼下。救护车的鸣笛刺耳又尖锐,像是一道划破夜空的催命符,时刻提醒着人们与鬼神赛跑。

护士在楼下高声呼喊:"病人家属呢,哪位是病人家属?"

热心的邻居大姨拉着唐念的手挤进去:"家属在这里,快,念念一起上车吧。"

就这样,她被推着上了救护车。

医院急诊大厅永远熙熙攘攘,消毒水的气味充斥鼻腔。

唐银婉吸入气体不多,没多久就抢救过来,更严重的还是她的腿,腿骨错位加软骨损伤,已经拖了太久,再不动手术这条腿就保不住了。

唐念站在住院部门口,看着来来往往的病人和家属,回忆起幼时。

唐银婉是唐爸爸唯一的妹妹,小时候唐念爸妈工作忙,就常常把她扔给唐银婉照顾。那时唐银婉也不过是个高中生,有时会带着她去市里一家书店,自己在那儿看书,她则在旁边看绘本。

夕阳的光落下来,打在唐念洁白的衬衫上,颜色是那样纯净,让她忽然想起吴雨霏的《人非草木》中的歌词。

——为那春色般眼神,愿意比枯草敏感。

唐念最终还是心软了,签署了手术同意书。

幸好这学期的助学金到账了,陈知礼又向来大方,实验室每个月给的补助也很高,外加上次的出差补贴,七凑八凑算是交上了手术费。

电话在这时打进来,唐念握着手机走到医院走廊的尽头,滑开接听。

男人的声音时远时近,裹挟着呼啸的风声传来:"下雪了。"

她抬头望向窗外,这才发现不知何时起,天空已经飘起了雪花,街边的小彩灯亮起来,在初雪的映照下,更有节日的氛围。

她回道:"嗯。"

"比赛代码交了吗?"陈知礼问。

今天是 DeepRacer 初赛截稿时间,她忙了一天都差点忘了。

"还没有,我晚点提交。"

"别拖延到最后一刻,过了时间可没成绩。"

"不会的。"

寒风卷着枯叶翻滚,行人裹着厚厚的大衣匆匆路过。

唐念趴在窗边看雪,对面迟迟不再出声,听筒里只剩男人清浅的呼吸声,丝丝入耳。

数秒钟的安静后。

"新年……"

"新年快乐。"

两人同时开口,又十分默契地笑起来。

陈知礼说:"礼物等假期结束给你,两个节日一起。"

唐念轻眨了一下眼睛:"两个节日?"

除了元旦,还有一个什么?

她打开手机日历看了看,离得最近的是一个多月后的春节,今年的春节正好是2月14号,西方情人节……

这很难不令人遐想翩翩。

陈知礼在国外待了八年,肯定非常熟悉这种西方节日,所以他要在这天送她礼物是什么意思?

想到这里,她耳根红了点,心跳也跟着加速,为了不被对面的人听出端倪,绷着脸胡说八道:"我才不要,你千万不要给我啊,我不喜欢吃巧克力,又苦又涩难以下咽,还有,我是中国人,不过是西洋鬼子的节日。"

巧克力、西洋鬼子?

陈知礼顿了顿:"你想哪去了?"

唐念一愣。

陈知礼:"阴历。"

今天是阳历的一月三号,阴历的腊月初四,她的生日。

她都给忙忘了。

因为她已经很久不过生日了,小时候的生日是爸妈陪着过的,这一天她就是公主,去游乐园、吃蛋糕、买新裙子,让她觉得自己是世界上最幸福的小孩。爸妈不在后,她就渐渐不过生日了,主要是没人再帮她记得,她一个人过也没什么意思。

没想到陈知礼居然还记得。

唐念有点感动,眼眶微微湿润。

"不过……"感动不到三秒钟,对面欠欠的声音又传过来,"你要是怕一个月后的情人节没人陪,可以提前预约,我给你打个友情价。"

友情价?合着他还想收费?

"没事,建议去买块镜子照照。"

说完,她赶紧挂了电话,又站在墙边平复了下心跳。

说起来买镜子他也不慌,他这张脸什么高清大镜头扛不住?但是这个贱……她必须犯。

安顿好唐银婉,唐念回了学校。杨蓁蓁假期回家了,宿舍就她一个人。

她打开电脑看了会儿跨年晚会,有点无聊,干脆趴床上等睡觉。房间里冷冷

150

清清,大概因为下雪,照得室内都有些亮,好像月光的余晖洒进来。

唐念没拉窗帘,反正也睡不着。

她怅然地望着窗外的雪,这样安静的夜晚,总能轻易将人拉入回忆。

唐念是高一被唐银婉接过来的,自从她住进胡家后就一直过得很压抑,倒不是胡铭找碴,主要是她那位酗酒又赌博的姑父胡可强。

胡可强平日还算温良老实,对她也不错,偶尔赢钱还给她买爱吃的大闸蟹。可一旦喝醉了或输了钱,他就完像是换了个人,喜怒无常,摔东西、发脾气骂人,又看她漂亮是棵摇钱树,总想动点歪心思。

"家里都快揭不开锅了,还养着个不相干的废人,明天别让她上学了,我托人帮她找个厂去干活。"

唐念惶恐地望向唐银婉,每当这时候唐银婉都平静地说:"甜甜,别听他的,吃完饭回房间写作业,记得锁门。"

虽然日子过得提心吊胆,但唐念还是觉得忍忍就过去了。

高中就三年,只要努力学习,考上好大学离开就好了,以后也不会再和这个家有交集。

直到唐念高三寒假的一天,胡可强在外赌输了钱,喝得烂醉,心情极度不爽地回到家。

唐念正在屋里做作业,房门被他一脚踹开,醉醺醺地走进来:"大白天锁什么门,你天天住在我家还锁门,你防谁呢!"

唐念吓到了:"我、我在写作业……"

"写作业用锁门,我看你就是欠收拾!"男人双眼通红,面容近乎扭曲地冲她扑过来。

幸好唐银婉在家,听到动静扔下洗碗巾就跑过来拦人:"你干什么?你来她房间干什么?"

"你滚开,这妮子吃我的住我的,家务不干,钱也不挣,吃完饭就回屋锁门,天天绷着一张臭脸给谁看?老子的牌运就是被你带臭了的。早就看你不爽了,看我不给你收拾得服服帖帖。"

胡可强估计是疯了,扯着唐念的胳膊把她扔到床上就要撕她的衣服。

唐念吓哭了,她从没想过会遇到这种事,男人的手像钢筋一样钳住她,又挣扎不开,她喊救命,喊得嗓子都哑了。

唐银婉在后面又拽又骂,但胡可强听不进去,一门心思把唐念的双手摁在身体两侧,还要去掰她的腿。

那一刻,唐念是真的感觉到绝望,身体止不住地颤抖。

最后是唐银婉去厨房拿了把菜刀,对着胡可强的脊梁骨砍了下去。那把刀是备用的,没开刃,加上冬天衣服厚,没见血,只有棉絮像雪花一样飞了出来。

唐银婉握着菜刀,双手青筋凸起:"胡可强,你再发疯我就砍死你,大不了再给你陪葬!"

胡可强一下子清醒了,大概反应过来自己刚才干了什么混账事,骂骂咧咧地

/ 151

走了。

唐念躲在房间好几天不敢睡觉，她要报警，唐银婉却说报警没用，说出去对女孩子名声还不好，最好不要声张。

唐念不肯，坚持报了警，警察过来做完笔录，安慰她几句就要离开。

她有点蒙，一把拽住那位民警："你们不去抓他吗？他想强奸我。"

唐银婉在一旁呸呸呸地说着晦气："别听她的，什么强奸，我丈夫只是喝醉了，没站稳不小心碰到她而已，不好意思啊，麻烦你们了。"

民警说："这个女孩太敏感了，你们平时多关心关心她，不行就带她去看看心理医生。"

唐银婉赔笑着应下。

唐念没再吭声，这一刻，大概是心寒大于悲伤。

她不知道这个世界怎么了，她明明是受害者，她受到伤害没有人为她主持公道，还说她精神有问题。

唐银婉把民警送走，回屋看到她蜷缩在床头，叹道："我说什么来着，报警根本没用，还会让人觉得是你有问题。"

是吗？真的是她有问题吗？可她又做错了什么？她只是想好好学习，考上一个好大学离开这里，不必再依靠任何人而已。

怎么就这么难？

唐念坐在床头，开始思考接下来要怎么办。胡可强虽然出去了，但晚上他肯定还会回来，她有点害怕，万一他回来发现她白天报过警，会不会报复？

她越想越觉得不能让他回家，于是下午再次报了警，这次的理由是举报胡可强聚众赌博。

警察出警很快，找到胡可强时，胡可强正跟牌友凑一起打麻将。麻将碰撞发出噼里啪啦的声响，不过赌资不大，最后只被判拘留十天。而侵犯她的事，因为没证据，连提都没再提及过。

唐念很清楚胡家是不能再住了，胡可强这次被拘留后一定对她怀恨在心，这次是因为姑姑在家，等他出来，她不知道自己还能不能这么幸运……想到这里，她就害怕得颤抖。

可是不住在这里她根本无处可去，她在京北不认识什么朋友，又是寒假学校也进不去，住酒店的话她没有那么多钱。

天大地大，她竟有种漂泊无依的孤独感。

怎么办，谁能让她离开这里？

不管是谁都可以。

夜里，她躺在床上盯着天花板发呆，不敢睡，也睡不着。

不知过了多久，有个黑影敲了敲窗子，唐念犹如惊弓之鸟，被吓得脸色一白，立马攥紧枕头下的水果刀爬起来。

黑影停在她窗前，像个小风扇似的嗡嗡转了好几圈。唐念这才看清是个无人机，这在当年算稀奇东西，她正奇怪着，无人机说话了："开窗。"

简单两个字,透着几分漫不经心。

唐念很快听出是谁的声音,连鞋都顾不上穿,跑过去开窗,趴着往下望。

楼下的少年穿了件宽大的黑色羽绒服,戴副护目镜,双手操控着那架无人机,露出来的手指指骨明晰,修长漂亮。

察觉她的视线,他微微仰头,看清她的脸,似是一顿,旁边的无人机再度传出他的声音。

"哭了?"

"还是看见我太高兴了?"

呃,他怎么知道?

他明明隔得那么远,难道是说他能通过这个无人机看见她?

唐念背过了身去,不想告诉他发生了什么,讷讷道:"期末考砸了,不高兴。"

"多大的事,下来,带你出去玩。"

唐念拒绝:"我姑姑睡觉了,我不敢出去。"

"哦,那我上去。"

她刚想说她住三楼,他怎么上来,楼下的陈知礼把护目镜一摘,后撤几步,一个飞跃轻而易举攀上一楼的防盗窗,手扒着与头顶齐平的墙沿开始往上翻。

这片是老城区,防盗窗锈迹斑斑,踩上去吱呀作响,摇摇欲坠。

唐念看得心惊肉跳,心跳都漏掉好几拍,探着身子压低声音朝他喊:"你不要命了,这可是三楼!"

陈知礼完全不听她的,继续往上爬,每上一层她的心就狂跳一下,直至他扒着她的窗沿翻进了室内。

唐念都快吓哭了,带着哭腔的声音绵软得过分,更像在撒娇:"你是不是疯了,掉下去怎么办啊?"

"怎么可能,"陈知礼笑得挺猖狂的,"五楼我都爬过。"

"你挺光荣啊。"

她满肚子的火气,气他不要命,坐在床边不理人了。

陈知礼挺自来熟地坐到了她书桌前,抽了两张纸擦干净手上的铁锈,不经意瞥到了桌上的复习资料和期末试卷。

陈知礼"啧啧"两声:"数学136分,英语142分,语文125分,理综277分,总分680,同学,你管这叫没考好?"

按这种成绩,就算附中这种全国重点学校也能排到年级前两百名,是清北的水平。

"我对自己要求高不行?"

"行行行,"陈知礼欠欠的,"要求高的唐同学,要学长给你讲讲题吗?"

"不需要,我都会。"

"都会啊?那数学第一题的三角函数送分题怎么都算错数了?"

"你烦不烦啊,不许看我的卷子。"

卷子被夺走了,陈知礼只好无聊地翻书架上的光碟。

153

唐念有一整排的光碟，倒不是她因为喜欢收集，而是爸爸喜欢看电影，那段时间港片盛行，一来二去就攒了这么多。

和陈知礼斗了几句嘴，唐念烦闷的心情却莫名好了很多。寂静的空间，只有椅子晃动摩擦地面发出的声音。

隔了一会儿。

"陈知礼，你想看电影吗？"唐念盘腿坐在床上，把卷子卷成筒，闭上一只眼睛从筒中望着他。

她不知道他爬上来是要干什么，但她这里确实没什么娱乐活动，两人这么大眼瞪小眼地坐着挺尴尬的。

陈知礼往后一仰，下巴微扬，轻扯嘴角："推荐推荐？"

"《大话西游》行吗？"

"看过了，不看。"

"《黄飞鸿》呢？"

"打打杀杀的，不好。"

"那《霸王别姬》可以吗？"

"太悲情的，不看。"

唐念撂挑子不干了："那你选吧。"

"我不知道什么好看。"

"可是我选，你又挑剔。"

"行，不挑剔了，你再选一个，我绝不说no。"

唐念从床上跳下来，趿拉着拖鞋走到书架旁，点到谁就是谁，就这张了。

她抽出翻了个面，等看清电影名，脸颊瞬间红了，手忙脚乱就要往回塞，一个没拿稳"啪嗒"掉在地上，光碟滚了一圈躺在了陈知礼脚边——《色情男女》。

剧情先不论，光是这个名字就有点少儿不宜了。

陈知礼眉梢一挑，还没张口就知道他要说什么不要脸的话，唐念马上甩出一张《龙猫》，霸道地制止："你不许说话，看这个！"

陈知礼又把张开的嘴巴合上了。

唐念蹲在影视柜旁摆弄着许久不用的光碟机。

陈知礼靠着椅背，好整以暇地看她忙碌。

电影开始，小姑娘搬了把板凳放在床尾，认真得就差在膝盖上放本笔记了。

影片很治愈，但也很助眠，开场还没半小时，小姑娘就睡着了。投影的光在她的侧脸映出幽蓝色，她皮肤薄，眼睑都能透出淡青色的血管，睫毛浓密卷翘，像一只卸下防备的猫，可以任人撸。

她睡着时习惯用胳膊半环着自己，形成一种防卫的姿态。

陈知礼把电影音量调低了些，这一动就见她眉头微蹙，隐隐有要醒的节奏。这可不赖他啊。

陈知礼默不作声转回头，装作一直在看电影的样子。

没什么动静，估计是没醒。

他再次转回头,猝然与睡醒的姑娘对上视线。

少女双眸清澈,像万千星光揉碎于一汪清泉,清凌凌倒映出他的模样。

电影嘈杂的音效渐渐淡出,世界安静得像是只剩下他们。

唐念在这一刻做出了十八年来最大胆的一个决定,她一定要想办法离开这里。

她微微仰起脸,目光划过少年英俊的侧脸,突然凑过去:"陈知礼,你明天能带我出去玩吗?"

这个问题来得太突兀,陈知礼愣了下,看到她晕红的脸颊,伸手摸了下她的额头:"怎么,学习压力太大了?"

唐念使劲摇头:"不是,我就是想出去玩。"

陈知礼看着她:"行啊,多大点事,明天在你家门口等我。"

唐念:"那你早点来好不好?"

"好。"

唐念一晚没睡觉,一直在收拾东西。

她先是整理好自己的重要证件和书,其他东西不多,衣服平时又只穿校服,一件羽绒服和两件替换毛衣秋裤塞在包下面刚刚好。

最后,她扫了一圈屋子,注意到书架上的几排光碟,从床底下找了个铁盒子,把光碟的盒子拆掉,只留光碟摞进去,满满一盒正好。

其他没什么要带走的了。

她没有陈知礼的联系方式,又怕他来的时候再爬窗不安全,所以天刚亮就背着书包下去等他了。

等人的间隙,她还去路边的小卖铺买了酸奶和三明治。

她抱着保温袋,无聊地蹲在地上数地砖。

清晨的空气奇好,深吸一口气,忙碌一整晚的疲惫都一扫而光。

路边有积雪未化,头顶杂乱的电线上站着两只叽叽喳喳的麻雀,也不知它们要怎么熬过这严酷寒冬。

忽有引擎声由远及近,唐念立马站起来,巴巴地往路口张望过去,一辆通体漆黑的重型机车轰鸣着停在路边。

车子的主人也一身黑,长腿支地,摘掉皮手套把头盔掀开,露出一张冷峻不羁的脸,冷酷得像个黑夜里的杀手。

唐念笑着朝他飞奔过去,鼓鼓的淡黄色面包服在雪地中像一朵盛开的太阳花。她一路小跑,气喘吁吁地停在陈知礼身前,呼出一团热气,献宝似的把怀里的酸奶和三明治递给他。

"给你,酸奶是荔枝味的。"

陈知礼接过来,似笑非笑地看着她:"谁跟你说我喜欢荔枝味的了?"

"啊,你不喜欢吗?可你的名字倒过来是荔枝哎。"

"那你名字还有唐呢,喜欢吃糖?"

"对啊,我确实喜欢吃糖,我小名叫甜甜,从我妈妈怀我的时候就爱吃糖了。"

我小时候还因为吃太多糖，乳牙都蛀掉了。"

唐念似乎觉得这是理所当然的事。

"唐甜甜，也不嫌腻。"陈知礼嗤了声，把挂一边的粉色头盔扔给她，"包给我吧。"

"好。"唐念乖乖把背上的包脱下来，双手抱着递给他。

陈知礼起初没怎么用力，等她一松手，差点被包的重量拉到地上："不是，你要去炸碉堡啊，包里装手榴弹了吗，这么沉？"

唐念有点不好意思："是有点重，不行还是我背着吧。"

怎么可能不行，男人不能说不行。

"不需要，你把头盔戴好。"

唐念说了声"好"。她不太会戴，笨拙地把脑袋塞进头盔，抓着下巴的卡扣怎么都对不齐。

陈知礼不慌不忙地看着她，也没帮忙的意思："你想去哪儿玩？"

她不太懂这些："你平时去哪儿玩？"

"我啊，我去的地方可多了，网吧、酒吧、夜店……"

说实话，他真没怎么去过这些地方，他嫌吵，清闲下来时最多打打球。倒是宋致常年混迹各大会所，吃喝玩乐，游戏人间，哪个场子都有宋致的VIP。

他就是故意这么一说，想看看她的反应，再探一下这丫头到底想干什么。

然而小姑娘胆子大得很，非但没有被他吓到，还认真权衡了下他说的几个地点："那我选网吧可以吗？有电脑有桌子，没事的话我还能写会儿作业。"

陈知礼都被她逗笑了，语气撩人得很："你在网吧写作业？"

唐念搅了搅围巾："我毕竟高三了嘛，多学一点说不定就能多考一分呢。"

"那你怎么不在家学？出去玩还要去网吧学习，脑子没出什么问题吧？"

"家里没你啊。"

她讲话太直率，还有一种不加掩饰的坦诚，完全没想过这话带来的冲击力。

手里那瓶酸奶没地方放，陈知礼原本想三两口喝掉，因她一句话差点被呛到。

撩人于无形最致命。

"怎么了？你没事吧？"始作俑者担忧地从后面探过脑袋。

陈知礼抬手，"啪"的一声盖上她的前风镜："坐好了。"

"哦。"

陈知礼到底是没带唐念去那些乱七八糟的网吧，去的是宋致常来的一家高档会所，私密性好，也安全，包厢内配备电竞房、台球室、影音房等等。

唐念一进去就被金碧辉煌的装潢惊到，拉着陈知礼往后退："这里会不会很贵啊？我没钱的。"

"稀客啊，妹妹来玩就很给面子了，怎么能让你拿钱呢？"

声音是从后面传来的。

唐念转头，看到一位痞里痞气的男生，花衬衫配黑西装，还搂着一位衣着清凉、露大腿的性感女人，听他叫女人晚晚。

宋致松开女人的肩走过来，饶有兴致地弯下腰，盯着唐念的脸一寸寸观察，那眼神直勾勾的，像检查橱窗里感兴趣的洋娃娃有没有瑕疵一样。

检查完，他很满意："行啊，兄弟，哪里找来的这么漂亮的小妹妹？"

唐念被盯得不舒服，直往陈知礼身后躲："不是妹妹，是他朋友。"

这次轮到宋致惊讶了，瞳孔地震："啊？朋友？"

他这兄弟空长了一张帅气的渣男脸，实则母胎单身至今，刚大二就拿到院士组直博 offer，还是被院士亲自点名收进来的。兄弟平时的生活枯燥乏味至极，除了看文献就是做实验，别说女孩子了，身边连个母蚊子都没有，居然还有女生朋友，太稀奇了。

陈知礼反应平淡，听着还有几分纵容："她说是就是，别惹她。"

宋致笑得不怀好意，嘴上却说着"哪里敢"。

电竞房里有五台高配置电脑，鼠标、键盘和电竞椅都是顶配。

唐念不太喜欢陈知礼这位姓宋的朋友，有点……怎么说，轻浮。所以选电脑时，她故意拉着陈知礼坐到靠墙一边，在宋致的对面。

宋致不知道小姑娘心里已经把他归为"不是好人"那一类，打开电脑还热情地问她："来玩游戏吗？"

晚晚娇滴滴地拍手："好啊，就玩吃鸡好吧，我都好久没见过陈哥哥玩游戏了，不知道手生了没有。"

陈哥哥……

唐念不明觉厉。

这里的人都是这么喊人吗？

那她是不是也应该喊荔枝哥哥？

呃，有点像少儿频道的主持人呢。

"想什么呢？"陈知礼轻轻弹了一下唐念的脑瓜崩，她捂着脑袋说"什么也没想"。

"要玩吗？"陈知礼又问。

"我不会，你们玩吧。"

宋致说："很简单啦，让你的陈哥哥教教你。"

唐念看了眼陈知礼，眼巴巴的，似乎是询问他的意见。

陈知礼"嗤"了声："想玩就玩，天天光做题都傻了，放松一下。"

唐念："好。"

宋致说的吃鸡是一款刚上线的射击类沙盒游戏，当时的中国区还没开放，游戏也还没火遍大江南北，算是在小众圈子内比较流行。

因为是海外版，界面输入不了中文，唐念就给自己取了个英文名"Sugar"，队伍里其他三个人分别是"Lichi"、"Song"、"Wanwan"。

宋致："不是啊，兄弟，你怎么改名了，Lichi 是个啥？"

唐念："是荔枝的英文。"

宋致:"荔枝?你不是不喜欢吃那玩意吗?"

陈知礼没搭理他。

唐念睫毛微微颤了下,原来他真的不喜欢吃荔枝,那下次不买这个口味的东西了。

吃鸡确实是个增进友谊的好游戏,前提是她不那么菜的话。

前几局,唐念经历了落地成盒、淹死、被手榴弹炸死、被空投砸死等等各种死法,然后灰着屏幕看他们仨玩,毫无游戏体验。

下一局还是四人组队,跳伞后陈知礼标了个野区,让唐念跟着他飞,经过几次练习,她已经是个合格的伞兵了,轻松到达降落地。

落地后,她发现Wanwan也跟来了,独留宋致一头独狼在军事基地厮杀:"不是,你们仨什么情况啊,跑那犄角旮旯干什么?"

晚晚笑了笑:"宋哥哥,你那边人太多了,人家害怕嘛,所以这局就跟着陈哥哥混啦。"

陈知礼选的是个郊区,几栋小破房子没人看得上,所以就他们三个人。

唐念动作还不熟练,总慢吞吞的,搜房子捡装备时也要停顿一会儿,然后东西就都被Wanwan捡走了,搜完三栋楼,她身上只有一把别人都不屑捡的手枪。

Wanwan跟在Lichi屁股后面跑:"陈哥哥,我捡到了八倍镜,你要吗?"

Lichi:"你留着用吧。"

Wanwan:"哎呀,我太菜啦,玩不好,你们男生厉害,装备给你带我吃鸡啦。"

Lichi于是收下了那个八倍镜。

Wanwan又问:"枪托要吗?我有几瓶饮料和急救包,子弹也有一些,你需要什么口径的?"

她献宝似的说了一长串,后面跟过来一道弱弱的声音:"或许……你需要一把手枪吗?"

Lichi一愣。

唐念选的角色本就瘦小,穿着一件粉色T恤和热裤,干干净净,什么装备都没有,只有一把可怜兮兮的手枪,但眼神却炯炯有神,好像在说,虽然我家徒四壁,一无所有,但我愿意把仅有的一把手枪送给你。

菜,但真诚,而真诚是永远的必杀技。

最后,Lichi把身上的三级头甲包,以及M4脱下来留了她。

晚晚舔了舔腮帮子,心想小瞧这妞了。

毒圈逐渐缩小,三人没搜到车,只能徒步跑毒,Lichi在前面跑,Sugar正想追过去,结果被Wanwan堵在房门口,出不去了。

晚晚"哎呀"一声:"抱歉啊,我卡住了。"

毒圈已经漫过来了,Wanwan有饮料和绷带,还能撑一段时间,但Sugar什么都没有,只能眼睁睁看着血条一格格地往下掉。

晚晚勾唇,心道:哪里来的小野妮子,还敢跟我斗。

唐念没办法,只好松开鼠标,默默等死。

不多时,耳边传来"砰砰砰"的几声枪声,唐念以为有敌人,一抬头,身旁的 Wanwan 正跪趴在地上喊救命,没等她弯腰去扶一把,又被人补了两枪,变成了盒子。

唐念:"发生了什么?"

Lichi 骑着一辆破旧摩托车喊她:"过来。"

唐念跑过去:"你怎么把她杀掉了?"

Lichi 顺手扔下一个急救包,没有丝毫杀队友的愧疚感:"反正她卡了。"

晚晚恨恨地咬了咬牙,被迫下线。

两人一路驶向决赛圈,同时宋致也过来与二人会合。他拿下不少人头,装备肥得流油,两位男生凭借高超的技术逆风翻盘,把对面四排杀得只剩一个。

这最后一个是个老阴贼,也不知道躲哪里去了。

宋致直接开了公麦,用他并不熟练的英语骂人。

唐念蹲在树后,突然注意到草丛中有动静,默默丢了个手榴弹过去。

人头 +1。

赢了。

宋致乐了:"可以啊,妹妹,你这神补刀的,跟小李飞刀学的吧?"

唐念本来神经紧绷着,看到赢了也十分意外,嘴角朝上轻轻一弯,笑着往旁边看过去。

这小表情足够明显,就像在说,快夸我啊。

陈知礼没忍住,低笑出声,从路过的侍应生手中的托盘里拿了颗薄荷糖扔给她:"奖励。"

唐念噘噘嘴:"真敷衍哦。"

吃鸡的成就出现在大屏幕上,唐念的角色捧着金灿灿的奖杯站在领奖台,她开心得好像自己也获了大奖。

不过那位晚晚却没有因为躺赢吃鸡而开心,生气地拿着包走了,宋致跑出去哄了。

唐念看着两人拉拉扯扯的背影:"她怎么了?"

"别管她。"

"哦。"

"玩够了没有?"

唐念点了点头:"嗯。"

"那回家?"

唐念一愣,眼中的慌乱一闪而过,讷讷地摇头。

"还想玩?"

"不想玩了,但是不想回家。"

陈知礼看过来,有点搞不懂了,眼里带着探究和审视。唐念心虚,不敢与他对视,躲开了他的目光,手指不安地绞着。

陈知礼其实昨天就察觉她不对劲了,莫名其妙说让他带她出来玩,起初只以为她心情不好，见她今天玩得挺开心，不应该还这么排斥回家，那问题就是家里的人了。

"胡铭找你麻烦了？"他猜测。

"不是他。"

"那是谁？"

"没、没人，"唐念被绕进去了，眼里浮出薄薄一层雾气，"我只是不想回家。"

"不想回家，你想去哪儿？"

"我……我也不知道。"

陈知礼脸色沉下来："唐念，跟我说实话，到底是不是胡铭又欺负你了？"

"不是。"

"不说我自己去找他。"

见他就要起身，唐念慌忙按住他的胳膊，急得差点扑到他身上："真不是他，是我姑父。"

"你姑父？"陈知礼皱眉。

"他、他不喜欢我，所以我不想回去住了。等过了这个寒假，姑姑就让我住校，高考完我就可以从那里搬走，也不用再见到他了，就这二十天，就寒假这二十天不回去可以吗？"

陈知礼总算知道了为什么她的书包重得跟砖头似的，原来早就准备好了要离家出走，出门就没打算再回去了。

"不回去你要住哪里？露宿街头？"

陈知礼不清楚实情，只当她是和家里吵架了，要离家出走，还觉得她幼稚得很。

"那你……你能收留我吗？"女孩坐在那里，抽着鼻子，睫毛上的水光还颤着，边说边哭，像只无家可归的小奶猫，可怜极了。

陈知礼眉头一挑："你想住我家？"

"嗯。"

她还真点头了。

孤男寡女共处一室，到底有没有一点安全意识？

陈知礼用拇指指腹轻轻贴在她眼下，沾走她落下的泪迹，别有深意地盯着她："你就不怕危险？"

"可我们不是朋友吗？"

陈知礼一愣。

"就算有危险，你也会保护我的吧？"

陈知礼哑口无言了，好在他家房子多。

陈知礼在附中对面的小区就有套房子，京北的路太堵，他有时不愿意回家就暂住在这里。他高考后就闲置了，原本是要卖掉的，陈父考虑到阿聿以后读高中可能还会需要，就暂时留下了。

房子不算大，70平方米的两室一厅，麻雀虽小，五脏俱全，有厨房和卫生间。

陈知礼进门拉开电闸，室内长时间不通风，还有股陈腐的味道。

他揉揉鼻子，有些嫌弃："太久没过来了，算了，换个地方吧，望京的别墅还空着，那边有人定期来清洁，我带你过去。"

大少爷娇生惯养，见不得这种满是灰尘的屋子。

"不用，打扫一下就好了啊。"唐念不想麻烦他，何况这里挺好的，"我喜欢这里，离学校近，出行方便，附近的小吃街什么的也熟悉，而且是我住，又不是你住。"

最重要的是住在学校旁边有安全感。

"那依你吧。"他捏着鼻子走上阳台，把窗子全敞开，"有两个房间，你挑，我下去买点东西。"

"好。"

趁陈知礼出门，唐念撸起衣袖，把房间里里外外打扫了一遍。其实并不脏，只是长时间闲置有些灰尘，只需要把地面拖一拖，家具擦一遍就焕然一新了。

没一会儿，陈知礼提上来好几箱日用品，床单、被罩、拖鞋、洗发水、沐浴露、牙刷、毛巾等等一应俱全。

可惜人算不如天算，唐念的经期提前了，小腹传来坠坠的痛感，而陈知礼却没准备女孩子的生活必需品。当然，这不怪他，一个大男生肯定想不到那么齐全。

唐念扯了点卫生纸垫着，顾不上身下的湿濡感，套上羽绒服就准备下去便利店买。

她正站在玄关处换鞋，身后传来男生清冷低沉的嗓音："干什么去？"

唐念不好意思说要去买卫生巾："哦，卫生间没纸了，我去买点。"

陈知礼转过身，从沙发旁的大箱子里拎出一大提卫生纸："给。"

唐念："不、不太够用呢。"

陈知礼惊："你用来吃啊？"

唐念："不是，我平时只用一个牌子，你买的这个我不能用，用完皮肤会起疹子的。"

陈知礼扯了扯唇，像是觉得好笑："豌豆公主是吧？"

唐念心想：倒也没有那么娇贵。

她心里很焦急：求你了，让我出去吧，再不走裤子都要脏了，呜呜呜。

不过陈知礼听不见她的心声，依旧慢吞吞地说："你先坐着，我待会儿下去重新买。"

现在坐不下啊。

她委屈地望着他："可我真的很急。"

"有多急？"

"就跟上完厕所，发现没带纸一样……急。"

行吧，陈知礼拿她没办法，拿过钥匙，把她从玄关处往里拽了拽："你用什么牌子的？我现在下去买。"

唐念摆手："不用不用，我自己去就行，我用的牌子你不认识。"

陈知礼挑了下眉:"小瞧我?"

唐念要哭了:你再厉害还能认识卫生巾牌子啊?没事的时候可以冷漠一点,真的,求你这时候就不要这么热心肠了,呜呜呜……

唐念昨晚没睡觉,本就精神不足,打扫完卫生又来月经,几经折腾,再好的身体也吃不消了,嘴唇泛白,站在那儿都摇摇欲坠,像一株要被风折断的长梗百合。

看她这样,陈知礼是不可能放心让她自己下去的,摸出手机:"加个微信,一会儿我拍给你。"

唐念实在说不过他,肚子又疼得厉害,低着头扫完码,走回沙发上坐下了。

陈知礼下去后,唐念本想跟着偷偷溜下去,可是肚子太疼了,走不了路,只能蜷缩在沙发上缓一缓。

没多久,手机进来一条新消息。

陈知礼发了个图片,唐念躺在沙发上,点开放大,这才注意到他拍的是一整个货架的卫生巾。

唐念的脸瞬间红了,心"咚咚"跳得厉害。

原来他知道她是要去买卫生巾。

czl:要哪个?

唐念不好意思打字,把图保存进相册,用记号笔给某个牌子的日用款和夜用款画了个圈,重新把图片发了过去。

czl:还需要什么?

甜甜圈:不需要了,谢谢。

虽是这么说,陈知礼回来时还是买了热水袋、一袋红糖和一盒布洛芬。

唐念倒是没有疼到要吃布洛芬的地步,陈知礼就去厨房冲了杯红糖水。

她抱着暖水袋,小腹的疼痛渐渐平缓,人一旦身体舒服精神饱满了就话多:"荔枝……"

陈知礼坐在她脚边,拿汤匙搅拌糖水,一心两用地应着:"干吗?"

"你居然还知道女生肚子疼要买红糖水和布洛芬哦,"她撇撇嘴,像吃醋又像撒娇,"是不是照顾过好几个来那个的女生啊?"

"哪个?"

"就是那个啊!"

"哪个?"

明知故问。

唐念用脚尖踢了陈知礼一下,陈知礼这才一副恍然大悟的样子:"你是说月经啊?"

唐念不解。

他一个男生为什么能把这两个字说得这么自然?

陈知礼把红糖水塞她手里,对她支支吾吾连"月经"都不好意思说出口的行为不太理解:"你没长嘴,但我长了,我不知道就不会去问别人啊?"

"你问谁了?"

"卖卫生巾的售货员阿姨啊。"

"你……"唐念脸又红了，用脚轻轻踢了下他，"你都不会觉得丢人吗？"

"为什么丢人？"他凑近，坏心眼地看她脸颊慢慢变红，还不忘调侃，"家里有个小朋友痛经，我只是去问问有什么办法能减轻她的疼痛而已。"

唐念不好意思，慢慢把胸前的薄毯拉到嘴巴以上，盖过鼻子、眼睛、额头，脸完全埋进了毯子里。

陈知礼还在说："而且旁边的小女生都羡慕得流哈喇子了啊，说我体贴又细心，哪有人说我丢人？就你这么觉得，你这想法可不对。"

他这么坦荡，让唐念的尴尬都变得有些无所适从。

很多时候，唐念去超市买卫生巾，店员都会好心地用黑色塑料袋帮忙包装，生怕被人看出来。同学们也称呼月经为"大姨妈""亲戚""那个"，久而久之，她也会觉得这是一种禁忌，是一种不能在人前谈论的事情，会很丢人。

但其实月经只是一种再正常不过的生理现象，女性的一生大约要经历450次月经，月经不应该被污名化，也不应该与羞耻、尴尬画上等号。

唐念觉得陈知礼的家庭教育一定很好，父母对他的性教育坦荡又自然，他从小就了解过这些，所以才会觉得月经这种事非常正常，压根没有遮掩的必要。

后面几天，陈知礼就不许唐念碰冷水了，唐念解释说很多次她没那么娇贵，也不是因为洗衣服才痛经的。陈知礼不听，第二天请保洁上门，三天一次大扫除，毕竟对陈大少爷而言，能用钱解决的事都不是事。

陈知礼朋友很多，高中时唐念就发现了，他人缘好得不像话，身边总围着一群人，所以一到寒假，邀他去玩的电话就没断过。

"老程生日就差你了，来不来给个准信。"

陈知礼说："人不去了，礼必到。"

"又不去，你这一天天的干啥呢？又刷题？都全球前十了，求你别卷了，也留点上升空间，真想当独孤求败啊？"

"没刷题，有事走不开。"

"啥事还走不开了？"

"忙着陪一个小姑娘。"

对面沉默了几秒钟，紧接着发出一阵相当炸裂的嘲笑声。

"求你别装了，说你忙着研究用AI统治人类都比陪女生靠谱。你旁边要是有女生，老子叫你爷爷……"对面停了几秒钟，好像有宋致的声音传来，紧接着打电话的人激动地蹦起来了，"我的天，爷爷，你旁边还真有女生啊！"

陈知礼纠正："是爷爷，不是我的天爷爷！"

唐念原本在做阅读理解，听到他这断句水平，一下子没忍住"扑哧"笑出声来。

结束电话，陈知礼继续悠闲自得地靠着椅背，伸长一双大长腿，睨她一眼："笑什么？"

唐念："没什么，就是觉得你朋友过生日的话，还是去一下比较好吧。"

/ 163

陈知礼抬眼："你想去？"

"你的朋友我又不熟，你自己去吧，我在家待着。"

"那我不放心。"

"有什么不放心的？我又不是小孩子。"

"怕你偷我家。"

你家是有水晶吗？

唐念不再管他，低头做完一张英语卷子，站起来伸了个懒腰。

她看了眼阳台旁的陈知礼，他正拿着电脑打字，她悄悄凑到他身后，屏幕中是个英文网站，像是论坛一样的网页。

唐念问他："这是什么？"

陈知礼："CodeRank."

唐念："做什么的？"

陈知礼："一个算法刷题网站，做对一道题会有一定的分数，分数越高排名越高。"

唐念有点不懂，但看他好像经常在这个论坛上写一些东西："刷这个有什么好处？"

陈知礼说："好处的话有利于找工作，Google、微软等很多有名的算法公司会从这里挖人。"

"可你不是打算读博吗？"

"这是别人刷题的好处，我的话，"陈知礼顿了顿，"单纯打发时间而已。"

凡尔赛。

原来他刷的这个网站这么厉害啊，有名次就能进世界级大厂。唐念跃跃欲试，看着陈知礼头像上的金冠，就知道他的排名一定不低："Jiri Chen 是你的英文名字吗？"

"嗯。"

"那你能帮我注册一个号吗？"

陈知礼看过来："感兴趣？"

唐念点点头。

"你会写代码吗？"

"不会，但谁不是从不会开始的呢。"她也挺坦诚的。

陈知礼笑了下，当真就打开注册页面，开始帮她注册账号。

唐念看着他在网页上一顿乱点，不满意地说："你认真点，我不要用系统默认头像。"

陈知礼换了一个猫咪头像，在用户名一栏敷衍地打了个"Amy"。

"Amy 也太土了，你就不能取个符合我气质的名字？"

陈知礼看了她一眼，小孩事挺多，删掉重新输了个"Tang"："好了，注册完了，你自己玩吧，我去做晚饭了，想吃什么？"

"我都行。"

唐念拿着他的电脑登上账号，上线第一件事就是关注了"Jiri Chen"，这时她才发现"Jiri Chen"这个账号已经打进了全站排行榜第一。

而他在 CodeRank 注册账号至今也才仅仅三个月，就战胜了霸占榜首一年多的元老级人物，成为论坛新任传奇。不光如此，他还相当热心，经常上线在论坛回答问题，所以人气非常高。

唐念从小是个技术控，而且慕强，小时候最崇拜的就是研发风力发电的工程师爸爸。从看到陈知礼的账号她就暗暗激动，心想以后一定要追上他。

不对，要超过他。

住在陈知礼家的日子着实轻松又愉快，眨眼就到了除夕。

往年除夕，陈知礼一家是大清早就去老宅，陪陈奶奶唠会儿家常、贴春联、包水饺，准备年夜饭。

今年陈知礼回去时已经下午了，免不了被老太太一顿数落，说他越大越不懂规矩。

厨房里的几位厨师正忙碌年夜饭，陈知礼安抚好老太太，去厨房转了圈，今年请的是专做粤菜的师傅，主厨站在案板前在雕刻一只栩栩如生的凤凰。

老太太是个讲究人，又是过年这么重要的场合，要求至少有十六道菜，四荤四素，八个凉菜，每盘摆放精巧，造型精致，连颜色搭配都要丰富美观。

陈知礼逛了一圈，觉得华而不实，没见到几道正经的菜，嘱咐了家里的住家阿姨炒了几道家常菜，装进保温盒。

吃过年夜饭，外面下雪了，小孩们穿着厚厚的棉衣在院子里打雪仗，一屋子大人其乐融融聊着天等春晚。

陈知礼倚在沙发里玩手机，自下午时他的微信提示音就没停过，大多都是些拜年信息，他挑着回复了几个。

从头刷到尾，再从尾刷到头，也没看到住在他家的那个小姑娘给他发一条消息。这小兔崽子还真是没心没肺，亏他大过年的还惦记她有没有吃饭。

她不发，他也不发。

哼，看谁耗得过谁。

放下手机，他拿过遥控器换了几个台。

现在是新闻联播的时间，主持人正播报着世界各国的政要和组织向中国人民拜年。

屋子里嘈杂一片，吵得人耳朵疼，时间一分一秒过去，很难熬。

陈知礼静不下心，干脆站起来，拿上钥匙要出门。

赵淑兰叫住他："还不到八点，你干什么去？"

陈知礼随便扯了个谎："我回学校。"

"大晚上回学校干什么？"

"回去喂猫。"

"你养猫了？"

"嗯,嘴挑得很,我不回去看着肯定不好好吃饭。"

唐念记得,京北那年的除夕下了好大一场雪,稀稀落落飘满天幕,没一会儿就满世界银白,新年的钟声在大雪中倒计时。

唐念下午刷了一套数学试卷,结束后已经七点了,肚子也有点饿,便放下笔去厨房煮了份挂面,盛面时又接到了唐银婉的电话。

她端着碗放到茶几上,烫得摸了摸耳朵,听到那头唐银婉问:"过年还回来吃饭吗?"

"不回去了。"

"那你吃什么?"

"我煮的面。"

唐银婉似乎有些担忧:"过年只吃面,怎么能吃好啊?"

唐念说:"没事,挺好吃的。"

至少比在胡家吃的任何一顿饭都安心。

最后这句她没说出口,发生这样的事,她不可能对唐银婉没有怨气,但她也知道不是唐银婉的错,所以大过年的她也不想惹唐银婉不高兴。

"姑姑新年快乐,不用担心我,我真的挺好的。"

唐银婉没话说了。

挂断电话,唐念想起前几天她给唐银婉发的消息,说自己暂时住在同学家里,等开学就直接去学校,不回去了。唐银婉没说什么,只强调要注意安全。

春晚已经开播了,唐念去厨房拿了包雪菜,拌在面条里。春晚是越来越没看头了,她没怎么看进去,开着电视就当个吃饭的背景音。

这时,门口传来锁舌转动的声音。

唐念一愣,这么晚了谁会过来?

这栋房子只有陈知礼的家人和她有钥匙,陈知礼回家过年了,必定不是他家的人。

唐念有些不安,刚要从猫眼往外去看,门开了。

她吓了一跳,见到是陈知礼,心又放下来:"你怎么回来了?"

陈知礼不说话,气息有些喘,在门外抖了抖大衣上的雪,进来关上了门。

他穿了件黑色羊绒大衣,外面几乎湿透了,头发甚至连睫毛都挂了雪,被屋里暖气一蒸,整个人像是从水里捞出来的。

唐念去卫生间取了干毛巾,踮着脚帮他擦头发上的雪:"外面的雪下得这么大吗?"

陈知礼往里面一望,一眼就看见茶几上放着的半碗面,清汤寡水,连点油都没有。他扯了下唇,没好气地说:"我就知道!"

唐念有点摸不着头脑:"啊?"

陈知礼:"我不回来你就吃这个了是吧?冰箱里有菜有肉,不做留着自动生成熟食?"

"我……"

"别狡辩。"

她没狡辩："我不会做，而且我一个人吃不了多少。"

"不会做不能学？能考到600多分的人连饭都学不会？我就天生会，我就活该伺候你是吧？"

唐念委屈地想说不是，但看他冒着大雪赶回来，衣服鞋子都湿了，身上又冰又凉，还被她气得咳嗽，她也不忍和他抬杠："你先别生气，我以后会学的。你先去洗澡吧，不然要感冒了。"

陈知礼把保温盒往她怀里一扔，扯下毛巾，怒气冲冲地去浴室洗澡了。

唐念打开盒子，里面是热腾腾的菜，四菜一汤，还有一盒水饺。看着看着，她忽然眼眶一热。

雪中送炭的故事感人至深，但也有人披星戴月，风雪兼程，只为给你送一盒热的水饺。

除夕守岁，外面开始放鞭炮，噼里啪啦的，好热闹，室内氛围却有些凝滞。

两人安安静静，没说话。

唐念搬着小马扎对着电视机吃水饺，心还乱跳着，不知该不该打破这份宁静。

春晚放到了小品，叽叽喳喳的对话声不时混着台下的笑声传来。

陈知礼洗完澡坐在沙发上，深蓝色真丝睡衣领口有点低，露出的锁骨十分漂亮。他头发也没干，刘海散在额头上，单薄的眼角有水珠划过。

就挺……秀色可餐，她咽了咽口水，又吞下一个水饺。

大少爷的气估计还没消，脸很臭。

虽说这小品确实不怎么好笑，但也不至于这样恶狠狠地盯着人家吧？这副表情真像搬砖一年却被小品里演包工头的男演员拖欠了工资一样。

"那个……"唐念努力地想活跃一下气氛，"你要不再吃点？这水饺还挺好吃的，嘿嘿。"

陈知礼冷淡地把视线移到她脸上，居高临下地睨着："你有没有良心？"

又怎么了，我的大少爷？

唐念捏着筷子坐直身子，竟还有点紧张："怎、怎么了？"

"你自己想想吧。"

"我想不出来啊。"

她只是没做饭而已，她马上就去学，以后再也不敢只煮面了。

看她这副委委屈屈、一脸无辜的样子就知道她一点都没想明白他为什么生气。

陈知礼也不喜欢卖关子，低头划开手机："看到这是什么了吗？"

唐念还是一脸蒙："中国移动的短信啊。"

陈知礼"呵"了声："中国移动都记得问我新年好，而你，唐甜甜同学，你吃我的睡我的，大过年连条问候都没有，你觉得像话吗？"

唐念愣住了。

啥，就这？她还以为自己犯了十恶不赦的大罪。就因为没问他新年好，所以

167

气得冒着大雪回来找她算账了?

唐念内心毫无波澜,甚至还有点想笑。

他怎么这么幼稚?

她压了压嘴角,最后没忍住还是笑出了声。

陈大少爷的脸更臭了:"还笑,你有没有心?"

唐念持宠而娇:"我没心还不是要怪你。"

"怪我什么?"

"怪你偷走了啊。"

四周忽然安静下来。

陈知礼大脑迟钝好几秒钟,断掉的那根弦才重新搭上,努力让自己的声音恢复如初:"我在跟你讲道理,别跟我油嘴滑舌。"

"不是油嘴滑舌。"

"那是什么?"

"是心中满是你,什么也装不下,就这样我的真心教眼睛说假话。"

陈知礼被激得浑身鸡皮疙瘩都起来了,抓起沙发上的胡萝卜抱枕丢过去。

唐念轻松抱住,面带委屈:"你为什么打我?"

"你找打。"

"那你好会哦,打动了我的心。"

不是,她从哪学的这些?

"你……"陈大少爷抓狂地薅了两把头发,甘拜下风,"赢了。"

他实在招架不住,同手同脚地走回房间,"砰"的一声关上了门。

真经不起玩笑,唐念悄悄弯了下嘴角,发现一个小秘密,陈知礼居然害怕土味情话,嘿嘿。

其实刚认识陈知礼的时候,唐念对他的认知很片面,只听人说过他家里条件很好,她就以为他是那种叛逆乖张的二世祖,所以也不敢胆大包天地和他开玩笑,对他印象分还挺低的。

熟悉后才了解陈知礼才是书里描写的真正根正苗红的少年,长得好,人却端正得不行,光风霁月,干净坦荡。大概因为家教,他也没什么不良嗜好,只偶尔有点少爷脾气,尤其是关于吃饭,一天三顿,按时按点,四菜一汤,绝不凑合。

这对于吃饭不规律、饿了随便找点吃的填饱肚子的唐念来说可痛苦极了,经常一道题刚有思路,就被他提溜上饭桌。

"能写完这道题再吃吗?"

她刚刚想出来的物理公式就快要从她光滑的大脑皮层滑溜溜地溜走了。

大少爷冷酷无情地舀着汤:"不可以,吃完再写。"

几天下来,唐念的作息确实正常了,脸蛋儿也圆了不少。

年后陈家要走亲戚,陈知礼不爱去,拒绝了好几次,但也耐不住赵淑兰一天十八个电话。

所以年初这几天,唐念就一个人待在家里,没事的时候拿陈知礼的电脑看看电影，或者去 CodeRank 看看帖子。

Jiri 在论坛的热度可真是堪比当红明星，首页飘红的全是关于他的帖子。

Reiver: J 神什么时候回来？不会觉得我们太菜没挑战性，不来了吧？

Monody: 有可能，以前还经常上线回答问题，现在私信全是未读。

Emily: 话说这个 J 到底是韩国人还是泰国人？我看他经常乱用一些单词，母语应该不是英语。

Monody: 我猜是日本人，你们不觉得 Jiri 很像日语的发音吗？

唐念看得火大，登上自己的账号去回复。

Tang: 他是中国人，中国人！中国人！Chen 是中国的姓！

Monody: 你知道？

Tang: 知道啊，我就在他家。

Monody: 哈哈，我还说他在我床上呢。

"可恶啊！"唐念一激动，掀桌而起，还好现在家里就她一个人，她把桌子拆了都没人发现。

她也要刷题，要把这个讨厌的 Monody 从床上，呸，从榜上挤下来。

唐念跑去陈知礼的书桌前挑了本编程书，她要偷偷学习，卷死所有人。然而，编程并不是那么好学的，尤其是对于她一个高数都没接触过的高中生。

她从大年初一开始看，从最基础的语法看起，三四天下来总算找到一点门路，之后速刷完算法数据结构，跃跃欲试地想做题。

CodeRank 的题型难度是分等级的，一星最简单，五星最高。当然，对她这种崭新的菜鸟新手来说，就算是一星也挺难的。

她花了两个小时，终于做对第一道题时，整个人的心情就像一个充满气的气球，膨胀了。

好开心！她做对了一道题。

初六，陈知礼终于闲下来，电脑算是彻底被这小姑娘霸占了，一整天，她就坐在沙发上刷题。

他去超市，她窝在那儿；他去做饭，她窝在那儿；他洗完澡去晒衣服，她还窝在那儿，窝都没挪过。

"你起来活动活动，一直坐着不累？"

唐念懒懒地瞥他一眼，像是在放空，又像是在想事情，总之是没理人，挺高冷的。

别说，这种爱搭不理的感觉还真让陈知礼有种自己在养猫的感觉，不过就算是猫，她也是只懒猫。

陈知礼走过去就要拿走电脑："上瘾了？"

"别别别动，没保存啊。"

小懒猫软得像液体，屁股停留在椅子上，腰肢向前舒展，纤细的胳膊伸出去够着电脑狂按保存。

陈知礼看她这动作就想笑："柔韧性不错啊，小花猫。"

"你别打扰我刷题！"

"刷题也得起来活动活动，你都快长在沙发上了。"

"起来没事干呀。"

她今天过度用脑，一点都不想动，深刻诠释脑子和身体只能有一个动。

"别刷了，走，带你出去溜弯。"

小懒猫听到要出门溜弯，耳朵瞬间竖起来，眼睛也亮了："去哪儿？"

"去了就知道了，去换衣服。"

"好。"

陈知礼开车带唐念去了石景山，那里的灵光寺远近闻名，香火旺盛，尤其是过年这几天，来祈福的人络绎不绝。殿中的佛像庄严肃穆，檀香袅袅。陈知礼在钟声悠扬中敬了三炷香，双手合十，跪拜祈福。

出来后，唐念问他许的什么愿。

他不答反问："你许了什么愿？"

他不说，唐念也不想说，随口编了个："一夜暴富，每天什么都不干却哗哗地来钱那种。"

陈知礼笑着说："这个简单。"

唐念不解。

这还简单？

陈知礼与她并肩走着，双手插兜，闲庭信步，路过一座小池塘，他下巴往前轻轻一扬："看见前面的许愿池了？"

唐念看过去，是个带喷泉的四四方方小池子，不断往外冒着水，有情侣围了一圈，虔诚地往里面扔硬币。

"看见了，怎么了？"

"这样，你过去让里面的王八出来，你趴下，自然每天都来钱哗哗的。"

唐念腹诽：你才王八呢。

从灵光寺出来，两人漫无目的地在街道闲逛，天色渐渐暗下来。石景山的游乐园今晚有烟花秀，大广场上人头攒动，摩肩接踵，大家都翘首以待。

两人不知不觉走到河边，唐念说让陈知礼等一会儿，然后自顾自地跑开了。

陈知礼找了张路边的长椅坐下，面前就是河边的围栏，水面结了一层薄薄的冰，像镜子一样照映着身后游乐场里的城堡。

不一会儿，小姑娘回来了，长发飞扬，一路小跑，像极了童话里的在逃公主。

陈知礼喊她慢点。

她在他身边坐下，气喘吁吁，用牙齿扯掉手套，变戏法似的从身后取出一排娃哈哈，晃了晃："要来喝点助兴吗？"

陈知礼说："我都多大了还喝这个。"

唐念继续怂恿："研究发现，适当补充点维生素 D 有助于提升智商哦。"

陈知礼还是嫌弃地摇头。

"就当陪陪我嘛。"小姑娘实在生了一双漂亮的眼睛，含着勾子似的，又纯又欲，用这双眼去央求人，没人拒绝得了。

陈知礼败下阵来，接过她手里的哇哈哈，将吸管插进瓶子里，勉为其难地吸了一口。

"好吧，不为难你了。"唐念给自己插上吸管，迎着如霜的月色和他轻轻碰了一杯，"新年快乐，荔枝！"

"新年快乐，甜甜同学。"

"甜甜"这个乳名，还是第一次从同龄人口中听到，她有点害羞，但没说什么。

唐念背靠着围栏，夜风将她的长发吹得微微凌乱。她转过身去，看着荡漾的水面映着城市的霓虹："荔枝……"

陈知礼站在她旁边："嗯？"

"在T大读大学是不是很好啊？"她的声音被夜风清浅地送过来，语气带着羡慕。

"还行，"陈知礼说，"具体怎么样，你可以考上自己来体会。"

"我考不上……"

"谦虚了，按你期末的成绩，全国的大学不由着你挑？"

"可是就算擦边进去也读不了你的专业啊。"

陈知礼讶异地看了她一眼："你想读我的专业？"

唐念又噘起嘴来，先发制人："你不会是觉得我太笨不适合学吧？"

陈知礼笑了："你挺会扣帽子，我只是惊讶，你为什么想读我的专业？"

"也没什么，就是小时候看科幻片觉得AI很酷，假期看了你的几本书，就觉得这专业挺好的，日后也好找工作。你知道的，我是个没什么目标的人，普通又无趣，没什么大的理想。"

"是吗？"他说，"我觉得你挺有个性。"

"哪里有个性？"

"有时候很乖，有时候又很大胆，温顺与叛逆同时出现在一个人身上，挺少见的，所以我觉得只要你想做什么，就一定能做到。"

"真没有，我挺自卑的。说起来你可能不信，我从小就是第一名，也一直被人夸聪明，来附中后才发现自己是井底之蛙。天外有天，人外有人，太多人比我聪明了，一下子落差挺大的，我对考上T大一点信心都没有。"

陈知礼还是保持着原来的姿势："有什么好自卑的？聪明人多了去了，但就算再聪明，在时代的洪流面前都不过是普通人罢了，过自己的生活就好，不需要和别人比。"

唐念不太开心，情绪上来后越发难过，也听不进去他的安慰："因为你是IMO满分的天才，所以才这么说。"

"我只是比较擅长数学，就像你也有比我更擅长的。"

"比如？"

陈知礼举了下手里的瓶子:"胆量。"

唐念一顿,"扑哧"一声笑了,琥珀色的瞳孔在霓虹中闪烁出明亮的光。

她这情绪来得快去得也快,有什么好自卑的,她都有超过天才的优点了。

十一点之后,城堡前聚集了人,是烟花秀要开始了。

唐念看过去:"我们也去看看吧。"

陈知礼点点头:"好。"

人太多了,大概全京北的人都来了,人海一层又一层,她被后面的人推着往前走。

困劲上来后,唐念整个人昏昏沉沉,身体都发软。陈知礼搂紧她,以防她被人冲散。

"开始了!"

不知谁喊了一声,人声逐渐沸腾,数不清的礼炮在不远处点燃,礼花绽放的声音响彻云霄,盛大的烟花点亮夜空。

唐念仰着头,她肤色冷白,脸颊泛着一层薄粉,怔怔地迷失在绚丽的烟花中。

她自从搬来京北,就总有一种战战兢兢、寄人篱下、漂泊无依的感觉,就连努力考大学也只是她逃离现在这种生活的一种方式,她并不期待,只是在被生活推着往前走。

但这一刻,她忽然感觉自己好像并不是孤独的了,她也隐隐生出一种期待,就像刚刚许的新年愿望。

想考T大。

后面半句她没说,但自己心里知道,是想去找陈知礼。

陈知礼垂下眸光,看着跃动的彩色光芒爬上少女的脸庞,明艳生动,绚烂耀眼。

许是他的目光过于炙热,唐念转过头,对上他的目光,那漆黑的双眸在烟花的衬托下莹润透亮。

他的唇形很好看,轮廓分明,精致饱满。

唐念拉了拉他的衣袖,示意他矮下身子。陈知礼以为她有话要说,欠身把头低下来。

唐念却没吭声,只是轻轻搂住他的脖子。他的脸再一次在她眼前放大数倍,连睫毛都根根分明。

明月高悬,烟花盛开,幸好喝酒了,要不然这样看着他,她的脸不知道要红成什么样子。借着酒劲,她忽然想做一个大胆的决定——少女踮着脚尖仰起脸,像猫一样挂在他身上,缓缓把眼睛闭上了。

陈知礼笑出声,伸出指尖戳她的额头:"怎么,困得眼睛都睁不开了?"

唐念捂着额头睁开了眼,心里泛着酸,有些失落:他真不浪漫,难道平时不看偶像剧的吗?不知道女孩子闭上眼睛的意思其实是……

他忽然倾下身,很认真地盯着她。

唐念的呼吸瞬间屏住,心脏猛烈又刺激地撞击着胸腔,一下又一下,甚至都快盖过耳边礼炮的声音了。

她听见他用前所未有的认真语气对她说:"来T大找我吧。"

二十天的寒假转瞬即过。
不知为何,唐念的心口有些沉闷,像是被钝刀划开一道小口子,微微发胀。
元宵节,她邀陈知礼去看了电影,是一部爱情科幻片,新年贺岁档。
男主角的家族拥有穿越时间的能力,在那个夏天,他回到过去遇到了曾经暗恋的女孩。他尝试改变与女孩的关系,可是最终发现,无论怎么改变都无法让不爱你的人爱上你。
"对于我们爱的人,不说永远,而是珍惜。"
唐念抱着爆米花坐在最佳观影位置,手边的可乐在这句台词说完后不小心被碰翻,幸好抢救及时没洒到衣服上,只是手指沾上了黏糊糊的液体。她翘着手指去翻包里的纸巾,一只手不好操作,怎么都打不开包的卡扣。陈知礼看过来一眼,握住她的手腕,拉着人离开了电影院。
洗干净手,唐念从卫生间出来找人。
走廊灯光明亮,大理石地面映出柔和的光线,陈知礼没在附近,她顺着走廊往前走,听到楼梯间有熟悉的声音。
"师弟,耶鲁大学的 Daniel(丹尼尔)教授对你上学期的课题很感兴趣,你发个 package 过去,约一下线上面试,直接约导师面试成功率很大。"
package 是申请国外学校所需的资料包,一般包括本科成绩、科研经历、发表论文和推荐信。
如此大好机会,陈知礼却似乎并不是很感兴趣:"谢谢师姐,直博我想去 MIT CSAIL(麻省理工学院计算机科学与人工智能实验室),其他的暂不考虑。"
"我知道你想去 CSAIL,但总得留几个备选 offer,CSAIL 对中国学生有多苛刻你又不是不知道,也不怕到时候没学上。"
"无所谓,没学上就不上了。"
挂断电话,陈知礼回头看到唐念站在楼梯间门口。
他走过来:"怎么不先进去?"
唐念:"我不想看了。"
陈知礼:"行,那回去吧。"
电影里的角色演绎着各种不同的精彩人生,只是走出电影院大门,再热闹的故事也会有种曲终人散的悲凉。
其实唐念一直知道陈知礼是要出国的,她关注了他在 CodeRank 上的一些回答,他不仅解决技术方面的问题,偶尔也会和人闲聊,其中一条是来自 MIT 的学生,说查尔斯河一年四季风景如画,欢迎他去玩。陈知礼回复说可能会去那边读 CS PhD(计算机科学博士),有机会一定去。
陈知礼一定会出国,这是他晋升的必经之路,毕竟那里有全世界最好的实验室、最优秀的人才,他的导师也与 MIT 的人工智能实验室有合作,他没有理由不选择更好的平台。

届时他可以带着压倒性的履历和院士推荐信无往不利，去他最喜欢也最擅长的领域深入钻研，毕业后不管留校任教还是进业界拿 EB1B，绿卡肯定没问题。

这估计是他给自己未来十年规划的路，条理清晰，比她的生命线还要清晰。之后再看见他的消息是不是就要从各类报道上了？

他日后不会想起某年冬天为一个无家可归的女孩提供了临时住所，也不会记得这段二十天的朝夕相处，他的人生不会为任何人停留，他是为科研而生的人。

夜晚，华灯初上。

窗外的万家灯火凝聚成一片霓虹，亮灯的方框里是家家户户的团圆之夜。

两人吃过晚饭，陈知礼让唐念早点休息，明天开学还要早起，之后就坐在沙发上看手机邮件。他那位师姐还没有放弃让他接受其他教授的面试，他正迂回地拒绝。

唐念洗完澡却没回房间。她情绪很低落，说不出是难过还是不舍，就是不想睡觉，现在的一切就像灰姑娘的南瓜马车，一觉醒来就什么都不会有了。

陈知礼早就察觉她状态不对，整个人气压很低，像霜打的茄子似的，焉巴巴地蜷缩在沙发旁，薄毯盖着膝盖，脚踝纤细，脚指头泛着粉色。

这是又抑郁了？

陈知礼放下手机，问了句："怎么，没玩够不想开学？"

她别开头，声音闷闷的："才不是。"

陈知礼忽然明白了什么，语气不太正经："那是……舍不得我啊？"

这话令她刚压下去的情绪又翻涌上来，眼泪几乎就要涌出。她睁大眼睛，用手掌扇风，忍着不让自己掉泪。

陈知礼也是一愣："怎么哭了？"

女孩子总是越哄哭得越厉害，他不理她，她还能憋一憋，他用这样温柔的语气一开口就直接戳到泪腺，眼泪跟断线的珠子似的。

见状，陈知礼有些紧张地抽纸巾给她擦眼泪，可是越擦越多，纸巾很快被泅湿成一团。

是的，她舍不得他，不想让他走，更不想去到国外那么远的地方。

如果他只在 T 大，她高考还能努力一把，如果他要去 MIT 这种私立学校留学，她怎么可能去得了？

但是……

她的心跳忽然快起来，扑通扑通，像有什么东西要突破身体的禁锢。

她听到自己心底的声音——人总是要有点盼头才好过，我不要他为我停留驻足，就要他光风霁月，依旧瞩目，我想与他一起去看查尔斯河的四季更迭，我要他在未来里等我。

这样想着，她莫名向往。

莫名其妙地，她忽然生出了勇气，不顾淌下的眼泪，平静且坚定地与他对视："荔枝，你等我好不好？"

"嗯？"

"我会考上 T 大，然后出国读研，就算申请不到 MIT 这么厉害的学校，去波士顿总没问题的，所以……"

少女目光灼热，是能够灼烧他生命的滚烫，是的，她想通了，京北从来都不是她的家，她一点都不留恋这里，哪里都不是她的家，她要去到有陈知礼的地方。

"所以什么？"

"你先不要喜欢别人。"

小姑娘喜欢坐在沙发下面的毯子上，从陈知礼的角度，正好看到她紧蹙着眉，倔强的神情中带着些许脆弱。

他忽地轻笑，忍不住为自己抱不平："我就看着这么花心？"

"不是，"唐念低下头，葱白手指缠着地毯边缘的穗子，声音软糯糯的，"我怕你去了美国就忘记我。"

外面的世界那么精彩，又有谁还会记得那个埋在题海里的、灰头土脸的学生妹呢？

这个小朋友为什么总有那么弯弯绕绕的念头？看她无精打采地垂着脑袋，陈知礼忍不住勾了勾嘴角："谁跟你说我马上要走了？"

唐念眨眨眼，又掉下几颗金豆豆："不是吗？"

陈知礼看着她，大手摸上她的脑袋："没那么快，至少读完大三，而且我是上学，不是去传销，你也只是开学，不是入狱。我不会忘记你，我们也不会见不到了，懂吗？"

唐念脖子缩了一下。原来他暂时不会走，那她白哭鼻子了，还在心里做了好多中二的决定……

好丢人，尴尬到质壁分离。

唐念："那我就……"

陈知礼看着她，幽深的双眸慢慢动了动，灯光漾在眼底，像一点高光，让他整个人都显得更温和了："先来 T 大找我？"

唐念顿了顿，对他认真点头，乖巧地应了声"好"。

这时，小姑娘脸上总算露出了笑意。

"好了，去睡觉。"总算哄好了，陈知礼指挥唐念回房间。

隔天，陈知礼把唐念送去了学校。虽然大学开学晚，但唐念走后他也没必要在这儿住着了，便把钥匙给了她，让她不想住宿舍可以随时过来。

两人在校门口吃了顿饭，唐念付的钱。陈知礼问唐念下学期生活费够不够，唐念说够了，但陈知礼还是硬塞给她一千块钱，让她买糖吃。

附中的银杏树落光了叶子，光秃秃的，偶有几根枝条冒出了嫩芽，春天又快到了。

那年元旦小长假最后一天，唐念出门溜了一圈。她从 T 大出来一路沿着中关村北大街往南,大约三四公里,不知不觉走到了附中门口。

高三下学期,她心情不好就会给陈知礼打电话,说请他吃饭,苦于囊中羞涩,最后只能请他在学校对面吃馄饨。

陈知礼吃饭挑剔,不喜欢冰冻过的馄饨,每次都拽着她去吃别的。有时她还会装病逃课,跑去T大看他打球。喜欢他的人很多,迷妹络绎不绝。

唐念混在大片给他加油的人群里安安静静看着,说实话,她并不懂规则,只知道进球就是好的。

因为好几次,她看见他进球后都会露出恣意轻狂的笑。她捏紧矿泉水瓶,鼓起勇气挤开所有女生去送给他。

他很惊讶,双眸微微一眯,露出点微寒的光:"逃课?"

她眼神不自在地乱飘:"不是哦。"

"那是什么?"

"来充电。"

誓师大会那天,陈知礼被请回来鼓励高三考生,他不知去哪借了件校服穿上。

附中的校服是纯白色运动服,只在袖口和裤腿装饰了几条红杠,很土的款式,而他却顶着一张高冷的脸,硬是靠身材把这种无药可救的校服穿出秀款的感觉。

他站在台上,目光在人群中略过,定在某个方向,薄唇轻启,清沉干净的声音透过扩音器在偌大的体育馆上空回荡。

"我在T大等你。"

但很可惜,唐念没能如愿考上T大。

她在那段颓败的日子里,把所有的坏脾气都发泄给了他,回想起来才发觉自己真的对他很不好。

从校门口离开,唐念去医院看唐银婉。经过一场生死,唐银婉看开了很多,以前三句不离"你哥""你姑父",但这次住院后一句都没提过。

唐银婉在一边看元旦晚会,一边和隔壁床摔下楼梯腿被打上石膏的阿姨闲聊,看到唐念走进来,目光回收:"甜甜来了。"

唐念点了点头,表情平淡:"嗯。"

"刚我还跟隔壁床刘阿姨聊起你呢,她问起你有没有男朋友。"唐银婉转头对刘阿姨说,"我们甜甜可是高才生,别给介绍些歪瓜裂枣。"

唐念都没来得及张口,刘阿姨就拉着她的手说:"那哪能啊,是我亲侄子。"

什么情况,她这是被介绍相亲了?

"他刚从国外回来,学金融的,年薪小百万,京北有两套房,父母都是体制内。有兴趣吗?我把微信推给你啊?"

唐念一时被问得有些蒙,缓了会儿才抽回手,笑着说:"不用,我不需要。"

刘阿姨:"怎么不需要,有男朋友了?"

"啊,你是谈恋爱了吗?"唐银婉也兴奋了,连忙追问,"多大年纪?在哪儿工作？家里是干什么的？人怎么样？"

面对唐银婉的追问，唐念不想回答，只含糊其辞地说："没谈，还在了解。"

"好好好，我不问了，先了解了解总是好的，别跟我一样，稀里糊涂都没好好了解人品就嫁了，最后落到现在这个下场。"

唐念敷衍地说了声"好"，坐在床边帮她削了个苹果，切成块装在水果盘里："行，那没事的话我先回去了。"

"行，你忙你的，我这边没什么事。"

削完苹果，唐念去洗手间洗手，抬头看向镜子。

她的脸型偏幼态，显小，这张面容于她而言再熟悉不过，可她总觉得自己和过去不一样了。

毕竟已经八年了。

八年的时间把那个天真灵气的女孩驯化成了一个平凡无趣的人，陈知礼还会喜欢她吗？

回忆像放电影似的在脑海里播放，从枯燥的灰色日子往前看，那年秋意正浓，银杏叶被染黄，风一吹，漫天飞舞，美不胜收，银杏树下的少年占据了她所有的目光。

他是唯一的色彩。

现在回想起来，跟陈知礼谈恋爱的那段时间，真的是她少有的一段无忧无虑的日子了，其实还挺怀念的。

忽然，她冒出一个念头——好想再跟他谈一次。

如果他愿意原谅她的话，她也想再尝试着努力一次，去抓紧那一抹色彩……

唐念正分神，口袋里的手机振动。

她摸出手机，看到来了一封新邮件，是 DeepRacer 赛方发来的晋级邀请函。

他们队晋级了！

看到是好消息，她沉闷的心情一扫而光，急切地想要找人分享。

会话栏第一个是他们的群聊"谁偷了我的富二代人生"。

唐念点开，发了一条消息进去。

甜甜圈：我们晋级啦！

陈知礼也在群里，这次比赛受他帮助挺多的，唐念点进他的聊天框，点开后又不知道说什么好，想了很久才敲下一句。

甜甜圈：初赛成绩出来了，我们是第一名。

过了一会儿。

czl: 恭喜。

不出意外的话，话题到这就结束了。

唐念看着屏幕，有点不太想结束。

她想起在网上刷到过的高情商聊天技巧，不要说肯定句，要利用关键词抛出一个问句，这样一来一回才能让话题聊下去。

于是她重新找了个话题开头。

甜甜圈：我中午吃了虾，你知道是什么虾吗？
陈知礼果然上钩了，顺着她的话发问。
czl：什么？
甜甜圈：是腰果小龙虾和油焖大虾，还有……
甜甜圈：你可不可以想我一下？
这句话发过去后，上面的"对方正在输入中"持续了快一分钟。
最后发过来的只有六个点。
czl：……
唐念内心大喊：好、好像给聊死了啊。

第十章
因为他是陈知礼，陈知礼从不食言

自从 2016 年 Alpha Go（阿尔法狗）打败全世界最顶尖的人类棋手，关于人机对战的话题就一直居高不下，今天终于轮到了"速度与激情"版人机对抗赛。

位于北郊的金港赛车场是目前国内仅有的符合 F1 比赛的赛车场，全长 5KM，7 处左拐弯和 7 处右拐弯，最高能达到 330km/h。这里曾多次举办国内赛车手培训，被誉为"中国车手的摇篮"，如今却用来举办自动驾驶赛车比赛，真有点讽刺的意味。这场赛事声势浩大，一开幕就赚足了噱头，初赛没几天火上好几次热搜。

——这是真的吗？《高智能方程式》照进现实！

——AI 终将战胜人类。

——全自动驾驶时代即将来临。

提前一周，赛会开放了训练场地，参赛者能在这段时间接触到真实的车辆。

唐念和杨蓁蓁来到现场。

这次比赛的车辆不由车队或个人提供，而是赛会统一配置，是硬件结构和电气系统完全一致的混电跑车，唯一不同之处在于智驾车全身装载 16 个摄像头和 12 个超声波传感雷达，以及强大的车载计算机。

进入训练场，杨蓁蓁看着那一排的超跑，眼睛都睁大了："我的天，赛会提供的居然是迈凯伦！"

唐念按标号找到自己的车。

杨蓁蓁叹道："迈凯伦什么时候玩电了，活久见啊。"

跑车的底盘低，唐念蹲在驾驶舱前拿数控板连接车载计算机，还不忘应付似的回道："这几辆是为了赛事专门改装的系统，再说新能源才是未来，油车结构复杂，总有一天会慢慢被淘汰的。"

"这样啊，这么崭新的车就这样拿出来给选手们玩，也不怕撞坏了，保险公司都要赔哭了吧。"

"赞助商有钱吧，而且奔驰就是发起方，所以比赛使用迈凯伦也正常。"

"也是，现在这比赛这么火，谁不想打一波广告，再推推自己的智驾系统。"

唐念往后退了一步，看着趴在驾驶舱不肯走的杨蓁蓁："你先下车，我让妙蛙种子试跑一圈。"

杨蓁蓁："啥？妙蛙种子？"

唐念指着这辆迈凯伦："我给它取的名字。"

"这名儿倒是挺别致的。"杨蓁蓁还是舍不得下车，"等会儿再测，先让我享受享受，迈凯伦哎，能坐的机会不多。"

"要不直接载你遛一圈?"

杨蓁蓁抬起头,眼睛放光:"可以吗?"

唐念:"只要你敢坐。"

杨蓁蓁:"我有什么不敢的?超跑界三大神兽法拉利、迈凯伦、保时捷,如今我也是坐过两种的女人了,年纪轻轻,艳福不浅啊。"

唐念笑着说:"这可是我的算法第一次上路,你是真不怕翻车。"

杨蓁蓁摆了摆手,大义凛然地说道:"爱卿写的代码,朕还是放心的啦。快点吧,驾!"

唐念笑着提醒她系好安全带。

第一次实战,唐念没敢开启极限模式,平均时速在180km以下,但是经过大拐弯时,杨蓁蓁的心率还是直升160,有种坐过山车时被甩出云霄的刺激感。

下车时,杨蓁蓁的腿还是软的,但爽也是真爽,怪不得有人沉迷飙车。

这种爽和坐过山车还有跳楼机是完全不一样的,推背感带着她有种近乎贴地飞行的感觉,听不见风噪,也听不见路噪,只能听到自己的心跳声,肾上腺素狂飙。

"太爽了,念宝儿,我跟你讲,我发现一个商机,等自动驾驶跑车量产之后,就把这个培训基地改成赛车体验场得了,收费让人来体验飙车,一定很多人会爱上的,谁还不是个藤原拓海了,哈哈哈!"

"你倒是想得美。"

身后传来一阵缓缓靠近的脚步声。

唐念扭头,看到是穿赛车服的胡铭,他旁边还有个白裙子的长发女生,化了淡妆,怀里抱着他的头盔,估计是他女朋友。

"玩遥控车的还想霸占我们的训练场,做梦去吧。"

胡铭这张嘴真是狗嘴里吐不出象牙。

唐念带笑的脸冷下来,翻了个白眼以示尊重。

杨蓁蓁:"你家遥控车能180码?"

胡铭嘲讽:"喊,低于200码也配叫赛车?别笑掉人的大牙了,小妹妹们回家玩蹦蹦车吧。"

"谁说我们只能180码了?"杨蓁蓁气得攥紧拳头。

胡铭完全没有这里不欢迎他的自觉,插兜晃悠过来,看着唐念手里的数控板,说道:"哟,还有遥控器呢,那这玩意儿不就是个四驱车嘛,研究来研究去的,还想淘汰掉赛车手,那你们直接玩电脑游戏不就好了,车都省了呢。"

杨蓁蓁无语:"大哥,DeepRacer本就是算法比赛,是给工程师学习和比拼研发技术用的,赛事请你过来是配合,不是让你砸场子的。"

胡铭"嗤"了声,不屑地扬着嘴角:"用得着我砸场子?你们这东西娱乐娱乐得了。赛车可不只是为了刺激,它是一种体育竞技,为了彰显车队和车手的精神,赛车手才是赛车的灵魂。你们倒好,把车手都省了,这么搞下去什么意思?"

唐念真不乐意与他争辩什么,俗话说得好,不与傻瓜论短长。她没什么表情地开口:"是没什么意思,还是你们厉害。"

她拿着数控板要走,又被胡铭拦住:"所以你是准备好输给我了?"

唐念腹诽:这种谜之普信,真想把自己的自卑分他一半。

"拜托,我才刚吃完早饭,不要让我反胃好不好?"

胡铭被她噎了下,一时没回上腔,倒是他旁边穿得跟白菊似的女士先不乐意了,嘟嘟小嘴:"你这人怎么说话呢?真没素质。"

素质高低,得全看对方是谁。

唐念看过去:"这位菊花小姐,你……牙上有菜。"

"怎……怎么可能,我刷过牙了!"菊花小姐立马捂住了嘴,弯下腰拿手机照了照,发现被骗后火更大了,"你知道我是谁吗?竟敢耍我!"

"确实不知道,不过你可以写份简历发我邮箱,我觉得你挺适合来我家应聘看大门的。"

"你……你在胡说什么?"菊花小姐火冒三丈,牙都快咬碎了,跺着脚跟胡铭告状:"哥哥,她骂我是狗。"

唐念摊手:"我可没说,是你自己这么理解的。"

杨蓁蓁站在一边,看着她一个人舌战群儒,真恨不得掏出小本本记下来,以后跟人吵架再也不担心被气出乳腺结节了。

胡铭算是领教过唐念这张嘴了,这哪里还是当年被欺负后只敢躲楼梯间哭的小丫头,不知道的还以为她是被夺舍了。

不知想到什么,他忽然笑了声:"这些年你变化很大。"

"哦,你倒是没怎么变。"唐念回道。

胡铭抿着嘴角,以为她终于能好好说话了,正要与她正经叙旧时,她又开口了:"这么多年都没进化成人。"

叙旧不了一点。

胡铭眼看无法在她这占到言语上的便宜,憋着气扭头往训练场去了。

巨大的引擎轰鸣声响彻赛道,旁边的菊花小姐眼冒小星星,朝着唐念"哼"了声,大声喊:"哥哥加油,一定赢下那个没素质的女人!"

不得不说,赛车手这种职业真是泡妹利器,但程序员也不差啊。

虽说电车没有引擎的轰鸣声,巡航声音也更轻柔,确实会缺少很多刺激感官的点。但这能难倒程序员?编个程序,让汽车音响模拟引擎系统不就好了,照样可以带妹炸街。

又有一辆迈凯伦如猛兽捕猎之势冲过起跑线,尾喷热浪掀起唐念的毛领,赛道都为之震颤,看台上的女生们兴奋地尖叫起来。

与此同时,唐念的消航版妙蛙种子静悄悄地驶了出去,别说欢呼声,估计都没人注意到它已经并入赛道。

好吧,是没有人家帅,无所谓,赢家向来是低调的。

陈知礼好久没看见唐念了,周一的组会没来,周五的文献分享也没影儿,全天不在校,比他都忙,就连电话都不在服务区。

微信界面是好几条没回的消息,再往上便是一周前的记录了。

甜甜圈:你可不可以想我一下?

陈知礼脸色铁青地看着这条消息,越看越觉得讽刺,那双暗沉的眼里翻涌着不明的情绪。

很好,初赛需要他改算法的时候连这种话都能发出来,现在成绩出来了,用不到他了就理都不理了是吧?

把他当什么?召之即来,挥之即去的工具人?真是没心没肺。

放空了一会儿,陈知礼看了眼桌角的请假条,没什么情绪地扯了下唇,将烟蒂重重按灭在烟灰缸里,起身去了617实验室。

617是人工智能实验室,唐念的工位在靠窗最里面。他扫了眼,笔记本电脑没在,桌上放着她的吸管水杯和几本翻开的数学规划类的书,椅子上的帆布包上仍挂着那只丑丑的可达鸭。

陈知礼在她工位前站了一会儿,双眸漆黑,一句话没说,不知道在想什么。

直到后面的猴哥转过椅子,好心提醒:"老板,师妹她去北郊赛车场了,你有事可以去那边找她。"

陈知礼瞪他一眼:"我问了?"

那您是站在这儿当丧门神?

得,算他多嘴,他和愚蠢的人类无话可说。

猴哥回过头,继续去和苏苏聊天了。

半小时后,金港赛车场。

这边的赛车场是开放的,平时观众也可以进来参观。

陈知礼停下车,从前门走进场地,大老远就看见穿白色面包服的女生,也不嫌脏地趴在地上检查车尾。

唐念穿了件A字裙,裙摆是宽松的,随便一动就散开了,露出里面肤色的打底裤。从陈知礼这个角度,正好可以看见紧身打底裤包裹的浑圆翘臀,如成熟饱满的桃子。

陈知礼喉结滚动了一瞬,收回视线,非礼勿视。

他立在一米开外,咳了声提醒。

唐念跟个修车工似的,从车尾下面爬出来,抬着沾了灰的小脸,有些惊讶:"哎,你怎么来啦?"

陈知礼这才走过去:"你最近翘班是不是有点频繁?"

啥,抓人都抓到赛车场了?

唐念拍拍膝盖上的灰,站起来:"我不是跟你请过假了吗?"

"什么时候?"

"上周六,我写了请假条放你桌上了。"

"没看见。"

"我还发了邮件。"

"没收到。"

"我还拜托大师姐组会时再告诉你一声。"

陈知礼都被她气笑了："请假条、邮件、托人,就是不肯当面来请假是吧?怎么,是怕我吃了你?"

默了默,她有些局促地开口:"不是,我只是不凑巧没遇上过你。"

"你确定?"陈知礼说,"我可是一天在实验室十四个小时,从来没见过你来找我。"

唐念沉默了。

好吧,她确实是故意挑没人的时候去放的请假条。

她没当面请假也不是为了别的,就是上次头脑一热给他发了条莫名其妙的微信,事后反应过来又觉得非常唐突。她最近心里很乱,很多事情没想明白,不知道要怎么做,更不知道怎么面对他,所以就想缓一缓,先专注于眼前的比赛。她一直觉得,想不明白的事就不要想,万一明天死了呢,就再也不用想了。

本着这样的心态,她就真的什么都没想,一门心思搞比赛。

然而这样的行为落在陈知礼眼里就是逃避,就是不想见他,把他当成用完就扔的工具人。

陈知礼偏过头,嘴角划过一抹自嘲。

就这么僵持了几秒钟。

他被凛冽的寒风一吹,脑子也清醒了——自己又不是来兴师问罪的,和她计较什么?

毕竟她这鸵鸟的心态又不是一天两天了,不管遇到什么事,能躲则躲,一有点风吹草动就把脑袋埋进沙子,掩耳盗铃。她以前明明胆子大得很,这些年真是越活越倒退了。

陈知礼看了眼时间,快十二点了,没好气地问她:"你平时怎么吃饭?"

"对面有家便利店,我中午在那里买饭团。"唐念现在也不是很敢惹他,乖乖回答。

陈知礼皱着眉:"饭团?能吃饱?"

"可以啊,量还挺大的。你想吃吗?我请你。"

"谁大冬天吃那玩意儿?"

她就多余问这一句,陈大少爷自然是不可能吃这破东西的。

"那我请你吃别的?"

"有什么吃的?"

"远一点有家老鸭汤店,听说挺好吃的,你想吃吗?"

因为长时间在室外,唐念的脸被冻得发白,手臂套着袖套,露出一双冻得通红的脏兮兮的手,比卖火柴的小女孩还惨。

理智在叫他不要管她,反正管了她也不会记他的好。可看见她这副可怜劲儿,他喉咙就紧得难受,心里那点气也像浇了水的柴火,怎么都点不着了。

他又一次心软了。

陈知礼眉眼的冷淡敛起:"走吧。"
她就是吃准了他吃这套。
"哦,好的,等我一下。"唐念摘掉衣服上的袖套,拿着数控板去把车停好。
赛车场这边属于郊区,平日没什么人,所以附近吃的不多,就一家快餐店、麦当劳和便利店。
唐念平时就在这几家里挑一家凑合着吃点,但陈大少爷这么讲究的人肯定不乐意,所以她上车就导了航,去五公里外的一栋商厦。
老鸭汤汤汁香醇,鸭皮糯肉厚,很适合冬天。
唐念喝了大半碗,才终于感觉身体暖和一点,脱掉羽绒服,里面是件粉色的羊毛衫,胸前印着一朵大大的太阳花。
"你是生气了吗?"她还有点忐忑,小心翼翼地问。
陈知礼倒着水,没抬头:"你觉得呢?"
"生气了。"
"知道为什么吗?"
"知道。"
"为什么?"
"呃……好吧,我不知道。"
饭程后半段两人又安静下来。
过了会儿,陈知礼开口:"比赛准备得怎么样?"
他这话问得随意,就像好友间的寒暄,刚刚剑拔弩张的气氛消失了个干净。
唐念抬起头,坐直身子,跟应对班主任突击背课文一样认真:"超车、弯道都没问题了,就是起步慢,前几圈只能稍微上200码,再快就会压到障碍物了。"
"正常,人类都有学习的过程,何况是机器,只要算法稳健,后面慢慢超过就好了。"
唐念低声应着。
这时,她羽绒服里的手机响起来了。
衣服是挂在陈知礼身后的衣架上的,她正要站起来,陈知礼先一步走过去,从她兜里拿出了手机。
屏幕中的"韩放"两个字让他面色一沉。接过来后,唐念看了眼屏幕,挂断了。
陈知礼却是很轻地笑了声:"怎么,当着我的面不方便接?"
虽说不知道这话什么意思,但是直觉告诉她,陈知礼每次这么阴阳怪气地说话就是心情不爽。
"不是,是我的大学同学打来的,他过段时间要来京北,想让我帮他定酒店。"
陈知礼没吭声,神色冷淡。
"不过我没答应,让他自己去网上定了。"
陈知礼仍没什么表情:"不用跟我解释。"
"哦。"唐念低头继续喝鸭汤。
"别光喝汤,多吃点菜和肉,不吃饱,下午又要去外面冻成傻子是吧。"

唐念腹诽：你才傻子呢。

唐念伸着胳膊去夹菜，有一绺头发挂在了毛衣的链条上，头皮也被扯得一疼。她放下筷子去解救自己的头发，搞了好一会儿怎么都捋不顺，正要用蛮力扯开时，胳膊被人握住。

陈知礼站在她身侧，弯着腰，修长的手指拨了几下链条，缠起的长发就乖乖解开了。

"行了，"陈知礼顺手在她头顶撸一把，"笨死。"

"谢、谢谢。"

不知他们有没有注意到，大魔王此刻的语气已经变温柔了很多。

虽然还是不知道原因，但是他听着好像已经不生气了。

比赛当天。

可以容纳10万人的观众席座无虚席，此起彼伏的尖叫声几乎要盖过整片天空。媒体自然不会放过这种蹭热度的机会，纷纷派出记者扛着长枪短炮蹲点采访，截取有部分争议的言论放网上，再赚一波噱头。

比赛分两组进行，每组五辆智驾车，全程100km，围绕赛车场20圈。现场设有的其他障碍点不提前公布，相当于是一条全新的跑道，闭卷考试，完全依赖车辆实时数据的获取能力和算法决策。

跑道边的一圈射灯全开了，围栏上是各赞助商的广告，场边并排着数十辆跑车，参赛队伍提前把算法导入计算机，比赛开始后就只能查看监控装置，不能再操作车辆了。

休息区一片热闹，参赛人员三三两两，都在为比赛做最后的准备。

唐念拿着触控板最后检查了一遍算法，确认没问题。能做的全做了，她也全力以赴了，不信赢不了胡铭。

这时，陈知礼打来了电话。

"开始了吗？"

"还没有，我是第二组，现在第一组还在跑。你不是在开会吗？"

作为队外指导员，陈知礼原本是想来现场观赛的，不过临时被韩教授喊过去了，这会儿应该在西苑医院开会。

"太无聊，不想听。"

呃，怎么耍少爷脾气了？

唐念说："那你忍一忍。"

他忍不了一点，韩琦自己的活都干不明白还想把手伸到他这里。

陈知礼和韩琦在职级上是一样的，是合作关系，而且陈知礼还是项目组PI，算起来职位要高一点，只是韩教授倚老卖老，仗着自己年长，总想压陈知礼一头。

外加杭市一事陈知礼意外好说话，当天就带人飞去了杭市，把事做得干净又利落。韩教授就以为这小伙子是个好拿捏的，开始把杂活往他这边推，这次还说让他出个学生来医院整理书库。

整理书库什么鬼？学生又不是图书管理员。

陈知礼当场拒绝，说学生很忙，没空。

韩琦教授不乐意了，絮絮叨叨地诉苦，说人手不足，资金不够，苦啊。陈知礼冷着一张脸，就差在脸上写上关我屁事了。

老子就不苦？老子熬夜喝的冰美式都比你苦！

但吐槽归吐槽，不好当众翻脸，所以这次开会陈知礼还是去了，去了就后悔了，正事没一点，还浪费了他一小时的生命。于是他中途又溜了，此刻正在去赛场的路上。

当然，这些事唐念并不知道，还在劝他好好开会："其实我这边没什么事，官网有直播，你无聊可以看看。"

"直播有延时，卡一秒钟的工夫，你怕是就把自己赔给人当媳妇了。"

不、不至于吧。

说起赌注，唐念是有一点心虚的。上周碰上过几次胡铭训练，她虽然看不爽他，但他的水平是真不赖，还有种上了赛道不要命的野。

她无意识地叹了口气，这声音在嘈杂的背景中还是分毫不差地传了过去。

"紧张？"

"哪、哪有，我对自己的算法很有信心。"

陈知礼笑了声："那怎么听着底气不怎么足？"

"我也不能拿着大喇叭去观众席上喊我不紧张吧？"

唐念正说着，对面十几个穿车服的人聚在了一起，头盔和紧身衣把人遮得严严实实的，只能看出大概的身形。

饶是如此，唐念还是一眼就从人群中看到了胡铭。隔着头盔，两人的目光撞到了一起。

一个眼神，就知道他要过来犯贱。

果不其然，胡铭摘掉头盔走过来了，先是看了眼唐念亮屏的手机，挑了挑眉头："啧，男朋友？"

被骂这么多次都不长记性，心态也是真好。

唐念不客气了："关你屁事。"

"现在是不关我的事，二十分钟后就不一定了，劝你抽空和他分了吧，不然他算第三者了。"

唐念"呵"了声："有这会儿工夫，还是好好想想去大悦城裸奔的时候护脸还是护裆吧！"

"你……"

都要比赛了，唐念真不想和他斗嘴影响心态，拿着触控板掀帘子离开了。

杨蓁蓁和赵知聿在看台，实时给她发送比赛战况："念宝儿，情况不妙，前几名全是赛车手，有的队伍排名还挺靠前的，跟我们就差几分都没赢，他们都赢不了咱们也很危险啊，怎么办？"

能怎么办？都兵临城下了，上不上都得死，打退堂鼓是不可能了，只能咬牙硬扛。

广播站开始播报下一组的参赛队伍。

"下面有请'妙蛙种子吃着妙脆角进了米奇妙妙屋妙到家了队'的队长唐念、队员杨蓁蓁、赵知聿上场。"

赵知聿听着这个奇葩的队名扶了下额:"她取这队名时你就没拦一下?"

杨蓁蓁回道:"这是我取的。"

行,怪不得你俩是朋友。

唐念深吸了一口气,看着还没挂断的电话,小心试探地问:"那个,你……还在吗?"

"在,怎么?"

"你能不能……跟我说声加油?"

对面的陈知礼罕见地沉默了几秒。

唐念以为他不想说,就给自己找台阶下:"不说也没事,我要去比赛了,先挂了。"

陈知礼似乎笑了一下:"兵锋所指,战无不克。"

兵锋所指,战无不克。

恍然间,唐念好像回到了高中,镜头前的少年恣意张扬,锋芒毕露,一举一动俱是自信。

他说:"前辈们已是过去,未来的我们也能兵锋所指,战无不克。"

唐念闭了下眼睛,细听着他的声音,战无不克这四个字像是有魔法,在她空虚的身体里注入了能量,让她的身体逐渐充盈。

是的,她要像个战士一样,战无不克。

妙蛙种子的物理机型是由迈凯伦 Artura 改装而成,经典橙黑配色,中置电动力源的超级跑车,能在 3 秒内由静止加速至 100km/h,极限时速 350km/h,能在洲际公路以纯电模式飙驰 200km。

十辆超跑呈一字排开,引擎的轰鸣声敲击在每个人心尖,相比而言,妙蛙种子则安静得多。

一声枪响刺破宁静的冬日。

这一刻,所有人体内的躁动因子都开始苏醒。

"213 号以极快的速度率先领跑,67 号紧跟其后,再后面是 211 号选手。"

解说员的声音透过广播传至整个观众区,唐念连呼吸都不敢太用力。

"好的,现在 213 号选手开始过弯,他选取的是小弯入道,速度仍然很快,看得出来 213 号是位相当有经验的赛车手。相比而言,智驾队就落后很多了,希望他们可以后面追上来。"

什么漂移、甩尾、压弯、变速,唐念听不懂这些专业名词,她只顾着盯紧手里的数控板,看妙蛙种子车身转弯的半径有没有超过预期角度,离心力和摩擦力是否正常,振荡频率是不是在合理范围内,CPU 和内存有没有超过最大限额。

数控板上测算的获胜概率始终在 40% 上下,不高,但这在她设想的范围之内。

1圈，2圈，3圈……

随着解说员激情解说，比赛逐渐进入白热化阶段，10圈后赛程过半，开始进入一个胜负的分水岭。

唐念不由揪紧心口的衣襟，咬住了唇。

赛车的决胜点在于快速弯道，而快速弯道的本质就是陈知礼教过的多目标数学规划求极限的问题。

经过多次调优，她的算法可以不断修正过弯的节奏、速度、角度，来寻找一个极限，保证车身重心平稳的前提下急速通过弯道。随着时间越久，数据积累得越多，算法会越强，也就越逼近这个极限，所以本质上来讲，她的车速度会越来越快。

另一方面就是AI不会崩心态，而赛车手的心态、体力和精神都是不固定的，速度必然有波动，这时候就是她超越的机会了。

果不其然，到第11圈时，数控板上的胜率测算已经稳步上升到了60%。

"哇，非常漂亮的弯道超车，妙蛙种子超过了三辆车，这个制动点选得太完美了，而且完全没有踩刹车，它以全速通过弯道，甚至速度还在肉眼可见地加快。"

竞速总是振奋人心的，观众台上的人都热血沸腾，欢呼声层层堆叠，一浪接一浪，冲过云层。

"妙蛙种子已经超过了213号，目前排名第一！天啊，难道这就是人工智能的学习速度吗？真是太让人大开眼界！"

15圈之后胜率达到了97%，其实到这里，胜负已经很明显了，唐念呼出一口气，静静等待妙蛙种子跑完全程。比赛共20圈，跑到18圈时，妙蛙种子已经把第二名的213号套过去好几圈了。

杨蓁蓁兴奋地手舞足蹈，已经开始和唐念商议晚上去哪儿庆祝了。

这时，赛程却发生了变化。

赛车有明确的避让规则，一辆车被前面的车套圈超越时，它需要第一时间减速让行，让出赛道。

唐念把这条规则写进了算法里，所以妙蛙种子从213号后面驶过来时并未减速，然而213号也没有要避让的意思。

眼看距离越来越近，裁判员拼命挥舞蓝旗，213号仍然一动不动地占着跑道。

怎么回事？他想干什么？

唐念眉头拧紧，打开数控板，算法一切正常，传感器和GPS定位也准确。

距离在不断拉近，按照算法，等妙蛙种子距离213号小于一定的距离时，车子会采用紧急避险机制，减速换车道通行，所以就算213号不避让赛道影响也不会很大，最多耽误几秒钟到终点。

她还是第一名。

还想耍小动作，哼，他输定了，去裸奔吧！

然后令唐念没想到的是，胡铭的目的根本就不只是耽误她几秒钟，而是完全毁掉她的车子。

213号拒绝避让，妙蛙种子只能被迫更换车道。两车并行的那一秒钟，胡铭的213号车突然从赛道冲出去，如脱缰的野马，轮胎摩擦地面冒出火花，"砰"的一声撞了过去。

以电为能源的车子本身就轻，易燃又易爆，这一撞，车身直接飞出了赛道，变成一团燃烧的火球。

"砰！"

唐念的心脏狠狠一跳，耳朵里全是妙蛙种子燃烧时的爆炸声。

不知是京北的冬天太冷还是空气太干燥，她的胳膊都泛起麻意。

"啊啊啊，爆炸了，天啊！"

"果然电车不行，太危险了！"

"快灭火啊。"

妙蛙种子的部分核心算法是唐念工作时带她的老师写的。那位老师的水平非常强，是中国智驾行业的顶尖人才，她跟着老师学到了很多，很尊敬也很崇拜老师。

他们的项目拿下好多奖，公司和国家非常重视，项目组里的人每天都在兴奋地期待着上线的那天，大家很有信心，相信他们的项目能直接把中国智驾水平往前推二十年。

可就是那段时间，老师乘坐研发的智驾车在解放路的隧道口出了车祸。

那天的火也和现在一样，火舌直冲云霄，染红了天际，不一样的是年仅33岁的老师当时就坐在车里，车毁人亡。

所有希望也毁于一旦。

项目负责人身亡，项目被砍，技术人员被迫解散是他们最终的结果。

唐念的肩膀不由自主地颤抖起来，记忆重叠在了一起，她一时有些难以分辨时日。

所以这是命运吗？这段算法本身就是有问题的，无论是竞速还是避障，它都不够完善，老师已经用生命告诉了她，这条路走不通，她竟然还不死心地来参赛。到底有什么用，结果还不都是一样的？

重新燃起的斗志瞬间被浇灭，负面情绪像一片海浪扑面而来。她有些呼吸困难，整个人沉入一片暗沉的海，不想动，脑子昏沉，不想思考。

她错了，她再也不搞这个了。

观众席一片混乱，警报拉响，应急消防车出动，封锁赛道灭火。

她要回去，回宿舍睡觉了，等睡醒了就好了。

唐念逆着人流就要往下冲。

身后忽然出现的大掌抓住了她的胳膊，让她不至于被人群挤倒。

"你去哪儿？"陈知礼看着她，焦急地问道。

她转身看到陈知礼的那一刻，不断累积的负面情绪放大到了极点，说话也语无伦次起来。

"我回学校啊，我的车，我的车都被烧了，我还待在这里干什么？我都没有成绩了，我为什么要来参加这种比赛，我在宿舍睡觉不好吗？我起早贪黑搞到现在，结果呢，不仅没有成绩！我的车都被烧了，我做什么都是无用功。凭什么啊，我不搞这个了，烦死了，我要回宿舍睡觉……"

她的声音都在颤抖，又气又伤心。

下一秒，她跌进一个温暖的怀抱。陈知礼轻轻拥抱了她，抬手温柔摸了下她的发顶，似是安慰。

"不会的，别怕，交给我。"

AI在某些方面的确可以打败人类，却永远无法战胜人类的骚操作。这场重大安全事故让比赛暂停。

陈知礼安抚唐念几句后翻过栏杆，往赛道那边去了，几位工作人员想拦他，不知道他和那人说了什么，工作人员就让他进去了。

现场一片狼藉，妙蛙种子在距离冲线不足三百米的地方被撞出赛道，车头燃烧外加撞击受损，几乎不可能再完赛。就差一点，就差几百米，这辆橙黑色迈凯伦就可以成为今天的黑马冠军，这让不少人感到可惜。

陈知礼在车前拍了几张照留底，维修车辆过来把车运走，之后清理现场，给其他参赛者腾出赛道。另一边，213号也被撞翻了出去，轮胎脱落，像一只被困的野兽，引擎轰鸣声在赛道上空久久盘桓。

胡铭的车肯定也无法再继续比赛，他从车里爬出来，摘掉了头盔。他没有受重伤，多年赛车经验，他早已学会如何在翻车时保护自己。他单手拎着头盔，站在赛道中央，目光略过一片慌乱的观众席，定在某一个位置，勾唇一笑，大屏幕上映着他放大的脸，那表情分明是蔑视和嘲讽。

唐念心里一凉，是胡铭。

他故意不让她赢的，这个浑蛋！

杨蓁蓁焦急地问旁边的赵知聿怎么办，这场比赛她虽然没怎么出过力，却是眼睁睁看着唐念每日早出晚归，日渐消瘦，付出很多心血。

赵知聿说："里程数达到80%就算完赛了，就算不是冠军，肯定比这个2B号排名高。"

杨蓁蓁："你方程式赛车看多了吧？这压根不算赛车比赛，而是编程比赛，没有里程数80%算完赛的规定，中途翻车就代表算法技术不行，直接退赛。"

赵知聿："意思是我们这种就差几百米完赛的和被套好几圈的2B号是一样的成绩？"

杨蓁蓁："对，两人都没有成绩。"

说完，她暗骂一声。

两人就此沉默，赵知聿突然又说："要不我去把黑匣子拿回来。"

杨蓁蓁："拿这玩意干什么？"

赵知聿："赛车的黑匣子里有一套数据传输和接收装置，会把赛车的所有数据传给赛会控制系统，以此来计分，我去把系统黑了，把里面的路径信息改成冲线后再被撞毁的。"

杨蓁蓁瞥他一眼:"大哥,现场有近10万观众,你以为人人都是瞎子,看不见终点线在哪儿?你还不如说去扛着车跑到终点呢。"

赵知聿也无奈了:"那你说怎么办?"

杨蓁蓁:"我要是有办法,就不跟你在这儿扯淡了。"

唐念没说话,眼神死死盯着台下。

胡铭被他的女朋友搀着往休息室走,两人还有说有笑的,完全看不出被退赛的伤心。

唐念顾不上那么多了,跑下楼梯:"胡铭,你给我站住!"

胡铭扭过头来,他的额角磕破了,脸上也蹭破不少皮,浑身灰扑扑的,只是那张嘴依然很贱:"晦气。"

"你为什么撞我的车?"

"我说什么来着,遥控车就是不行,一碰就起火,不然我肯定能赢你。"

杨蓁蓁真忍不了了,趴在栏杆上隔空怼他:"都套了你三圈还想赢,失心疯了吧?"

"套圈怎么了?你小学没毕业?不知道不到最后一刻,胜负永远未料吗?"

杨蓁蓁恨得牙痒痒,她发誓,从没见过这么贱的人。

唐念努力平复情绪,但胸口还是不住地起伏:"你故意的!"

"谁故意的了?我差点被你的破遥控车烧死怎么说?我都没找你赔医药费,你倒是恶人先告状了。"

"别以为我不知道你就是故意的,耍阴招。"

胡铭死猪不怕开水烫:"你有什么证据?"

唐念想起高中时被他用墨水泼书,他也是这么耍无赖不承认,这么多年还真是一点进步都没有!就会耍这种不入流的小心思。

胡铭欠欠地说道:"什么叫耍阴招?有便宜可占才叫耍阴招。我冒着生命危险撞你的车有什么好处?我又没拿冠军,而且我也是受害者,不带你这么污蔑人的啊!"

唐念这人懒,一般能动嘴是不会动手的,但眼下实在忍不了了,一把扯过胡铭的领子,狠狠给了他一拳,结结实实打在他左脸上。

她实在太生气,这一拳几乎用上了她全部力气。胡铭又受了伤,自然受不住,被她打得踉跄几步,把一旁的菊花小姐都吓蒙了。

"你敢打我,信不信老子弄死你……"

下一秒,男人扬起的巴掌就被挡了回去。

唐念还没看清楚人,就被陈知礼握着手腕扯到了身后。

"我跟他拼了!"唐念火气未消,撸袖子就要上去干架。

陈知礼气定神闲道:"还是我来吧,怕你下手太轻,打不死他。"

"行,那你来,往死里打他。"唐念主动让贤。

"不是,你又是谁?"胡铭挨了一拳后暴脾气上来,一脸阴鸷,仿佛要吃人的架势。

陈知礼倒是平静，懒散地垂着眼皮，从裤兜里拿出一张名片递过去，顺便帮胡铭把翻皱的衣领捋平了。

陈知礼高大的身影将唐念的视线挡住了，她不知道两人在搞什么鬼，但她已经撸起袖子准备好打架了。

是陈知礼先打破僵局："开个玩笑，我们都是文明人，打架解决不了根本问题，我还是很想跟胡车神交个朋友的。"

你在说什么屁话！

你在说什么啊？快撤回！

唐念不淡定了，伸长脖子就要出头，又被陈知礼轻松按回去："胡车神可以先看一下名片。"

胡铭扫了眼手中的名片，又看了一眼面前的男人，有点不敢置信："你是K9超跑俱乐部的？"

"是的，说来惭愧，我们俱乐部一直没有专业的赛车手，平时玩起来还挺无聊的，不知道胡车神有没有兴趣加入？"

K9超跑俱乐部的大名如雷贯耳，饶是唐念不关注跑车，也常常从杨蓁蓁口中听到。

这个俱乐部基本是富二代们的聚集地，掌握着大把优质的社会资源、商务信息和人际关系。上流的资源从来只在内部流通，所以入会条件相当苛刻，不仅要求个人资产过五千万，名下有一辆百万起步的跑车，还需要所有会员的同意。当然，一旦加入了，就能共享人脉和资源。

没人不喜欢从天而降的馅饼，只是胡铭更谨慎："谁知是真是假，何况你能说了算？"

"当然，俱乐部主席拥有一票同意权。"

唐念一愣：K9主席？就凭他那辆奥迪A6？

看胡铭仍是犹豫，陈知礼也很通情达理："你可以回去考虑一下，回头去网上一查便知道真假，随时等你电话。哦，对了，胡车神能给签个名吗？我回家裱起来。"

唐念震惊：不是，你有病吧？

没人不喜欢恭维话，尤其"车神"两字，让胡铭整个人膨胀得找不到北了，大摇大摆接过陈知礼手里的纸，大笔一挥，扬长而去。

等胡铭离开后，陈知礼把纸小心地折起，放进了口袋。唐念简直被他气得七窍生烟，生硬地甩开了他的手，气冲冲地走了。

外面下雨了，冷风裹挟着细雨扑面而来，唐念没穿外套，刚出去就冻了个哆嗦，又缩回脚，一扭头，额头撞到了陈知礼的下巴。

"哟……"陈知礼倒吸凉气。

唐念脸一热，迅速从他怀里弹出来，又被他按回去，乖乖地栽进他怀里。

她还生着闷气，就感觉头顶传来几声轻笑，像是无形的安定剂："生气了？"

"当然生气了，我的车被烧，比赛都没成绩了，而你……"说到这里，她语气低下来,似埋怨和委屈,"你不仅不替我出头,还跟我讨厌的人狼狈为奸,说什么加俱乐部。"

"谁说我不给你出头了?我这不先下着套呢吗?"

"你下套是把他拉入 K9,给他顶级资源,让他接代言,拿钱拿到手软,乐极生悲是吧?"

唐念生气时,脸上的表情尤为生动,脸颊鼓起,眉眼往下压,够劲儿。

陈知礼还挺喜欢她这气鼓鼓的表情,他也很愿意看到她在他面前露出真实的自己。

"当然肯定不只是这样。"

"这还不只?还想怎么着,把他供成大爷?"

"我会让他付出代价的。"

唐念没明白陈知礼要做什么。

"还有,"陈知礼岔开话题,看她都冻得打哆嗦了,用羽绒服把她整个人裹住,拥着她往休息室走,"下次别那么冲动,还学人打架,你怎么可能打得过一个大男人,最后被欺负受伤的不还是自己?"

唐念想说自己一直都在被欺负。

她高考失利,工作好几年的成果被抢不说还被逼辞职,现在连一个小小的比赛都要被人针对,鸡汤总说人生有无数通往胜利的道路,可是无论她选哪一条,都全都是槛。

她无能为力,还得在深夜安慰受伤的自己。

你很棒,在自己心里赢了就好,成绩其实无所谓。

怎么可能无所谓?赢不了就是没有意义,历史是由胜利者书写的,败者从来没有话语权。

大概是这几日连轴转的疲惫,外加被迫退赛的落差,让唐念彻底卸下了力气,从心底生出一种自厌。她就不该抱有期望,满怀希望又功亏一篑的感觉无论经历多少次还是难受。

她果然更适合当一条咸鱼。

咸鱼翻身后还是咸鱼,所以别浪费力气了。

"别抑郁了,"男人的声音一如既往的平缓清澈,他没看她,神色如常地看着前方,"你本来就是冠军。"

唐念有点诧异地抬起头。

她刚刚没说话吧?他为什么会知道她心里在想什么?

那天离开后,唐念就删掉了所有关于 DeepRacer 的邮件、官博、公众号,也不再关注后面的比赛了,眼不见心不烦。

忘记这事,回实验室继续搞自己的算法。

猴哥他们也都看直播了,知道她因事故退赛心情不好,所以平时也不在她面前提起这事,连"比赛""输""赢"这几个词都成了违禁词。

193

某天，平静的下午，实验室忽然传来猴哥的一声爆喝："我赢了！"

大师姐毫不客气地从桌下踹他一脚："不准说这个字！"

猴哥痛呼："抱……抱歉，忘了。"

这种被大家呵护的感觉真好，不过唐念也没这么脆弱："我没事的，大家不用这么小心翼翼。侯师兄，你什么赢了？"

她想明白了，人生百态就是这样，她又不是第一次遭遇打击了，习惯了。

猴哥："我吃鸡了！"

大师姐白他一眼："就这？你吃点好的吧。"

"不是普通吃鸡，是我的苏苏，我俩双排吃鸡了，第一次啊，她是MVP，杀了17个人头。"

想起来了，苏苏就是他那个AI女友。

祝卿宁无语了："你这不就相当于带了个外挂？举报了！"

猴哥："谁带外挂了？准你带妹子吃鸡，不许妹子带我？"

祝卿宁："外接软件就叫挂，傻子！"

猴哥："我又没修改游戏内容，苏苏用的是我注册的正规账号，技术还是我一点点陪她练出来的。你陪外挂练压枪吗？傻子！"

祝卿宁："你才傻子，跟软件谈恋爱的二傻子。"

猴哥："你更傻，自己找不到女朋友还装得风轻云淡看不爽任何人，真拿自己当霸总了啊？"

祝卿宁："你傻。"

猴哥："你傻。"

两人闹得正欢，大师姐发言了："行了行了，有什么好吵的？你俩都傻不就行了？"

祝卿宁和猴哥谁也不服谁，"哼"一声回头干自己的事去了。

唐念还是第一次见男生吵架，好幼稚哦。她扭过头，轻笑了声。

实验室熟悉的氛围让她心里的郁气也被排散得七七八八。

她上午把自己的实验跑了一遍，又看了一篇论文综述，看时间差不多了正要叫蓁蓁一起去吃午饭，刚好接到一个陌生电话。

"你好。"唐念一边接起电话，一边收拾书包。

"您好，我这边是DeepRacer的赛事组织委员会，请问您是'妙蛙种子吃了妙脆角走进米奇妙妙屋妙到了家'队的队长唐念同学吗？"

"哦，是我，有什么事吗？"

还有赛后回访，是要给每位参与者发个保温杯做纪念吗？

也行，她正好缺个保温杯。

"恭喜您目前是总积分第一，获得了DeepRacer华北赛区的冠军，周六是颁奖典礼和总决赛宣讲会，诚邀您参加。"

什……什么玩意？

总积分第一？她不是被退赛了吗？

唐念手下的动作暂停，有点不太确定地说：“你们是不是打错了？我的车都被炸飞了，人也被退赛了，哪有什么积分？”

接线员相当有礼貌，看得出是经历过大风大浪的，声音平缓地说道："没有打错，唐念同学，是这样的，传统赛车是以人车同时过线来判定成绩，因为我们智驾车没有驾驶员，只需要车子的某一部位过线即可算作完赛。经现场核实和热心观众反馈，您的妙蛙种子号被炸飞时，尾翼正好落在了终点线以内，所以成绩是有效的。

"您的确是华北赛区的冠军，恭喜您。"

尾翼炸飞，落在终点线以内，冠军！

这是什么抓马的神反转？小说都不敢这么写。

周六。

唐念来总部领奖时脚下还有点飘，像踩着云朵，恍恍惚惚，不太真实。

不会真在做梦吧？

她掐了下虎口，疼，确实不是做梦。

这次颁奖聚集了来自全国各地的获奖队伍，有上百人，决赛场不再安排赛车手，全是智驾车群魔乱舞。

下了地铁，唐念看着导航一路走过去，注意到一辆熟悉配色的迈凯伦，橙黑相间，炫酷又扎眼，和她的妙蛙种子一模一样。

这是谁家的车，好羡慕啊，她的妙蛙种子不知道还能不能修好，修不好估计只能去废车场了。

虽然才相处短短两周，但她们一起进步，一点点调优算法，看着它从时速50km慢慢提升到250km，真有种吾家有女初长成的成就感。

可惜，夭折了。

唐念走到车头前，拿出手机想拍一张合影留念。摄像头刚打开，车门就打开了，一截被西裤包裹的修长腿伸出驾驶座。

唐念忽然有种在大街上看到豪车想拍照发朋友圈炫耀却被抓包的羞耻感，捂着脸正想逃。

"去哪儿？"

声音清润好听，缓慢又勾人，而且还很熟悉。唐念缓慢地抬头，对上一双深邃的黑眸。

"陈知礼！你怎么在这儿？"

陈知礼合上车门，神情自若地说道："来捡漏的。"

"捡什么漏？"唐念指着他身后的跑车，"这是你的车吗？"

"对，就是来捡它的。"

她的妙蛙种子居然修好了？

陈知礼说："你这辆车多个零件被烧毁，电路系统也完全损坏，几乎是从里到外翻新了一遍，属于翻新车，没法上赛道了，所以便宜卖给我了。"

"多便宜?"

"二百五……"

让开,谁也别挡着她去捡漏,先捡十台卖电瓶。

"十万。"

当她没说。

陈知礼笑了下,嘴角微微勾了瞬:"喜欢?"

喜欢,但不配。

唐念说:"我还是走路吧,省电。"

再说了,二百五十万都能买辆新的了,谁买这种事故翻新车。

在金钱面前,她与妙蛙种子的那点感情不值一提。

"喜欢就给你开。"他说着,扔过来一把钥匙。

迈凯伦的钥匙挺轻的,轻薄小巧很有质感,唐念却像拿了个烫手山芋:"不是,什、什么叫给我开啊?"

"给你开的意思就是这辆车归属是我,但你随便开,搞智驾也行,去赛车场玩也行,总归是随便你,懂吗?"

陈知礼抬步往会场走去,一路有侍者帮忙开门,唐念小跑着跟在他旁边:"我不懂,你买来为什么不自己开?"

"我不能开这么贵的车。"

"为什么?"

"会被人举报,明天的热搜可能就是'陈得进的儿子炫富'。"

哦,是因为他爸爸的身份有点敏感。

唐念有点懂,又有点不懂。

可他不是K9会员吗?开超跑算炫富,加入超跑俱乐部就不算炫富了?

唐念想不通,跟着陈知礼走进电梯,一抬头,发现他正居高临下地看着她。

她不太自在地移开了眼,听到男人问道:"高兴了?"

"嗯,高兴是高兴。"就是有点惶恐,二百五十万啊,要是开坏了,把她卖了都赔不起。

陈知礼按了四楼:"帮你修好车是不是要感谢一下?"

唐念点点头。

感谢是肯定的,就是不知道怎么感谢。

买礼物,她没钱,而且金钱对大少爷也没什么新鲜的吧,无论买什么东西在他眼里都显得寒碜。

她苦思良久,灵光一闪:"要不然明天……我邀请你去看胡铭裸奔吧?"

不知道她是怎么顶着这样一张纯情的脸发表出如此炸裂的发言的。

陈知礼缓缓转头,眯了眯眼:"谢谢,但我对这种艺术不是很感兴趣。"语气带了点警告的意味,看来是不喜欢这个惊喜。

唐念吞了吞口水,低下头,小半张白皙面庞掩在衣领里,有点不自然地问道:"那要不请你吃饭?"

陈知礼的视线终于从她忽闪的眼睛上移开，勉为其难地应下："行。"

两人一同走出电梯。

颁奖仪式还算简单，一组组的，进展很快，颁奖后还有晚宴。这种比赛结束后的晚宴都是赛会留出来让参赛成员和赞助方互相认识的场合。陈知礼没有参赛，人气却莫名有些高，好多人认出他是鸿智芯片的，过来打招呼，觥筹交错，明里暗里都是利益。

唐念没什么想认识的人，坐在甜品区吃了会儿东西，席间竟然还有品牌商过来递名片，想请她代言。

她赶紧拒绝："抱歉，我不是明星，也不是网红，只是个普通的参赛选手，不懂这些。"

"网红都是营销出来的，你这么漂亮，而且还是冠军，跟我们合作，保准把你打造成高智商美女，这人设很吃香的。"

唐念还是拒绝："我没想干这一行。"

品牌商显然不想放过这个机会："都是副业，没事的时候拍几条视频就行，不浪费时间的。"

"没听到人家已经拒绝了。"

一个清朗的男声从身后传来。

唐念抬头，看到一位身着法兰绒西装的男人朝这边走来，他戴了副眼镜，显得人儒雅端庄。

品牌商见状收回名片走了。

男人脸上是商人一贯和煦的笑容："好久不见，唐工。"

他是唐念上家公司的部门经理，顾嵩。

顾嵩这人不懂技术，老师还在的时候，他压根没存在感，也说不上话，直到老师出意外，他才算是小人得志，上位成功。他刚上任就大刀阔斧要砍掉她们部门，作为被老师器重的唐念自然成了他眼中钉肉中刺。

唐念从那家公司离职也是因为他。如果说胡铭只是幼稚的话，那么这个顾嵩就是妥妥的阴险和无耻。见到胡铭，她闲着没事还能怼两句，跟这个人她是真的一点话都不想说。毕竟胡铭只是想整她，而这个人是想整死她。

顾嵩笑着说："没想到你也来参赛了，我以为你再也不会做这个了呢，看到你能重新开始，我也很欣慰。重新介绍一下吧，我是华东赛区的冠军组，顾嵩。"

他伸出手，五指微屈，是想握手的姿势。唐念偏开了视线，叉了块小蛋糕咬一口，没理他。

顾嵩也不尴尬，笑着说："忙完后我请你吃个饭，咱们交流交流算法，决赛我们再一决高下。"

听到这里，唐念真忍不住了。

一决高下？他也配吗？

"顾总，您觉得我们是可以交流算法的关系？"

顾嵩很可惜地摇头："没想到这么多年过去，你还在计较当年的不愉快。"

这可不是"不愉快"这么简单。

唐念不想提起这件事，端着餐碟要离开，身后的顾嵩提高了点声音："我听说你在T大读研？"

"是啊，你逼我签竞业协议，觉得我找不到工作就自暴自弃了吧？可惜，我来中国最高学府读研了，这里聚集了全国最优秀的人，我会比待在恒宇进步更快，而你只能守着我老师当年废弃掉的成果故步自封。"

顾嵩一时不知如何回话。

"还有，你不要觉得我离开杭市就是放过你了，当年的事还没完，总有一天，我会让你为自己做过的事付出代价，再见。"

男人眸光漆黑，攥紧了香槟杯，死盯着她的背影，没说什么。

唐念中途离开了宴会，陈知礼看到她出去后也打发了恭维的众人，跑出来找她。

暖黄的路灯照着寂静的道路，迈凯伦的车灯闪烁着莹亮的光——唐念还没走。

他舒了口气，走过去，敲了敲车窗。

车窗落下，露出一张瓷白清丽的小脸。为了颁奖，她今天化妆了，薄薄一层粉和橘色口红衬得人明艳大气，她对着他笑："帅哥，坐车吗？"

见她没什么不对劲，陈知礼才放下心来："市区不许飙车。"

"不飙车，就是兜兜风。"

"好。"

陈知礼绕过车头，拉开副驾驶的门。

车子一路沿着潭王路缓慢开动，上路之后唐念就松开了方向盘和油门，全靠妙蛙种子自身的算法在计算路况。

潭王路曾是京西古道之一，离城区较近，山坡很缓，风景秀丽，挺适合兜风的。

虽说妙蛙种子能全程以200km/h跑完赛车场，但是陈知礼并不确定它在复杂的路况下能否决策正确，坐得还有点提心吊胆。

好在妙蛙种子本身算法强大，一路畅通。

"怎么样？"唐念侧过身，一动不动地盯着他，露出"求夸奖"的真诚眼神。如果她有尾巴，此刻应该噼瑟得翘到天上去了。

陈知礼嘴角氤氲一抹笑，看着满脸生动的姑娘，揉了揉她的脑袋："车速确实快！"

车速快？

等等，这话是不是有点歧义，他就不能夸她算法写得好吗？

这路虽风景美，但冬天兜风实在不是个明智之举，没多久她就骂骂咧咧关了敞篷，过了会儿才说："荔枝，我不想参加全国赛了。"

陈知礼眼底闪过一丝意外："为什么？"

"没什么，就是觉得没什么意思。到这一步挺好的，后面我还要写论文，做项目，而且又要期末了，没那么多时间忙比赛，何况一开始我就是因为和胡铭打赌才参赛的，现在赢了也该结束了。"

陈知礼顿了顿："如果你硕士毕业想找工作的话，智驾是个不错的方向，你也有经验，这个比赛参加一下是有好处的。"

"我暂时不想做与自动驾驶相关的工作了。"

以顾嵩的水平，恒宇近几年根本不可能出现超过妙蛙种子的智驾车，所以她也不用急，先到此为止。

她拿下华北赛区的冠军，也算为智驾的路画上圆满的句点。

何况就算她不承认，这段算法是真的还需要改进，避险机制不够完善，出车祸的概率太大了。平时的小打小闹没问题，一旦遇到复杂的路况和紧急情况根本不行。

当然，她不是说放弃，只是她现在的能力不够，还需要再等一个契机。

老师应该也会理解她的。

陈知礼仍是不解："你不是挺喜欢妙蛙种子的？"

"喜欢和工作是不一样的，我喜欢的多了。我小时候还想做宝可梦大师，结果也没做成，不过我现在有妙蛙种子，就算梦想成真一半了吧。"

男人定定看着她，似是在窥探她话语的真假。

这视线太过炙热，唐念有点扛不住，最终只好胡乱解释："好吧，主要是一个人的精力是有限的，不能什么都要，权衡过后，我更想继续做手写识别和字迹鉴定的方向，智驾先放一放。"

"真的？"

唐念一脸真诚："嗯，真的。"

"行，你高兴就行。"陈知礼看着她，眼里有她看不懂的东西在燃烧，"唐念，如果你相信我，就只管往前走，其他什么都不用管，所有杂草和荆棘我都能帮你根除。"

唐念鼻子一酸，胸腔里闷胀的情绪如潮水般汹涌地向她袭来。

风模糊了她的视线，他的声音振聋发聩。

她相信，因为他是陈知礼，陈知礼从不食言。

唐念重新投入到手写识别和字迹鉴定的研究中，了解了下目前国外相关方向的研究，英文方向的识别要比中文简单很多，所以要想提高中文的识别率，除了加入注意力机制等，肯定还得从其他方向入手。

实验室进入新一轮的忙碌。

大师姐的仿真环境需要中医专业人士评测，于是邀请了韩琦教授团队的李瑜京过来验证。李瑜京来时还顺便带了一箱星巴克，说是请实验室的同学们喝。

理工科研狗哪里见过这样温柔又有礼貌的大美女，迅速围过来一顿嘘寒问暖。

大师姐就喜欢和美女贴贴："李医生身材真好，我就从来不敢穿旗袍。"

李瑜京笑着把咖啡递给她："这是京式旗袍，最不挑身材了，我觉得盛园师姐也挺适合的,下次过来我给你带一件。"

咖啡分完,大师姐挽着李瑜京往自己的工位坐:"真的啊?你觉得我适合什么颜色?"

"你五官比较英气,适合偏深一点的颜色,穿起来一定又美又飒。"

李瑜京今日穿的也是偏京式旗袍,月白色的,绣着大片山茶花,经典圆襟加一字盘扣,腕上一只錾刻古镯,更是衬得人肤白貌美,温柔淡雅。

"我也觉得,我平时的衣服都是中性风,很少有裙子。"说着,大师姐注意到李瑜京腕上的镯子,好奇道,"李医生,你这镯子看着像古董哎。"

李瑜京抿唇托着左腕:"算是吧,这是师父给我的,是她婆婆留给她的,代代相传少说有好几百年了。"

"哟,这是传说中的传媳镯吧?那怎么还叫师父,该开口叫婆婆了吧?"

李瑜京有些不好意思了:"还没有到那一步,就不要开我玩笑了。"

"差不多嘛,都见家长了。对方长得帅不帅?"

唐念偏头看过去,眸光落在那只镯子上。是金质轨道开口的设计,正中是一个花卉图案,牡丹和木槿花,左右对称,非常漂亮。

那两人还在说笑着,唐念和李瑜京不熟,就没搭话,看了一会儿收回视线,微信里正好收到杨蓁蓁的消息。

杨蓁蓁:念宝儿,你知道胡铭被人举报了吗?

杨蓁蓁:这就叫恶人自有天收,哈哈哈……

甜甜圈:什么?

杨蓁蓁发了条链接过来。

是黑狮车队的官方网站,这个车队是由胜利控股集团赞助的,曾拿到过车神杯的冠军,是亚洲范围内最具实力的车队之一,但队内要求严格,不允许成员私自组织赛车,尤其是在车队看来严重违反体育精神的自动驾驶赛车。

胡铭参加 DeepRacer 时用的假名,被举报后拒不承认,事后被有心人发出他在印着 DeepRacer 标签的亲笔签名。这下铁证如山,他不仅要被解约,还要面临巨额赔偿。

唐念忽然明白了陈知礼那天说的下套是什么意思,论老谋深算和阴险狡诈,还是这小子啊,以后可不敢得罪他。

杨蓁蓁:他前几天还住院了,好像是撞击导致的胆囊破裂。你说他到底图啥,原来只要输了乖乖去大悦城裸奔两圈感受一下社会性死亡就行,现在可好,身体也死亡了。

甜甜圈:他什么时候出院?

杨蓁蓁:干吗?难不成你还想去看他啊?

甜甜圈:不是,我是说等他养好伤,去提醒他别忘了裸奔。

又闲聊两句,猴哥在门口大喊她的名字,说老板叫她。

唐念连忙关掉微信页面起身去办公室了。

大冬天的，601却开着窗，高层对流风呼啸而过，吹得唐念的刘海都黏在了脸上。她赶紧把门关上，回头注意到裤脚被拽了下。

她低头，看到一只小金毛蹲在她脚边，仰着脑袋，冲她歪头汪汪叫，过分可爱。

"哇哦，小狗狗，你哪里来的？"

唐念心里一软，蹲下身摸了摸小狗的头。

她小时候就很想养狗，但爸爸妈妈不让她养，上班后她工作又忙，没时间，于是耽搁到现在。

"汪汪汪。"

她摸了几下才注意到这狗狗不是普通狗，而是一只仿生宠物狗，虽然做得很逼真，但近距离还是能观察出来差别——毛发是人造纤维的，舌头是硅胶的，舔她手指时又凉又滑。

"这是什么啊？"她真诚地发出疑问。

陈知礼从里屋出来："公司新研发的四足AI仿生机器狗。"

听大师姐他们说过，陈知礼和宋致合开了家公司，但是家芯片公司，主做光学传感器，挺有名的，上次在工业大会上还获奖了。

唐念："你们公司不是做传感器的吗？"

陈知礼："新部门，还没上市，内测用的机器。"

唐念点点头："这样啊。"

仿生狗岂不是更好？唐念挠挠小狗的下巴，小狗发出舒服的"呼呼"声，尾巴晃来晃去。

唐念的心都要化了，她想起《忠犬八公》里的一句话，小狗的爱永远真诚而热烈。

陈知礼说："皮卡丘模拟了3万只狗的习性和动作，可以手语互动，也能语音控制，充电3小时运行5～7小时。"

唐念睫毛动了动，抬眼看他："皮卡丘？它的名字叫皮卡丘？"

陈知礼点点头："嗯，喜欢吗？"

唐念受宠若惊："这是给我的？"

"上次元旦说给你的礼物。"陈知礼说，"皮卡丘系统代码和内部算法完全开源，功能接口也开放，你可以按照自己的喜好二次开发。"

还能DIY！这简直是梦中情狗。

唐念真想直接抱走算了，但道德底线还是让她缓慢地把皮卡丘放下了。

老祖宗说得好啊，吃人嘴软拿人手短，无功不受禄，受之有愧！

皮卡丘落地却不肯走，用鼻尖拱了拱唐念的手背，汪汪叫了两声，居然是在跟她撒娇。

太萌了，受不了啊！

唐念不舍地偏开脸不去看它，闭着眼说："太贵重了，我不能要。"

陈知礼插兜看着她，好笑道："你知道你现在的表情像什么吗？"

"什么？"

"过年长辈给红包,嘴上说不要,手已经把口袋撑开了。"

唐念也不想,但这可是全智能的仿生机器狗啊,不用遛不用喂还不用铲屎,就能拥有真实的狗狗体验,谁能不爱?

"还不是因为你勾引我啊。"

这话说完,空气有一秒钟的凝滞。

唐念后知后觉这话不太合适,他送她生日礼物,她还用"勾引"这种带有贬义的词形容他,很不礼貌。

她顿了顿才缓慢开口:"我记得你的生日是10月?"

"嗯,怎么?"陈知礼不甚在意的样子。

"那到时候我也会送你礼物的。"

来而不往,非礼也。

陈知礼看着她,模样懒洋洋的,完全看不出对礼物的期待:"哦。"

真是冷淡。

为了调动陈知礼的积极性,唐念努力往外抛钩子:"挺有意思的,你可以期待一下。"

陈知礼还是没什么兴致:"多有意思?"

唐念其实还没想好要送什么,毕竟离他生日还有半年,她就这么一说而已,但都把话架高到这一步了,也不能退缩,只得强行给自己挽尊。

"比胡铭去裸奔还有意思。"

陈知礼一愣。

你到底是为什么这么执着于裸奔?

第十一章
你只要回头，就能看见他

皮卡丘成了宿舍新宠，女生总能被毛茸茸、萌萌哒的小动物吸引，皮卡丘又是以幼年金毛为原型创造的，兼具可爱和乖巧。

重点是它不拆家，白天卖萌晚上关机。

陈知礼是会赚钱的，唐念感觉这玩意儿未来会火。

杨蓁蓁抱着皮卡丘狠狠吸了一口："太可爱了吧，谁能送我一只皮卡丘，就是让我下辈子住别墅开豪车我也愿意啊。"

唐念白她一眼："不给我也愿意。"

"拒绝内卷。"

元旦过后就临近期末了，又是一轮补课高峰期。

唐念有不少课集中在同一周考试，为了不挂科，她只好每天往图书馆跑，借笔记，划重点，临时抱佛脚。

周三是《电影鉴赏》课，这课她记得只来过两次，第一节和最后一节课，混混脸熟算是给足了面子，希望老师不要吝啬这一个学分。

课前，老师把桌椅排成小组模式。

唐念在第三组，刚上课就打开电脑开始看《语义网》的笔记复习，毕竟《语义网》是要考试的，而这门鉴赏课只需要交个结课论文，到时候去网上随便搜一篇电影观后感，用算法处理好就可以交上完事，孰轻孰重她还是能分清的。

老师在台上激情念着台词："有些人就是放不下自己的焦虑和执念，以至于迷失自我，与人生脱节。"

浅金色的阳光照进室内，落在后排女生急速翻飞的指尖。

电脑下方杨蓁蓁的微信不停闪烁。

杨蓁蓁：快点姐妹，给我挑个头像，软萌可爱，一看就是萌妹的情侣头像！

杨蓁蓁的微信是个"流鼻血的沙雕"表情包，配字"女孩子嘛，好点色正常"，倒也符合她的气质。

甜甜圈：怎么突然要换头像了？

杨蓁蓁：不是我换。

杨蓁蓁：给宋致那个整天招花惹草，姐姐妹妹一大堆的当代贾宝玉，挑个明显像女生审美的，给他套个紧箍咒，让那群妖魔鬼怪知难而退，退退退。

甜甜圈：可我不懂情侣头像啊。

杨蓁蓁：你头像这种就行。

唐念的是个卡通头像，一只甜筒包裹着一只卡通小兔子，确实是女孩子喜欢的风格。她上网搜了搜，选了张相似的给杨蓁蓁发了过去。

之后她就关闭微信继续看笔记，直至屏幕下方忽然跳出条新消息。

czl：嗯？

什么情况？发错人了？

唐念点进对话框，看到了自己要发给杨蓁蓁的那张粉粉嫩嫩的卡通图像。

呃，还真发错了。

现在想撤回也超时了，她傻愣了一会儿才打字。

甜甜圈：哈哈哈，看到一只起飞的牛牛头像，感觉跟你好适合啊。

czl：哪里适合？

甜甜圈：都牛上天了。

几秒后，对面回过来冷冰冰的六个点。

czl：……

尴尬，但正常。

话题算是尴尬揭过，唐念转头把图片转发给了杨蓁蓁，正好快过年了，算是牛年专属情侣头像。

一只戴墨镜的酷酷牛牛和一只扎蝴蝶结的粉粉牛牛。

杨蓁蓁：好可爱啊，抱走了，就要这种又粉又嫩，一看就是女生选的，哈哈哈哈，真是牛妈妈给小牛开门，牛到家了，我这就去让宋桑换上。

三分钟后。

杨蓁蓁：话说回来，还有没有那种中二又无病呻吟的情侣名？

甜甜圈：哪种？

杨蓁蓁：类似这种：笨小蛋、傻小瓜？

唐念抖落一地鸡皮疙瘩，腹诽：……求你适可而止。

昏昏沉沉的期末考结束，离春节还剩一周。

杨院士出院也有一段时日了，养病期间难得清闲，他便给关心他的学生们发了邀请，估计是顾及唐念在陈知礼的课题组，发邮件时顺手带上了她。

唐念不好意思推辞，便在网上定了鲜花和水果，给陈知礼发微信，问他杨院士家在哪里。

陈知礼回得很快，让她在宿舍楼下等着，他来接她。

这会儿她才发现陈知礼的微信头像换了，换成她手滑发过去的蝴蝶结牛牛。

不是，你一个大男人用这种蝴蝶结头像真的合适吗？何况这个头像还是和宋致情侣的啊。

她想了好几秒，犹豫要不要告诉他实情，最后还是放弃了。

尊重他人命运。

杨院士曾是中国人工智能学科的中流砥柱，桃李满天下，虽说这次的宴请并未声张，还是有不少探望者闻风而来，门庭若市，热闹非凡。

杨院士大病初愈，整个人清瘦不少，声音也不如以前洪亮，不过还算精神矍铄。

"今天我们就不喝酒了,聊聊天吃吃饭,大家畅所欲言,不用拘谨。"

大家纷纷说好。

陈知礼坐在杨院士身边,杨老便顺口拿他起了话题:"小陈今年打算申报几项国家自然科学基金啊?"

"三项。"陈知礼说。

一句话引得周围羡慕声连连:"真好啊,不像我们只能申报一项。"

杨老说道:"所以你们年轻教师们要抓紧,多发文章,升到高级职称才能申报两项,而且这几年学校的考核也是越来越难了,非升即走。你看人家小陈,还是你们师弟呢,这才毕业几年,都超过你们多少了。"

"我已经是第二年申请这个课题了,要是标书还不过,就只能换课题了。"

"咱这行迭代太快,一年申不上,第二年也没戏的。"

"太卷了,我才三十出头就感觉精力明显不够了,还是陈博士好啊,又年轻又有精力。"

众人一片唏嘘。

陈知礼的科研履历着实令人羡慕,年纪轻轻就拥有独立实验室,所获成果超过了很多老教授。

又有人说:"陈博士是天才,智商高,咱们普通人比不了的。"

陈知礼却笑了:"没有什么所谓的天才,也没有不劳而获的回报,我不过恰好在最擅长的领域多了一份坚持罢了。"

陈知礼略过天赋和努力这种争议性的话题,引导师兄师姐们谈起各自的项目、学校待遇等等。

站在学术顶端的老人脾气好得不像话,笑呵呵和人打成一片,抱怨社会太卷、年轻人压力大等等,期间有人埋怨学校设备一直被隔壁实验室借用这种小事,他都说可以帮忙去协调。

学术圈到底不是纯粹的地方,论资排辈,看重人脉,而杨院士就是那个满身光环的人脉。他身兼数职,各种学会主席、机构首席科学家、学院挂牌院长等等荣耀加身。杨老虽不在江湖,但传说还在,无论申请基金还是各种评比,只要有实力,杨老能帮忙的尽量会帮,一屋子年轻科研者就像留守儿童忽然有了被家长撑腰的底气。

所以,包括陈知礼在内的所有科研工作者,很难不崇拜这样端正严谨又体恤后辈的学界泰斗。陈知礼希望成为这样的人,或者说所有年轻科研工作者都希望成为这样的人。

而唐念无疑是这群大佬里最卑微的,她安安静静坐在角落吃菜,全程一句话都不敢说。

她想,如果老师还活着的话,三十年后也一定会成为杨院士这样的栋梁人物。可惜老师太年轻了,才33岁,事业刚刚起步便戛然而止,没有人记得,也没有人惋惜一位天才的陨落。

饭后,唐念干脆跑到了阳台,遇到了同样躲清闲的邓玥。

唐念已经很久没见到她了，扯了扯唇，问好："邓老师。"

女人夹烟的手腕搭在栏杆上，黑夜中的一点星火明明灭灭，把那纤纤玉指衬得更加修长雪白。她笑着说："你好啊，楚雨荨同学。"

唐念"啊"了一声，脸颊热热的，不太好意思："您就别取笑我了。"

"哈哈，那我叫你小唐吧，你也不用叫我老师了，叫师姐就好啦。"

唐念乖巧改称呼："邓师姐。"

邓玥应着："屋里那群老学究很无聊吧？"

唐念抿抿唇，不置可否。

"没本事还自视清高，总觉得自己的研究能引发第四次工业革命，脑瓜里的idea都是拿图灵奖的水平，实际上是一堆扔到锅炉房都要被归类为有害物质的学术垃圾。"

唐念微愣。邓玥在学生们心中一直是温婉知性的女神形象，从未有人见她生气或批评学生，没想到她会这么犀利地点评同行。

"师姐，这么说会不会不好？"唐念看了眼室内，就隔着一扇玻璃，不知道会不会被有心人听去。

"说的都是实话嘛，"邓玥将烟送至唇边吸了口，细长款的女士香烟自指尖缭绕出青烟，"一群垃圾还不让人说了？"

唐念抿抿唇，没发言。

"不过你的小老板挺厉害的，我很欣赏他。"她笑着说。

听她夸陈知礼，唐念可骄傲了："嗯，陈老师很优秀。"

"所以学术圈并不需要这么多垃圾，没天分的就要主动退位，站着茅坑也拉不出屎来。"

女神邓老师原来是这种风格吗？骂起人来好狠。

唐念尴尬地扯着唇，这话她实在没法接啊。

见她没说话，邓玥微微凑过去，主动问道："你觉得呢？"

唐念想了一会儿："我觉得这话不对。"

邓玥眉毛一挑："嗯？"

如果是半年前，她很认同邓玥的话，觉得学术最重要的就是天分，而且是决定性的。她也会觉得不公平，凭什么别人花一分力就能超越十二分力的自己，而且比自己做得还要完美。

她又想起老师，老师是位语言天赋极强的女人，有次指导她时会说她要去看书的原版，翻译很乱，而且有错误。她说原版是西班牙语，看不懂的。老师就说自学一下，不用会说，会看就行，语言都是一样的，很简单，磨刀不误砍柴工。

唐念完全不能理解，学会一门语言怎么可能这么简单？

还有陈知礼，他从不花时间学习数学，在他看来，看数学证明题就像她看漫画一样，以他的说法是不需要动脑，会看就行。就像上次的DeepRacer比赛，几个公式而已，他反反复复给她讲了无数遍，她还是听不懂。

深夜时，她也会痛恨别人的大脑为什么比她聪明，天赋为什么不能眷顾她。

她明明已经很努力了，可还是事与愿违。但现在她不这么想了，陈知礼和老师这样的人毕竟是少数，而且……

"科学的发展本来就是大浪淘沙的过程，有天才也有普通人，芸芸众生虽然渺小也有力量。也许我们的工作没办法创造特别大的价值，奉献毕生也只研究出那么微小的一点成果，很快就湮灭在历史的长河里，不足为道。但蚍蜉可撼大树，社会就是被我们这些芸芸众生推动着运转起来的。

"三百年才会出现一位爱因斯坦，难道这期间我们就什么都不做，巴巴地等上天降给我们一位天才吗？

"无论多么闪耀的星星都逃不过历史的局限性，但是不能说群星没有意义。"

她做不了太阳，那就选择做一株向日葵。她应该感谢这些比她聪明的人，因为前路有他们，她往前走的路才不是荒芜的。她可以走得很慢，但每一步都要是坚定的。

邓玥挺意外的："小丫头挺会说啊，我喜欢你。"

"我是真这么觉得。"唐念也是最近才想明白的，做芸芸众生也没什么不好，她为什么要去和别人比而内耗自己？

邓玥笑了，她自己虽然没有做到，但还是很欣赏有脾气有血性的年轻人。

她笑着说："行，你要继续努力哦，我很想看看未来的你会走到哪一步。"

唐念眨了眨眼睛："所以师姐你是真的要辞职，不做科研了吗？"

"嗯，我没你这样的觉悟，我也不适合为人师表，更不适合搞科研，我喜欢散漫自由一点的生活，所以我准备辞职去做自己喜欢的事了。"她叹了一口气，"啊，早知道当初不读博了，七年啊，我的人生都被荒废掉了。"

唐念宽慰她："不会的，人生每个阶段都是有意义的。"

"行了行了，别再给我灌鸡汤了，我今天都喝撑了。"邓玥看了眼室内，目光深邃悠长地转回唐念身上，"对了，别怪我八卦，你们两个到底是什么情况？"

"我们？"唐念有点摸不着头脑。

"嗯，你跟你的小老板是不是已经……"

唐念瞬间明白了她的言外之意，着急否认："你别胡说，我们还没有。"

邓玥精准捕捉到这个"还"字："还没有哦，意思快有了？"

唐念似乎有点不好意思，捏了捏耳垂："也没有，唉，我也不知道有没有，就顺其自然吧。"

邓玥缓慢地浅吸一口烟，看着小姑娘粉雕玉琢的脸，懂了。

友达以上，恋人未满。

唐念有些丧气："他最近对我有点冷淡。"

上次说给他准备生日礼物他也没反应，难道是已经对她没兴趣了？

冷淡啊……邓玥沉思了一会儿，忽然笑了，颇有些不怀好意："要不姐姐帮帮你？保准让他热情起来。"

唐念抬头："怎么帮？"

邓玥吸了口烟，老神在在的："过几天吧，我给你寄件礼物，你到时候照做就好。"

唐念:"好,谢谢师姐。"

过了几天,唐念收到了邓玥寄过来的礼物。她还以为会是什么《撩汉宝典》或《追人秘籍》,接到快递员电话兴致冲冲去取回来,拆开发现是个很精致的包装盒。但礼盒里面装的却不是书,而是一套内衣,还贴心地配了一张模特照,是位漂亮的欧美御姐,身材一顶一的好,衬托得身上那件半漏不漏的黑丝内衣更性感了。

她满怀期待地打开,然后一脸震惊地关上,脸在瞬间熟成番茄。

这是什么?不确定,再看看。真的是一套内衣啊!还是情趣的黑丝!她不适合地想起两个字——

色诱?

啊啊啊,邓玥为什么给她寄这个?

从今天开始,她要把邓玥从女神名单里除名!

但说实话,还挺好看的。

五分钟后,唐念眼睁睁看着自己罪恶的小爪子重新打开潘多拉的魔盒,对着模特图研究内衣前的那条绑带是怎么系的……罪恶了,今晚回去罚抄三遍元素周期表!

唐念欣赏着这套性感的小内衣,脑内天人交战,留还是不留,是个问题。

"砰!"宿舍门被踹开,发出一声巨响。

唐念的心尖也跟着抖了三抖,连衣带盒一股脑甩进了桌底下,生怕身后的人张口一句"扫黄"。

她惴惴不安地扭过头,见到是怒气冲冲的杨蓁蓁,才松了一口气。

杨蓁蓁把挎包往床上一扔,看到唐念惊恐的表情:"你这脸怎么比死了三天还要白?"

还不是被你吓得啊。

"你进门搞这么大动静干什么?"

"我生气啊,"杨蓁蓁气得踹了一脚凳子,"老娘被绿了!"

唐念:"呃……宋致?"

杨蓁蓁:"别跟我提那孙子,今天开始,我跟他不共戴天。"

唐念:"你怎么知道是被绿了?"

"我亲眼看见了啊,两人都抱着亲一块了,他手还往女生裙子里伸,差点给我恶心吐了。"

杨蓁蓁气得咳嗽,唐念去倒了杯水递给她:"你先消消气,慢慢说。"

"他还跟我狡辩说没这回事,那女人是妹妹,他爸不把他脑浆打出来才怪!气得我踹了他两脚。"杨蓁蓁喝了口水润润喉咙,把水杯"啪"的一声放桌上,杯口溅出一片小水花。

她继续愤愤道:"结果那女人还不乐意了,阴阳我,这我肯定不能忍啊,我就跟她吵起来了。"

"然后呢？"

"然后……"杨蓁蓁撇了撇嘴，丧气地垂头，"没吵过她。可恶啊，我要是有你这张嘴，我一定把她骂到自闭！"

自家姐妹受委屈肯定是无法忍气吞声的，唐念站起身，抱起一旁眯眼打盹的皮卡丘，再拿过椅背上的羽绒服套上："走吧。"

杨蓁蓁还难过着呢，一双眼肿得像核桃，抽泣着抬头："去哪儿啊？"

"我们去骂回来。"

"那你带着狗干什么？骂不过放狗咬她？"

"不是，皮卡丘不咬人，但可以帮我们骂。"

杨蓁蓁不解。

唐念解释说："皮卡丘的内部接口是开放的，那天我闲着没事把你的'蓁言蓁语'重新训练一遍导进去了，现在是国粹版'蓁言蓁语'。"

杨蓁蓁想起自己的学术翻译机，瞳孔微微放大："你把我的'蓁言蓁语'训练成了骂人的？它脏了！"

"哪里脏了，脏话只有骂出来，心才会干净，不然自己会越想越难受的。"

这话虽然细听不是很对劲，但是只要不细听，杨蓁蓁觉得还是很有道理的。

"走！"

半小时后，两人来到京北最大的夜总会栎园，大厅装潢奢华，高档的大理石，炫目的水晶灯，不像娱乐场所，反而更像富丽堂皇的宫殿。

唐念抱着狗，被工作人员拦住："我们这里狗不能进的。"

皮卡丘张口就来："什么？那你怎么在里面？"

工作人员吓了一跳："它……你的狗狗狗居然会说话，救命啊！"

吓跑工作人员，唐念看着周围奢靡的环境，心里不免忐忑，跟杨蓁蓁说："那个，咱先说好，一会儿只动口不动手啊。"

这里的东西一看就很贵，摔坏一点够她后半辈子铁窗泪了。

杨蓁蓁安慰道："放心吧，姐妹只管开骂，她要敢打人，我就……"

"怎么？"

"帮你报警。"

我谢谢你，跟着姐妹混，还得挨钢棍。

"你怎么又来了，到底有没有完没啊？"

尖锐的女声从身后传来，唐念一转身，就见从金碧辉煌的旋转楼梯下来一位穿黑色包臀裙的女人。

棕色长发搭在肩头，紧身裙，银链勾着细腰……咦，这不是八年前跟她和陈知礼打游戏被狙的晚晚？这女人居然还在宋致身边，看来有点东西啊。

八年不见，晚晚的骨相没怎么变，只是鼻子更挺拔，眼睛也更大了，应该是动过。

"小学鸡，"女人"嗤"了一声，居高临下瞥着杨蓁蓁，"有这心思，不如放学习上,别总做一步登天的美梦,也不看看自己配不配,土包子。"

杨蓁蓁气得脖子通红,捏紧手心:"你个插足者神气什么?"

"插足?"晚晚笑了,"谁插足还不一定呢,别来丢人现眼了,我们宋少和你玩几次你还当真了,小姑娘还是见识浅。"

她这话说得颇有水准,稳稳把自己放在大度的正宫位子上,任宋致外面彩旗飘飘,她红旗不倒。

杨蓁蓁简直要被气哭,她知道宋致行事荒唐,花心且不靠谱,也没想能和他走到最后。她陪着他玩,他给她提供情绪价值,两人各取所需,好聚好散,事后她绝不纠缠。但现在他们还没分手就搞出这事,真是令人恶心。

见杨蓁蓁红了眼,晚晚得逗地笑了:"回去吧,小妹妹,这儿不是你该来的地方。"

唐念还没说话,皮卡丘在她怀里动了动,转着漆黑的眼珠,轻飘飘地说:"姐姐,你牙上有韭菜。"

这句话的杀伤力太大,晚晚脸上一阵红一阵白,赶紧从手包里拿化妆镜,又想起自己今天压根没吃韭菜,恼羞成怒地看过来。

她不动声色地打量唐念几眼,眉梢蹙了蹙:"你怎么有点眼熟?"

皮卡丘不急不缓地说:"你也很眼熟。"

皮卡丘的声音是采集的唐念的,所以晚晚并没有注意到说话的其实不是唐念,而是她怀里的狗。

晚晚:"你认识我?"

皮卡丘:"那倒不是,就是觉得你跟我昨天丢掉的那袋垃圾有点像。"

晚晚气得冒烟:"我看你是活腻了吧,敢在我的地盘骂人。"

皮卡丘:"我什么时候骂人了?"

以为唐念害怕了,晚晚"哼"了声:"还不承认,你刚不就在骂人?"

皮卡丘:"你又不算人。"

一旁的杨蓁蓁破涕为笑。

晚晚气得鼻子都歪了,盯着旁边笑出声的杨蓁蓁发泄:"有你什么事,你在狗叫什么?"

皮卡丘迅速换成了杨蓁蓁的声线:"狗都咬到我朋友了,我不叫,等着她来咬我一口吗?"

杨蓁蓁内心疯狂:皮卡丘,你简直是我的嘴替啊!

"哪里来的疯狗,保安呢?"晚晚破了大防,"快把这两人赶出去。"

"吵什么呢?"

宋致单手插兜,慢悠悠地从楼上下来。他刚过来半个钟,场子都没开,就有人过来说楼下三个女人打起来了。

女人打架?喜闻乐见,结果就吃瓜吃到自己头上了。

宋致走了过来:"有话坐下来好好说。"

杨蓁蓁看见他就恶心,没理他。

宋致说:"蓁蓁,这次你是真误会我了,我跟晚晚没什么,是你看错人了。"

"我长眼睛了,不瞎。"

"所以你到底想怎么样?"

"分手。"

男人温和的眉目沉了下去:"这个玩笑并不好笑。"

杨蓁蓁瞪着他:"谁跟你开玩笑了?"

她不仅要分手,还脱粉回踩,她现在觉得他一点也不像银桑了!

说完这句话,她就要走,宋致追上来抓住她的手:"你听我解释。"

"没什么好解释的,现在放手,不然我就打人了。"

杨蓁蓁扭头要走,宋致下意识握紧她的手腕:"先等等……"

"啪——"

他话都没说完,裹挟着冷风的巴掌就扇了过来,宋致的脸被她打偏。

隔着一米远的唐念都被这股力道扬起的风掀动了刘海,不忍直视。

宋致脸上火辣辣的,不可置信地捂了下左脸:"你打我?"

"是啊,要帮你报警还是叫救护车?"

宋致咬咬牙,什么都没说。

杨蓁蓁拉着唐念走了,反正骂也骂了,打也打了,说完分手,以后他和她没半毛钱关系。

傍晚的冷风夹杂着凉意,远处夜景的灯光绚烂,两个女生迎着风沿街走着,走到一半,杨蓁蓁提议:"我们去喝酒吧。"

唐念知道她心情不好,就答应下来。

杨蓁蓁随便推开了街边一家酒馆的木门,深灰色的牌匾被暗黄色灯光照得字体发灰,像兔子先生的树洞。这边是大学城,小酒馆的生意特别好,晚上更是宾客满座,台上民谣歌手唱腔虚浮,似是郁郁不得志。

杨蓁蓁点了一杯鸡尾酒,坐在靠窗边的卡座。把唐念牵扯进来,她觉得挺不好意思的:"谢谢你啊,要不是你陪着,我都不敢过来。"

唐念说:"没事,我们俩还说什么谢。"

杨蓁蓁:"皮卡丘呢?我也得谢谢它。"

唐念:"没电了,放包里了。"

杨蓁蓁:"回去我给它换高档电池,充电五分钟,开怼十小时。"

唐念笑了:"行。"

杨蓁蓁"嗯"了声,巴掌大的脸爬上红热:"今晚我请客,我们不醉不归。"

说着,她吸了吸鼻子,仰头把鸡尾酒一口闷了:"男人没好东西,真的,姐妹,你千万不要学我恋爱脑,我这种人活该去挖两年野菜长长记性。"

她又点了杯新的,脸上的酡红更明显了。

唐念担心她:"你慢点喝。"

"没事,我酒量好着呢。我跟你说,明天……明天我就去做手术,切了恋爱脑，从今往后，姐水泥封心，专注事业……"

半小时后，杨蓁蓁彻底喝多了，跑到台上抢了民谣歌手的吉他，扯着嗓子高歌一曲《分手快乐》，唱累了之后趴在沙发上睡着了。

唐念结完单，看着沙发上毛茸茸的一团犯了难。

这也搬不动啊，她正要打电话摇人，酒馆的门被人从外面推开。

宋致一身黑衣，顶着半边肿成猪头的脸，阴沉沉地朝她走过来。

干吗？不会是要打人吧？

唐念心慌，准备好随时跑路。

宋致巡视一圈，最后视线定在窝沙发里睡成鸡窝头的女生身上。

杨蓁蓁醉得很厉害，秀眉难受地蹙起，眼睛也肿了。他一言不发，走到沙发边就想把人抱走，被唐念一个健步冲过来挡住："你干什么？"

宋致："送她回去。"

唐念警惕地拒绝："不行。"

宋致无语："你们俩还真是……话都不让我说直接给我判死刑了是吧？法院还能二审呢，能不能给我个开口解释的机会？"

"你有什么好解释的，她都亲眼看见你和那个晚晚亲在一起了。"

"她亲眼看见个屁，"宋致心情也不好，不明白这口锅怎么就莫名安他脑袋上摘不下来了，"那男人压根不是我，鬼知道她看见的是谁，再说我眼光就那么差，对着一张整容脸还亲得下去？"

唐念一脸的不信。

宋致不耐烦道："行行行，这事以后再说，所以现在怎么办？不用我帮忙的话，你怎么把她运回去？"

唐念想了想："我叫我们班的男生过来帮忙。"

宋致真是被她气笑了："信得过别的男人，就信不过我，就我是大坏蛋是吧？你可真行！"

好吧，这种事让普通同学帮忙好像确实不太合适。可唐念又想不到其他人，只好勉强答应下来："那行吧，但你别想把人带走，我打车了，就在门口，你帮忙把她抱进出租车里。"

"知道了。"

宋致刚要弯腰，唐念又阻止："你别碰到她了，就用衣服垫着好了。"

怎么的，还嫌他脏？

宋少爷何时受过这等侮辱，当下被一口气憋得肝疼，可偏偏还不能发火，只敢拿无辜的沙发泄火，踹了两脚。

车子就停在酒吧门前，宋致把人抱上车却没走，硬是挤进了车里。

唐念："你上来干什么？"

宋致一本正经的："拼个车。"

唐念："你还用拼车？后面那个不是你的车？"

宋致："不是，我刚卖了。"

唐念心想：算了，懒得和他扯，车子很宽敞，三人坐在后排也不算太挤。

杨蓁蓁上车后就缠过来，抱住唐念的腰，脑袋搁在她肩膀上拱了拱，找了个更舒适的姿势，继续拜见周公了。

唐念也陪着喝了一点酒，脑袋昏昏沉沉的，感觉窗外的夜景都变得模糊了。

行至中途，宋致突然说：“这件事有误会，我不知道她看见了谁，但她说看到我的那天我压根就不在栎园，我没有做过对不起她的事，真的。”

唐念抬起眼，清冷的目光落在男人脸上：“你也有真心？”

宋致感觉扎心，没好气地说：“唐念，你不觉得自己没资格说这话吗？”

唐念：“我怎么没资格了？”

“你说我的，行，我认，”宋致咬咬牙，"那你是怎么对陈知礼的？真够双标的。"

唐念微愣："我怎么着他了？"

宋致"呵"了声，偏头不理她了。

唐念莫名心慌，挣扎了一下，还是决定问清楚："你能不能别打哑谜，说清楚一点。"

"还需要我说？"宋致冷嗤，"他为你做的事你一点都感觉不到？然后你怎么做的？不主动不拒绝，理所当然享受着他的偏爱。"

宋致的话让唐念捏着袖口的手一紧，心也跟着狠狠往下一坠。

唐念很想反驳宋致，可又实在没什么说服力，因为她确实一直在试探陈知礼。

车内过于安静，窗外风声轻柔。

"我这人不爱管闲事，你们的事自己处理。但有些事情，我作为一个旁观者也看不下去了。当年你一句分手，他鸽掉一场重要的学术报告，坐一整晚飞机回来找你，你知道他为了那个机会争取了一年吗？就这，他还觉得是自己冷落了你，对你不够关心，所以你才跟他分手。可真是这样吗？你当初对他有几分真感情自己心里清楚。"

唐念发愣。

"是，他可以不在乎你做过的事，反正那个傻恋爱脑都快被你忽悠瘸了，你一句话他能给你把整个学校翻过来，但是做人要有良心。"

唐念没说话，抿着嘴，心口被揪得难受，像堵了一块棉花，上不去下不来。

很多事她不愿意去细想，因为想不明白所以就放一放，想不通就不想了。这些年，她过得太消极和颓丧，胸无大志，得过且过，缩在保护壳里，不踏出安全区一步。

就连她喜欢陈知礼也是，只敢偷偷在心里期待，一点点往外放出诱饵，勾着他往前走，而她自己却不敢有一丁点行动。

所以在别人看来，她的行为竟是这样的吗？

陈知礼开了一天的会，晚上还有应酬，临近年底，医院那边要做年终总结，学院还有组织课题验收，天天忙得天昏地暗，折腾到半夜十一点才停好车，走进电梯。

按了12楼，他揉了揉眉心，走出电梯，在看清门口的人的瞬间愣住了。

唐念穿了件宽大的淡粉色面包服，屈膝坐在他门口的地毯上，白色围巾压住小巧的下巴，衬得面容白皙，分外柔软，像个雪地里的猫科动物。

听到脚步声，"小动物"警惕地竖起了耳朵，双眼也像应激的猫般睁大，圆溜溜的。

"你在这儿干什么？"陈知礼问。

"我在等你……"她想扶着门站起来，蹲太久腿麻了，起身时差点摔倒，被陈知礼眼疾手快地捞住。

离近后才闻到她身上浓重的酒味，陈知礼不禁蹙眉："你喝酒了？"

唐念不答，打了个酒嗝，拽着他的胳膊站稳："喝……喝了点，没醉，你去哪儿了啊，怎么才回来？我腿都蹲麻了。"

这语气莫名像抱怨丈夫归家晚了的新婚小媳妇，陈知礼心里一软："加班。怎么不给我打电话？"

"我就随便走走，没什么事，路过。"

"路过这儿挨冻？"

"也不是很冷。"

陈知礼按键开锁，唐念跟在他旁边，嘴巴不停："你说你工作这么忙，还经常加班，是不是很难找女朋友啊？那你以后打算怎么找对象？打光棍还是答应你奶奶的相亲？"

陈知礼看她一眼，冷淡道："你操心的还真多。"

"聊天嘛，想到什么就说什么啊。"

陈知礼开门，拉着她的胳膊进屋："哦，那聊聊你今天为什么喝酒，又不高兴了？"

唐念跟着他进屋，弯腰换好拖鞋："嗯，不太开心。"

"喝完开心点没？"

"没有。"

"那你还喝？人菜瘾大的酒鬼。"

"就喝了一点。"

陈知礼把人放沙发上，要去厨房煮蜂蜜水，衣袖又被紧紧揪住。

他扭头，对上一双亮得惊人的眸子，里面似乎盛了满天星月。

"荔枝，"唐念轻轻喊他，声音小小的，带着哭腔，像小猫儿在呜咽，"你觉得我是在钓着你吗？"

"什么？"陈知礼看着她，不明白她这又是在演哪出。

"我钓你，你会乖乖上钩吗？"

陈知礼没说话。

唐念抿了抿唇，情绪明显失落下去，眼尾通红，一副受了天大委屈的模样："你说话呀，我钓你的话你能上钩吗？"

"你打算怎么钓我?"

"我……我也不知道,你很难钓,我得换个厉害的鱼饵,不行我就勾引。"

陈知礼都被她逗笑了:"还勾引,你有那个胆?"

唐念不服:"我怎么没有?我胆子可大了,我还喝酒了呢!"

"哦——"陈知礼拖长音调,"所以今天喝酒是为了壮胆?"

"也……也不是,就是来找你聊会儿天。"

"行了,一会儿再聊,坐好,我先去给你倒杯蜂蜜水。"

他刚走两步,身后又传来哭声。

唐念哭得好大声,干号着:"可是为什么非要等我钓啊?你自己来追我不行吗?那我一个女孩子,不好意思太主动嘛。"

她心想:我都很不矜持地大半夜跑来他家了,还能怎么主动啊?可他还是坐怀不乱,一门心思给我泡蜂蜜水。他只知道泡蜂蜜水,蜂蜜水有什么用啊,喝了又不会变成大力水手!

她咬着下唇,难过得眼角泛红,声音带着质疑:"你就跟我说实话吧,你是不是不行。"

沉默,死一样的沉默。

陈知礼咬了咬后槽牙,真想立刻让她知道自己到底行不行。

他闭了闭眼,原地做两次深呼吸。

算了,不跟醉鬼一般见识。

说完这句话,唐念似乎也意识到自己出言不逊,垂下头,面色有些羞赧:"没关系的,现在医学很发达,都是可以治好的,我也不会嫌弃你……"

"给我闭嘴!"陈知礼重重地把玻璃杯放下,冷声道,"喝你的水!"

"好的。"

一杯蜂蜜水下肚,唐念胃里的不适缓解了不少。

已经十二点了,生物钟让她眼皮越来越沉,她靠在沙发上就要睡觉,被陈知礼拽起来,半推半抱地塞进浴室,再三强调:"这个是浴缸,这个是毛巾,我在外面,有事叫我,听见了吗?"

唐念不耐烦地说:"听见了听见了,我都懂的。"

陈知礼不信:"重复一遍。"

唐念抬起纤细的手指指着浴缸:"这个是鱼缸,"又指着沐浴露,"这个是鱼饵,撒在里面,鱼就会长大,我就能钓了。"

你听见了个寂寞!

陈知礼叉腰思考三秒钟,放弃让她自己洗澡这个错误决定,脏就脏点吧,比起把自己当成鱼淹死强。

他回客房取出床单被罩换上,叫她:"行了,过来睡觉。"

唐念停在主卧的位置:"为什么不让我睡这边?"

陈知礼:"那是我的房间。"

唐念睁大眼:"胡说,我上次明明睡这儿了。"

/ 215

上次？她上次不是喝醉了吗？

陈知礼顿了一瞬，眼神意味深长地打量着她："你这酒挺厉害，断片后的剧情还是连续的，我说你该不会在跟我装醉……"

他话未说完，眼前人忽然拽着他的领口往下压。

陈知礼毫无防备，身子前倾过去，手臂撑住唐念身后的墙壁，柔软的唇就这么贴了过来。

陈知礼一时僵住，呼吸暂停。

蜻蜓点水般的碰触，很快离开。

唐念眨了眨眼，双眸跟小鹿眼似的，清亮水润。

陈知礼不敢相信刚才发生了什么，可唇瓣上湿漉漉的触感证明不是做梦。

他刚刚……被亲了？

"你……"

亲完人的姑娘打着哈欠，餍足得很，像什么都没发生过一样，慢吞吞地往他的房间走去。

这还非得睡他的房间不可？

陈知礼在后面喊她："你什么意思？"

唐念没理他，眼皮耷拉着，脚下轻飘飘地往前走。她好困，只想好好睡一觉。

"喂。"陈知礼喊她。

"首先，我不叫喂！"

"我知道，你叫楚雨荨。"

"胡说，我明明叫尼古拉斯·唐·亚历山大。"

陈知礼三两步凑过来，挡住了她的去路，步步逼近："我不管你叫什么，我只想知道，为什么亲我？"

唐念抬眼望着他，迷迷糊糊的样子像极了一只睡蒙了的布偶猫："因为你长得好像我前男友。"

陈知礼有点意外："哦，是吗？"

唐念认真看着他，视线沿着他的五官轻轻描摹，最后还伸手捏了下他的脸："也不是很像，你没他帅。"

陈知礼也不想跟自己争风吃醋，但这话很难不让人怀疑是他这几年熬夜熬多了，变丑了。

"说清楚，我哪里不如他帅了？"

唐念失望地摆摆手，绕开他走了："你长得不行，性格也不好，比他凶多了，反正就是不如他，他是全天下最好的。"

陈知礼嗤道："既然他这么好，为什么还要分手？"

这话是一道口子，生生将唐念虚伪的面具撕开，积攒的负面情绪像河水一样往上涌，瞬间吞噬了她。

她忽然好难过，眼泪说来就来，啪嗒啪嗒地往下掉。

陈知礼问："哭什么，当初不是你非要分手的吗？"

"是我……要分的。"

"那你委屈什么？"

"我、我也不知道，我不知道怎么回事，我脑子不太清醒，等反应过来的时候就把他弄丢了，他去了很远很远的地方，我找不到，也不知道怎么去找他。我很后悔。"

听到女孩的啜泣声，陈知礼的心尖像被人攥了一把，颤颤地发疼。

后悔，她说她很后悔。

这两个字让他溃不成军，所有原则再次被打碎。

陈知礼走过去，用力抱住了唐念。

她真的很难过，怎么哄都不好了，泪水洇湿了他衬衫胸口的料子，正好是贴着心脏的位置，又麻又凉。

今夜的晚风凛冽似刀，阳台上的三角梅被吹落一地。

不过唐念睡得还算安稳，她睡觉时喜欢把膝盖蜷起来，缩成一团球。

陈知礼帮她盖好被子，半蹲下身，看着她哭肿的眼走了会儿神。

房间安静，只有屋外风吹打玻璃的声音。

"唐念。"陈知礼的声音很轻，生怕吵醒了她，"不会弄丢的，你只要回头，就能看见他。

"晚安。"

第二天，唐念是被小苏叫醒的，不知是因为宿醉，还是哭狠了，醒来时还头昏脑涨的。

她坐起来缓了几分钟，小苏跟她播报了今天的天气，又说："浴室里有热水，需要我帮你调一下水温吗？"

唐念愣愣地点头："好，谢谢。"

小苏："不客气的。"

五秒钟后，唐念猛地瞥向床头柜，看到床头熟悉的音响，收紧了自己想尖叫的嗓子："小苏！你为什么会出现在我宿舍？"

"哼，才没有呢，这是我家哦。"

"你……你家？"唐念掀被子下床，趿拉上拖鞋，看着窗外的大阳台，"我的天，还真是你家。"

她怎么又跑来陈知礼家了啊？一喝酒就跑人家里到底是什么毛病啊？

她狂薅头发，走来走去，上蹿下跳，阴暗爬行，扔掉拖鞋……

"你这是在……"

低沉的男声响在耳边时，唐念正跪在地上去够刚刚被一脚踢进床底的拖鞋。

"给我拜早年？"

唐念狠狠闭了闭眼，社死这种事习惯就好，反正脸已经从爷爷家丢到姥姥家了，丢在他家也不稀奇。

她淡定地爬起来，背着手在屋里逛了一圈，颇有领导巡视的架势："你家的木地板不错，以后我家装修也要用这种。"

陈知礼就站在她身后，抱着胳膊倚在门边，不动声色地打量她，眼里兴致满满："行。"

唐念一愣：是我家装修，你行啥啊行？

陈知礼没工夫跟她闲扯："穿上鞋，出来吃饭。"

"好。"

她很早就知道陈大少爷吃饭讲究，可真正见识到他桌上的食物种类之后，还是震惊了——这丰盛程度堪比自助餐啊，还是好几千一位的那种。

他一个人早饭能吃这么多？

家里有暖气，陈知礼只穿了件黑T恤，但毕竟是寒冬腊月，光看着都感觉到冷。

见唐念站在桌前发呆，陈知礼问道："愣着干什么，还得我喂你？"

"不用不用。"唐念赶紧拉开凳子坐下，拿了块时蔬海鲜饼，抬眼看向对面的男人。

陈知礼吃饭很斯文，细嚼慢咽，但速度不慢，碗筷也不会发出声响，挺优雅的。

她咬了口时蔬海鲜饼，目光落在他的唇上。他的唇形很好，唇色虽淡，但接吻时会变成水红色，很好亲。

等等……她为什么会知道他接吻时嘴唇的颜色？

这个念头一冒出来，昨晚零星的记忆缓慢回笼，她昨天好像干了件大逆不道的事。

"那个……"唐念大脑龟速运行，试探地问，"我昨晚没做什么吧？"

"嗯？"陈知礼掀起眼皮，微一挑眉，眼神攻击性十足，"你想做什么？"

"没什么啊，"唐念装作不在意的样子，"我就是随便问问。"

"哦，你跟我表白了。"

唐念差点一口水喷出来："不可能，我没有。"

"你怎么知道没有？"

"我没印象啊！"

陈知礼依然淡定："因为你喝醉了。"

唐念脱口而出："我没喝醉！"

陈知礼一顿，目光变得更深邃了。

唐念后颈发凉，慢慢低下了头。

她昨晚确实有些迷糊，但也没醉，现在仔细想想，还是能记起不少事的。

陈知礼唇边挂着笑，声音却沉哑了些："骗你的，你什么都没说。"

"我就说嘛。"唐念呼了一口气。

她话音刚落下，就见男人慢条斯理地放下水杯："你只是强吻了我。"

唐念惊呆了。

不要乱说。什么强吻啊？她不是只碰了一下吗？那程度算什么强吻！

但她并不敢反驳，怕他发现昨晚她装醉，只能哑巴吃黄连，认下这条罪状。

好在陈大少胸怀宽广，大度得很，没有要拿她开刀的打算。

唐念埋头干饭，匆匆结束，落荒而逃，等跑出小区了才不免懊恼。

她这一趟还真是一点正事都没干成啊，成事不足，败事有余。

往前走了走，她又停下，摸了摸自己的嘴唇，滑滑的，触感有点凉。好像也不是什么事都没干成，她还占了点便宜呢，不亏。

唐念离开后，家里又变得空荡荡的了。

陈知礼打电话给服务师，早餐定的是五星酒店上门送餐服务，星厨现场烹饪，餐后再回收餐具。服务师动作麻利，十分钟不到就回收完餐盘走了，刚关上门，陈知礼的电话又响了，这次是宋致。

"老子快失恋了，"宋致的情绪听着不太高，"出来打游戏啊。"

"快失恋是什么意思？"

"就是她要和我分手，但我还没同意。"

"哦，你那是被甩了，不叫快失恋。"

"还是不是兄弟了？"宋致咆哮，"我跟你说，现在的女生实在太难哄了，我都把监控视频给她摆出来了，她还说是我伪造的，我问原因，她居然说因为我看着就很坏。老子长得坏也是错，不哄了！"

"你不是长得坏，而是本来就坏。"陈知礼淡淡地说，"挂了。"

"先等等。"宋致无语，"急着投胎啊，安慰安慰你爸爸怎么了？"

"你不需要安慰，因为你不开心不是因为失恋，只是没被甩过，不甘心而已。"

宋致安静了半响，"嘁"了声："失恋过的人就是不一样哈，经验丰富。"

"滚！"陈知礼说。

宋致挂断电话前又问了一句："是非她不可吗？"

陈知礼没有回答。

这个问题之前宋致问过很多遍，那时陈知礼也没有回答，似乎连他自己都不知道答案。当年的分手太过仓促和无厘头，每每回想起来，他都觉得是一场闹剧。

他认为自己被戏弄了，还是被一个刚成年的小丫头。她一开始让他做她男朋友，后来又说让他等她，最后又说不需要他了，像极了急着扔掉没有利用价值的工具人。

陈知礼有些挫败地靠着沙发，闭了闭眼睛。他虽然不甘心，但这些年里，他想了很多遍，心里有个声音一直在说，他其实并不在乎她是因为什么想接近他，他只在乎她现在是怎么想的。

但唐念这姑娘性格跳脱，情绪隐藏得很深，哪些话是真的，哪些是假的，他通通分辨不清，所以很难猜中她的心思。

有时看着她失落难过的表情，他也想朝她伸出手，也想帮她。可这只是他单方面的想法，他不清楚她愿不愿意接受。他也不敢太激进，怕她又开始躲着他。

分手之后，陈知礼不死心地去过很多次唐念的学校，偷偷关注过她，了解过她，以她不知道的方式。

她并没有想象中的开心，明明在他身边那么爱笑的女孩，居然一整天都露不

/ 219

出一个笑脸，愁眉不展，像是有很多心事的样子。

她朋友不算多，交际很简单，最常去的地方是图书馆，参加过不少业界的比赛，大三那年去了一家自动驾驶界的独角兽公司实习，跟着一位老师做精算定位。

那位老师陈知礼有过了解，叫徐青。

徐青也曾在MIT留过学，算他半个师姐，后来还在某个国际会议上有过一面之缘。他当时的教授对徐青赞誉有加，还想劝她回美国发展，毕竟中国的自动驾驶刚刚起步，发展受限，既难出成果，又难培养人才。但是徐青拒绝了，她说小时候家里穷，靠着国家赞助才能出国留学，自然要回家乡做一点贡献，还说自己收了个很优秀的小徒弟，未来可期。

她口中的小徒弟就是唐念。

后来，中国一家公司新研发的智驾车自燃，工程师死于非命一事引起了各国智驾工作者的关注。

陈知礼偶然间看过新闻，很久后才知道那位去世的工程师就是徐青。

陈知礼不清楚，如今唐念这样颓丧消极的生活态度是否和她的老师有关，但这件事一定给她打击很大，让她即便再热爱，也不愿意再走上这条路。

无数次，他看着她在那条铺满落叶的小路上往返，娇小的身体背着大大的书包，低着头，表情空白，像一尊没有任何感情的木偶。他心里难受得像被蚂蚁啃食，忍不住想冲过去抱抱她，可又怕吓到她，抬起的脚步又生生忍下。

他想，如果这些年她过得好，他可以做到不去打扰。

但如果不好呢？

她根本就过得不开心。她凭什么在决绝地推开他之后，还不如在他身边过得好呢？

而现在她又来跟他说她很后悔。

既然如此，他还等什么？

陈知礼回过神，摸出手机给宋致发了一条消息。

czl：你说得对，我非她不可。

sz：？

sz：但我还是觉得她在故意钓着你，这种女生不值得。

陈知礼不以为意。

czl：她钓着我怎么了？她怎么不去钓别人？她只钓我就说明我在她心里是不一样的。

sz：？？

sz：恋爱脑滚开啊！

220

第十二章
只有势均力敌的爱情才能长远

周末,杨蓁蓁报了个高校单身联谊派对,扬言不能吊死在一棵树上,要去找个八十四块腹肌的帅哥谈对象。

唐念说:"你这个需求,估计只有玉米棒能满足。"

杨蓁蓁不服气:"就算没有八十四块腹肌,也要比宋某人谈过的女朋友多。"

唐念:"那玉米棒也很难满足了。"

杨蓁蓁:"远了先不说,先定个小目标吧,组个足球队出来。"

唐念无语。

前几天还说要切掉恋爱脑的女人雄赳赳气昂昂地提着裙摆去网罗目标了。

礼堂内铺了红毯,灯光璀璨,娇艳欲滴的香槟玫瑰排了整桌,连楼梯扶手都缠着丝带和气球。

唐念是被杨蓁蓁拉过来凑数的,因为会费单人288元,双人可以打三折,她被迫过来充当一位打折工具人。

来联谊的多数是周边高校的大学生,还有毕业后在附近上班的程序员,格子衫含量有点高。活动还没开始,大家都聚在一起聊天,工作人员给每人发了个号码牌,说后面做游戏会用到。

唐念对游戏兴趣不大,找了个空桌打开电脑。皮卡丘的开源社区刚被一位国外大佬贡献一段代码,可以用来优化机身敏感度,让皮卡丘对主人的触摸做出更精准的反馈。

唐念准备下载下来回家给皮卡丘更新一下系统,下载下来又发现这段代码有点问题,好像是缺了某个配置,她正皱着眉思考怎么解决。

她这张清纯的脸蛋在人群中实在惹眼,尤其是在这个地方,就跟掉进狼窝的兔子似的,让某些男人觉得又甜又好撩。

很快过来一个搭讪的。

男人梳了个锃亮的背头,身材瘦高,还戴了一副黑超,坐下后身子往她身边一侧,咧开嘴:"在加班呢?"

"不是。"

"你在附近工作吗?"

唐念没空理他,低头排查代码。

"我看你年纪好小,一定是实习生吧?我就在中关村上班,和你是同行,你是写什么的?前端还是后端?我写Java的,不是我吹,十年Java程序员,你要想学,我可以教你。"

唐念没说话,继续搞代码。

/ 221

身旁的男人还在喋喋不休，一会儿说请她出去喝杯酒，一会儿又说自己开了一家按摩店邀请她过去，见她没任何反应，还试图去摸她敲键盘的手："交个朋友吧，一个人看电脑有什么意思？"

唐念眼疾手快地躲过他的咸猪手，迅速把电脑扣上。

搭讪男号了一嗓子，甩着被夹痛的手，笑得痞里痞气："够辣啊，是我喜欢的类型，加个微信呗。"

她正要抱电脑走人，一抹挺拔的身影挡了过来。

男人声音清冷，透着几分不耐烦："我也挺辣的，要加微信吗？"

搭讪男还是会看眼色的，这人明显来者不善，不像个好惹的主，于是识相地走了。

陈知礼回过身，目光与唐念的撞在一起，原本就不怎么柔和的眉眼更冷了："在这儿工作比实验室灵感充足？"

唐念坐了回去："也没有，我陪蓁蓁来的。你怎么也在这里？"

陈知礼下巴微微一抬，目光越过前方重重人头，落在一个地方："和你一样，陪人来的。"

唐念跟着他转过头，顺着他的目光注意到两个拉拉扯扯的身影，是宋致和杨蓁蓁。

背景音乐有些大，听不见二人的声音，但以她看了二十多年霸总小说的经验来说，他们两人说的应该是——

"你听我解释。"

"我不听，我不听。"

唐念心想：这两人去演狗血剧估计能演一百集。

她回过头："你不会是来助攻的吧？"

陈知礼耸耸肩："这种缺德事我干不出来，我主要是过来……"

他这话还没说完，身后巨大的显示屏上忽然蹦出一颗跳动的心脏，下面有一行字。

——缘聚一堂，情定永远！

为了配合气氛，室内的灯光都换成了粉红色。

主持人兴致高昂地暖场："亲爱的同学们，欢迎大家来到我们高校联谊派对的现场，让我们嗨起来。"

唐念的注意力也被吸引过去。

"本次联谊会已经为大家发放了号码牌，请大家畅所欲言，不要拘谨。如果遇到心仪的 Ta，大胆把手里的心动号码牌送给对方吧。配对成功的嘉宾可以享受我们提供的 500 元超值购物券哦。"

当着这么多人送对方心动号码牌？这是什么社死活动，一定没人参加。

唐念是这么想的，结果主持人话音刚落，几位女同学一窝蜂地拥过来，把陈知礼围在了中间。

原本 C 位的唐念下意识退后几步，才避免被踩。

"哇，哥哥好帅啊！"

"哥哥有心仪嘉宾吗？要不看看我。"

"也看看我呗。"

唐念有些惊讶：现在的女大学生都这么大胆了？

甚至还有没挤进去的女生因爱生恨：

"这种品相还需要来联谊会吗？会不会是骗子？"

"都是被骗，被帅哥骗比被油腻男骗好。"

"有道理，这辈子一定要谈一个这样的。"

唐念觉得这个世界还是好色者居多啊。

陈知礼的后背靠着桌沿，眉心蹙着，被一群女生吵得头疼。

女生们叽叽喳喳不停，有大胆的女生挤到前面来给他递心动牌："我觉得你特别好。"

陈知礼："谢谢，你也特别好。"

女生："啊，真的吗？那我们……"

陈知礼："我们都有光明的未来。"

女生呆住了。

女生前脚刚走，替补又凑过来："我是11号，是个i人，我是第一次参加这种活动，不太会说话，也没什么优点，过来跟你搭话真的鼓起了很大的勇气。"

"不用妄自菲薄，你也有优点。"

"真的吗？"

"嗯，起码你的自我认知很清晰。"

这话乍听不是很好听，但再仔细琢磨琢磨……其实更难听。

后面还有不知死活的前仆后继上去挨怼。

唐念觉得陈知礼可能要孤独一生了，因为好看的皮囊下全是嘴。反正她也挤不进去这打卡圣地，索性决定离开战场。她刚走两步，后面的男人不紧不慢地说道："人太多了，公平起见，我随机挑一个……就16号吧。"

16号？好熟悉的数字。

唐念一回头，看到自己原本粘在手臂上的号码牌不知道什么时候到了他手里。报告，举报他偷号码牌！

陈知礼慢吞吞地把号码牌贴在左肩，拿出自己的8号牌："我也不能白拿，交换好了。"

交换？他不会不知道交换的意思吧？

唐念睁大了眼睛，看着瞩目的男人慢慢向自己靠近，她浑身都写着"求你不要过来啊"。

陈知礼无视她的抗拒，站到她身前，微微弯腰，伸出一只骨节分明的手，把自己的8号牌递过来："要吗？"

众目睽睽之下，唐念有点无措，不知道要不要接，不接会让他很没面子，但接下会让自己很尴尬。

陈知礼不慌不忙地侧头，在她耳边低语："皮卡丘的新代码我会改。"

被精准拿捏的唐念耳尖一动，一把拽过陈知礼手里的号码牌，斩钉截铁地大声说道："要。"

一声轻笑从头顶落下。

说实话，确实有点尴尬。

"哇，我们8号嘉宾那边好像有情况了呢。"主持人这一嗓子，众人目光齐聚过去。

聚光灯将两人笼罩其中，帅哥靓女站在一起，还互换了心动号码牌，这剧情再清晰不过了。

主持人激动道："恭喜今晚第一对配对成功，请两位上台深情告白！"

唐念惊呆了：这玩意儿扔了还能管用吗？

陈知礼主动牵住唐念的手，要上台。

唐念全身的细胞都在抗拒，拼命要抽回自己的手。

笑死，根本抽不动。

主持人一定是《非诚勿扰》的骨灰级粉丝，是懂嗑CP的，还知道男女嘉宾牵手后要来个心动感言。

"告白台"是个用玫瑰花瓣围成的心形区域，唐念站在里面，活像跳进了陷阱，浑身都不自在。

主持人把话筒递过来，问唐念："现场有30位男嘉宾，你是怎么注意到8号的呢？"

唐念信口胡诌："他看着比较……贵。"

"是的，8号嘉宾的身材确实很好，什么样的衣服都能穿出贵气感。"主持人是个老油子，圆起场来一点破绽都没有，"今天牵手成功后，下一步的打算是什么？"

"啊，我没什么打算啊。"

"就随便说说，比如你有什么想和对方分享的呢？"

唐念思索一阵，憋出一句："彩票中奖吧。"

"哇，好浪漫，16号一定是真心想和8号走到最后，愿意跟他同甘共苦，不管日后中500万还是50……"

主持人努力把她这段话美化，拔高立意。

"等等……"唐念打断，"50不行。"

主持人一愣。

"我真的中过50。"

哄堂大笑。

主持人驰骋江湖多年，还没见过这种套路，一时间有些语塞，转头把话筒递给身旁看着更沉稳的男人，寄希望于他能说出点让人心动的煽情话。

"我们来采访一下8号男嘉宾，你在这么多女嘉宾中独独相中了16号，是因为她身上哪种优秀品质吸引了你呢？"

陈知礼微微一笑，启唇："很喜欢她的……"

听到这里，唐念的小心脏跟着提起来，心里隐隐生出期待，她其实也很想知道，在他心里她有什么优点。

"这种扑朔迷离的精神状态。"

吧唧，心碎成八瓣。

主持人惊呆了。

好吧，这两人都不咋正常，你俩一对，绝配。

一场闹剧般的联谊会结束，唐念跟着陈知礼走出礼堂。

不远处杨蓁蓁和宋致还在拉扯，唐念眼见杨蓁蓁踩了宋致一脚，宋致想去抱杨蓁蓁，又被扇了一耳光。刚想过去的唐念刹住脚步，偏开了脸。

宋致："不要无理取闹，听我解释。"

杨蓁蓁："我不听我不听不听不听！"

唐念和陈知礼两位路人甲默默从旁边走过，没打扰二人继续演狗血剧。

礼堂离学校不远，唐念便没打车，抄近路回校。

冬天的风很大，路边的老旧广告牌在风中晃晃悠悠，唐念走两步就要抬头确认一下是否会掉下来。估计是以前看《死神来了》带来的心理阴影，她总怕走着走着头顶有东西掉下来，把脑袋砸成肉泥酱。

陈知礼顺着她的视线也抬头看了眼，计算了一下距离，将她从左侧拎到右侧，往墙边靠了靠。

唐念就这样被陈知礼夹在墙壁和他身体中间，动弹不了："哎，干什么啊？"

陈知礼贴近她，一本正经地说："以现在的风速，广告牌真掉下来的话会以27度的夹角坠落，轨迹会是一段抛物线，而靠墙的交界处最容易形成稳固的三角关系，此时靠墙站最安全。"

"你的话……非常有道理，但有没有一种可能，我们不站在这儿等死，快点走过去会更安全呢？"

陈知礼后撤一步："那走？"

话音刚落，"啪"的一声，十米开外的发廊灯牌断了一半，只剩一根金属链在半空连着，摇摇欲坠，滋滋往外冒着火星子。

唐念吞了吞口水，恨不得立刻变身壁虎贴墙站直："我觉得……还是再站一会儿吧。"

保命要紧啊。

陈知礼挑眉，弯唇："也行。"

安静的街巷没有行人，冷风呼呼吹着，四周很黑，只有不远处的一盏坏掉一半的路灯亮着。

陈知礼正好站在风口，寒冷的空气中似乎还带着他呼吸的温热。

两个人都没有说话，静静等着风变小。

靠得太近了，唐念有点不太敢看陈知礼，垂着眼，一会儿搓手指头，一会儿抠指甲。

太安静了，安静到头皮发紧，她过速的心跳都快被他听到了。

"那个……"唐念忽然想起点什么，抬了抬眼皮，"你说今天不是陪宋致来的，那过来这边是干什么？"

既然是高校联谊，当然不只是学生，也是对在校职工开放的，他肯定知道这里举办的是联谊会。不是真打算来联谊吧？

"这个啊，"陈知礼漫不经心地说，"我这不是过来实现你的愿望。"

"啊？我什么愿望？"

"不用你钓了，我主动过来追你。"

唐念被这句突如其来的话砸中，心跳都漏了一拍，这是陈知礼第一次这么直接地表示他在追她，而且是在清醒状态下。

唐念沉默了好一会儿，杵在原地愣愣地看着陈知礼，脸颊被风吹得红彤彤的，鼻尖也酸，呼出的白雾在空中迅速飘散。

她没有听错，他说要追她。

"为什么？"

寒冬风大，她的声音有些飘浮，连带着胸腔中的那颗心也像浮在半空，恍然像是梦里，整个人都飘飘乎，无法思考了。

"因为我喜欢你。"陈知礼弯下腰，与唐念平视。

突如其来的凑近让她心跳加速，她在他眼中看到了慌乱的自己，她想后退，却早已逼近墙根，没了退路。

"很久了。"他又说。

八年，时间的流逝变得不可估计。

所有的一切都在变化，只有她的名字是彻底刻在骨头里的。

只有她。

念念不忘，求而不得。

"我对追人这事没什么经验，但表述应该没问题，我喜欢你，唐念，所以想追你。"

陈知礼的话清晰有力，一字一句准确无误地往她心上敲，不再给她丝毫误解的空间。

唐念忽然很想哭，睫毛轻颤，杏眼氤氲大片水汽，嘴唇颤动着。

她其实想说，不用追的，她也喜欢他。

可是她不敢答应，一个人在黑暗中生活久了，就会害怕光明，陈知礼像一个从天而降的惊喜，忽然砸到她身上，她并没有勇气伸手去接，她怕是一场梦，等醒来会更失落。

而且他已经站得太高了，离她越来越远了，他们之间隔着的不是鸿沟，而是万丈深渊，她不确定自己能不能走过去，如果中途坠落，又会不会粉身碎骨。

何况还有当年的事，毕竟她是真的伤害过他，她不知道他心里是否仍然介意，她也不敢去问，只能患得患失，欢喜又忐忑。

陈知礼没有逼她，耐心又温和，安静等待她的回复。

他其实心里也没底，原本想再等等的，那晚她一句"我很后悔"或许只是她酒后失言，但在他心里掀起了波涛巨浪。

他猜出了一半答案，或许当年的分手是有隐情的，她也是有点喜欢他的，就算不确定有几分，他也必须冒险走出这一步。

他必须走出这一步，否则，他们很难再有以后了。

陈知礼看着唐念的眼神很深，喉结滚动了一下，向来宠辱不惊的声线也难得紧张："唐念。"

"嗯？"唐念不敢看他，低着头胡乱应着。

陈知礼看出了她的为难，叹了口气，或许今天真不是一个好时机，他还是太冒失了，应该再给她点时间准备。

"很晚了，先送你回去。"

"等等……"唐念一愣，在陈知礼要走的瞬间抓住了他的手，生怕他后悔似的，紧张地攥着他的袖口，像个怯怯的小奶猫，"我不是在拒绝你。"

"我知道……"

唐念抿了抿唇，心乱得要命："你知道？"

"嗯，你在考虑。"

"那你……"

"我给你时间考虑。你还记得我曾经说过的话吗？"

陈知礼说过很多话，唐念不知道他此刻提起的是哪句，何况她现在脑子里乱套了，什么都想不起来。

她捏着他的袖口，轻轻了摇头："对不起，我不记得了。"

"那我再和你说一遍。不管前面是什么，你都不用害怕，只管往前走，剩下的杂草和荆棘我都能帮你铲除。"

霎时，四周的风似乎变大了。

唐念的心变得充盈起来，像圆滚滚的气球，所有滞闷的情绪也被安抚，浑身忽然被一种说不出的安全感包裹。

昨晚，夜空中似乎有星星，只是唐念没有注意到，她的全部感官都被陈知礼的那句"我喜欢你"占据，完全注意不到其他。

因为这句话，她又失眠了。

她很想答应他，可心里又害怕，至于怕什么，她也有点没搞清楚。

第二天起床时，头还有些疼。

今天是唐银婉出院的日子，唐念请了假去医院。唐银婉腿伤恢复得不错，医生说可以回去静养，等半年后复诊再把钢板取出来。

唐念帮唐银婉办了出院手续，拿着医生开的药送她回家。

路上，唐银婉看着车窗外飞驰而过的景色，说："我准备和胡可强离婚。"

唐念有些意外。

胡可强脾性不好，酗酒又爱赌，唐念多次劝过唐银婉离婚，都被唐银婉以自己年纪大了想找个人陪伴为由挡了回去。时间久了唐念就不再说了，没想到唐银婉自己倒主动提起这事了。

"为什么？"唐念问。

唐银婉说："之前不愿意离婚是怕孤独，就算老胡再不好，身边有个人总比自己一个人过要好，但这次住院我想明白了很多事，人的本质就是孤独，一个人来一个人去，我就是我，你就是你，不应该把幸福都依赖在对方身上。"

人的本质是孤独的。这是德国哲学家亚瑟·叔本华的观点，唐念境界不够，不太懂这话。

"那离婚后你打算做什么？"

"在一个地方待久了有些乏，我想离婚后把房子卖掉，拿到钱出去旅旅游，看看风景，看哪个地方适合养老就定居。"

唐念抿了抿唇："需要我做什么吗？"

唐银婉笑着摇摇头："不需要你做什么，等以后我去了养老院，你偶尔过来看看我就行。"

唐念点点头，不知为何，心里有点闷，像是胸口压着一块大石头似的，有点喘不上气。

窗外车流如织，城市的夜景飞速倒退。

唐念对唐银婉的感情有些复杂，有感激，也有埋怨，哀其不幸又怒其不争。

她不想和唐银婉有过多牵扯，却又狠不下心真的不管，因为唐银婉是爸爸唯一的妹妹，是她在这世上唯一的亲人。

唐念感觉年轻时的姑姑和现在的唐银婉并不是同一个人。

姑姑年轻时很漂亮，相貌还和她有点像，但性子比她活泼，瓜子脸、大眼睛、双眼皮，扎着又黑又粗的辫子，喜欢诗词，经常写文章投稿，被好多人叫文青，也是镇上唯一一个考到京北的大学生。

唐念小时候很喜欢跟着姑姑，喜欢去姑姑房间里看那些看不懂但又觉得很美的诗词。

后来唐银婉去京北读书，她们的联系就断了，唐念只能从爸爸口中听到关于姑姑的只言片语，说她大学毕业交了一个当地的男朋友，感情稳定，工作体面，生活欣欣向荣。

两兄妹感情也一直很好，只有一次吵得特别凶，唐念隐约从电话里听到"秦香莲和陈世美"、"离婚"等，虽然不懂，但她潜意识中没有把这些话和那位漂亮姑姑联系起来。

直到很久之后，唐念才得知姑姑结过婚，婚后男人仕途高升，被某位富豪的女儿看上，男人便想和姑姑离婚。姑姑赌气之下离了婚，当时她已经怀孕三个月，果断打掉了孩子，没几个月就和在酒吧认识的一个男人扯了证，也就是胡可强。

那次打胎伤了身体导致姑姑无法再孕，但她对胡可强的两个孩子也算尽心尽力，年轻时的风花雪月付之一炬，生活只剩下柴米油盐。

唐念刚来京北时都有些认不出她了，她瘦了，皮肤变得粗糙，头发也剪短了，不再爱看诗词歌赋，每日对着几块钱的水电费单斤斤计较，粗鄙又俗气。

唐念有时很讨厌她，有时又觉得她可怜。

唐念不想成为姑姑这样的人，所以发誓要慧眼识金，不要识人不淑，还要好好学习，让自己变得强大充实。

但是后来她并没有变得多么强大，依然迷茫，依然彷徨，被生活的巨浪推着向前，也慢慢学会了妥协。

唐念至今也不知道唐银婉那位前夫的姓名，唐银婉再爱抱怨，也从不提起他。她想象不出那是多大的人物，但京北这个城市不一样，它不缺权贵，冷漠且不近人情，不把任何人当回事，却总有人为它流连忘返。

她终于知道自己为什么不敢答应陈知礼了。

他们的差距已经太大，不止家境，还隔着当年的鸿沟，她不知道他还介不介意，她害怕在一起后，他发现她远没有想象中的好，会失望，会后悔，会离开她。

她是相信陈知礼的，他和那些人不一样，她也相信有永恒的爱，只是心中难免不安。如果连法律保护的婚姻都不作数，仅仅一句喜欢又怎么走到永远呢？

她想了很久，想到日落西山。

天地一线间，晚霞将退时，她终于得出一个结论——只有势均力敌的爱情才能长远。

如果两人长时间站不到同一个高度，一人步步高升，一人患得患失，时间久了，不管多么深厚的感情，都会出问题。

临近寒假，实验室的氛围明显懈怠了很多，大家充斥在一片懒洋洋的喜悦中，连大师姐都开始刷短视频磨洋工了。

微信里，杨蓁蓁给唐念发来消息。

杨蓁蓁：寒假我准备去海南，你有想代购的吗？

甜甜圈：来十斤火龙果吧。

那头扔过来一个"鄙视"的表情包。

杨蓁蓁：代购护肤品包包啊姐妹，你当我土特产批发？

甜甜圈：海南也能代购吗？

杨蓁蓁：海南免税店不知道？

唐念还真不知道。

甜甜圈：哦，那不用，护肤品我刚买了。

杨蓁蓁：行吧。

杨蓁蓁：对了，你到底什么时候让妙蛙种子带我兜风？下周就放假了，画饼是吧？

唐念算了算日子，这饼确实久了点，都要过期了。

甜甜圈：要不今下午？我正好要出去一下。

杨蓁蓁：行啊，赶紧的！

唐念想去商场买点东西，杨蓁蓁则随意，只要是坐妙蛙种子，去火星都行。

路上人多车多，因为第一次"进城"，唐念有点紧张，也怕妙蛙种子的算法出意外，所以就关了自动驾驶，龟速前行。

橙黑相间的跑车炫酷又扎眼，一路引发无数行人注目。

只是车上的杨蓁蓁没那么多耐心了，倚在副驾都快睡着了："你这速度比我阴暗爬行快不了多少。"

唐念手握方向盘，目不转睛盯着前面："那你下车爬过去，看看咱谁先到。"

"啧啧……"杨蓁蓁跷起腿，感慨，"有男人撑腰就是不一样，说话都比以前硬气多了。"

前方红灯，唐念踩下刹车："别胡说。"

"哪胡说了，"杨蓁蓁被晃了下，对唐念的车技持怀疑态度："你慢点踩刹车。他这又送车又送狗，你都不心动？"

"我已经很慢了，跑车都这样，刹车起步都快。"唐念说，"我解释很多遍了，这车只是给我开，不是送我的。"

"你40码的速度就不需要那么用力踩刹车了吧？"杨蓁蓁说，"那为什么只给你开，不给我开，不给食堂打饭阿姨开？是因为我们不喜欢吗？"

这话没法反驳，唐念闭嘴任嘲。

杨蓁蓁抱臂，真替唐念的磨叽发愁："所以你俩到底能不能行，急死我了。"

"我知道你很急，但你先别急，"到达商厦的停车场，唐念停好车，拉下手刹，"其实他跟我说了。"

杨蓁蓁解开安全带，跟着下车："说什么了？"

唐念眼神飘了飘："说要追我。"

杨蓁蓁大吃一惊："什么时候的事？"

她居然错过了惊天巨瓜。

"就前几天。"

"你答应了？"

"没有，我还在考虑。"

"都说到这地步了，你还考虑什么？你不是也喜欢他吗？快上啊！"

唐念摇头，很认真地说："我是喜欢他，但我觉得我跟他差距有点大，所以这段时间想努力提升一下自己，两人总要站在同一高度才能匹配。"

杨蓁蓁不太懂她的脑回路："你打算怎么提升自己？"

"我想严格要求自己，争取明年3月发一篇顶会，带他的通讯作者。"

杨蓁蓁无语，活久了还真是见多识广啊，为爱挖野菜她懂，为爱发顶会还真没见过。

"那要是发不了呢？顶会拒稿率很高的啊。"

唐念咬了下唇，琢磨一阵子郑重道："明年继续发。"

杨蓁蓁的沉默山崩地裂。

"明年还发不了不会等后年接着发吧？再发不了就继续延期？"她真想撬开

唐念的脑壳看看里面是不是都是水泥，"那你确定他能一直等你？十年发不了，他等你十年？"

好像确实有点难度，可是除了发论文，唐念也不知道自己还能怎么努力提升自己。

杨蓁蓁语重心长地说："没有回应的追求很消磨志气，你总这样推开他，搞到最后会把他越推越远。"

这话唐念不同意："我也不是没有回应啊，我每天都跟他发微信问好。"

"这还差不多，你都给他发什么？早安晚安？"

"那多没新意。"

"嚯，给我看看你多有新意。"

唐念翻出聊天记录给杨蓁蓁看自己的战绩。

甜甜圈：昨晚睡得不好。

czl：怎么了？

甜甜圈：被子太轻，压不住想你的心。

czl：……

甜甜圈：你猜现在几点？

czl：半夜十一点半。

甜甜圈：不，是爱情的起点。

甜甜圈：想亲口对你说晚安。

甜甜圈：先亲口再说。

十分钟过去……

甜甜圈：？

甜甜圈：人呢？

接着是一个"搔首弄姿试图引起帅哥注意"的表情。

两小时过去……

甜甜圈：怎么不说话了？是群发没选上我吗？

一天过去……

甜甜圈：请问能帮忙修手机吗？一天没收到消息了。

甜甜圈：原本对你不感兴趣的，不回信息，好吧，爱上了。

…………

看完聊天记录的杨蓁蓁戴上痛苦面具，差点晕厥过去。

太窒息了，窒息到叹为观止。

"不是，谁教你这么发消息的啊？"

你管这叫问好？你确定不是在骚扰？

陈老师追个人不容易啊，还得承受这种心理折磨！

唐念说："这是我从网上看到的一篇帖子，叫'和crush的极限拉扯聊天记录'，这都是跟着步骤来的。"

杨蓁蓁彻底无语："求你把那个帖子拉黑，现在立刻马上，OK？"

/ 231

唐念有点不确定:"是太夸张了吗?"

"不是夸张啊,姐妹,你这根本就不叫问好。"

"那是什么?"

"叫性骚扰!"

唐念一愣。

"你要真想他有回应,就不要光耍嘴皮子,最好来点实际行动,比如送点暖心的小礼物,让他知道你在意他,再趁机把他约出来,吃个饭看个电影什么的,一来一回,慢慢就水到渠成了。"

唐念记下了:"行,等我发完顶会就去。"

杨蓁蓁咆哮:"别等发完顶会了,现在就去,双线程并行,懂吗?"

唐念懂了,所以第二天她牺牲了自己为数不多的睡眠时间,提前半小时跑到校外买了早餐。

陈知礼从楼梯上来时,正好看见唐念提着个保温袋,身上裹着鼓鼓囊囊的羽绒服站在走廊尽头的窗户前往下望,估计是买完饭刚上来,脸颊粉扑扑的,呼出的热气在玻璃上氤氲开。

"有事?"陈知礼摸出钥匙去开 601 的门。

闻言,唐念转过身,把保温袋往身后藏:"没,没事,我就是过来看看风景。"

陈知礼垂睫扫了她一眼,身后的包装盒都露出来了,吃东西就吃东西,藏什么,实验室也没规定不能吃东西,他每周买的零食福利都在门口的货架上摆着,不都随便拿来吃?

"行,你看吧。"说着,他要推门进屋。

唐念上前两步跟过来,看上去还有点紧张:"那个……你吃早饭了吗?"

陈知礼站在原地没动,心想:这东西难道是给我的?

他有点意外,但面上仍不露声色:"没有。"

"真的啊?太好了。"小姑娘眼睛一亮,献宝似的把身后的早餐拿出来,"这是我路上碰巧买多了的,三明治和美式咖啡,你要不尝尝?"

才不是碰巧买多了的,为了这份早餐,她可是横跨大半个京北,美式还怕他觉得苦多加了糖。

陈知礼没接,凝视她半响,眼神意味不明,好像还带着一丝笑意。

唐念被他看得脸热,低下头,心里忐忑,也不知道他愿不愿意收。陈知礼这人对吃的可讲究了,这种预制菜说不定入不了他的眼,大意了,早知道去买中餐,好歹是现蒸的。

长时间没有回应,她有些挫败地要把手收回来时,陈知礼趁机伸出手,接下她的早餐:"谢谢。"

唐念心中一喜,平复了几秒钟心情:"不客气。"

陈知礼推开门:"进来一起吃?"

"不,不用了,这是给你的,我去吃别的,风味食堂新上了大闸蟹。哦对,上午还要开组会，我回去准备准备，先走了，你慢慢吃。"

唐念迅速说完就落荒而逃，回到工位缓了好一会儿脸上的热度才消散，拿着手机给杨蓁蓁汇报战况。

甜甜圈：我给他买了早餐。
杨蓁蓁：上道啊，他什么反应？
甜甜圈：他说了谢谢，还问我要不要一起吃。
杨蓁蓁：不错不错，然后呢？
甜甜圈：然后我说我不想吃，我要去风味食堂吃大闸蟹。
杨蓁蓁：……

这话是怎么被你想出来的？让你给他送早餐表示关心，不是让你跟他炫耀自己早饭吃得比他好！

甜甜圈：我准备这周就约他吃饭，需要注意什么吗？
杨蓁蓁：注意少说话吧。
甜甜圈：？

杨蓁蓁不回复了，唐念以为她在忙，就放下手机整理了一遍PPT。

上午十点，组会按时开展。

阳光透过百叶窗落在前排的会议桌上，陈知礼坐在第一排，听着台上的进度汇报。

李瑜京和大师姐配合不错，才三天，验证工作就圆满完成，报告书写得漂亮又规整。

祝师兄和侯师兄的进展也在计划之内。

组会结束，陈知礼整理着电脑资料，说了声："唐念留一下。"

这话随性又自然，旁人自是没有察觉异常。

大师姐合上电脑给唐念递过来一个同情的眼色，毕竟开完会被老板留下一般是没啥好事的。

唐念原本还没觉得什么，等人走光心里也不太踏实了。她上周请了假，这次工作完成量确实不如其他人多。

陈知礼还在处理工作，冷硬的轮廓在阳光下柔和了几分，手指有规律地敲着键盘，隔了会儿像是才记起旁边有个人，开口："这部分准备怎么做？"

唐念弯下腰，看清他电脑上的居然是她刚刚汇报的PPT，还特意用红线标出来几行。

唐念解释："我准备加入优化器，让训练过程可以更快收敛。"

"可以，具体用什么方法？"

"还不知道，先用自适应学习率的优化器试试，Adam、Adagrad、RMSprop都试一遍，看看哪个好用。"

陈知礼顿了下，眼底划过一抹笑："炼丹是吧？"

唐念语塞。

Deep Learning（深度学习）是由大量神经网络层组成，没有确切的理论指导，

/ 233

只要数据量够大不断试验，总能预测出下一条，所以经常被戏称是炼丹。

唐念小声嘟囔："你们贩剑的还瞧不起我们炼丹的喽。"

"什么？"

"没、没什么。"唐念尿兮兮地笑了笑，"不管炼丹还是挖矿，解决问题就是好办法。"

"但你在做事之前要明白这件事的 motivation（动机），就像学开车，总得懂操作步骤和汽车。你现在的状态就是盲目地乱尝试，明明不会开车的人还要逞能上高速，这样下去早晚会被反噬，而且你还不知道在哪里失败了。"

唐念不以为意，Deep Learning 是经验科学，是工具，本来就是黑盒操作的。

这和开车不一样，非要比喻的话，应该说是"烤火"，原始人就懂得烤火取暖了，还会钻木取火并保存火种，但是真正懂得火的原理要很多年以后。

理论学科的研究本来就是滞后于经验学科。

她不服气地鼓起嘴："神经网络能解决所有函数，数学家却要一百年才能证明出一个理论，所以不是 Deep Learning 没有理论依据，而是你们数学进步速度太慢了。"

陈知礼把电脑合上，往后一仰："你说得很对，Deep Learning 缺少一位香农来把工程方向指导清楚，所以你现在的工作不是拿着神经网络模型来用大数据暴力预测，而是优化模型，改进算法。"

Deep Learning 界的香农……他可真敢说。

唐念心塞："我要是那么厉害，早获得图灵奖了，还读什么研。"

"上次妙蛙种子的快速弯道，你不是解决得很好？不用谦虚，我相信你行，届时别说图灵奖，菲尔兹奖也是你的。"陈知礼起身去关会议室的电源，"行了，回去慢慢想。"

唐念腹诽：你这样搞得我压力很大。

唐念抱着笔记本电脑在会议室门口磨蹭了会儿，等陈知礼从会议室出来，见她还没走，问道："还有事？"

唐念抠了抠笔记本电脑上的贴纸，思考了一下措辞："那个你这周末晚上有空吗？"

陈知礼关门，偏头："怎么？"

"哦，我听蓁蓁说南锣鼓巷有家肥猫烤鱼还挺好吃的，我没去过……"唐念悄悄瞄他一眼，见他没什么排斥的反应才继续说，"你有空的话，我请你吃。"

窗户开了一条缝，走廊里，细小的灰尘在光线中更加清晰。

陈知礼眯了眯眼，盯着她看了好几秒，而后抿抿唇："你终于想起还欠我一顿饭了？"

唐念眼睫一颤，经他一提醒，回忆起比赛结束时自己说过要请他吃饭，后来一忙就给忘了。

她轻点了一下头："所以你有空吗？"

陈知礼停顿一会儿，慢吞吞地说："我先看看吧。"

"行，有空你提前和我说一声，我去云水湾接你？"

唐念话音刚落，陈知礼的手机铃声响了。

"我接个电话。"说完，他就走去稍微安静点的楼道接听。

唐念站在原地等。

会议室就在楼道对面，陈知礼打电话的声音被风吹得零散，若有似无地传过来，不是很清楚，却能听出大体内容。

他在和家里人打电话。

"奶奶……"

"李医生不清楚。"

"我们只是在一个合作项目，不在一起办公，您有什么事可以自己去问她，不必总要通过我转达。"

"周末的事再说吧，好，先这样，挂了。"

陈知礼只简单聊了几句就挂断了，听着格外没耐心，没一会儿，他攥着手机从楼道那边走过来。

"我看了下，周末有时间。"

唐念有些茫然，不太确定地问："可是你奶奶不是叫你周末回家一趟？"

"听见了？"

"一点点，抱歉，不是故意听的。"

"哦，我家老太太就喜欢瞎折腾，不用管她。"

陈知礼没觉得这事有什么难以启齿的，每个到年纪的成年人都会面临长辈催婚，这很正常，但不代表他要接受。

"所以你奶奶是跟李医生认识吗？"唐念听到电话里提起了李医生。

"李瑜京是我奶奶刚收的徒弟，在跟我奶奶学中医，比我去得还频繁，已经快成她亲孙女了。"

原来是这样。

唐念在脑海里迅速把前因后果串联起来——他奶奶很喜欢李医生，想认李医生做孙媳妇，还把家传的镯子给了李医生，暗中想撮合两人。

想来也是，他们这种家庭最讲究门当户对，强强联合，子女联姻才能保证财富和权力不向外流通。

李瑜京温婉端庄，学历高，工作好，完美妻子人选，就算陈知礼不喜欢……

唐念停了停，忽然想起那天穿黑丝去敲他门的女人，默默把这句"不喜欢"咽回去，改成"暂时不喜欢"。男人嘛，都是下半身动物，说不定什么时候就喜欢了。

呵，死渣男！怪不得跟宋致是朋友。

正愣着神，被扣上"死渣男"帽子的陈知礼还毫无所觉："我说……"

唐念"啊"了声，抬头看他。

"我周末有时间。"男人长睫垂下，与她对上视线，丝毫不客气地指使道，"不用去云水湾，我周末来一趟学校，到时候给你发消息。"

"要不我还是……"

唐念话还没说完，陈知礼"啧"了声："怎么，这么快想赖账了？"

"不是。"

"行，周末见。"

"哦，好吧。"

唐念莫名有种赶鸭子上架的感觉，硬着头皮答应下来，抱着电脑一路跑回实验室。

陈知礼看着她的背影消失在617门前，嘴角也跟着弯起来。

晚上，唐念给唐银婉打了个电话，唐银婉说已经联系中介把房子挂出去了。

得益于京北这几年房价暴涨，唐银婉前夫留下的那套老破小已经增值到一千万以上，保守能卖到一千二百万上下。离婚的事也提上了日程，但胡可强不同意。

想来也是，胡可强没有存款，而这套一千多万的房子又是唐银婉婚前财产，离婚他一分便宜占不到，还没地方住。

唐念是坚定支持唐银婉离婚的，说协议离婚不行就起诉。

唐银婉却不太想起诉。她准备卖掉房子，分胡可强一部分钱，两人好聚好散，而且胡可强在读高中的小儿子是她带大的，与她感情最深，她计划给他留下一笔学费。

胡铭就算了，他是成年人，有手有脚不用她操心。

七七八八分完，手里能剩个七八百万，唐银婉笑着说："我也算千万富翁了，可以换一种方式生活。"

唐银婉原本想给唐念留笔钱，这些年她生活拮据，为了一家子的生计斤斤计较，从唐念身上克扣过不少钱，包括唐念爸爸的赔偿金，现在有钱了，就想一并还给唐念。

唐念拒绝了："我年轻还可以挣，你这钱留着养老就好。

"姑姑，你之后想去哪儿？"

唐银婉说："我有点想家了，先回我们老家住一段时间，反正我现在清闲，之后的事再慢慢想吧。"

唐念点点头："好。"

周末是个晴天。

陈知礼出门前抓了抓头发，在穿衣镜前换完衣服，看到宋致落在他家里的香水，香奈儿的蔚蓝淡香，香味神秘深邃悠长，宋致说没有女人能拒绝这种上瘾的味道。鬼使神差地，他抓过香水瓶往手腕喷了两泵，喷完又觉得很不爷们，去卫生间把手搓了一遍。

他进电梯时，正好碰到李瑜京也出来了。

她笑着打招呼："陈老师今天要出去？"

陈知礼漫不经心地"嗯"了声，垂眼看着手机，手指敲着屏幕，给唐念发消息。

czl：我去学校了。

李瑜京扫了他一眼，收回视线，笑了笑："哎呀，真羡慕，某人去约会，却打发我去安抚老太太的心。"

陈知礼看她一眼："你也可以不去。"

李瑜京笑盈盈地说："开玩笑啦，我也很喜欢奶奶，挺愿意周末陪她的。"

两人闲聊几句有的没的，多数是李瑜京在说，陈知礼不咸不淡地听着。

到一楼，电梯门开了，李瑜京先出电梯："那我先走了。"

"嗯。"

电梯门缓缓合拢，李瑜京脸上的笑容瞬间消失，心里升起一阵烦躁。

她咬紧牙关，扭头离开了。

下到车库，陈知礼才收到唐念的消息。

甜甜圈：抱歉，我有点事，能不能改天再请你吃？

陈知礼眸色一沉，没犹豫，直接回拨电话过去。

对面隔了好一会儿才接起，听筒里的风声有些大，唐念应该在外面。

陈知礼直言："你怎么了？身体不舒服？"

"没有。"

"那为什么要改天？"

"我……我有点事。"

"什么事？"

这是打算追究到底的意思。

"就是今天我有个同学来京北，他在首都机场迷路了，让我去接一下，所以能不能改天请你，或者晚上也行，不好意思啊。"

陈知礼迟迟没有回话，唐念似是有些等不及了："那我就先挂……"

"谁？"

"啊？"

"你去接谁？"

电话里像是消了音，只剩急促的呼吸声。

"韩放是吧？"

也不知陈知礼是怎么猜出来的。

唐念含混地"嗯"了声："我和他说好现在去接他……"

"说好？"陈知礼凉飕飕地笑了声，"那你还记得跟我也说好了吗？他需要有人接，而我就可以被随便放鸽子？"

霎时，宛如时间回溯，记忆里的画面显现在眼前，唐念仿佛置身在附中南门的银杏树下。

夕阳在天际燃烧，满地金黄，最后一缕残光从枝头的缝隙落下，穿过少年浓密的睫毛折射在眼底，他的眼中漆黑如潭，没有一丁点温度。

少年问："还记得跟我约好了吗？"

她的心尖跟着一颤。

她记得的，她说过要去T大找他，去波士顿找他，要他不能喜欢别人，要他等她。

这些年他一直遵守承诺，可她什么都没做到，既没考上T大，也没有去成波士顿。

她一事无成，什么都没有做好。

故事的最后，以她言而无信、落荒而逃为结局。

寒风扑面，唐念脚下仿佛生根，寒意从心底传至四肢百骸，连五脏六腑都被扯得生疼。

她忽然有种直觉，如果这次她再放手，那么陈知礼就真的不会原谅她了。

没有人会一直等在原地，也没有人会毫无原则地原谅。

她不会再有机会了。

唐念隐隐生出恐慌："对不起，我不去了，我……"

"那多不礼貌。"

男人的声音传来，含着阴森的笑意，直接截断她接下来的话。

唐念脑子有点发空，不太懂陈知礼的意思。

"航班发过来，老子亲自去接他。"

他倒要去看看，21世纪了，一个大男人在首都国际机场这种四通八达的地方到底是怎么迷路的！导航不会看就算了，也不会问人？那小子估计是属"绿茶"的！碧螺春味太浓了，隔着二十公里都闻到了。

唐念和韩放算是发小。

韩放是家里的独苗，母亲怀他时已经四十岁，老来得子，所以他从小就在长辈的宠爱下长大，没吃过什么苦，性格单纯善良，甚至有些不通世故。

唐念家和他家离得不远，就隔着两条街，但小时候没怎么在一块玩，两人算不上熟，真正熟络起来是唐念高考后回来复读，她正好分在韩放班里。她初到人生地不熟的新环境有些不适应，没交到什么朋友，韩放就经常找她一起吃午饭，两人来往慢慢变多。

时间久了，学校里还传出过两人在谈恋爱。不过韩放脾气好，谁开他玩笑都不会恼，笑呵呵解释说是朋友，软绵绵的，一点说服力都没有，估计这也是赵小青喜欢戏弄他的原因。

再后来，两人考上同一所大学，韩放是机械学院，唐念在计算机学院。

唐念大二参加首届思灵杯正好缺个队友，就跟赵小青推荐了韩放，三人组队拿下国奖，成了很好的好朋友，之后也一直有联系。

韩放这人的优点是心细，脾气好，缺点是粗神经，从小衣来伸手饭来张口惯了，遇事不会深究，想到什么就是什么。

就像这次他要来京北，不自己事先在网上预订好酒店，而是第一时间给唐念发消息询问，下飞机找不到路也是直接找她，都没觉得不合适。

彼时唐念正被杨蓁蓁压在椅子上化妆，杨蓁蓁捏着美妆蛋在她脸上拍拍打打，准备给她弄个白开水妆说:"信我,姐妹,你的底子已经很完美了,重点是突出五官的精致。"

唐念照了眼镜子:"看着区别不大啊。"

杨蓁蓁:"你不懂,这妆还有个名字就叫原谅妆,就是要这种氛围感,又仙又欲,给人我见犹怜的保护欲,保准把他迷得找不着北。"

唐念不明觉厉,挑了件米白色大衣正要出门,韩放打电话过来了,开口就问:"唐念,我从这个T2航站楼出来后往哪边走啊?"

唐念一蒙:"什么?"

"哦哦,我来北京了,刚下飞机,还是第一次见这么大的机场,有点找不到北了。"

唐念一愣,她这妆容影响这么大,隔着电话都把人搞得找不着北了?

唐念急着出门,随口敷衍:"你用导航搜一下吧,我也记不住是哪个出口。"

"好。"韩放不紧不慢地打开百度地图,手机还保持着通话,"这边信号不太好,应该是这个方向吧,好像是这边……"

"机场都有标牌,你慢慢找,我还有点事,先……"

唐念话音未落,电话里传来一道剧烈的碰撞声,韩放的声音在听筒中淡去,接着是一阵嘈杂的人声,夹杂着乒乒乓乓的杂音。

唐念一顿:"韩放?"

没有回应,只听到几道路人的声音:

"抓小偷啊,那人抢了我的手机!"

"快点拦住他!"

"快啊,是小偷。"

紧接着,电话就被挂断了,唐念茫然地发了会儿呆。

发生了什么?

杨蓁蓁催促道:"你快走啊,发什么愣?"

唐念:"不是,我朋友好像发生了意外。"

杨蓁蓁:"什么意外能比你约会更重要?他被打劫啦?"

唐念:"他好像……真被打劫了。"

杨蓁蓁愣住。

两人面面相觑半响,直到手机进来一个陌生来电。

是韩放借别人手机给唐念打的。很不幸,他的手机还真的被抢了,无话可说,赠他俩字:真行。

毕竟是老乡,唐念不能"见死不救",一边嘱咐韩放去机场的南出口等着,另一边发微信给陈知礼。

不出意外,她把大魔王惹毛了,花了好长时间才跟他解释清楚她真的不是故意要爽约的。

陈知礼什么都没说,撂下一句"等着"就挂了电话。

陈知礼开车回学校接上唐念再去机场,上车时她发现男人今天穿了一身黑,侧脸硬朗,冷冽的线条延伸到锁骨,像个冷酷的杀手。

看得出来,他真的很生气。

唐念咽了咽口水,默默收回视线,没敢搭话,希望蓁蓁的"原谅妆"能发挥作用。

机场的南出口人山人海,这条路不能停车,一排车在交警的指挥下龟速向前,唐念降下车窗,从副驾驶探出脑袋找人。

她本来以为要在人群里找好一会儿,结果没两分钟就看到了把头发剪短的韩放。

墨绿色大衣将男人的身形勾勒得十分引人注目,他一手推着行李箱,大老远就朝着唐念挥手:"唐念,我在这里,这边!"

唐念下车,刚想帮韩放把行李搬进后备厢,被陈知礼抢先一步。他大手一提,"哐当"一声,行李箱是被扔进去的。

唐念愣了愣。

韩放没怎么在意,对着唐念激动地说:"太谢谢你了,要不是你,我真不知道该怎么办了。"

唐念笑了笑:"没事,人没事就好。"

"真的谢谢。"韩放感激得热泪盈眶,还想过去给她个拥抱。

下一秒,唐念的肩膀被一只手揽住,往后一带,韩放抱了个空。

大魔王面无表情:"说话就说话,别动手动脚的。"

韩放这才注意到身旁的陈知礼,瞄了一眼,又低着头问唐念:"你这护工还用着呢?"

唐念尴尬地笑了两声,腹诽:求你少说两句。

"你不觉得他脾气不怎么好吗?"韩放有些担心,"我知道几个脾气好还便宜的护工,推荐给你?"

唐念顿了顿,偏头看见大魔王的神色已经冷到要结冰了,赶紧站队,表忠心:"不需要不需要,他平时可温柔了,今天只是心情不太好。"

背后的陈知礼冷哼了声。

韩放挠挠头:"哦,这样啊。"

怕他再语出惊人,唐念赶紧转移了话题:"对了,你怎么会记住我的电话号码的?"

"哦,这很简单。"

"哪里简单了?"

"我多看几遍就记住了啊。"

不是,你没事为什么要盯着我的电话号码看啊?你这样很容易让人误会啊。

这时,后车喇叭响了一声,似不耐烦的催促,因为他们的车占了直行通道。

唐念赶紧说:"要不我们先上车吧。"

韩放点头:"好。"

唐念拉开后车门,让韩放先进,她正要跟着往里钻时,被大魔王揪住了后衣领:"怎么,让我给你俩当司机?"

韩放已经在后排坐好了,扯出被车门夹住的衣角,随口说道:"你这护工连车都不会开啊,还是别用了,换我给你推荐的吧。"

这话简直是踩着大魔王的尾巴蹦迪。

陈知礼额头青筋鼓了鼓,一张脸黑得像下一秒就要撸袖子钻车里揍人。

战争一触即发,唐念嗅到一股名为修罗场的恐怖气息。

"我我我来……"唐念抱住陈知礼的胳膊,用尽吃奶的劲才把人拉住了,"我来开车,你俩都坐后面好不好?"

陈知礼黑脸:"不用,你去副驾。"

"也行,你别生气啦。"唐念声音很小,还带着点鼻音,听着跟小猫儿撒娇似的,他再大的火气也被浇灭了一半。

陈知礼咬咬牙,启动车辆上了高架。

唐念偷偷从后视镜打量着两人,虽然陈少爷的脸很臭,但还好,没打起来。

她忍不住长舒一口气。

韩放是个顶不会察言观色的,陈知礼明显不乐意搭理他,他还想着过去犯贱:"我一会儿请甜甜吃饭,你要一起吗?"

陈知礼的眼刀从后视镜里往后一横:"甜甜是你叫的?"

"是啊,我小时候就这么叫她的。"

"你小时候穿尿不湿,长大了还穿尿不湿?"

唐念不解:等等,你为什么要拿尿不湿和我小名比啊?就不能换个比喻?

"哈哈哈,你真幽默。"然而韩放完全察觉不到陈知礼话里的讽刺,"对了,你还不知道唐念这个小名的由来吧?她小时候喜欢吃糖,乳牙都蛀掉了,我还有她六岁时缺门牙的照片,你想看吗?"

"我看你大爷。"

"你想看我大爷啊?可我没有大爷,我爸爸是独生子,哈哈哈。"

这是个智障吧?

陈知礼握着方向盘,冷脸开车。

唐念在一旁想笑又不敢笑,抿着唇,嘴角弯起微小的弧度。

估计是她偷看得太明显,视线被捉住,灯光流转,男人的一双眼深邃又危险。

唐念心中一悸,低下头。

下午,她陪韩放去补办了手机卡,买了个备用的手机,之后又去派出所报案,但民警说找回的概率不大,劝他们不要抱太大期望。

所有事情结束后已经快天黑了,韩放坚持要请唐念吃饭表达感谢。

唐念没什么兴趣,还有点闷闷不乐,毕竟今天她是要请陈知礼吃饭看电影的,计划全被打乱不说,搞得陈知礼也不是很开心。

"不用了。"

她说完,旁边的陈知礼忽然一改常态,竟然好脾气地笑了:"你发小大老远来一回,你这样让他多下不来台。"

唐念一愣：你又什么毛病？

韩放难得认可陈知礼的话，附和道："是啊，甜甜你也忙活一天了，吃点东西再回去吧。你们想吃什么？"

陈知礼热心推荐："日餐吧。"

韩放："日餐可以啊，不过我对京北不太熟，有推荐的日餐店吗？"

陈知礼："京都怀石花传。"

唐念腹诽：好家伙，原来搁这等着呢。

京都怀石花传是京北最贵的餐厅之一，位于七星级酒店内，人均要6000+，不带这么坑人的吧？

韩放没意识到被坑，笑着说："好啊，走吧，我请你们。"

唐念心说：别傻乐了，被人卖了都不知道。

陈知礼抬步要走，被唐念从后面偷偷拽住衣角："你别坑人。"

"我哪坑他了？"

"一顿饭花一两万还不算坑人？"

"他要我推荐的，这只是我的正常消费水准。"

行行行，知道您有钱了，大少爷。

唐念压低声音："但他和你不一样，花一两万吃顿饭一点也不值。"

她这句"不一样"好像在极力和自己撇清关系，陈知礼忽然一阵心烦。

也对，他们是青梅竹马两小无猜，自然和他不一样了。

陈知礼冷笑出声："怎么，你心疼了？"

唐念真觉得自己里外不是人，都想不明白话题是怎么扯到她身上的："不是，是没必要，韩放也才工作几年，一两万是他好几个月工资了。"

"几个月工资买个记性不亏，看他以后还敢不敢随便请姑娘吃饭。"

"那你俩一起去吃吧，我先走了。"

唐念一赌气，撂挑子不干了，干脆逃离这修罗场，结果手腕又被拽住。

"你让我跟个傻子去吃饭？"陈知礼冷嘲，"故意硌硬我是吧？"

被嫌弃的韩某人一脸蒙。

自己怎么就成傻子了？

唐念回过头："你想和我吃饭也行，地点必须由我来选。"

韩放使劲点头："当然是甜甜说了算，日餐没什么意思，我也不爱吃那玩意儿，又贵又难吃，我们还是去吃中餐吧。"

陈知礼冷哼一声。

最后唐念选了一家平价的中式餐馆，人均消费100+，三人选了个靠窗的餐桌，服务员递过来菜单。

唐念问他们想吃什么，两人都不挑，随意她点，于是她做主点了份柠檬酸菜鱼，几个炒菜，还有份紫菜蛋花汤，价格控制在500元以下。

她点单的时候，韩放就在一边用热水冲洗了碗筷，替她摆在旁边，还倒了温水，动作娴熟麻利。

唐念把菜单交给服务员，很自然地端起面前的水杯喝了一口，连声谢谢都没说，两人的相处是那样的自然和熟悉，就像本应如此。

这小子虽傻，但确实会照顾人、体贴、脾气好，还愚蠢。

难道这就是现在女孩子们喜欢的类型？

陈知礼不能否认，他们相识年少，经过短暂的分离，成年后重逢，依然能记得彼此的习惯，互相为对方考虑，彼此一定在对方心里占据着很重的分量。

陈知礼从小没什么异性朋友，也不知道青梅竹马的相处是都这样，还是只有他们这样。

他莫名感到烦躁，有一种扭曲的嫉妒在心里蔓延开。

生平第一次，自己竟在嫉妒另一个人。

嫉妒他照顾她，她护着他，他们像亲密的一家人，而自己却像是个外人。

他想抽烟，摸遍整个口袋发现出来得急没带打火机，悻悻收回手，给自己倒了杯大麦茶。

唐念也注意到了，陈知礼似乎没什么胃口，只吃了几口青菜就放了筷子，坐一边一杯接一杯地喝大麦茶。

所以他是打算用茶把自己灌醉？

注意到她在看自己，陈知礼掀起眼皮看过来，那黑眸深如寒潭，有点吓人。霸总小说怎么描写的来着，三分凉薄七分讥诮。

唐念仓皇移开视线，努力挤出一个笑容："是不合胃口吗？"

"没有。"

"那是不是大麦茶有点苦啊？要不让服务员兑点蜂蜜？"

"茶不苦。"

"哦，那……"

"命苦。"

一顿横生枝节的饭吃得人身心俱疲，除了韩放，另外两人都没怎么吃好。

把韩放送回酒店后，回程路上是陈知礼开车，他握着方向盘，等绿灯时，伸手把空调温度调高了些。

唐念心不在焉地靠在副驾。

她挺重视今天的约会的，出门前还用卷发棒卷了头发，是蓬松的羊毛卷，衬得脸小皮肤白，但她发质偏硬，一天下来又打回了原形。

她叹了口气，有点挫败地把胸前的头发甩到脑后。

什么"原谅妆"啊，一点用都没有。

没了韩放一路叽叽喳喳，车内陷入一片诡异的沉默。

她还在走神，突然听见陈知礼语气平静地问："是他吧？"

"谁啊？"

没头没脑一句话，让她一时不知道怎么接。

"韩放。"陈知礼顿了顿，喉结艰难地滚了滚，沉着嗓子追问，"他就是当初你说的那个'别人'？"

唐念有一瞬的凝滞，想了好一会儿才回忆起这话是她当年分手时的措辞。

她有些无措，因为是随便说的，压根没有那个人，也不是韩放。

"不是他……"

她想跟陈知礼尽数坦白，可陈知礼又不给她机会了："算了，不重要。"

他不知道自己在怕什么，怕听到她的回答，怕那些窥视过的、耿耿于怀的、暗自神伤的过往被揭开，怕打破现在的平衡后，她依旧无动于衷。他承受不了那样的后果，所以只能欺骗自己不想知道。

送唐念到宿舍楼下，陈知礼停稳车子，说："回去吧。"

"好。"唐念应着，却仍坐在车里一动不动。

路灯照进来丁点光亮，陈知礼的侧脸瘦削寂寥，眼周染着一圈疲倦的青色。

隔了一会儿还是没反应，陈知礼偏头看过来。他的神态已恢复自然，目光平和："怎么，还有事？"

唐念点点头，紧张得小心脏都快要蹦出来。

"那个……"她握了握手心，鼓起勇气问，"我还能再约你吗？"

实验室放假后，唐念申请了假期留校，毕竟她没钱出去旅游，更无家可回。寒假前一天，她跟唐银婉通了个视频电话，背景是老家熟悉的小镇，街上有人在卖麻糍，车头的喇叭循环叫卖着，好几个孩童围绕在小推车边。

麻糍是她老家的传统甜点，用糯米做的，柔软如绵，细腻光滑。

唐念已经好多年没有吃过了，还挺怀念的，于是说："我也好想吃麻糍了。"

唐银婉躺在门口的摇椅上晒太阳，腿上搭了本《博尔赫斯诗词精选》，闻言便说："我一会儿去买点给你寄过去。"

唐念笑着："好。"

她的家乡没怎么改变，依旧是白墙黛瓦，风景秀丽，抬眼就能看到远处的一座座青山，路口那棵老槐树上似乎还有她攀爬过的痕迹。

唐银婉在村里租了个院子，种了些蔬果瓜菜，曾经的叔叔伯伯们都成了年近古稀的老人，偶有认出她的满是惊讶："你不是老唐家的小婉吗？回来了啊？"

家乡没变，变的是人老了。

他们没有问唐银婉为何从大城市回来了，只喟叹着："回来好啊，落叶归根。"

唐银婉的生活重新走向正轨，不用照顾胡可强一家后，空闲时间也多了，买了好多以前不舍得买的诗集，坐在院子里慢慢看。

家乡的麻糍味道果然要更正宗些。

唐念坐在实验室，吃着麻糍看论文，寒假留校的学生不多，所以学校就把实验室的暖气停掉了。

寒冬腊月，室内都是零下好几度了，唐念用毯子捂着腿，身上贴了好几个暖宝宝，没一会儿还是冻得浑身发麻。

算了，还是回宿舍，别在这儿冻成雪人了。

她收拾完东西，正要离开时，门从外面被打开，她来不及闪避，直接对上那人。是陈知礼。

看见她在这里，陈知礼很惊讶："这么冷的天，你留这儿干什么？"

"我在看论文，确实有点冷哈，所以我准备撤了，还是去学校附近的星巴克好了。"

陈知礼是回来取东西的，听到617有动静便进来看一眼，一进门就看到穿成球的姑娘在冰窖般的实验室瑟瑟发抖。

她鼻尖红红的，下半张脸掩在围巾里，手上戴着厚重的半指手套，全身毛茸茸的，即便如此，还是看出她冻得很难受。

陈知礼静静盯着她的脸看了一会儿："我公司，去吗？"

唐念抬脸，哈出一团雾气："啊？"

陈知礼说："我的公司离学校不远，那边有暖气。"

"是制造皮卡丘的公司？"

"嗯。"

她眼睛一亮："真的可以去吗？"

"可以，走吧。"

鸿智芯片在科技园大厦包了两层办公区，唐念一路跟着陈知礼刷卡走进大厦。他步伐很快，她要疾走才能跟上他的步子。

前台小姐姐起身笑迎。

办公区是开放式的，占地区域很大，落地窗外是园区的街景，只是大冬天光秃秃的，没什么好看的。

一家刚成立不足两年的公司能在寸土寸金的京北租两层超大的办公区已经算是业界翘楚了，当然比起小说中的霸总公司还是差了点。

唐念说："我以为你们霸总都是坐专梯，在顶层办公呢，居然还要亲自穿过办公区。"

"我只是个挂名的，能给我留一间办公室已经是宋致对我开恩了。"

唐念四下张望，注意到有人在抬头看她，又赶紧低下了头："宋致在哪里办公啊？"

"他在楼下，这边是技术部，楼下才是业务部门。公司准备明年上市，他现在估计正忙着写招股书。"

"他不是富二代吗？"

还需要招股？

"正因为他是富二代，投资人又不傻，就他这副吊儿郎当的态度，谁信他能支撑得起一家科技公司，现在拉到的股东估计都是看我的面子。"

唐念抬手掩唇。

/ 245

陈知礼嘚瑟起来确实很臭屁。

他的办公室在最南侧,远离嘈杂的开放式办公区,环境清静。

唐念进屋,目光跟雷达似的扫射一圈。看得出他不经常过来,屋里冷冷清清的,黑白灰的配色,只有阳台的几盆绿萝是唯一的色彩。

唐念还有点怀疑他是不是要她过来吸甲醛。

陈知礼挺忙的,就这一会儿进进出出接了好几个电话。

唐念把书包脱下来挂在背后的办公椅上,拿出电脑和打印好的论文。

看论文还是纸质的更有感觉,她喜欢纸笔摩擦的触感,灵感也更充足。

陈知礼端着杯水走进来:"那边是休闲区,咖啡机和零食都可以拿,这是我的餐卡,你可以去一楼餐厅吃饭。我最近有些忙,可能没法随时过来,你有事给我打电话。"

唐念规规矩矩接过他递过的水:"谢谢,你去忙你的吧,我自己可以的。"

陈知礼扫了一眼她的电脑屏幕:"这是准备投论文了?"

唐念双手捧着纸杯,吹走上面的热气:"嗯,我想趁寒假把实验做完,开学会轻松一点,毕竟也没有很多时间,只有两个多月就截稿了。"

陈知礼问:"有把握吗?"

唐念:"有,至少到目前为止还挺顺利的,测试的结果也在预期之中。"

陈知礼眉梢挑了下,似是意外:"难得听见你说 yes。"

唐念不好意思地笑了笑。她前段时间确实太划水了,工作能推掉的就推掉,不能推掉的就卡着时间完成。

那段时间,她都不知道自己是不是患上抑郁症了,有时候看着电脑,消极的情绪莫名其妙从心底涌上来,觉得自己做的一切都没有意义。

她来读研是错误的,甚至连活着都是错误的,消极、暗淡、憋屈,又自暴自弃。但现在她想通了很多,也有了新的目标,也许世界并不需要她,但她还需要这个世界。

"那个……"唐念说,"如果我论文真中了的话,我有点话想和你说。"

几乎一瞬间陈知礼就意识到她想说的是什么了,他收起手机,直视过来,漆黑的双眸带着十足的压迫感,像是要望进她的心里。

"现在不能说吗?"

唐念摇头:"不行,现在不是时候啊。"

办公室的暖气有些热,她穿得厚,身上起了一层薄汗,连心里都透出一丝燥热。

"就非得等论文中了才是时候?"

在陈知礼大方直白的问话中,唐念陷入了矛盾,心里又乱糟糟的,像有蚂蚁在咬她。

她不说话,陈知礼也不催她。

大约过了两分钟,唐念终于从乱麻一样的思绪中找到了线头,认真看着他:"我想等那时候再告诉你,你能等等吗?"

她要站在高处,拥有很多很多勇气的时候,对他讲她想了很久的那句话。

陈知礼笑了声,说:"行。"

他等。

八年都等过来了,也不急于一时。

后面几天,唐念就开着妙蛙种子来陈知礼的公司看论文、做实验,像真的上班一样按时打卡。

公司不少人注意到她,一开始以为她是新来的实习生,后来见她频频出入陈知礼的2721办公室,内网各种谣言肆起,都在猜测她的身份。

——号外号外,那个开迈凯伦的妹子又来2721了,你们猜她和陈总什么关系?来体验生活的大小姐?

——咱陈总没有妹妹吧?我觉得女朋友的概率更大。

——她看着年龄好小啊,会不会是女儿?

——楼上离谱了,咱陈总才不到三十,怎么可能生出这么大的女儿。

——我说的是干女儿。

…………

此刻,不知道被认了干爹的唐念还在努力写论文。

科技公司风水就是好,灵感不要钱似的往外冒。

陈知礼虽然很忙,但每天都会抽空过来陪她一会儿,有时带点零食,有时陪她吃饭。

总之唐念大部分和他在一起的时间都在吃,上班一周,体重上涨两公斤。

这天是周五,估计是快过年了,京北难得没有堵车,到公司的时候比往常早了二十分钟。

唐念发现陈知礼竟然比她来得还要早。

他靠在沙发上,双目紧闭,似乎是睡着了。唐念蹑手蹑脚地走过去,半蹲在沙发边。

怎么在这里睡觉啊?刚来还是昨晚就没回去?

他这段时间在准备年初的PI汇报,所有实验结果和预期成果都要亲自整理,时间紧任务重压力大,每天都要忙到半夜才收工。

窗外暖洋洋的阳光照进来,落在男人熟睡的侧脸上,他脸色有些憔悴,发干的嘴唇抿成一条直线,很疲惫的样子。

不会是生病了吧?

她把手搭在他腿上,小声喊道:"陈知礼,你要不要回家睡?"

沙发上的人没什么反应,呼吸依旧平稳。

唐念心里有点发软,心想:还是不要叫醒他了,让他睡一会儿吧,不然醒来又要立马投入工作。

她跑回里间,取过自己的毛毯给他盖上。

披好毛毯,唐念缓慢弯下腰,盯着他,视线落在他的唇上。

颜色偏淡,有些发干,下嘴唇还起了皮。

这样不难受吗?

她忽然想,要不匀他一点唇膏?

这么想着,她四下望了望,没人发现,还真的把双唇送了过去。

贴上的瞬间,像是有一股电流蔓延而过。

男人身上熟悉的气息充斥而来,像是冬日大雪天压弯枝头的新雪,清新冷冽,又像潜于大海深处诱惑水手的海妖,惑人心神。

天啊,她在干什么,居然乘人之危占人家便宜。

如果说以前给他发土味情话算是言语骚扰的话,现在已经是名副其实的性骚扰了。

唐念脸烫得快要烧起来,头顶都要冒烟了。她捂着脸逃跑了,好羞耻啊,她都学坏了。

几分钟后,陈知礼缓慢睁开眼。

唇膏是香橙味的,唇瓣还留着湿漉漉的触感,温暖潮湿,就像是被一只路过的小狗舔了一口。

他抬头,视线穿过玻璃门,看着女生落荒而逃的背影,嘴角轻抿。

第二次了。

再有下次,不会放过你了。

第十三章
* 兜兜转转八年，只有你

研一下学期基本没课了，大家发论文的发论文，找实习的找实习，各自忙碌着，逐步开始规划日后要走的道路。

唐念泡在实验室，日复一日，感觉时间的流速都比往常要快许多。

她歪过头，看向旁边噼里啪啦敲键盘的男人。

立体的侧脸，绵密的睫毛，看着严肃又认真，挺帅的，如果陈知礼不是在以审稿人的角度给她的论文提意见的话。

过了会儿，陈知礼发过来一个 Word 文档："根据批注意见修改一下。"

唐念点点头，下载完打开。

陈知礼的建议言辞犀利，点评刻薄，针对她的方法描述、公式符号定义、仿真环境分析等等给出了 25 页建议。

没错，25 页！

论文还没投，唐念就已经提前经历了一轮审稿人的摧残。

她改论文改到内分泌失调，半夜都想爬起来对着窗户大喊一句——

不是，他有病吧。

25 页啊，家人们，她的论文都没有 25 页，陈知礼是怎么写出 25 页的修改意见的啊？

这么能写，当什么审稿人，去当编剧多好啊！

痛苦的是骂完还得继续改。

二月下旬，唐念的论文也要截稿了，因为是国外网站，截稿时间都在凌晨。

唐念在实验室熬夜改论文，陈知礼开完会，也过来陪她熬。

"卡哪了？"他问。

唐念抬头看他一眼："我电脑登不上外网，现在论文交不了。"

陈知礼说："把 PDF 发我，我用我的电脑给你提交。"

唐念嘴上说着"好"，但她一个强迫症患者，越到最后越磨蹭，一会儿改改标点符号，一会儿调整调整文献顺序，最后又觉得引言里的"over"不太合适，换成"above"似乎更好，想问陈知礼要不要改时被他一个眼神摁了回去。

"你再拖延，截稿期就过了。"

"我就改几个词，用词不准确怕审稿人看不懂。"

"你的关注重点应该在实验部分，要是实验不过关，屎里雕花也没用。"

唐念一愣：这话会不会有点粗俗？

陈知礼又说："一篇论文能中什么样的会，在有想法的当天就知道了，等跑出实验就八九不离十了，论文润色并不能提高你的命中率。"

好吧，是她自己太焦虑了。

唐念一狠心，把论文导成 PDF 发给了陈知礼，如期提交了论文。

进入三月，天气逐渐暖和起来。

午后阳光充足，实验室有些闷热，男生们早早开了空调。

唐念加了件薄毛衫，托腮看向窗外。

碧空如洗，柳树抽出新芽，科研楼下排起一条长队，青春洋溢的大学生们三三两两聚在一起，人很多，难道是有什么活动？

隔了会儿，唐念想起来了，今天是研究生的复试。

去年的这个时候，她也和楼下的学弟学妹们一样，在各个教授办公室奔波，找导师，递简历，面试。

她又想起自己辅导过的那位学妹，想了想，拿出手机问了句。

甜甜圈：学妹，你们学校的复试结果出来了吗？

收到消息的赵淑兰正敷着面膜倚在沙发上观看一场父慈子孝的大戏。

陈家自过完年就不是很太平，起因是赵知聿放弃了保研名额，要签约经纪公司出道，陈得进不同意，父子俩你争我吵大半个月还没消停。

"我看是反了你了，不上学就知道胡闹，你瞅瞅你这些年干的事。"陈得进掰着手指头细数，"初一学芭蕾，初三学音乐，艺考上大学又转专业，现在好不容易保研了，又要放弃去出道，出什么道，我当初就不该让你玩那些乱七八糟的，你给我好好上学比什么都强！"

与陈得进的疾言厉色相比，毕恭毕敬站在一边的赵知聿的反驳声明显弱了很多："不是胡闹，这次是认真的。"

"不行。"陈得进气得吹胡子瞪眼，"就算你真要出道也得等你博士毕业，你现在就是个本科，出道也会被人嫌弃没文化。"

"都什么年代了还唯读书论，比尔·盖茨从哈佛退学后创业成了全球首富，还有乔布斯、扎克伯格……真正的强者从不在意学历，而且我T大本科已经算是很高的学历了，你见哪个顶流是博士啊？"

"别跟我扯些没用的，别人我不管，但我们陈家三代十几口人，最低学历硕士，你也不准例外！"

赵知聿小声嘟囔了一句："那我又不是你陈家的，我姓赵。"

"姓赵更不行了，拿你妈妈来说，一位大字不识、年过半百的家庭主妇……"

一旁敷面膜的赵淑兰狠狠踢了陈得进一脚："你教育儿子就教育儿子，拉踩我干什么？你才大字不识呢！"

"我这叫欲扬先抑，先贬后夸。"陈得进安抚好妻子，又恢复了冷面，"你妈妈一位学体育的，这么大年纪都努力考上了研究生，你不继续读书怎么行？"

什么？妈妈考上研究生了？

这段时间赵知聿忙着写曲子都没回家，去年听赵淑兰说要考研还以为是闹着玩，这才半年居然真考上了？

赵知聿有点不可置信："妈，您真考上研究生了？"

赵淑兰微微一笑："对啊。"

赵知聿："考的哪儿？"

赵淑兰："T大。"

赵知聿更震惊了："你居然能考上T大！"

赵淑兰："……旁边的体育学院。"

赵知聿："那不就是个三本吗？"

这话让陈得进不乐意了："三本怎么了？到你妈妈这个年纪，体力和精力哪还能跟你们年轻人比，但精神可嘉，考上三本也是非常优秀的，是你们学习的楷模。"

赵知聿朝赵淑兰竖了个大拇指："妈妈优秀。"

得，这下他成全家学历洼地了，更要被鄙视了。

陈知礼到家时，全家正对他美丽又上进的母亲发动新一轮"彩虹屁"。

听到开门声，陈得进转过头来："阿礼回来了，快过来，说说你弟弟，让他打消这些不靠谱的念头。"

陈知礼进屋脱掉外衣："他是成年人了，有自己的判断，我说也没用。"

赵知聿："听听我哥这觉悟。"

"听什么听，你哥在你这么大的时候都发好几篇高分区论文了，你再看看你，整天要啥没啥，不务正业，还出道，去出家吧你！"

"就因为我对继续读书没兴趣才要换个赛道，而且我不是一时兴起嘴上说说，我们的新歌都快发布了。"

"行，你要真有恒心，我也不拦你，你就自己去搞，别拿家里一分钱，也别借我的名声，让我看看你的魄力。"

赵知聿突然站了起来，捏紧了拳头。

几人眼观鼻鼻观心，看来他这次是真下定决心了，不惜和家里决裂，立军令状也要辍学出道了！

陈知礼刚有几分敬佩，准备夸赵知聿有魄力，就见这位养尊处优的小少爷耷兮兮地垂了脑袋："我还需要您投点启动资金。"

做音乐多烧钱啊，就凭他那个半吊子经纪公司能有什么好资源，关键时刻还得靠家里比较靠谱。

现在说好听点叫签约经纪公司了，实际上门都没进，就是纸上谈兵，后期还得做MV，去各大音乐平台打歌，没有资本，连市场的门槛都够不着。

就知道是这种情况，陈得进"哼"了声："投钱可以，拿博士证来换。"

赵知聿："那都什么时候了，出名要趁早啊，爸爸，我现在21岁已经算入行晚的了，等读完博士就要30了，到那时候哪还有粉丝？"

陈得进黑着脸："这我不管。"

这次家庭谈判以失败告终，父子俩僵持不下，谁也不服谁，连带到饭桌上的气氛都很僵硬。

/ 251

当然这不包括赵淑兰，她还沉浸在考研上岸的喜悦中，看完戏就不管黑脸的二人了，开始打探起陈知礼这边的八卦："你上次说要追的那个女生……"她停顿两秒，意识到这话这么问不太严谨，马上改口，"你朋友说要追的那个女生，有什么进展了？"

陈知礼夹了几块藕片，慢条斯理地说："快了。"

"快了！"赵淑兰激动起来，"还挺迅速的嘛。具体到哪一步了，牵手了吗？见家长了吗？"

"那倒没有，不过她说了要考虑考虑。"

赵淑兰心凉了半截：这算是哪门子的快，你是快被拒了吧？

"真是的，还考虑什么，我儿子……的朋友这么优秀，怎么还考虑啊？"

"可能是考虑未来的孩子叫什么吧。"

你小子还挺自信。

饭后，赵淑兰在衣帽间挑挑拣拣，换了一套胭脂色的毛衣裙，搭配白色长靴和粉色大衣，出来问沙发上的三人："三位帅哥，评价一下我这身打扮吧。"

陈知礼看了她三秒钟，发挥论文审稿人的犀利意见："……穿了。"

赵淑兰瞪他一眼。

陈得进就委婉多了："会不会有点……不太符合你这个年龄的气质。"

赵知聿还在因为没搞到钱闷闷不乐，没好气地说："他说你装嫩呢。"

陈得进可不惯着赵知聿，一巴掌扇向他的后脑勺："老实点说。"

赵知聿："爸爸的意思是说妈妈您这么穿很减龄。"

赵淑兰翻了个白眼："你们仨大直男懂什么，我下午要去见年轻小姑娘，人家肯定打扮得漂漂亮亮的，我要是穿得跟大妈似的，谁以后还乐意跟我玩儿？就得这么穿。"

去见年轻小姑娘？

陈知礼眉头一皱，觉得事情没那么简单。

唐念给学妹发完消息，很快收到了回信。

岁月静好：考上了。

甜甜圈：那恭喜啦。

岁月静好：多亏了小唐，今天有时间吗？出来喝杯咖啡认识认识？以后我们就是邻居了。

正好这几天手头上事不多，唐念待在实验室也是发呆，就回了一个"好"。

约好的咖啡厅离学校很近，唐念到的时候学妹还没来，她点了两杯咖啡，坐着刷了会儿朋友圈。她很久没看朋友圈了，意外发现平时几乎不发朋友圈的陈知礼破天荒发了条动态。

时间已经是半个月前了。

——友圈求助：一个朋友，睡觉时被人强吻了，该怎么办？

她的手一颤。

强……强吻？

底下是共同好友的评论。

sz：无中生友？

猴哥：报警啊，老板！

程序园：春天到了，变态们都出来了，男同胞们要保护好自己，睡觉记得锁门，不要给不法分子留可乘之机。

唐念看着评论莫名心虚，毕竟自己也做过如此令人发指的行为，弱弱发了条评论替自己挽尊。

甜甜圈：不至于报警吧，她或许并没有恶意呢？

猴哥回复甜甜圈：她？

程序园回复甜甜圈：她她她？

sz回复甜甜圈：这人……不会是你吧？

唐念背后一阵冷汗，像做了亏心事被抓包，心虚地把这条评论删了。

缓了缓，她放下手机，回忆起那天男人近在咫尺的呼吸，还有干燥又温热的唇。

扑通，扑通……

她的心又不可控地飞速跳起来。

不能想了。

她抿了一口冰美式，强行压下心头的燥热，默念了三遍"氢氦锂铍硼碳氮氧氟氖"。

另一边，咖啡厅的玻璃门从外面被拉开，一位身着粉色大衣的美貌贵妇进店扫视了一圈，缓缓朝着唐念走来，步态优雅，气质贵不可言。

唐念起初没注意，待贵妇坐至对面才诧异地抬起头。

赵淑兰把手里的爱马仕放到一旁，摘下鼻梁上的巨大墨镜，看了唐念几秒，弯眉一笑："哟，确实漂亮，怪不得迷得某人都找不着北了。"

"您……找谁啊？"

"找你。"

"找我？"

"对，你好啊，小唐，我是岁月静好。"

啊？

岁月静好不是个学妹吗？怎么变成贵妇了？

唐念彻底傻了。

岁月静好是提过自己年纪很大了，但在唐念的认知中，考研的人就算年纪很大也就和自己差不多，顶天也不过三十岁。但这位姐姐看着得有四十以上了，这个年龄还来读研，真是不由让人心生敬佩。

唐念不自觉换上了敬语："您是岁月静好……姐姐？"

赵淑兰被这声甜甜的姐姐唤到心坎里去了："哎呀，你叫我阿姨就行，我今年都五十四了，再叫姐姐不合适，会被人说装嫩。"

居然五十四了，但她身材姣好，皮肤也是健康的小麦色，肌肉线条流畅，看

/ 253

着最多四十岁出头，保养得真好啊，一眼就能看出是有钱人。

"阿姨，"唐念嘴角僵硬，"没想到您这么好学，这个年纪还来考研，真的好厉害啊。"

"嘻，我这不是退休了没事干嘛，在家闲着也是无聊，就想着读个研玩玩，多认识点年轻人。我就喜欢跟你们年轻人玩，自己心态也会跟着变年轻很多。"

唐念衷心佩服，瞧瞧人家这思想高度，阔太太退休没事干居然是来读研，而不是在家打麻将散尽家财。

唐念忽然想起什么来："那把您推荐给我的赵知聿是您的？"

赵淑兰："哦，他是我儿子。"

唐念慢半拍地点头，原来是儿子。

母亲和儿子一起上学还挺稀奇的，这可以上社会新闻了吧？

等等，儿子！

赵知聿是她儿子，陈知礼是赵知聿的哥哥，那么眼前这位贵妇阿姨不就是……陈知礼的妈妈！

怎么就猝不及防见家长了？她一点准备都没有啊！

唐念手足无措得都结巴了："您您您……我，我跟您……"

赵淑兰笑着点头："你想的没错，我也是阿礼的妈妈，不过别紧张，我又不是母老虎。我这次过来呢，一是感谢你前段时间对我考研的帮助，二也是想趁这个机会认识一下你。咱们就随便聊聊天就好了，别拘谨。"

认识一下？

这位阔太太为什么要纡尊降贵来认识她一个小喽啰，难不成是这段时间她骚扰陈知礼太过头，他妈妈要来替他出头了？

赵淑兰笑眯眯看着自己未来的儿媳妇，眼里满是赞许，见她还是没放松下来，便从包里取出一张卡，推过去。

"这个你收下，算是这段时间你帮助我的谢礼，里面有500万。"

多……多少？

这不会是拿五百万离开我儿子的戏码吧？

唐念战战兢兢，如履薄冰地把卡推了回去："阿姨，这我不能收啊。"

"怎么，嫌少啊？"

"不不是……是太多了。"

"嘻，不多，我一会儿就赚出来了，拿着去玩，算是见面礼，别客气。"

有钱人不愧有钱，五百万居然一会儿就能赚出来。虽说这五百万对赵淑兰而言和五百块没什么区别，但唐念还是觉得不能收，自己对她的帮助不过举手之劳，哪里值五百万了。

唐念坚定地摇摇头："真的不能收。"

小丫头还挺有原则，赵淑兰对她更满意了，又把卡拿回来："那我花了？一会儿可不要后悔。"

"您花吧。"

没什么后悔的,无功不受禄。

于是,赵淑兰当着唐念的面拿出手机,点开欢乐斗地主小游戏,去疯狂连炸高级场开了一局,对方刚出一个三,她就豪迈地扔了个王炸,菜到被队友连砸俩烂番茄。

赵太太不为所动,一通乱炸,不出所料,欢乐豆一口气输光。

赵淑兰平静地端起咖啡抿了口:"这种败家的感觉真好啊。"

啊这……

唐念有点意外。

"所以您刚才的卡不会是……"

"欢乐豆的充值卡啊,怎么了?"

当她没说。

"开个小玩笑,"赵淑兰笑嘻嘻的,"怎么样,不紧张了吧?"

实话说,唐念更紧张了。

两人又聊了一会儿,她发现这位阔太太还挺好接触的,说话有趣,性子随和,网络热梗懂得比她还多,一点都不像偶像剧里看不起穷人只会买买买的有钱人家太太。

也难怪陈知礼能那样随性坦荡,唐念甚至有点羡慕他,生长在这样的家庭里一定很幸福。

聊到中途,唐念收到一封邮件,是 ACL 的审稿意见,她有点忐忑地点开手机邮件。

蹦出来的第一个单词 "Congratulations" 就让她的心情一下雀跃起来,激动得站了起来。

她这突然的动作把赵淑兰吓了一跳:"怎么了这是?"

"阿姨我……"唐念激动得快哭了,"我……我中了。"

她中顶会了,她被录用了。

天啊,她居然第一次投稿就中顶会,而且还是不用修改直接接收!

不得不说,陈知礼这些年的稿子确实不是白审的,他很会拿捏审稿人的心态,把其中的争议点都写清楚了,让审稿人根本挑不出毛病。

赵淑兰有点不明所以:"中什么了?"

"我的论文中了。"唐念忍住想尖叫的冲动,努力平复好情绪,"阿姨,不好意思,我想先回趟学校,下次再陪您逛街行吗?"

"哦哦,你有事就赶紧回去吧。"赵淑兰说道,"要不我让司机送送你?"

"不用不用,我学校就在附近,用跑的会更快。"

虽然不知道她中了什么,但看她这急匆匆的、脸上的喜悦都掩盖不住的样子,赵淑兰也不自觉跟着笑了:"一定是好消息吧?"

唐念拿好包,弯唇:"嗯,是好消息,那阿姨先再见了。"

"再见,下次再一起逛街。"

唐念认真点头,一路小跑回了学校,惠风和畅,艳阳高照,柔柔春风拂过她的发丝、鼻尖、脸颊。

她仿若踏入了云端，有点飘乎乎的。

我不知疲惫地翻越山海，因为是好消息，所以想第一个告诉他。

唐念一路小跑，气喘吁吁地跑回科研楼，都没敲门直接冲进了601。

"陈知礼！"

没人回应。

窗外阳光正好，纱帘浮动，阳台上的三色堇开出淡紫色的小花，春风混合花香一齐落进室内。

唐念握着门把手，往室内扫视一圈，没看到人，正要把门带上往外走时，里屋的房门忽然开了，缓慢走出一个倩丽的人影。

"是谁？"

闻言，唐念的心微微一动，看到是一身杏色刺绣旗袍的李瑜京。

她这套旗袍很贴身，衬得体态优雅，只是鬓边有几绺凌乱的发丝，像是刚刚休憩醒来。

她为什么会从里间出来？难道是陈知礼让她在这里睡觉的？

里面的房间是私人休息室，只有一张单人床和小衣柜，平时是陈知礼加班晚了休息用的，从不对外人开放。

虽心中有疑，但唐念没表现出来，很平和地说："我找陈老师，他不在就算了，我先走了。"

"等等。"李瑜京叫住她，脚踩高跟鞋走了过来，"我今年春节是在陈老师的奶奶家过的。"

唐念大脑缓慢打出一个问号：跟我说这些干什么？

"然后呢？"

李瑜京脸上还挂着浅笑："奶奶说，年后定个好日子去我家议亲，如果顺利的话，今年把婚期定下。"

唐念不想以恶意揣度他人，但李瑜京这番话的目的她还是听懂了，这是来宣示主权，告诫她不要破坏两人亲事的。

"那我祝你俩百年好合？"

李瑜京听不懂人话似的，扬了扬自己纤细的手腕，自顾自说道："这是奶奶给我的镯子，在她心里，我就是认定的孙媳妇。陈家注重礼仪，家风严肃，你这样的性子是很难踏入陈家的门。"

唐念想起刚刚甩她500万欢乐豆的陈妈妈，家风真的严肃吗？

唐念还有很急的要事去办，不想跟李瑜京闲扯，就随口打发道："好，谢谢李小姐百忙之中告诉我，到时候你俩结婚，我一定到场，先走了哈。"

"你等等。"见唐念一直装傻充愣，李瑜京也不免露出恼色，"我在好好跟你说话，你阴阳怪气的干什么？"

"你确定是我在阴阳怪气？"唐念是真笑了，觉得这人双标得够可以。

"你别装了，像陈家这种注重门楣的人家，儿孙婚姻自己的决定是不作数的。

或许陈老师很喜欢你,想和你谈一段恋爱,但也仅此而已,他家人不可能同意你们结婚。"

唐念无所谓地道:"谁说我要跟他结婚了。"

李瑜京眉头一皱:"你不想和他结婚?"

"不想啊,但他爱我爱得要死,我不答应他就要去跳楼,我也不敢明面上拒绝啊,实际上我很烦的,我每天应付十八个年轻力壮的帅哥已经很累了,实在没空陪他。你要真跟他结婚约束住他了,也是给我减轻负担,我还得谢谢你呢。放心吧,你们的婚礼我一定包个大红包,也替我背后十八个男人谢谢你,给他们减少一个情敌。"

看见李瑜京一副吃了苍蝇的表情,唐念神清气爽,扭头要走,正好撞上一堵肉墙。

不知何时,陈知礼悄无声息地站在了她背后,他个子高,往这儿一站,挡住了光线,他又穿一身黑,更像个鬼魅了。

这人走路怎么没声啊?

也不知道他听见了多少。

李瑜京看见他,眉梢皆是得意之色,心中隐隐生出几分胜利的感觉:"陈老师,你都听见了吧?你这学生可真不简单,她利用你。"

唐念一愣:你是会提炼摘要的,我什么时候说利用了?明明只说他是个备胎。

说不上是因为心虚还是羞耻,唐念有点不太敢跟陈知礼对视,默默挪到墙角,用后脑勺对着他。

陈知礼看着她圆滚滚的后脑勺,静了几秒,忽然笑了:"我知道。"

李瑜京震惊:"你知道?"

他果然还是听到了。

唐念耳朵热热的,有种不为人知的羞耻感。

"围观者"陈某人平淡"嗯"了声。

李瑜京简直不敢相信,咬了咬嘴唇,也顾不上维持大方得体的形象了:"她在骗你啊,你知不知道她同时勾搭了十八个男人,她刚才亲口说的。"

唐念抿抿唇:我要真那么厉害,早去卖绝味鸭脖了,还有空在这儿跟你扯东扯西的。

"无所谓,"男人深邃的眉眼低垂下来,神情似乎有些落寞,声音都压低了几分,"只要她同意让我留在她身边就好,我愿意做十八分之一。"

别说,他演得还挺像那么回事,就像她真是他求而不得的什么人一样。

明知他是胡说的,但听他这么说,唐念的小心脏还是很不争气地怦怦乱跳了起来。

李瑜京三观都被震塌了:"不是,你有病吧?你是不是被下蛊了啊,还是说她手上有你的把柄?"

陈知礼牵了下嘴角:"那倒没有,我只是……"

李瑜京等着他接下来的话。

"爱她爱得要死。"

唐念腹诽：哥，戏演得太过了啊！

李瑜京的脸色一下子变得极其难堪，终于反应过来陈知礼就是在故意呛她，两人你唱我和地讽刺她。

她咬了咬牙，自知斗不过两人，没好气地走了。

唐念以前只知道陈知礼嘴贱，没想到他阴阳起人来还挺爽的。

李瑜京走后，唐念也想抬步往实验室走去。

"喂。"陈知礼单手插兜，从后面喊住她。

"干什么？"她扭头。

"去哪儿？"

"回实验室啊。"

"你不是来找我的？"

哦，对的，被李瑜京一打岔，都忘记正经事了。

唐念转过身，咧了下嘴："原本是来跟你分享好消息的，进屋没瞧着人，估计不知被哪位妹妹绊住了，心里自知没别的妹妹有趣，罢了罢了，我还是走罢，免得被嫌弃了。"

说话酸溜溜的哀怨模样，活脱脱林黛玉附体。

陈知礼倒是很受用，也笑了下："行，我下次出去记得锁门。"

"倒也不用。"她又不是那么小气的人。

"恭喜。"陈知礼又说。

"恭喜什么？"

她话刚落下，头顶就压上一个手掌，还揉了两把："你论文被录用的事。"

"啊？"她艰难地抬头，"你怎么这么快就知道了？"

"我是通讯作者，也收到了邮件。"

"哦……"

他好平淡，难道就没有一种被带飞的爽感？

好吧，他也不缺这一篇论文。

不像她，连路过的狗都忍不住要分享一句"我发顶会了"。

ACL（计算机语言学协会）是 NLP 领域大牛云集的顶会之一，分主会和分会，主会今年 6 月在波士顿举办，能在主会场做报告都是业界顶尖的科研工作者，每年会议上发布的最新成果都能引领该领域的发展方向。

会议手册详细列出了各报告厅的成果分享，唐念分在四号厅做 Oral（口头）报告。

"报告过程有十五分钟，要做 PPT，重点是核心算法和创新部分，但最重要的是宣传，也就是背景啊前景啊之类的。咱们去这种场合的根本目的是社交，让大佬认识我们，交换资源、谈合作，当然这不是我们能谈来的，得让陈老板上。对了，咱老板去吗？"大师姐说。

唐念想了想："他应该不去吧,他挺忙的,估计没时间。"

"啊,那你不岂不是少了个大靠山！"

唐念笑道："我没想着去结识大佬,就是去见见世面而已。"

"那倒是行,毕竟你才研一,以后还有机会。"大师姐继续说,"报告之后呢还有问答环节,最好提前准备几个,因为来的人是世界各地的,很多人的英语很难听懂,到时候你一紧张容易忘词,所以准备好几个回答有备无患,到时候听关键词就好。"

大师姐认真给唐念传授自己博士五年内参加学术会议的经验。

唐念点点头,把重点都记了下来。

两个月之后,在初夏某个风和日丽的日子,唐念坐上了直飞波士顿的飞机。同行的还有隔壁实验室的一位学姐和学姐的导师苟教授。

陈知礼没有同行,一是因为神农项目要考核汇报,他走不开；二是这种大会对于大多数科研菜鸟来说是认识大佬的好机会,而对于自身就是大佬的人参不参加就不那么重要了,他连特邀报告人的身份都能拒绝,只能说任性。

唐念对此行没什么特别大的期望,不过是来开开眼界,了解一下学术动态,运气好认识几位相同方向的同好就不错了,权当公费旅游。

毕竟承办委员会是真的很有钱,吃住都是在旅游胜地的五星级酒店,会场也是个超级大的展厅,估计光租赁场地和五星江景房就是一笔不小的预算。

唐念的房间在 37 楼,是个套间,落地大窗,视野辽阔,景观极佳,一眼就能看见宽阔的蓝天。

会议一共持续五天,包括开幕式、闭幕式、三场主题演讲,分会场进行 oral 报告和海报展示,最后一天还有最佳论文颁奖。

唐念跟着志愿者注册完,领完各种参会纪念品和入场券,往里走时被人叫住。

"唐念学姐？"

她以为是大会工作人员,回头看到是个年轻的亚洲小姑娘。

"真是你啊,我在机场就看见你了,还以为认错了,没想到真是你啊,呜呜呜,我见到家人了。"

小姑娘激动地冲过来抱住唐念。

想起来了,这是唐念寒假在陈知礼公司写论文,认识的一个给机器狗写交尾系统的小姑娘,后来经常在食堂碰上,一来二去就熟悉起来,聊过几次天,小姑娘叫周韵。

唐念问道："你也是来做 oral 的？"

"我哪有那本事,是我老师,她是特邀报告人,我就是跟着过来蹭吃蹭喝的学术蝗虫。"

陈知礼拒绝特邀报告人后又给委员会推荐了一位大佬,没想到居然就是周韵的老师。

大佬们圈子真小。

"那你也算抱上大腿了。"

"这大腿我宁可不要抱,"周韵哀怨道,"跟老师住一屋真的很可怕。对了,要不要一起去吃饭?"

"好啊。"

唐念对这里还不怎么熟,正好多一个伴。

周韵是个很活泼的小姑娘,路上就跟她聊开了:"我前两天就来了,出去玩了一圈,回去发你攻略。哦,还有,酒店的自助餐真的超级好吃,绝,尤其是三文鱼,很新鲜,你一定要尝尝。"

唐念笑着说:"好。"

为了招待全球各地的参会人员,自助餐厅的食物种类非常齐全。

唐念跟着周韵拿了几样她推荐的甜点和三文鱼。

两人坐在窗边就餐,唐念抽空拍了张照片,给陈知礼发了过去。

甜甜圈:这里吃得好丰盛哦。

等了一会儿,没回复。

她忽然记起波士顿与国内有时差,现在国内应该是凌晨四点多,陈知礼肯定还没起床,于是她又发了个"晚安"。

她放下手机,看到对面的周韵正直勾勾盯着她,表情贱兮兮:"在跟陈总发消息呢?"

唐念夹了块三文鱼:"是汇报。"

"喊,我跟我老师汇报的时候可不会出现你这种表情。"

"我什么表情了?"

"有点……"周韵回味一瞬,"荡漾。"

被她一调侃,唐念的脸红了大半,也不知是辣的还是羞的:"你别胡说。"

周韵一脸我懂:"行了,别藏着掖着了,我都看见了,放心吧,我会给你保密的。"

"你看见什么了?"

"你在办公室亲他啊,我还拍照了。"

"咳……"唐念差点被三文鱼噎死。

"哈哈哈,"瞧着唐念这慌张的表情,周韵就想笑,"我骗你的,没拍照,不过我确实看见了,小情侣的把戏啦,我懂的。"

小情侣……所以他们表现得这么明显吗?

唐念回房的路上一直思考这个问题。

隔壁学姐跟着老师去见一位美国教授,她也不认识其他人,就一个人在酒店发了会儿呆。外面已经很黑了,但她还不是很困,室内闷热,有点想出去逛逛。

但出国前,陈知礼强调过国外没有国内安全,天黑后一定不要单独出行,所以她也不太敢出去。

国内这会儿应该天亮了吧,也不知道陈知礼醒了没有。

手机静悄悄的,也没有新消息。

醒了为什么不回她啊?

真是的,明明说要追她,实际上每天都忙得不见人影。

科研狗活该单身。

唐念觉得自己最近想陈知礼的次数多了点,决定再演练一遍明天的 oral 报告转移一下注意力。

电脑还没打开,兜里手机振动,有人打电话进来了。

唐念拿起一看,是陈知礼。

她急忙收拾好那些乱七八糟的情绪。

"你醒了?"

"没睡。"

她刚要接一句没睡为什么不回她消息,陈知礼就说:"下楼。"

他的电话向来简短,"过来""下楼""出差",言简意赅,没有一句废话,但他每次这么说的时候都意味着他做足了后面的计划。

唐念忽然有一种预感,冲到阳台边,探着身子往楼下看去。现在她知道楼层高的缺点了,天黑根本看不清下面有没有人。

但她还是套了件外套,抓上房卡就跑下去了。

男人站在对街昏黄的路灯下,身形颀长,似乎有些倦,工整笔挺的白衬衫解开两颗扣子,黑西装搭在臂弯。他没带什么行李,身边只有一个行李箱。

见到人的这一刻,唐念的情绪就如山洪一般倾泻,再也无法克制,直接跑过去抱住了他。

陈知礼应该是站了一会儿了,衣服很凉,像雪后的松木香,落过来的呼吸却温热灼人,估计赶来得急。

唐念埋在他怀里,贪恋着他的温度和气味:"你怎么来了?"

"因为我记得某人说过她论文中了的话,有话要跟我说,所以我过来听听她想说什么。"

他早就做好了项目汇报完毕赶过来的打算,提前订了机票,唐念发消息过来的时候他已经在机场了。

唐念微抬脸,男人目光深邃,垂眸直直地盯着她。

氛围过于安静,仿佛呼吸都变得小心翼翼。

她张了张口:"我确实有话想说……"

她有话说,可她好紧张,心脏擂鼓不断,都不知道自己在紧张什么。

陈知礼跟她说得很清楚了。

不止言语,行动也是,他不辞辛劳,跨越太平洋,爱恨都坦荡,她还怕什么呢?

就差一层窗户纸,只要去戳破就好。

他已触手可及,只要再勇敢一点点,他就是她的了。

她有好多好多话想对他说,但一时不知从何说起。

其实归根结底不过一句话。

她也喜欢他的。

兜兜转转八年,只有你。

"嗯？"陈知礼步步逼近，微弱的路灯光映得他眉眼更深邃，"想说什么？我在听。"

"就是……你办公室里那个喷火龙的靠枕能不能送我啊？"

这话结束后，空气足足安静了三分钟，她眼睁睁看着陈大魔王的咬肌浮动，脸色逐渐变沉。

"唐念，"他缓慢吐出一口浊气，突然笑了，只是这笑声阴森森的，可怕得很，"你最好不要挑战我的极限，我可是已经没什么耐心了。"

完了完了，让你胡说八道，这下踩到雷了吧。

"不……不是，我主要是有点紧张，开个玩笑活跃一下气氛，不是真的想要喷火龙。"

"那你真的想要什么？"他步步紧逼，直到把她逼退到角落，后背抵着冰凉的墙壁。

"我……"唐念声音发抖，紧张得肚子都开始疼了，最后干脆双眼一闭，双拳紧握，"我想要你，你给吗？"

回想起这段时间发生的事，唐念还感觉像做梦一样，直到陈知礼风尘仆仆出现在她身边的这一刻，这种巨大的不真实感才逐渐褪去。

她眼眶酸涩，不停掐着手心，收紧，再收紧。

不管怎么说，当年的事都是她的错，她因为私心和他交往，又因为自己的原因伤害了他。

陈知礼是她见过的精神世界最富足的人，他从不迷茫，从不彷徨，聚光灯都为他而生，而她最多只配在台下鼓掌。

事业、金钱，还有他不可一世的自尊心，似乎都应该排在她的前面才对，如果他不愿意原谅她好像也无可厚非。

他可以恨她，也有足够的理由放弃这样颓废又无能的她。可是他没有，他让她知道，他永远站在她身后，她并不是独自一人在奋斗。

她又怎么能配得上这样的爱意？

她何德何能，能让他念念不忘这么多年。

唐念安静地等了好久，都没有等到陈知礼的回应，也不知道他在想什么。

她有些紧张了，嘴角绷着，一双眼隐忍又期待，也不知道他是不是后悔了。

一秒，两秒，三秒……

四周实在安静得不像话。

唐念抬眸看着眼前的人，语气带了点抱怨："你怎么都不说话了啊？"

陈知礼挑眉："我要说什么？"

唐念有点蒙。

他怎么这样？这时候怎么着也得接一句"好啊""我们交往吧""我们在一起吧""做我女朋友吧"等等这种有仪式感的话吧？

他什么都不说，就这么干愣愣地大眼瞪小眼，多尴尬啊。

唐念低垂着眼，语气带上浓厚的不满："就好歹回应一下嘛，要不要做我男朋友啊？就算是拒绝也应该说一声嘛。"

她这声音软绵绵的，软在他心底化成水。但陈老板记仇得很，油盐不进，冷着脸说："哦，那我还是拒绝……"

唐念抬眼瞪他："你敢！"

她这奶凶的模样终于让陈知礼忍不住笑，将她拢进怀里，低声在她耳边说："我早就回应过了。"

唐念眼睫颤动："什么时候？"

"你喝醉去我家的时候。"

"啊，我怎么不记得了？你说什么了？"

"我说，你只要回头，就一直都能看到我。"

听到确切的答案后，唐念莫名有点热泪盈眶，泪珠顺着面颊滚落，语无伦次起来："对不起……以前是我不好。"

"以前的事就不说了。"

他的衣服是凉的，但怀抱却像个火炉，又像是一把锁，将她牢牢锁住。

唐念哭得有点停不下来，她一直不知道自己泪水这么多，好像怎么都流不尽似的。

陈知礼抱着她，薄唇贴着她耳侧："怎么这么爱哭鼻子了？"

"才没有，"情绪平复后的唐念小声反驳，"我明明是高兴。"

"确实值得高兴，毕竟得到了我这么优秀的男人。"

唐念伸手打他："不要脸。"

陈知礼轻笑了下，攥住她的手揣进兜里："好了，天冷，快回去吧。"

陈知礼很困，眼下青黑明显，十几个小时不眠不休长途奔波，这会儿突然放松了，疲惫也跟着袭来。

所以他们现在算是在一起了吧？他看上去很累，作为女朋友应该怎么做？

唐念咽了咽口水，问道："你订酒店了吗？"

陈知礼说："没。"

下了飞机就往这儿赶，没来得及。

唐念："不知道酒店还有没有空房，我们去问问吧。"

陈知礼："好。"

晚上八点，海风徐徐，吹过围栏上怒放的蔷薇花和酒店下修剪整齐的草坪。

波士顿的气温比京北要低一些。

两人并肩往里走着，行李箱滚过青石板，发出沉闷的声音。

唐念又问："你吃晚饭了吗？"

陈知礼："飞机上吃了点。"

唐念"嗯"了声，知道这应该算没吃。

陈知礼这么讲究的人，飞机餐怎么能算晚饭？也不知道酒店的自助餐开到几点，要不一会儿打电话叫点晚餐上来。

进了大堂，唐念去前台询问还有没有空房。

前台小姐姐客气地说道："不好意思女士，这次来参会的人员比较多，我们的房间已经被订满了。"

没房间了！

多么像偶像剧的一幕。

沉默了一会儿，唐念故作忸怩地开口："没房间了哎。"

陈知礼："嗯。"

"那你……"她顿了顿，"要不就去我房间凑合睡一觉吧。"

听她这样夹着嗓子说话，陈知礼再次闷声低笑。

好吧，这话确实听着有点歧义，莫名还有种图谋不轨的意思，他们才刚刚交往，要矜持一点，于是她赶紧给自己找补："我住的是套房，让酒店加一张床，你睡客厅，行吗？"

陈知礼还是在笑："行。"

唐念抿着唇，带着他往里走。

陈知礼不紧不慢跟着她上了37楼，她进门，刚插上房卡，扫到客厅里自己摊开的行李箱，睡衣、内衣、裤子，乱七八糟全堆在那里。

她温柔娴静，美丽大方的形象这么快就要破了吗？

唐念没犹豫，"砰"的一声反手把门关上，进屋手忙脚乱一通收拾，把所有的东西都塞进行李箱，推进床底下，这才回来重新打开门。

陈知礼揉着自己被撞痛的鼻尖，也没恼："收拾完了？"

唐念尴尬地笑了笑："出门得急，没来得及收拾。"

她平时可不是这么邋遢的。

陈知礼走进屋，把外套挂到衣架上，扫视了一圈，一室一厅，客厅有个大屏投影仪和沙发。

唐念打客房服务的电话要了套洗漱用品："你要不先去洗澡，我叫了晚餐，等你洗完差不多就到了。"

陈知礼点头，拿着换洗衣物走进浴室。

窗外漆黑静谧，已经是深夜了。

房间里更安静了，只有浴室传来淅沥的水声。酒店的浴室是用磨砂玻璃隔开的，热气氤氲凝成水珠，从雾面玻璃上滑下来。透过玻璃，唐念可以看到朦胧热气中模糊的男人身体轮廓。

唐念的脸有点发烫，她用手背贴脸降了降温，低头玩手机转移注意力，不敢再看过去。

周韵给她发了条消息。

周韵：学姐，我刚刚在楼下看见陈总了，他是来找你的吧？霸总追妻啊，这剧情我真是看一百遍都不腻，好甜好甜啊，我已经脑补三十万字小说了，哈哈哈。

这丫头还真是站在吃瓜第一线，什么都逃不过她的眼。

怕她不依不饶地追问，唐念都没敢回复，默默收起手机假装在看电视。

屏幕里是叽里咕噜的英文，她一个单词都没听懂，心思也根本不在这儿，耳朵注意着浴室的方向。

没多久，陈知礼出来了，他没穿上衣，头上包着块毛巾，腰间松垮地系着袍带，水珠顺着他修长的脖颈滑落到锁骨窝。

这是她能看的吗？她鼻血都差点控制不住。

唐念想起以前去美术馆看到的黄金比例的希腊雕塑，每一寸肌肉都生长得美感十足，那时她还在想这种身材现实中怎么可能有。

看来是她见识少了，是真的有。

唐念抿了抿有点干燥的唇，赶紧移开视线："那个你……你……你要不要穿点衣服？"

"噢，在箱子里，"陈知礼不急不忙地走过去，打开自己的行李箱，拿了件黑色T恤套上，穿完就要去解衣袍。

唐念吓得眼睛都睁大了："等等，你……你……你干什么？"

"穿衣服啊，不是你说的让我穿点衣服？"

"但我没让你当众换裤子啊！"

陈知礼也是很无辜："酒店就这么大，所以你让我去哪里换？"

唐念指了指卫生间："你……你去卫生间换。"

"刚洗完澡，卫生间都是湿气，我进去换完衣服身上都湿了。"

"那你……"唐念咬了咬唇，眼睫颤得厉害，"你去房间里面换也行啊，总之不能在客厅换吧？"

陈知礼挑了下眉，慢条斯理地说："虽说这是酒店，但里面房间毕竟是你睡觉的地方，没得到你允许，我也不好意思进呢。"

唐念腹诽：这会儿有礼貌了？当着我的面换衣服就不觉得没礼貌？

她的心脏快要炸了，转过头去不看他："你、你进吧，我允许了。"

陈知礼没动，双眸漆黑，直勾勾地看着她。过了会儿，他走来，忽然俯身碰了下她的脸，他的指尖还挂着水，有点湿漉漉的。

唐念瑟缩一下："干、干什么？"

陈知礼笑了下，凑近她端详："你脸红什么？"

唐念像被踩了尾巴的猫："谁脸红了？是……是这屋里太热了。"

陈知礼不紧不慢地"哦"了声："但是屋里有空调，25度还热吗？"

"你好烦，"唐念伸手去推他的胸膛，"你赶紧去把衣服穿上啊。"

她站起来，这一推没把人推动，坐到发麻的腿反而一软，直接栽到了他怀里，变成一个投怀送抱的姿势。

陈知礼轻笑，搂住她的腰。他刚洗过澡，身上热气蒸腾，带着沐浴露的清香，淡淡的，很勾人。

唐念已经僵硬成了一只木偶，完全不敢动了。

安安静静抱了会儿后，陈知礼偏头，忽然问道："现在知道了？"

唐念还沉迷在他身上好闻的味道中，慢一拍地抬头："嗯？"

"硬的还是软的？"

"硬的。"唐念下意识脱口而出，又意识到这话不对劲，顿了顿，问他，"你问的是什么？"

"腹肌啊，不然你以为是什么？"

唐念又是一顿："腹肌是硬的。"

陈知礼意味深长地看着她，尾音拖长："哦，所以你刚才回答的是……"

唐念心虚地把脸埋进了他胸口。

别问，问就是她什么也不知道，什么也不懂。

陈知礼有晨跑的习惯，早上不到六点下楼转了一圈，回来时看到唐念已穿戴整齐，站在阳台对着窗子默背稿子。

她站得笔直，双手交叠放在小腹前，跟小学生背课文似的，莫名地有几分小可爱。

陈知礼静悄悄凑过去，从后面抱住了她。

唐念一磕巴，剩下的内容也都忘光了。她不满地小声说："你别打扰我，我都忘了。"

她弯着腰要去够桌角的手写稿，被陈知礼捞回来，不松不紧地搂住她的腰："先别背了，现在最重要的是放松放松。"

唐念嘴一撇："放松不了，我好紧张，第一次在这么多人面前演讲，我怕会讲错。"

"讲错也没关系，演讲的本意是展示，底下的人并不会在乎你是否说错一个单词，他们关注的是你展示的整体内容。"

对于参加过无数国际学术会议的陈大佬而言，一场小小的 oral 报告根本不足为惧，但这可是唐念第一次在这种场合做汇报，她怎么能不重视起来？

唐念忽然有点好奇："你第一次上台做报告时也会紧张吗？"

"当然，差一点打退堂鼓逃跑了。"

"那你怎么克服的啊？"

"我把眼镜摘了，台下什么都看不清，然后就不紧张了。"

唐念被他逗笑，眉眼弯起："可是我裸眼 5.0 哎，你这招对我不好使。"

"那你就把台下的人都想象成萝卜。"

萝卜开会？

唐念想了想这场景倒是还挺有意思的："你会来看吗？萝卜 1 号。"

"当然。"

"那你就不怕被工作人员发现？邀你做特邀报告人你不当，却跑来现场晃悠，小心剥夺你的审稿人身份哦。"

唐念的声音有一点鼻音，像被烫化的棉花似的，陈知礼听得心里发痒："那我不乐得清闲，就有更多时间陪你了。"

唐念嘿嘿笑了声。

陈大佬还是这么任性，连委员会都不放在眼里，但她不行，她还是要认真对待的。

唐念靠在他怀里，拿着手写稿默背。陈知礼就静静看了会儿日出，朝阳从地平线升起，层云尽染，像是一团蓄势待发的火焰。

等时间差不多了，她离开他的怀抱，整理好自己的证件和电脑，装进包里火急火燎地就要出门。

"你的材料。"陈知礼从后面跟过来，提醒她沙发上落下的文件。

"哦哦。"

她折回来把文件装进包里，重新出门。

等她关门走了，陈知礼站在桌前随手一翻，一摞草稿纸中又掉出一张入场证。还是总冒冒失失的。

上午九点，会议准时开始。

大厅里人山人海，第一位演讲的是位新加坡教授，他本人没来，放的是视频，之后陆续又有几位博士生汇报。

在等待的时刻，唐念的心慢慢放平。

她工作这些年也跟着老师参加过不少业界会议，她的老师不像陈知礼圆滑稳重、人缘好，而是性格尖锐，嫉恶如仇，面对一些愚蠢的话会毫不客气地回怼，就这还不够，老师仗着自己拥有超强的语言天赋，甚至能根据提问者的英语口音判断出对方的母语，直接切换成对方母语对线。

因为这些事，老师已经被好几家举办方拉黑了，所以每次开讲前，唐念都得替老师捏一把汗。

这一次和以前不一样，跟着陈知礼，她不用再胆战心惊，只需要上台把研究成果大方展示出来就好。

下一个就要轮到她了。

唐念深吸一口气，回头往报告厅后排看了眼，门口人头攒动，有人在和陈知礼打招呼，他笑着回应了几句。

过了几秒，他似有所感地抬起头。

隔着重重人群，两人对视一眼。

他的目光平静又温和，和平时开组会时没有任何分别，唐念忽然就被安抚下来，想着把这次汇报当作一场大型组会好了。

就算讲不好也没关系，她相信陈知礼有能力帮她善后。

台上开始播报唐念的名字和课题，她拿起话筒上台，用熟练的英语开始这次报告，前面是课题相关背景和实验设计，都是她背过无数次的，她都不用思考，靠本能就能讲完。

台下一片安静，有感兴趣的学者在认真听，也有不感兴趣的在玩手机。

很快就到了致谢部分。

"我的报告到此结束，结束前我想特别感谢一个人，Dr.Chen，他是一位优秀又有实力的引导者,是他给予了我站在台上的勇气,未来我会继续沿着这条路走下去,谢谢各位专家。"

十五分钟的报告结束,台下掌声雷动。

最后是答疑环节,有位新加坡学者对论文的实验部分提出了问题。唐念早有准备,游刃有余地解答完毕。

最后一个问题结束,唐念放下话筒,鞠躬下台。

她深吸一口气,还挺顺利的,没出现什么意外。

会议结束后,大佬们在委员会聚集,而其他新人学者和学生就被打发去coffee break(茶歇)。这是主办方专门设置的环节,用来让大家互相认识,座位也是按照国家分的。

唐念隔壁桌是日本组的学者,有位日本学者对她的论文很感兴趣,过来要她的源码,不过她没有Line,便问他邮箱可不可以。

对方说可以,她抽了张桌上的餐巾纸写下邮箱递给他,又听到有人喊她。

"唐工?"

唐念回眸,视线落在餐桌后熟悉的男人身上。

男人穿白色衬衫配收腰款西装马甲,单手插在西裤兜里,右手捏着杯红酒,语气颇为耐人寻味:"真是有缘,又见面了。"

居然是顾嵩,怎么哪都有他?他一个搞智驾的,来ACL干什么?

顾嵩笑着说:"唐工的报告做得很优秀,我都录下来了,适合反复观赏学习。"

唐念皮笑肉不笑:"顾总真是有闲情雅致,这么大老远跑来偷idea?"

被人暗讽,顾嵩也不生气,轻晃着手里的高脚杯:"是啊,过来挖点人才。"

唐念内心翻了个白眼回敬,懒得和他较真,余光看到陈知礼正往这边走过来,便放下餐盘跑了过去。

顾嵩的视线一直追着她,等看清她对面的男人,转动酒杯的手腕忽然停了下来,面色有些惊喜:"这不是陈总吗?久仰久仰。"

陈知礼眸光平淡,注视顾嵩半晌,最后得出结论,自己并不认识这个人。

但他记得上次在DeepRacer(深度赛车)晚宴会场见过这个人,这个人和唐念聊了几句,唐念就心情很不好地离开了,估计是有过节的旧相识。

陈知礼不动声色开口:"这位是?"

顾嵩立马把名片送上:"我是恒宇科技的CTO顾嵩,我们公司正准备大量采购贵公司芯片,到时候还希望陈总给个折扣。"

陈知礼和宋致的鸿森芯片这几年发展势头很猛,几乎垄断了国内传感器,恒宇科技做自动驾驶的又极其依赖各种传感器,既然有巩固关系的契机,顾嵩自然是要好好把握的。

陈知礼抬了抬眼皮,一如既往地淡然:"私人行程,不谈合作。"

"哦这样啊,那要不先加个微信,等回国我请您吃饭,我跟唐工也好久不见了,正好叙叙旧。"

陈知礼偏头去看唐念的反应,想从她这得到答案。

唐念一句话都没说,眼皮子都懒得抬。

陈知礼便明白了,这是不乐意,随口应付几句匆匆打发了顾嵩,揽着唐念的肩往外走,问道:"你认识这个顾嵩?"

"嗯,"唐念板着一张小脸,拽起陈知礼的手,泄愤似的把那张名片撕碎了,扔进垃圾桶,"我以前公司的上司。"

"你很讨厌他?"

唐念没回答,只兴致缺缺地说:"你能不能别卖给他芯片啊?"

陈知礼有些诧异,还是第一次听她提要求。

唐念这姑娘佛系,平时对什么事都不上心,也不爱计较,遇事能逃避就先逃避再说,很少这么直白地表达喜恶。

陈知礼没问缘由,只答应着:"行啊。"

唐念眨了下眼:"你不问为什么吗?"

陈知礼:"不管为什么,女朋友不喜欢的人我也不喜欢。"

唐念笑了,因为他口中这句"女朋友",也因为他的不问缘由的信任:"我开玩笑啦,你该卖还得卖,卖贵一点,让他出出血,最好让恒宇赔钱。"

陈知礼也笑了:"你这是对前公司有多大怨气。"

唐念嘟囔着:"我上班时有位带我的老师,她很优秀,也教过我很多东西,我很崇拜她,只可惜后来出车祸去世了,她当时坐的就是恒宇的智驾车,你说我能没有怨气吗?"

这件事陈知礼是知道的。

他敛起笑,牵紧了唐念的手,摩挲着女孩的指尖,然后与她十指紧扣:"好,我把他们搞破产。"

天凉王破?

唐念忍不住抿唇笑了,这件事光想想就开心:"行。"

波士顿四季分明,快要入夏的季节和京北一样反复无常,刚刚还是个艳阳高照的晴天,这会儿就起了风,风带着潮气往衣服里面吹,像是要下雨了。

两人手牵手往酒店走,唐念看了会儿路边的风景,忽然抬起眼睛看陈知礼,没头没脑地问了句:"荔枝,你知道我现在在想什么吗?"

"在想什么时候看到恒宇破产的热搜?"

"不是啦。"

"那是……今天天气不错?"

唐念望了眼天空:"哪里不错了,明明都快下雨了。"

陈知礼无奈:"那我不知道了。"

"是……"唐念停住脚步,认真地看着他,"我想亲你。"

陈知礼一愣。

不等他有所回应,唐念已经踮着脚尖亲了他一口。

触感柔软湿润。

唐念蹭了两下,心满意足地离开。

陈知礼还有点蒙，舔了舔自己的下唇，好笑道："你知道你占我多少次便宜了吗？"

唐念理直气壮："不就这一次嘛。"

陈知礼："你确定？"

唐念心虚，但点头的力道很重："确定啊。"

"看来你记性不太好呢，那我给你数数，你上次在我办公室趁我睡觉偷亲我，上上次装醉去我家趁我不注意亲我，上上上次喝醉后还偷袭咬我喉结……"

什么，他居然全知道？

唐念脸红到耳根，都快变成一辆蒸汽小火车了，冲上去捂他的嘴："啊啊啊，求你别说了……"

陈知礼躲着她的手："敢做不敢当？"

唐念急了："谁不敢当？我给你亲回来不就好了？"

陈知礼："这可是你说的。"

回应她的是汹涌热烈的吻，她的尾音也被这个吻封住，说不出一个字了。

他说过了，再有下次，绝对不会放过她了。

陈知礼单手搂住唐念的腰，另一只手捧在她脸侧，身体毫无缝隙地与她贴合。

她沦陷在他熟悉的气息中，铺天盖地的吻落下，双唇承受着他的肆虐，偶然张开的齿缝被他毫无阻碍地入侵，像星火燎原，一发不可收拾。

"荔枝、荔枝，等等……"

唐念无措地喊着，她有些害怕了，这个吻太急太凶，完全超乎她的理解，毕竟她对"亲"的概念还停留在嘴唇碰一下，她完全不适应，也不理解，为什么接吻可以这样用力，可以这么久。

唐念舌根发麻，闭上嘴想躲，陈知礼却并不想放过她，再度疯狂掠夺她嘴里的空气。

他太凶了，凶得像是要把她直接吞入肚腹。

路边的树影都在乱晃，她被亲迷糊了，拼命仰着脸，意乱情迷中，像一条缺水的鱼，快要窒息了。

陈知礼稍顿，眸色渐深，终于松开她，让她能短暂呼吸。

他的指尖缓慢往上，停在她后颈的位置，有一下没一下地捏着。

他微笑着，炙热的呼吸扫在她耳侧，像是恶魔在她耳边低语："扯平一次。"

唐念不理解这样的亲法，亲得她好累，她受不住，大口呼吸着，颤颤巍巍地抱怨："不行，哪有你这样亲的，你，你这一次顶我一百次了，不公平。"

陈知礼不以为意："接吻都是这样的啊！"

唐念抿着自己通红到充血的唇，眼眶里盈满泪水："别骗我，我宿舍门口有很多接吻的小情侣，人家都不这样亲。"

陈知礼相当坦然："那一定是他们不行，我们要行。"

唐念哀号着又要躲："不行不行，我也不行的，我真不行……"

下一秒，呼吸又被侵占。

他抚摸过她的耳郭,手指沿着脊椎一路往下。

唐念浑身僵住,泪水落下,感觉疯狂而又靡乱。

她整个人像是熟成一颗软桃子,腿根都软了,站不稳,搭在陈知礼后颈的手下意识去揪他的头发,这让他愈发兴奋,血液沸腾,疯狂肆虐。

第十四章
我们回家吧

回到酒店,唐念开始收拾东西。

陈知礼原本休了五天年假,外加两个周末,共九天,现在还剩好几天,难得清闲,有点不甘心就这么离开。

而唐念已经回房间把行李箱拖出来,开始叠衣服装进行李箱了。

陈知礼把衬衫扣子解了,坐在沙发上,侧着头看她来来回回收拾行李。

"这就准备回去了?"

"嗯,待着也没事干,不如早点回去。"

"难得出国一趟,波士顿有好多好玩的地方,就这么回去不亏?"

唐念想了想,手上动作放缓:"还有一个地方,走之前想去看看,别的也没什么想去的了。"

"哪里?"

唐念走过来,陈知礼长腿一伸,把她整个人夹在两腿之间,顺势一带,她就直接侧躺进他怀里。

距离拉近,他弯下腰,鼻尖几乎要抵上她的鼻尖:"嗯?"

唐念呼吸都屏住了,抿着唇,心快要跳出嗓子眼:"想、想去MIT。"

"想去我学校?"

"嗯。"

"为什么?"

还能因为什么啊?明知故问,坏死了。

唐念故意不顺他的心,手指玩着他胸前的领带:"去瞻仰学霸们的生活,向他们请教一下学习方法。"

陈知礼被她逗笑了,笑得腰更往下弯,唇与她的相隔一寸,偏偏不落下来,只用眼神勾她。

唐念被他看得耳热,晃着两条腿,扑棱蛾子似的:"有什么好笑的?"

"笑你可爱啊。"陈知礼用手刮了下她的鼻头,"这有个现成的学霸你不瞻仰,还用去那儿?"

没见过这种自恋的。

"哼,你不想让我去,不会是当年在学校花天酒地浪过头了,怕被我找到什么蛛丝马迹吧?"

陈知礼佩服她的想象力:"你觉得我怎么浪过头了?"

"别以为我不知道,你们留学圈子有的乱得很,整天就是什么派对、豪车、大胸美女,花样多得很。"

陈知礼笑了："你这都从哪看的？"

"我虽没留过学，但也是会挂梯子的好不好，就从你们学校留学生的 INS 知道的啊。我还以为你们学习压力多大，实际上天天混夜店，还乱搞男女关系！"

陈知礼也不会被她唬住，双手扣紧她的腰："你关注那些乱七八糟的，就不知道关注我的？"

唐念脱口而出："我没搜到啊。"

陈知礼一愣："真搜了？"

唐念意识到自己上当，挣扎着要从他腿上起来，被他又往下勾了勾，灼热的呼吸贴着她。唐念面红耳赤，脸都快熟透了，似乎浑身的血液都往脸上涌："你放开我。"

他的气息有些紊乱，箍着她的腰又问了一遍："搜了吗？"

唐念投降："搜、搜了啦。"

不等唐念说完，陈知礼已经弯腰压了过来，吻在她的唇上，伴随一道很轻的叹息。

原来这些年她也关注过他。

陈知礼确实没有 INS，他的生活太简单，没什么好记录的，不过他要是知道远在大洋彼岸的姑娘会去搜他账号的话，他怎么也会整一个，一天发三条，连吃个水煮蛋都要发一条。

不对，他应该去发两个大胸美女刺激一下她，说不定能更早点把这只小鸵鸟勾到手。

"明天就带你去学校，看看到底有没有我乱搞的证据。"

虽这么说着，其实都没等到明天，吃过午饭唐念就有点迫不及待了，下午两点一过，她就拽着陈知礼出了门。

MIT 可是理工科学生们眼中的神校，诞生了近百名诺贝尔奖获得者，还是 26 名图灵奖的学术殿堂，主校区依查尔斯河而建，是一座享誉世界的顶尖私立研究型大学。

陈知礼也有一年多没回来了，学校的环境既熟悉又陌生。

刚下车就看到了 MIT 的标志性大圆顶，陈知礼跟唐念介绍："那是 Great Dome（大圆顶），算是 MIT 标志性建筑。"

"里面是什么？"

"图书馆，收藏了很多稀有资源，像全球地理信息资料、事实新闻数据，还有 music library（音乐库）等等。"

"居然还有音乐，我以为 MIT 是纯工科大学呢。"

"不只是纯工科，它的社会学、人类学、语言学等专业也非常多，而且很有名，每年还会有各种编曲活动，不过你来得不凑巧，一般圣诞节时活动会比较多。"

唐念点点头。

两人手牵手行走在各院系的街区，可以看到不同肤色但同样朝气蓬勃的精英学子匆匆走过。

陈知礼指着对面的那座桥说:"那边横跨查尔斯河的桥就是著名的哈佛桥,过了桥就是波士顿市区了,我们就是从那儿过来的。"

唐念有些惊讶:"原来MIT离哈佛这么近啊,那岂不就是跟我们学校和隔壁一样?他们也会暗中竞争吗?"

陈知礼笑着说:"不只暗中竞争,还会明里互撕,二十世纪两所学校的学生就因为这座桥的名字在撕了,MIT的学生不服气为什么这座桥明明离MIT更近,却要叫哈佛桥而不叫MIT桥,还说要把这座桥的设计者告上法庭,当然法官没搭理他们。

"后来MIT的一位工程师出来说这座桥不够稳固,哈佛只当是MIT嘴硬不肯认输,不过这座桥建成的第五年,因为人流量激增垮了……现在的哈佛桥是重修的。重修后MIT又觉得自己机会来了,有七名学生大晚上用身体丈量桥的长度,还用油漆刷字,宣誓这座桥是MIT的了。"

唐念问道:"后来改名了吗?"

陈知礼耸耸肩:"当然没有,现在还是叫哈佛桥。不过MIT很多学生到现在还认为这座桥应该叫MIT桥,而且这座桥还有个浪漫的传说。"

听到这里,唐念耳朵又竖起来了:"什么传说?"

"相传情侣牵手从这座桥上走过,他们会永远在一起。"

唐念半信半疑道:"这不会是你编的吧?"

"MIT的毕业生怎么可能会编故事?那明明是哈佛那个Huge Ego(巨大的自我)才会干的事。"

唐念笑得不行,大家可真拼,为了一座桥的归属斗了一个世纪。

不过也可以理解,要是中关村北大街直接改名叫北大街的话,T大的学生也会集体抗议的吧。

"不过,虽然MIT和哈佛互黑这么多年,但两校的合作和认可程度还是很深的,双方学分互认,课程资源也都是共享的。"

"我们学校前年开始也可以和隔壁学校学分互认了。"

两人继续往前走着。

"MIT的建筑都是用数字命名的。"陈知礼说,"我的实验室在32号楼,要进去看看吗?"

唐念眨眨眼:"可以吗?"

"可以,周末实验室的人不多。"

"周末居然人不多,我们可是全年无休,一天16小时待在实验室的。哼,看来传言都是真的,都去逛夜店了吧?"

陈知礼笑了声,没反驳她。

32号建筑群不仅从外面看造型奇特,甚至连内部的墙体都是曲面、斜面,就是没有正经的垂直墙。从正门进去后,里面也弯弯绕绕像个迷宫一样,几乎没有笔直的走廊,过道也忽窄忽宽,完全没有规律可言。

唐念看着身后那条弯弯曲曲的路,有点不太确定地问:"你确定我们还能走回来?"

陈知礼牵住她:"放心,我都走了七年,闭着眼睛都认路。"

唐念跟着他一路上了四楼,CSAIL,这是陈知礼以前的实验室,全球最著名的人工智能实验室,有24个研究小组,研究领域包括计算生物学、算法与理论,不少图灵奖得主都是在这儿做实验的。

唐念踮着脚,透过玻璃门往实验室里面望去,和国内实验室差不多嘛,没什么特别的。

"你以前的工位在哪儿?"她问。

陈知礼看了眼实验室,回想一番:"靠窗第三排。"

唐念再次朝里面望去。

那个位置上现在坐着一个亚洲面孔的男孩子,个子很高,穿着一身白大褂,他旁边有一个女孩,正趴着休息。男生看了会儿电脑,凑过去给她的长发编麻花辫。

唐念正偷看得入迷,身后忽然传来一道带着惊喜的嗓音。

"Jiri(吉里)? Hi,真的是你!"

是个白人,穿一身牛仔套装,褐发络腮胡子,戴墨镜。

陈知礼熟络地跟他打招呼:"Karl(卡尔),好久不见。"

男人摘下墨镜,跑来与陈知礼拥抱。

唐念站在一旁,听两人用英语交流着。

打完招呼,陈知礼跟唐念介绍:"这是Karl,我读博时的同学,现在就在学校任教,要叫Prof.Karl(卡尔教授)了。"

"哈哈哈,还不是Jiri拒绝了学校邀请,要不就凭我肯定留不下。一会儿去喝一杯?"

"这次就不喝了,时间有些紧,陪女朋友逛一逛就要回去了,下次我请你。"

闻言,唐念耳朵有些发热,还不是很能适应"女朋友"这个称呼。

"行啊。"Karl费劲地用中文与唐念聊天,"漂亮的小姐你好,我中文还可以的,以前跟着Jiri学的,发音是不是还挺准?"

唐念笑着说:"其实你说英文我更能听懂。"

"哈哈哈,好多年不说都忘记了。"Karl会一点中文,只是不太熟练,"我很惊讶,没想到Jiri这个怪胎居然能找到女朋友。"

怪胎?

唐念怔了一下:"他很怪吗?"

"他不只是怪哦,简直是个疯子,在学校谁也不搭理,每天也不睡觉,完全不知道在弄什么东西,谁都约不出去,教授都怀疑他在搞什么人体实验,暗示我陪他去看心理医生。我也不敢啊,离他远着呢。"

唐念偏头去看陈知礼,陈知礼神情很平静,像是在听别人的故事。

"不过他确实很厉害,你们中国人数学真的很牛,我完全搞不懂他研究的那些东西,其实我觉得他更适合去做数学家,而不是来我们这个实验室搞跨学科研究。他进来不到一年就把所有学分修完了,之后开始疯狂发论文,拿到学位就被聘任为助理教授。我本来以为他要留校继续做这个的,结果后来某天一声不吭回国了。"

Karl 又说:"这位漂亮的小姐,他看上他什么?会发论文?"

唐念安静听着,Karl 口中的陈知礼与唐念印象中的一点都不一样,陈知礼并不是只会搞研究、只会写论文的怪人,他明明有很多爱好,有很多朋友,是个很会享受生活的人。

唐念想了想,笑着说:"我觉得他挺有趣。"

"有趣?"Karl 简直像听到天大的笑话,很快他又反应过来,"哦对对对,你这应该是中国的一句谚语,叫……情人眼里出西施。"

几人又闲聊了一会儿,从 32 号楼出来时,天色已经有些暗了。

唐念不确定陈知礼的同学说的那些话是不是真的,但她希望不是。

陈知礼这样的人好像天生就应该活在聚光灯下,他有着体面幸福的家庭,自身也足够优秀,精神富足,朋友很多,吃饭要四菜一汤,挑剔又事多,但又意气风发,光芒万丈,做什么都游刃有余。他的人生应该一往无前,不会因为任何人受到影响。

她希望这么多年来,他一直过得很好,至少比她乱七八糟的生活要好。

两人往外走着,唐念忽然说道:"我老师年轻的时候也在这里留过学。"

"MIT?"

"嗯,她本科是学数学的,拿国奖到 MIT 读的 CS PhD。如果 Karl 说的人是我老师的话,我一点也不奇怪,她就是很尖锐很极端。"唐念说,"我想她应该也在 32 号楼做过实验,为了一个 idea 买杯咖啡熬到深夜。她的生活很简单,除了科研再也没有其他,这样会让她感到充实和满足,她也喜欢这样简单的日子。"

但陈知礼不应该和老师一样。

"陈知礼,这几年你开心吗?"

陈知礼没回答,只是看着远方。32 号楼上方的窗子很像机器人的眼睛,有时候又像是在嘲笑人类的外星人。

开心吗?

这个问题他没想过,他好像没经历过什么令他不开心的事,但也没有特别开心的事,就连他拿到 PhD 学位的那天都很平静。

唐念的老师是个充满魄力的女人,她拥有强大的自驱力,很难被外界的声音影响,就算当初那么多同行希望她留美发展,她依旧毅然决然学成归国,走上自以为正确的道路。

但陈知礼和她不一样,他没有唐念认为的坚定,说实话他很迷茫,因为迷茫,所以忙碌。

他日日夜夜做着同样的事,等反应过来,陡然觉得也没什么意思。

这里像个孤岛,而他也是个孤岛。

他获得了很多荣誉,却越来越觉得未来是虚无的,他什么都没有。

他不是能为了科学与事业奉献一生的人,他有私心,很俗气,也很现实。

他自始至终想要的、想得到的,甚至走上这条路也是仅仅因为一个人,所以他回去了。

如今这个人就在身边,所以他对这个地方已经没有丝毫的留恋。

"过去的事记不清了,"陈知礼说着,低首还是微笑,"但现在我很开心。"

唐念抬着头,一双杏眼像是盛满了春水,正一眨不眨地望着他。

陈知礼受不住这样含情脉脉的目光,会让他忍不住想吻她,但这里人太多了,显然不是个接吻的好地方,于是他转移话题:"要我帮你拍张照片吗?"

唐念也回过神:"好啊。"

她跑到 32 号楼的大门口前摆了个 pose,陈知礼拿起手机,将她灿烂的笑容定格在这一刻。

唐念跑回来,拿过手机看了眼。陈知礼拍照挺好看的,把她和景色完美融合在一起。

"拍得真好。"

唐念把手机还给他,主动牵过他的手:"我们回家吧。"

陈知礼回握住她的手指:"好,回家。"

这次他们一同踏上归国的路,再也不是一个人。

那些过去的荣耀都没有办法与她相比。

回到京北时,已经快临近端午了,天气也变得炎热。

初夏的暑气无孔不入地笼罩着这座城市,唐念坐在副驾驶上往窗外看,阳光穿透头顶密密匝匝的梧桐叶,见缝插针地落下,熟悉的街景在面前一一掠过。

陈知礼开着车,忽然问道:"你是不是要开题了?"

唐念一愣:"嗯,等过完这个暑假吧。"

"有想法吗?"

"没有,还不知道做什么。"

"不做路径规划了?"

"不做了。"

"手写识别?"

"内容不够写一篇大论文。"

陈知礼沉思片刻,"扑哧"一声笑了出来。

唐念看他:"你笑什么?"

"没什么。"陈知礼忍住笑,"要不你跟着我读博算了,我这里的研究方向很多,足够你写。"

唐念瘪瘪嘴:"我才不,别忽悠我,哼。"

红灯亮起,陈知礼手臂闲闲地搭在方向盘上:"为什么不想读?"

"我不是读博的料子,你也知道,我对理论研究不感兴趣,也学不懂,我更适合写代码、搞工程算法这些。"

"那你为什么来读研?"

"我是被迫签了竞业协议,找不到工作所以才读研的,别看我现在这么垃圾,我以前很厉害的,顾嵩那货可是超级害怕我去对头公司。"

"不要妄自菲薄,你现在也很厉害啊,就算在T大,研一就发顶会的也没有几个。"

说得也是,她不能总跟陈知礼还有自己的老师这种变态人类相比,在普通人中,她其实已经算很优秀了。

唐念悄悄翘起嘴角:"多夸夸,我爱听。"

陈知礼笑着重复前面的话:"你很厉害,甜甜同学。"

唐念抿唇笑起来。

"要不你去我公司吧?"陈知礼说,"年初要成立新的自动驾驶部,你去的话直接是技术总监。"

"这么看得起我?"

"徐青的徒弟,技术总监当之无愧。"

唐念惊讶:"你居然知道我老师的名字?调查过我?"

陈知礼笑道:"明明是了解,说得我跟特务似的。"

唐念将他的建议认真思考了三秒钟,别说,还真有那么点心动。

"可我三年内不能去同行入职,要不等你们做大做强,把恒宇收购的那一天吧,到时候我把顾嵩炒掉,再逼他签一万年的竞业协议,之后我就把老师的核心算法共享给你们公司,我们一起赚钱,互利共赢。"

好一个一起赚钱,互利共赢。

陈知礼笑了声,没说话。

到学校已经快傍晚了,唐念收拾完,又去洗了个澡回来就十一点了。

她正要躺床上睡个美美的觉,陈知礼发过来一条消息。

czl:可以。

甜甜圈:?

czl:把恒宇收购,做大做强,再邀请你来做技术总监。

唐念愣了愣,自己白天那话是开玩笑的啊,他怎么还当真了呢?

她不知道该怎么回了,写写删删,五分钟又过去了。

czl:怎么不说话了?

甜甜圈:我有点紧张。

czl:紧张什么?

甜甜圈:你们男人心思太难猜,我怕说错话惹你不高兴。

czl:想什么就说什么,没那么多顾忌。

甜甜圈:那……我真说了?

czl:嗯。

甜甜圈:看看腹肌。

这话发过去后,对面沉寂了一分钟。

好像骚扰过了头。

唐念遗憾地摇摇头,像个久经沙场的老手,刚想把这句撤回,对面弹过来一个视频聊天邀请。

唐念一惊,手机差点掉地上,她急忙去拯救手机,大拇指按住绿色按键往右一滑,居然给接通了。

唐念的心脏跳得快飞起来了,连忙捞过一旁的抱枕,把脸埋进去,只露出一双眼睛打量视频里的男人。

陈知礼应该是在家里,穿着一身灰色休闲装,画面晃动,就看见他坐到了沙发上,手里拎着一瓶气泡水,仰头喝了口,修长的脖颈上的喉结缓慢滑动了下,声音很平淡:"想怎么看?"

怎、怎么看?她居然还能自由选择?天啊,他平时都是做菩萨的吧?

唐念咽了咽口水,故作镇定:"就……随便看看吧。"

"随便看看啊?"陈知礼弯腰把手机卡在了支架上,调整了下摄像头的角度,镜头聚焦在他腹部的位置,"这里?"

唐念疯狂点头。

她上次就注意到了,陈知礼腹部的肌肉不夸张,但很精致,上次太紧张没怎么看清,今天她势必要截图保存,当屏保。

只是陈知礼接下来没动作了,镜头对准他隔着一层薄薄衣料的胸腹,就这么坐着,腹部随呼吸微微起伏。

隔了一会儿不见有动静,唐念开口:"那个……你这样会不会有点小气了?"

"嗯?说来听听,怎么小气了?"

画面里的人动了动,估计是弯着腰,衣服上的褶皱都变多了。

"就……只给隔着衣服看吗?"

估计是隔着屏幕,她胆子大了很多,竟然还敢出言挑衅。

陈知礼闷声笑了:"你还想不隔衣服看?"

"我不白嫖,我付钱啊,250够了吧?"

陈知礼笑道:"只够付个定金。"

"哎,那我消费不起,"唐念焉了吧唧地说,"你挂了吧,我自己去哭一会儿就没事了。"

那头的陈知礼又笑了:"别这样啊,看在咱俩这么熟的份上,我可以给你打个折扣。"

唐念同意:"这才对嘛,有来有回,你要是服务好,我下次还来。"

陈知礼一愣,说得跟他是做什么不正经生意一样。

但他还真就调了下手机,离得远了些,手指勾起上衣摆的边缘,薄薄的T恤有一下没一下地在镜头前鼓动。

他若隐若现的腰落在唐念眼里就跟慢动作一样,她眼睛都看直了。

你拿这个考验干部,哪个干部能经得起这种考验啊?

陈知礼皮肤很白,轮廓分明的肌肉像是莹润的白玉一样,她甚至看到了他漂亮的人鱼线沿着腹部轮廓往下隐没进运动裤的边缘。

她的鼻血快要流下来了啊。

唐念的呼吸几乎停滞，脸颊越来越烫，最后没忍住把脸埋进抱枕，嘿嘿地笑了起来。

杨蓁蓁正在卫生间洗头，头发上的泡沫都没冲干净，顶着一头泡沫出来："让我看看这个人在干什么？笑得这么瘆人。"

她走过来，绕到唐念身后，刚瞥到屏幕一秒钟，唐念就眼疾手快地按灭手机，倒扣在桌面，紧张兮兮地扭过头来。

虽然唐念动作很迅速，不过杨蓁蓁还是看见了，瞳孔放大："我的天，你们居然在裸聊！"

唐念差点被她这一嗓子送走，冲上去疯狂晃她的肩膀："没有裸聊，只是普通聊天！"

杨蓁蓁被晃得头上泡沫狂飞，耸肩："我都看见了，我回去督促宋渣也练成这样。"

唐念停下："你又跟宋致和好了？"

"对啊。"

"什么时候的事？"

"就你们去美国这几天。"

"为什么？"

"因为那件事确实是我误会他了，是晚晚自导自演的，和他没什么关系。其实前段时间我就发现了，只不过都挺忙的，就觉得不联系散了也好，但最近两天吧，他又总来找我说想复合，态度也挺认真的，所以我就改变主意了，想着再跟他试试好了，反正我也不吃亏。"

玩一段时间？唐念忽然有点分不清这两人到底是谁在玩谁了？

回宿舍休整了一晚上，第二天又是活力满满打工人一枚。

唐念今天心情还不错，一路蹦蹦跳跳的，也不知道是不是自己太高兴，进实验室时被门槛绊了一跤差点摔倒，还好后面进来的大师姐扶了她一把。

大师姐："哎哟，看着点路啊。"

唐念回头笑着说："知道了，谢谢大师姐。"

大师姐："这么开心？去美国玩得不错嘛，满面红光的。到哪里玩了，跟我们分享分享呗，下次有机会我也要去。"

"也没去什么地方玩，不过我买了特产分给大家。"

"真的啊？期待一下。"

在实验室众人满怀期待的眼神中，唐念打开背包，摆出十数个红灿灿的苹果模型。

大师姐惊呆了："你去一趟美国带回来一袋苹果模型？"

唐念："是牛顿苹果。"

大师姐："那不还是苹果吗？"

"是苹果，但不单单是苹果。"唐念认真给诸位科普，"相传牛顿就是被这种苹果砸中才发现了万有引力的,所以这不是普通的苹果,而是智慧的象征,我把智慧带回来给大家了啊。"

她期待地看着几人,大家欲言又止,对她的牛顿苹果模型并不是很感兴趣的样子。

祝卿宁组织好一番措辞:"所以这个苹果是用来砸头的?"

唐念:"倒也不是啦。"

猴哥:"但我记得牛顿是个英国人吧?你确定在波士顿买到的牛顿苹果是正宗的吗?"

唐念愣住了。

很好,她千里迢迢背回来的牛顿苹果模型并没有受到大家的喜爱,反而引发质疑声一片。她也有点没信心了,把苹果模型往回装:"既然你们都不喜欢,我拿回去自己摆着算了。"

"等等。"大师姐笑着从她包里抓了一个苹果模型出来,"小学妹大老远给你们带回来,别挑三拣四的。谢谢小师妹,我先来一个。"

"我也来一个。"猴哥也跟着拿了个。

祝卿宁也拿了个:"早期波士顿还是英国殖民地呢,所以这苹果说不定还真是牛顿苹果,谢谢师妹。"

虽然知道大家是哄着她玩的,唐念还是很开心,转头看到大师姐正在写测试报告:"大师姐,最近有什么活分我点吧?"

开完会回来她还没新的活。

大师姐放下鼠标:"最近项目在验收阶段,要做线上压力测试,这个你以前做过吗?"

唐念摇头:"没有。"

"没有也没事,一会儿我把测试报告发给你,你看一下具体需要测试哪些内容,压测软件什么的去云盘下载。这部分工作耗时挺久的,你也不用急,先慢慢来。"

唐念说了声"好",就回工位去做自己的事了。

忙起来时间总是过得特别快,没一会儿她就被杨蓁蓁叫去吃午饭了。

进入六月,暑假也快到了,T大放暑假都是有规律的。本科生两个月,硕士两周,到了博士,全留在实验室埋头苦干,毕竟秋季一开学就要盲审,达不到毕业要求就会延期,每个人都焦头烂额。

神农项目到了收尾阶段,陈知礼每天都往西苑医院跑,白天写各种文书与档案,晚上还要留在实验室赶进度。

唐念暑假没地方去,主动请缨留校帮忙。说是帮忙,其实她也做不了什么,不过是做点简单的报告、粘粘财务报销单、定会议室,都是些杂事。

七月的第一天,阳光明媚,万里无云。

八点五十分,距离与韩琦教授的约定时间还有十五分钟,唐念下了地铁就加快脚步往医院狂奔。

今天是 T 大和西苑医院校企合作项目验收，大大小小的校内领导和医院领导悉数到场。她虽然只是一个小小的研究生，迟到也是很不好的事情，还好在最后三分钟赶到现场。

上午的会议刚结束，陈知礼又马不停蹄敲定项目二期的一些细节和计划。

会议持续到十二点半，他刚走出会议室就遇到迎面走过来的宋致。

宋致也开一上午会了，乏得很，伸着懒腰说："中午一块去吃个饭吧？"

陈知礼收回视线："改天再说，最近有点忙。"

"你哪天不忙？又不是最近才忙，吃个饭的时间总能挤出来吧？择日不如撞日，正好我今天高兴，走了，我请客。"

"你高兴什么？捡钱了？"

"捡什么钱？是我跟我女朋友和好了啊，走走走，快点。"

陈知礼无语："你有毛病吧，你跟你女朋友和好，和我有什么关系？我跟你俩吃的哪门子饭？"

"好朋友嘛，有好消息就是要分享的，你来见证一下我们的甜蜜爱情啊，单身狗。"

"滚！"陈知礼无情道，"就你有女朋友，说得跟谁没有似的。"

宋致表情僵了下："你也有女朋友了？什么时候的事？"

正说着，陈知礼手机响了，他看了眼手机，嘴角往上扬了扬："看，这才几分钟不见，就来查岗了。"

查岗你嘚瑟什么啊？

"正好，叫你女朋友一块去吃呗。"

"抱歉，我女朋友呢……"陈知礼的语气傲慢又欠揍，"不让我和你一起玩，怕你带坏我。"

宋致哑口无言。

杨蓁蓁暑期找了个实习工作，朝九晚十，一天二百块钱，每天忙到起飞。宿舍就剩唐念一个人，所以她没事也不爱在宿舍待着，一般会去实验室做做实验，写写报告。

实验室每层有两间茶水间，北边那间大的是给学生们准备的，南边那间则是老师们去得更频繁。

唐念以前经常去北边茶水间接水，不过最近她喜欢端着杯子去南边，因为这边的茶水间窗户正好对着 601。

她觉得陈知礼的一天可能有 48 小时，但也是真无聊，实验、文献、报告，循环往复，都没什么娱乐时间。

唐念端着咖啡杯喝了一口，推开窗，清新的空气扑面而来，阳光落在窗台上，将花砖岩的纹路都照得清清楚楚。

对面的陈知礼还在认真工作，唐念看着他被落日余晖晕染成暖色调的侧脸，抿了口咖啡。

没一会儿，男人似有所感地抬起头。

四目相对，偷窥被发现，唐念有点不太自在地咳了声。

陈知礼放下手中的钢笔，眉梢挑了挑，对着她做了个口型。

唐念看清楚了，是"过来"。

她其实还挺不好意思的，挠了挠腮，最后还是没有抵制住诱惑，端着咖啡杯去了601。

她一进门就先发表免责声明："我可不是在摸鱼哦，我的活都干完了，是放松时间。"

陈知礼没说什么，朝她勾勾手指："过来。"

"干吗啊？"

"有点累，抱会儿充点电。"

唐念憋笑："真拿你没办法，怎么这么黏人啊？"

她嘴上虽这么抱怨着，但肢体还是很诚实，放下咖啡杯，慢吞吞走过去了："就抱一小会儿哦。"

"好，一小会儿。"

她还未靠近，就被陈知礼握住手腕，整个人跌坐在他大腿上，距离贴近，近到都可以数清他根根分明的睫毛。

陈知礼托着她的腰，弯下身子在她唇上贴了下，一触即离。

唐念炸毛了，瞪大一双鹿眼："明明说的是抱一会儿，谁让你亲我了？"

陈知礼笑着说："这叫出其不意，攻其不备。"

唐念"哼"了声，要逃跑又被他牢牢摁住。他将人揽了过来搂紧，埋首在她颈侧，似鹅毛扫过，有点痒。

唐念不安分地动了动。

他闷声说："不闹你了，别动，这次是真抱一会儿。"

唐念不动了，手臂绕到他身后，安静做一个人形抱枕。她摸着他脑后软软的发丝，问道："你昨晚几点回去的啊？"

"没回去。"

"没回去？你通宵了？"

"嗯。"

"忙什么？项目没这么急吧？不是都验收完了？二期还有段时间的吧？"

他沉沉呼了一口气，下巴搁在她的右肩，声音疲惫不堪："修改收购合同。"

"收购合同？"

"嗯，收购。"

"收购什么？"

"恒宇。"

唐念一惊，从他怀里抬起头："什么，你要收购恒宇？"

陈知礼笑了："怎么，你以为我那天是说着玩的？"

她真以为他是说着玩的，收购一家独角兽公司怎么可能那么简单？

"宋致同意吗？"唐念还是有点不敢置信。

"当然。"

关于这件事，陈知礼和宋致是深思熟虑过的。首先，恒宇是一家拥有外资背景的自动驾驶公司，真能收购恒宇，那么鸿智就能获取更优渥的税收、人才引进、科技等政策支持。

另一方面，鸿智芯片是以硬件见长，今年他们已经着手准备发展软件行业，因此成立了很多新部门，包括AI大模型领域和自动驾驶。而恒宇的技术壁垒高，客户画像明确，研发投入也高，一旦收购成功，鸿智就可以进军二级股市市场，还能形成一定规模的产品矩阵，对鸿智日后扩张也非常有意义。

但恒宇近期发展迅猛，开场就报价甚高，远超他的预期，所以谈到现在不是很融洽，还需要同法律部门商榷。

唐念的脑子都麻了，不太确定地问："那收购完你们想做什么？"

男人灼热的气息扫过，她感觉到他的唇贴着耳郭，低声呢喃："成立新部门。"

好任性哦，天凉王破居然是现实。

"我觉得……"

唐念话音未落，门突然从外面打开，一个人走了进来："陈老师，论文改完了，麻烦给看一下。"

是成帅！妈呀！

唐念脑子"嗡"的一声，吓得差点心脏骤停。

在门口那人抬眼看过来时，她以迅雷不及掩耳之势顺着陈知礼的膝盖滑了下去，一屁股坐到了他桌子底下。

陈知礼有几分不解地低头去看她。

唐念捂着嘴，比画了好几下，拼命摇头示意他不要出声。

——办公室恋情不能被发现啊，否则会死的啊！

陈知礼完全不能理解她的脑回路，但也没有拆她的台，缓缓吐出一口郁气，抬眼间，眼神冷得像是带着刀片。

成帅抖了三抖，感觉后脖颈像被一把冰刀抵住。他没说什么啊，怎么好像把陈老师给惹毛了？

"你不会敲门？"陈知礼火大得很。

"对不起，我……我忘记了。"

"吃饭怎么不会忘？脑子用不到就去捐了！"

成帅缩着脖子，大气都不敢出。

陈知礼不耐烦地问："什么事？"

"论文……我修改后发您邮箱了，麻烦看一下。"

"知道了，回去吧！"

成帅点点头，一转眼注意到陈知礼桌角下晃动的白色裙角。咦，这好像是女生的裙子吧，他老板这是在办公室藏女人了？

他还以为自己看错了，揉了揉眼睛，那片裙子却像个活物一样，瞬间缩进了桌底。

成帅惊呆了，看清楚了，真是女生的裙子。

陈知礼见他还站着不动，耐心告罄，钢笔敲击桌面提醒："你还有事？"

成帅惊醒："没了没了，我马上就走。"

直至成帅关门走人，唐念才拍拍膝盖，揉着自己发麻的双腿从桌子底下钻了出来。

陈知礼似笑非笑地看着她："你躲什么？"

唐念噘噘嘴："成帅是个碎嘴子，被他知道就不得了了，我可不想被他说瞎话，到时候传出去多难听。"

何况他们这种身份真的很容易产生非议，尤其是在学校。唐念不想惹麻烦，觉得多一事不如少一事。陈知礼往后轻轻一靠，眼睫微垂，没有任何动作，对她这个解释也没什么回应，看着像是不怎么认可。

唐念走过去，弯腰在他唇上啄了一下："补偿你一下，这样够了吧？"

当然是……不够。

陈知礼箍住她的手腕将她拉低，捏住她的下巴，仰首去咬她的唇心。

他的唇瓣温热，像是带着电流，唐念被他搂在怀里亲得意识涣散，下意识去推他的胸口，手心突然一顿。

咦，她好像摸到了什么。

不确定，再试试，手感好好啊。

陈知礼低头看着那只在他胸口作乱的小手："你在干什么？"

唐念在他怀里抬起脸，纤长的睫毛下是一双清澈的眼睛："摸摸。"

陈知礼是个能干实事的人，他说收购恒宇不是口嗨，而是真准备掏钱，要知道以恒宇近几年的发展势头，少于二十亿基本不可能拿下。

陈知礼没那么多钱，宋致也没有。

当天敲定收购细节后，他回了趟赵家，家里六位舅舅听闻他要借钱，还觉得是个稀奇事，以为他要建实验室添置新设备，左右不过千万，纷纷准备慷慨解囊，但一听他说要二十亿，大门"砰"的一声关紧了。

陈知礼吃了个闭门羹，在门口喊人："大舅，你先看看我这份文件。"

大舅直言："你大舅看不了一点啊。"

看一眼，二十亿没了，是二十亿啊，又不是二十块。

陈知礼敲着门，继续喊人："二舅、三舅、四舅，有话好好商量嘛，锁门不仗义了吧。"

"谁仗义谁掏二十亿。"

陈知礼在门前静默几秒，左右是敲不开这门了，只能打电话把老佛爷请回来。

外婆接到电话时正在打麻将，听说自己家宝贝外孙被关门外边了，也不管这局是不是要胡，当即杀了回来。

"怎么回事？"外婆的拐杖戳着地面，"你们关门干什么？"

六位舅舅在沙发上排排坐，大舅先说："您怎么不问问您宝贝外孙要干什么，张口就二十亿，我们上哪弄那么多钱？还有，你要这么多钱干什么？"

"我想收购一家公司。"

"收购公司？"

"嗯，今年以来，AI 领域一直是资本的热点和风口，无数科技大厂亲自下场，我们鸿智也想分一杯羹，所以涉足一下市场最大的热点也有利于公司日后在 AI 领域进行布局。"

大舅也不是好忽悠的："饭要一口口吃，路要一步步走，你们这个公司才几年，就想着急功近利？现在就把产业扩得太大没好处。"

陈知礼说："路可以慢慢走，但风口错过也就没了，蛋糕就这么大，现在进场还不算晚，又能顺便搞定一个竞争对手，这不是一举两得的事？"

六位舅舅你看看我，我看看你，最后得出结论："我说，不会是恒宇老总得罪你了吧？"

"那倒没有，我就是想趁这个机会拿下他们的核心技术，成立智驾产业部。"

陈知礼这么说也是有点道理的，毕竟成立一个完全没经验的新部门并不简单，要找新客户，还要招聘人力，一大堆的事都需要从头开始，投入的钱并不会少，而且一旦决策失误，钱很容易打水漂，用收购方案风险更小。

大舅顿了片刻："我们再商量商量，如果真要投钱，我们可是要占股份的。"

"没问题。"

能商量就说明这事成了百分之八十。

钱的事解决之后，剩下的就简单多了，无非再和恒宇那边磨一磨。

离开赵家，陈知礼回学校时已经下午四点多了。结束掉手头的工作，他顺路去实验室转了一圈，正好看到成帅走出来。想起成帅上次发过来的论文，他就叫住人："有空吗？聊聊？"

成帅点头："有的有的。"

两人来到走廊尽头，陈知礼也不卖关子，开门见山地说："你发过来的论文我看了，如果你想以这种水准获得博士学位的话，我会很难，你做好准备。"

成帅的脸色有点变了："您应该知道，我中途改了课题，所以做实验的时间有点不太够，目前只能完成这样，您能不能再通融通融？"

陈知礼说："这不是我通融的问题，就算我放你去送审，盲审能过吗？还有，换课题的事我提醒过你，你当时说的可是时间足够。"

成帅低下头："对不起，我估算错误，我还要再发一篇论文才能达到毕业要求，最近没时间继续写毕业论文，您看……"

"如果是这样的话，我希望你能主动延期，留好充足的时间来写论文。你的课题内容是够的，只是后半部分写得太赶了，实验部分也不够完善。"

成帅咬了咬唇，显然对这样的结果并不是很满意，但又无法表达出来，只继续低着头说："我再改一改吧。"

"你考虑一下。"

这边结束，陈知礼也算完成了今天的任务，晚上没什么事了，正准备下班，出门就看到唐念背着书包火急火燎地往外跑。

"急着去哪儿？"他在后面叫她。

唐念回过头，看到是陈知礼，展眉笑了："新来的师弟说请我吃饭。"

师弟？哦，他想起来了，实验室今年刚来的研一新生，叫什么常黎。

一来就请师姐吃饭，这小伙子心术不正啊。

陈知礼挑眉："只请你？"

唐念说："当然不是，还有大师姐和猴哥他们，实验室里的人都去，算是实验室聚餐啦。"

陈知礼："哦，都去，合着就没我是吧？"

唐念嘿嘿笑了："我们吃饭就是吐槽你的，而且这次师弟请我们吃饭的主要目的是感谢我和大师姐辅导他考研复试，本来就和你没什么关系。"

又辅导考研……

"你到底还辅导过多少人考研？"

"也没多少，一个学妹，一个学弟，而且都考上了。"唐念解释着，正好电梯门开，两人走进电梯。

这位学妹还是他的妈妈。

话说回来，她上次和赵阿姨吃饭提前离开了，本来约好去逛街结果放了她鸽子，得抽空再约一下，不然显得她这人说话不算话，还不礼貌。

陈知礼嗤了声："那你够厉害的，去办个班得了。"

他说话时没看唐念，插兜目视前方，但这酸溜溜的味道她闻到了。

唐念偏头去寻他的眼睛："你是在吃醋吗？"

陈知礼还是没回头，傲娇回道："没有。"

"你要是真想去，我可以带你一起去啊，如果你不怕被当面吐槽的话。"

"得了吧，"陈知礼回头，挑着眉，"我真要去了，你确定你的小师弟还能吃好？"

有老板在场，这顿饭注定是难以下咽了。为了几人能吃好，陈知礼就不去凑热闹了："结束给我打个电话，我去接你。"

唐念认真点头："好，那你晚上吃什么啊？"

"随便吃点吧，饿不死就行。"

唐念腹诽：还说不吃醋，你这酸味要把电梯泡发了。

"还有，"电梯到达一楼，两人一前一后走出电梯，陈知礼忽然停下，转过身对着唐念，"记得提醒你的小师弟，实验室的师姐都名花有主了，让他少动点歪心思，否则……"

唐念等着他接下来的话。

大魔王笑了笑："他本就岌岌可危的硕士生涯会变得更加举步维艰。"

唐念一惊，真可怕啊。

每年硕博开学季，实验室都会组织聚餐，庆祝新一批即将饱受摧残的硕博生入坑。

这次聚餐来了六个人，没有导师，包厢的氛围就非常轻松自在了。

常黎是今年的研一新生，是个挺勤快的小伙子，刚进来就招呼着点餐、拿餐具。

唐念今天化了一点淡妆，过肩长发不需要怎么打理就柔顺丝滑，一出场便吸引了所有师兄师弟们的视线。

常黎起身帮她拉椅子："师姐，坐这边吧。"

唐念说了声谢谢，还是走到大师姐旁边坐下了。

"时间真快，我们的小师妹都当师姐了。"祝卿宁笑着说，"行，师弟你也别客气了，大家都坐下吧。"

菜上齐了之后，靠门的猴哥关了包厢门，大家吃菜聊天，氛围很融洽。

大家平时都在一个实验室，低头不见抬头见的，已经很熟了，所以大部分话题都是新来的师弟常黎在问，大家一起解答。

常黎看眼色地给几位师兄师姐倒上酒，问了个最关心的问题："咱们老板人怎么样啊？"

大师姐说："老板人不错啊，长得帅还大方，给的补贴是院里最高的，一些乱七八糟的活完全不用你干，他自己就推了，也绝对不会抢你一作。如果你想专心搞科研，跟着他绝对是性价比最高的。"

猴哥补充："但脾气不怎么好也是真的，平时最好不要拿傻问题去问他，肯定会被骂到狗血淋头。当然被骂你也别放心上，被骂到自闭是我们每个人的必经之路，习惯就好。"

小学弟"啊"了一声，显然是被震慑住了："听着好严，那能划水吗？"

"划水啊……"大师姐意味深长地瞥了眼身边的唐念，笑着说，"这你得问问你唐小师姐，她有经验。"

小师弟双眼炯炯有神地看过来："唐小师姐传授一下经验呗？"

唐念受宠若惊："我没什么经验啊，就是平时划划水摸摸鱼，卡着最后时间完成任务就好了。"

大师姐听到这都笑了："这你学不来的，你唐小师姐虽然是咸鱼，但是研一就发顶会了，实力杠杠的，人家的划水和你的划水是不一样的。"

研一就发顶会！

小师弟哀叹一声，果然学不来！师门高手如云，佩服佩服。

听到唐念发顶会，一旁的成帅脸色有点不太好看，不过几人吃得太开心，没怎么注意到。

席间又聊了几句，有新人就肯定有旧人，成帅是这批硕博生里年级最高的，准备在今年九月毕业答辩，这顿饭也算提前为他饯行。

常黎说："我听说成师兄签了恒宇科技研发部是吧？年薪八十万啊，真的太牛了，恭喜啊，来庆祝一下。"

成帅重重叹了口气："先别庆祝了，我大概率是要被延期了，签工作也没什么用。"

延期？

这两个字把刚来的小师弟吓得够呛："师兄你不是发了四篇SCI了吗？怎么还得延期？"

成帅愁眉苦脸地喝了杯酒，说道："唉，老板不给送审，没办法，留下再发几篇吧。"

小师弟一瞬间对陈大魔王的印象降到负分，这俨然就是一个压榨学生，克扣学术成果，还不让毕业的周扒皮啊："他不让就不能走？可不能由着他胡作非为，去院里举报他啊。"

"举报什么，他背景厚着呢，院长都是他爷爷的学生，你觉得他凭什么刚回国就能接这么大的项目？肯定上头有人。真去举报他，最后是谁吃不了兜着走？"

小师弟年轻气盛，最见不得这种不公平的事，义愤填膺道："那我们也不能这么忍气吞声啊。"

"不忍气吞声还能怎么办？他想搞死你都不用自己动手，以后我们还要在他手底下干活，别给自己找不痛快，乖乖认命算了。"

小师弟蔫了，为自己即将到来的硕士生涯感到担忧。

"四九城的门道学着点吧，小师弟。"

班里聚会吐槽导师最寻常不过，唐念本不愿插话，但成帅越说越离谱，好像他毕不了业全都是因为陈知礼害他，要把他留下当免费劳动力，可实际上明明是他自己发的论文不够。

T大发论文是看影响因子的，硕博连读类博士研究生成果须达到8分，成帅虽然发了四篇SCI，但加起来也才7分，根本不够毕业条件。

唐念皱了皱眉，实在有点听不下去："你能不能别误导师弟，你延期是因为论文没发够，这是院里的要求，跟陈知礼有什么关系？"

此话一出，饭桌上安静了几秒。

其实大家都知道成帅延期的原因，但明面上没人反驳他，反正老板不在，让他发泄一下也无伤大雅。

唐念毫不客气的一段话让现场气氛变得凝滞起来。

成帅拧眉看过来，"哼"了声："能不能毕业还不是他一句话的事，他不让我走，我发多少篇都没用。"

唐念无语了："他留下你干什么？你那1分的SCI带他的名字他都嫌丢人。"

"什么意思？"成帅站了起来，"你这么护着他，不会是对他有意思吧？怪不得见你天天往601跑。"

唐念都懒得解释了："自己发不出论文却诋毁别人，真的很没品。"

成帅红了眼睛，怨怼地看着她："行，你有本事，你发顶会牛了是吧？"

"我发顶会当然牛了！"唐念刚来实验室时和成帅有过一点小矛盾，不过口头上的龃龉，她没怎么往心里去，平日能不理就不理他，这会儿也是实在忍不住才怼他的,"我一篇论文就6分,可不像某些人,发了一堆乱七八糟的加起来才7分,还是毕不了业,有什么用!"

"你……"

眼见现场氛围愈发剑拔弩张,大师姐急忙站起来拉架:"好了好了,我们不聊这个了。今天这酸菜鱼不错啊,先吃饭吧,先吃饭。"

饭是吃不下去了,气都气饱了,唐念拿起包起身往外走。

大师姐在后面喊她,她回头说了句:"大师姐,我先回学校,你们慢慢吃。"之后就走了。

外面风有点大,唐念拢紧了外套,沿着马路往地铁站走,这会儿有点晚了,路上连行人都很少。

隔了一会儿,口袋里手机嗡嗡响起,是陈知礼的微信。

czl: 吃完饭了吗?

唐念停在路边,调整了一番心情,打字回他。

甜甜圈: 没有,不是很想吃了。

甜甜圈: 你能现在来接我吗?

陈知礼没问缘由。

czl: 在哪儿?

唐念站在原地张望了一会儿,这片她没怎么来过,建筑物都是陌生的。

她想了想,低头回他。

甜甜圈: 在一朵猫咪形状的云彩下面。

czl: ……

czl: 开定位吧。

甜甜圈: 哦。

陈知礼来得很快,不到十分钟车就停在了路边。唐念还有点没反应过来,被车灯微微晃了下眼睛。

陈知礼下车,接过她怀里的包:"发什么呆?上车。"

唐念"哦"了声,跟着他坐上副驾驶。

陈知礼上车,倾身过来帮她扣安全带。车内开了空调,很快将她身上的寒意驱散。

"怎么回事,不高兴了?"陈知礼注意到她情绪不太高,便问,"吃顿饭还把自己给吃抑郁了。"

唐念确实有点不高兴,唇瓣噘起:"跟人吵架了。"

"为什么?"

"有人说你坏话,我气不过,就跟他吵起来了。"

陈知礼单手握着方向盘,闻言笑了:"上班骂老板,上学骂老师,这不是常规操作?你跑出来唱反调不怕被大家排挤啊?"

"那不一样,"唐念还是不高兴,"骂你卷王脾气差什么的确实没什么问题,但背后乱造谣说你克扣学生成果我忍不了。"

陈知礼倒是没当回事，大概是这些年年纪上来了，他对一些身外之事和名声愈发不怎么在意，何况实验室聚餐的都是些学生，平时被他压榨狠了，骂两句正常。

但他的姑娘护着他，为他鸣不平，还是让他心里暖乎乎的。

他抬手，轻轻揉了揉她的头，安抚似的："没看出来，我女朋友还挺正义。"

"哼，主要是我可以骂你，别人骂你不行。"唐念嘟着嘴，肚子不争气地叫了两声。

陈知礼发动车子，笑着说："先别气了，带你去吃夜宵。"

唐念晚饭没吃多少，这会儿确实有点饿。

陈知礼找了家餐厅，两人面对面坐下。

唐念点了份海鲜烩面，陈知礼已经吃过了，拿了瓶饮料，坐在对面看着她吃。她吃东西挺乖，腮帮子鼓起，像只藏食的小仓鼠，但很斯文，细嚼慢咽的。海鲜烩面加了辣，她嘴唇都被辣得发红，在素净的小脸上更显得艳丽。

陈知礼抽了张纸巾递给她："我记得你以前不喜欢吃辣，口味变了？"

唐念是典型的南方姑娘，吃东西爱清淡，口味也偏甜。

她抬眸，眼里被辣得都是水光："我大学同学赵小青是湖南人，就上次我们去杭市出差你见过的那个女生，我可能是跟着她吃吃多了吧，就慢慢能吃辣了。"

原来是这样，这是一段他完全不了解的过往。

陈知礼垂眸，喝了口饮料，没说什么。

过了一会儿，陈知礼忽然又问："唐念，分手后，你有想过我吗？"

唐念愣了下，握着筷子的手指捏紧，还不太明白他为什么这么问，安静几秒如实回答："有。"

怎么会不想呢？

在她心里，他那么耀眼夺目，她只是不敢。

她有什么资格去想他呢？可是又忍不住。

而且每次都是受了委屈、难过、伤心的时候才想起他的好，怀念他怀抱的温度，甚至有好几次拿起电话想打过去，想拉住他不要再往前走了。

她是个很自私、很差劲的人。

得到她肯定的回答，陈知礼心里松了一口气，看着她又泛起红意的双眼，知道是又戳到她的伤心事了。

他并不是很想把话题往沉重的方向引导，那些过去的事不应该再斤斤计较。

他转而问她："你明天有空吗？"

唐念有点蒙："有，怎么了？"

"明天七夕，"陈知礼提醒，"去约会？"

唐念眨了眨眼，快要涌上来的泪水又被强行压下去："好。"

第十五章
这些年，我一直很想你

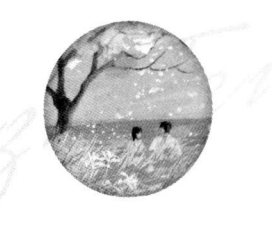

"蓁蓁，你最近晚上还忙吗？"

唐念回宿舍时看到杨蓁蓁在咬着奶茶吸管看手机，她最近在一家公司实习，经常加班到很晚，唐念也不确定她有没有时间。

杨蓁蓁刷着手机："还行吧，最近晚上不用加班了，有事啊？"

唐念说："嗯，我想去买条裙子，你陪我一起去呗？"

买裙子？

杨蓁蓁抬眼，看着眼前的女孩翘着嘴角，眉目含情，还有些小羞涩，她瞬间领悟："哟，你这是要去跟陈老师约会啊？"

唐念抿抿唇，"嗯"了一声，还有点不好意思。

"那必须有空啊，去西街还是东街？"

"西街吧，近一点。"

"行，走。"

两人敲定好地点，说走就走。

说实话，唐念好久没出来逛街了，对最近新上的衣服都不太了解。

杨蓁蓁倒是随性得多："逛街嘛，和谈恋爱一样，你就得多看看多试试，总会遇到合适的。"

她说完许久没听到回声，扭头看到唐念站在一家店前，对着门口模特身上一条红裙看得认真，店内风格是轻熟风，都是各种漏肩小吊带、A字小短裙，有点小性感。

杨蓁蓁走过去："你想买这种？"

唐念平时的风格都是可爱系，各种白色米色带泡泡袖的衣服，基本没有这么鲜艳的色彩。

唐念问道："你觉得我穿合适吗？"

杨蓁蓁："喜欢就去试试呗。"

唐念点头，进店试了那条红色吊带裙，极细的吊带落在纤薄的直角肩上，半截锁骨下是大片白到恍眼的肌肤，深V领下的圆润若隐若现。

"哇，"杨蓁蓁差点儿尖叫出来，"没想到啊，宝贝儿，你穿这种衣服挺合适的。"

唐念没穿过这种裙子，还觉得有点露："所以是好看还是不好看？"

"肯定是好看啊，买它！"

唐念看了眼吊牌，要九百多，有点小贵，毕竟她平时都在网上买衣服，夏天的衣服基本不过百，想了想决定奢侈一把，咬牙拿下了。

买完衣服，两人顺便在商场吃晚饭。

杨蓁蓁选了一家烤鱼店："这家店的荔枝烤鱼不错哎，我们点一份吧。"

不知是不是"荔枝"两个字触动了唐念的神经，她渐渐回想起高三那会儿。

有次她和陈知礼出来吃饭，看着菜单直摇头道："有点残忍，还是不吃这个了吧。"

陈知礼挑眉："这会儿发善心了？平时鸡鸭鱼肉没见你少吃。"

唐念又摇头："我不是说鱼。"

陈知礼不解。

唐念指着菜单图片上被红油蒸得冒热气的荔枝肉说："看着它，你不觉得有种自己被扒掉衣服下油锅的既视感吗？"

陈知礼当时都愣住了。

唐念想着，忽然笑出声来，杨蓁蓁闻言看过来："为什么你看菜单都能看得一脸荡漾？"

唐念把菜单合上，揉了揉笑得发酸的腮帮子："点吧，这鱼挺好吃的。"

"你吃过啊？"

"嗯，几年前吃过一回。"

下完单，杨蓁蓁和唐念闲聊起来："对了，我有个问题想请教你啊，你跟陈老师和好后，你对他还有以前那种心跳加速、肾上腺素狂飙，觉得自己一天不见他就睡不着的情况吗？"

唐念一顿："怎么这么问？"

"前段时间我不是跟宋致复合了嘛，我也没吃过回头草，不知道是不是别人都这样，我就感觉我好像已经没有那么喜欢他了。"

唐念一时语塞。

"还有，你俩和好后，陈老师也总提以前的事吗？"

唐念顿了顿："没有，他不提的。"

"不提？"杨蓁蓁有些惊讶，"那他不介意以前的事了？你不是说当年是你甩的他吗？"

介意吗？唐念还真不知道，但复合至今，陈知礼确实没问过一句以前的事。

她摇头："我不知道。"

"哦，不过我觉得陈老师不像那么小气的人，应该早就不介意了，不像姓宋的，我就冤枉了他一次，都道过好多次歉了，还动不动就翻旧账，小肚鸡肠的男人，我有点后悔了，回头草一点也不好吃。"

唐念心想：你还真把恋爱脑切了？

吃完饭，两人顺便去超市转了一圈，买了点酸奶和零食。结账时，杨蓁蓁跳到收银员旁边的货架前拿了个小盒子塞进了唐念的购物篮。

唐念低头看了一眼，四四方方的小盒子，上面是她看不懂的日语，但她很快就明白了这是什么，脸颊红了大半。

"不是，你你你拿这个……干什么？"她极力压低声音，怕被人听到。

293

杨蓁蓁表情却非常自然，一副老司机的模样："你穿这样跟他去约会，哪个男人把持得住啊？我觉得陈老师没那种定性，估计是要把你吃掉的，所以备着点。"

她在胡说些什么啊？

"不是，我们没……"

"大家都是成年人，都懂的。"杨蓁蓁推着唐念去结账，"有备无患啊，不然到时候现买多扫兴。听我的啦，拿着拿着。"

在杨蓁蓁的怂恿下，唐念还是买下了那盒避孕套，装进包包夹层，检查了好几遍不会轻易掉出来才放下心来。

因为这件事，直到第二天去约会，她都觉得自己是个心怀不轨的老色鬼，期待着和陈知礼发生点什么。

"我们去哪儿约会？"唐念急着岔开话题，想让自己别胡思乱想。

"游乐场？"陈知礼提议。

唐念愣了一下："你还记得？"

她以前无意中和他提过，小时候过生日或者是考试考好了，爸爸就带她去游乐场玩一整天，后来搬到京北就再也没去过了，还挺想去的。高考完陈知礼带她去，之后发生很多事，她便没有机会再跟他去游乐场了。

陈知礼自然地牵起她往外走："我说过的话向来算数。"

唐念心里微微发暖。

这不是他第一次说这样的话了，他确实一直在信守承诺。

两人去了环球影城，一个电影主题的游乐场，在入口排队的地方还遇到了周韵和她的同学，小姑娘兴奋地和他们打招呼，脸上的八卦神色怎么都掩饰不去。

"陈总，学姐，你们来约会呢？"

唐念不太好意思地点头，陈知礼倒是坦然，像是压根没看见八卦的几人，取完票递给唐念，拉着人就走了。

唐念今天的穿着其实不太适合来游乐场，也玩不了刺激性的项目，就挑了几个比较平缓的玩了玩，从小黄人乐园出来后又碰到周韵她们。

"学姐，要我帮你们拍照吗？"周韵带了单反，"我带了专业设备哦。"

唐念还挺想拍的，毕竟女孩子嘛，而且她今天还穿得挺好看，就是陈知礼估计不喜欢，他看着不像喜欢拍照的人。

她不想麻烦陈知礼，正要拒绝，陈知礼却先开口了："谢谢了。"

唐念一愣：啊，他是要拍吗？

周韵："不客气啦，就以哈利·波特城堡当背景吧，我在这里拍了好几张了，超级出片。"

陈知礼偏头去问唐念的意见，唐念说好，周韵指挥两人站好，后退几步，老摄影师抬手就是一个绝美的角度。

"你俩靠近一点，再亲昵一点。"

唐念挪着小碎步往陈知礼身边靠了靠，陈知礼也跟着往旁边偏了偏，伸长手臂搭上她的肩，有好闻的淡香拂过鼻腔，画面在这一刻定格。

"哇，太好看了，你俩真的是绝配。"周韵蹦蹦跳跳地过来给唐念看成片。

确实拍得不错，就是和她性感的裙子有点不搭，她应该也去租一套魔法袍，这样会更有意境。

周韵说："回头把照片发你，先不打扰你们约会啦，拜拜。"

估计是暑假的原因，影城里人特别多，七个主题乐园只逛完三个就已经傍晚了。虽说是夏天，太阳下山了还是有些凉，唐念只穿了一件吊带裙，大片的肩膀都露在外面。

陈知礼看了一眼，把身上的外套脱下搭在了她肩膀上，揽住她的肩，问道："冷不冷？"

唐念："还好，不冷。"

她把双手缩在他的衣袖里，刚刚还说要租魔法袍，这不就是天然魔法袍吗？她甩甩衣袖，闻着那股熟悉的香味，心情也跟着明媚起来。

唐念在他怀里抬起脸："我们什么时候回去啊？"

"玩够了？"

"嗯，今天鞋子穿得不好，下次穿运动鞋再过来玩。"

"行，时间还早，再带你去个地方。"

唐念眨了眨眼，好奇地问："什么地方？"

"去了就知道了。"

"哦，好。"

唐念跟着陈知礼上了车，一小时后，陈知礼带她来到一家中医馆，位于四环路的四惠堂。

进门就闻到浓重的中草药味道，值班的是位很年轻的医生，穿着白大褂在前台配药，看到来人还挺惊喜的："陈老师过来了？"

陈知礼点头："过来看看。"

年轻的医生说："快请进。"

因为跟着陈知礼做过神农项目，唐念对四惠堂有过了解，四惠堂在京内久负盛名，也为这次项目提供了不少病例、治疗方案、中医处方等，而且还有小道消息说四惠堂的创始人是陈知礼的奶奶。

陈知礼应该来过不少次，对这家店的布局很熟，都不用人带路，直接往西厢房走去："神农Bot（机器人）在这家店上线测试吗？"

医生说："是啊，已经有一段时间了，评价都说好用。"

唐念表情惊讶地看来："神农不是说要等年底才上线？现在就部署到实际临床环境了吗？"

陈知礼说："只是内部的一期测试，没对外宣传，过来用的都是附近居民。"

唐念还挺激动的，跃跃欲试："AI把脉有吗？"

陈知礼点点头："当然，脉象、舌象、面色是中医检查的基本项目。"

唐念："我想试试。"

陈知礼牵着她，笑着说："就是过来带你试的。"

走进西厢房，这屋是问诊室，正中央是个镂空屏风，前面摆放着一台四十寸的液晶触摸屏，大屏上正展示着神农的标。

唐念撒开陈知礼的手，激动地跑过去，站在屏幕前研究了一会儿。屏幕上各种操作眼花缭乱，她一时有点不知该按哪里。

医生过来给她讲解："神农 Bot 目前加载了三个模块，疾病预测与健康模型、中药疗效分析模型，还有教育模块。"

"教育模块也有？"

"嗯，这是陈老师的意见，咱们项目的根本目的都是传承国粹，守护本心嘛，所以神农 Bot 提供了虚拟临床案例和培训材料，给学中医的学生们用。"

陈知礼不愧在学校工作这么久，这觉悟，唐念佩服。

唐念还心心念念着 AI 把脉，跟医生询问一番才操作成功，把脉的机器像个自动血压测量仪，她需要把胳膊伸进去，没几秒屏幕上就显示出她的脉象和结论。

——体质偏向阴虚，肝郁气滞，寒邪凝滞。

——患者易情绪抑郁、胸胁胀痛、月经不调，适合食用滋阴润燥的食物，如百合、鸭肉，建议每天有半小时午睡，可食用六味地黄丸。

唐念震惊，别说，这几项还挺准的。

医生继续介绍："这个模块是疗效分析，对于临床中药的特点、药效、疗效进行分析，还能有助于研发新药。"

唐念："AI 制药？"

医生笑着说："算是吧，咱们也算是循证医学了，以后就没人说中医只看经验，缺乏科学依据了。"

"听着挺热血沸腾的。"唐念转头对陈知礼说，"说实话，这可比环球影城好玩多了。"

陈知礼笑道："看病还能让你看出好玩来了？"

经过快一个小时的摸索，唐念已经熟悉了神农 Bot 的大部分功能，她很快反驳说："不只是看病啊，你看这里还有养生，以后把这功能放到智能手表里面，就能时刻提醒你的身体状况了，现在的人们都挺注意养生的，我觉得会火。"

陈知礼："鸿智已经在做了。"

果然是资本家头脑，不浪费任何一个赚钱的机会。

唐念朝他竖起大拇指。

页面右下角的"关于我们"是研发人员名单，唐念看到自己的名字和陈知礼的并列在一起。

没由来地，她忽然觉得有些感动。

项目研发也快一整年了，虽然她嘴上说着不想干，只想划水摸鱼，但是真到了出成果这天，心里还是美滋滋的，毕竟这里面也有她的贡献。

"神农 bot"是国内中医药领域首个大模型应用落地项目，陈知礼当初接这个项目时也受到了许多阻碍，像是如何保护病人病例的隐私、数据来源是否正规合法、家传医术凭什么拿去喂 AI 都是重重难关，而且 AI 模型缺乏可解释性，这在严肃的医疗领域更是引发众人的担忧。

一直以来，各种质疑不断，但他坚定地去做他认为正确的事。

中医追求的本质是一种模糊的网状规律，所有的特征信息都不是独立存在的，而是相互依存相互依赖，这种理念通过 AI 会得到更好的发展和传承。

从医馆出来，陈知礼问唐念："感觉怎么样？"

"很震撼。"唐念说，"以前我刚入行的时候，以为未来的 AI 能代替人类做一些重复的体力劳动，而我们就可以去寻找诗和远方了，但随着 AI 的发展，我才发现，原来是 AI 去寻找诗和远方，由我们人类来做体力劳动。"

陈知礼一顿："为什么这么说？"

"因为我们比 AI 更便宜。"

今天是七夕，所以街市上有很多小情侣，比往常还要热闹。唐念在路边小摊买了串糖葫芦，就跟着陈知礼回学校了。

路上车很多，堵得很，走走停停，她糖葫芦都快吃完了，还没走到一半。

这时包里的手机振动起来。

唐念擦干净手，拿出手机看了眼，是唐银婉的消息。

唐银婉：甜甜，胡可强去找你了吗？

唐念眼睫动了动，有种不太好的预感。

甜甜圈：没有，怎么了？

唐银婉：他最近赌输了钱，来找我要，我没给他。我真是服了，我给他留了 200 万，这才几天就没钱了。

唐银婉：我不在京北，也看不住他，怕他没钱后就去找你，他这种赌鬼急了后什么事都能干出来。

唐银婉：当年要不是他，你也不会复读。

唐银婉：平时注意一点，尽量晚上不要出门。

唐念没回复，唐银婉的消息还在不停往外冒，抱怨自己这些年的付出，数落胡可强有多么不好等等。

她看着屏幕，一个字都看不进去，原本的好心情也降到谷底。

正好红灯，陈知礼见她一直对着手机发呆，就问了句："跟谁聊天？"

唐念迅速按灭屏幕，把手机塞进了包里，欲盖弥彰地说："没、没谁。"

陈知礼只看她一眼，没继续追问。

车子驶向高架，寂静的车厢内，两人都没说话。

唐念后知后觉地意识到，自己刚刚下意识的否认很不妥。和陈知礼在一起后，她对高三复读的事一直讳莫如深，连带大学都很少提起。虽然是男朋友，但他对她的事其实一点都不了解。

陈知礼知道她不愿意说，所以从来都不问，不问任何关于以前的事。

但他不问并不意味着事情揭过去了，当年分手时她说过的狠话还历历在目，他不可能忘记，伤疤还在，再掩饰也无法粉饰太平。

也许他是不想给她压力，在等她自己主动告诉他，可是今天她这样急着否认，一副什么都不愿意说，也不信任他的样子，一定又伤了他的心。

唐念咬着冰糖葫芦上面的糖渣，心里乱得很。

她是真的很不想再提起那个家里的破事，无论是唐银婉还是胡可强，或者胡铭，她想和他们彻底划清关系，最好再也不联系了。那些过去太糟糕，她自己都不想回忆，又怎么好跟陈知礼提及。

她只想过好眼前的生活，而陈知礼，她也只希望他能看到她好的一面，喜欢这个积极乐观的自己。

但这样是不对的，感情是相互的，两个人在一起最重要的是坦诚，她不可能永远这样逃避下去。

他明明已经朝她走了九十九步，可她却连最后一步都不敢踏出来。

唐念忽然不想再这样下去了，她不想让陈知礼觉得这段感情只有他一个人在维护、在付出，不想让他一次次妥协。

她想了好久才终于鼓足勇气喊他："荔枝。"

陈知礼开着车，没往旁边看："嗯。"

"我刚才确实在跟人聊天，"唐念抿了抿唇，"是我的姑姑。"

陈知礼这才有些反应，迅速看了她一眼："她又来跟你要钱了？"

他对她姑姑的唯一印象是上次在宿舍门口找她要钱，但他不清楚这是经常的事，还是特殊情况。

"不是的，她前段时间跟我要钱是因为我那个姑父赌博，她要替他还债，但现在她已经离婚了，人也不在京北，而且她把京北的那套学区房卖掉了，卖了挺多钱的，可比我有钱多了，没什么跟我要钱的必要。"

"所以她还找你是为什么？"

唐念低头，车里没开灯，低垂的睫毛恰好掩藏住眸中的情绪："她说让我小心点。"

"小心点？"陈知礼意识到事情不对劲，干脆在路边找了个地方停车，直直看过来，"到底怎么回事，说清楚一点。"

"是我姑姑以前的丈夫，我以前叫他姑父。"

陈知礼没说话，安静等着她继续往下说。

"我……高考后就没见过那个人了，"唐念的声音有些紧张，她本身对这件事还是有些抗拒，但她已经下定了决心，要把全部告诉他，"我不知道他最近什么情况，但高中我住在他家里时，他就……不太好，经常赌钱，心情不好就发脾气摔东西，有时候还想打我的主意，要我辍学去打工，甚至有一次他还跑进我房间里……

"虽然没发生什么，但我很害怕，不敢再住在那里，就报警举报了他赌博，他被关进派出所十几天，就是我住在你家的那个寒假。

"我很感谢当时你能收留我，真的，如果不是你，我当时就真的不知道要怎么办了。"

她说得有些激动，眼眶红着，眼尾沾湿，陈知礼急切地解开身上的安全带，把她抱到怀里。

"都过去了。"

唐念对她那位姑父的形容只有"不太好"三个字，但陈知礼很清楚，那一定是个很恶劣的人。

他甚至不敢去想她是经受了怎样的精神压力，走投无路之下才把所有的希望寄托在一个当时还不算太熟的同学身上。

陈知礼也很庆幸，那天闲着无聊拿改装过的无人机在市里拍照，碰巧走到她家楼下。

他知道她的住址还是因为偶然在教研室整理资料时见过一次。不管是闲着无聊也好，对她好奇或有点好感也好，他无比庆幸当时的自己没有拒绝她的任何要求，否则他不敢想会发生什么。

唐念靠在陈知礼肩上，眼眶渐渐有了湿意："我高三开学后，他也从派出所出来了，他一直记恨着我报警抓他，总想着来找我麻烦，但是我申请住校了，学校安保挺严的，他进不来，所以就在学校门口跟一些同学说我的坏话。

"其实我根本不用在意那些，他爱说什么就说什么好了，只要我不出去就是安全的，只要熬过那半年我就离开，让他再也不到我。我心里是这么安慰自己的，但是我没有想象中的强大，那些乱七八糟的声音还是能影响我。

"我的成绩一轮比一轮差，这让我很焦虑，也很浮躁，心情差到极点，所以每次你打电话过来，我都心浮气躁，口不择言地说过很多不好的话。我也不知道怎么了，就是找不到人发泄，只能对你发脾气，甚至埋怨你，觉得很不公平，凭什么我那么努力都学不好，而你们这样的人轻轻松松就能进最好的学校。"

陈知礼敏锐地察觉到唐念的情绪已在崩溃边缘，他握住她的手，眼神变得锐利："算了，不想说就别说了。"

唐念："不行，我要说。"

她好不容易鼓起一次勇气，要一次性说完，不然以后这些糟糕的事她就再也说不出口了。

"事后每次想起来我都很后悔，可我又控制不了自己，也不知道怎么解释，说狠话的是我，发脾气的也是我，我没法解释。高考完，我很清楚，别说T大，我连985可能都要考不上了。当时我已经决定好了要复读，而且是离开这里回老家复读，我一定要离开这个地方。我姑姑这人虽然有很多缺点，但是关于学习的事，她从来都不会反对，她答应让我复读。"唐念强忍着眼泪，"所以我就……又跟你说了很多不好的话，但那些话都不是真的，我只是觉得自己不够好，我是个很差劲的人。"

她不想哭，可是眼泪忍不住往下落。

她那段时间很焦虑、很不安，各种负面情绪随时随地就会冒出来，那样的她，是没有能力去追上陈知礼的。

她很累，她自顾不暇，又不想连累他，所以她退缩了，也放弃了。

可是无论她经历了怎样的痛苦和挫折，都不是她伤害他的理由。

"你当时一定很生气。"

"我没有生气，"陈知礼抱紧了唐念，声音低沉，"我只是在害怕。"

唐念吸了吸鼻子，有点不解："害怕？"

"不是只有你胆怯，我也一样，"陈知礼说，"我怕是自己太忙碌忽略了你，所以你不对我发脾气，我更怕你是真的喜欢上了别人，不再喜欢我了，所以才对我冷淡。"

唐念有些想哭，又强忍住了，可还是有一滴泪落下来，滑落在他冷白的手背上："我没有喜欢过别人，我只喜欢你。"

"我只喜欢你"短短五个字极具冲击力，和她的呼吸一起洒在耳畔，让陈知礼浑身都僵硬了："嗯，我知道了。"

"对不起。"

为她的失约道歉，也为她的怯懦道歉。

她不知道二十六岁的唐念能不能代替十八岁的唐念跟他说这句迟到的"对不起"，但她必须要说。

"没关系。"

安静至极的车厢里，陈知礼吻上她的唇，转而将她的手握进掌心。

唐念陷入迷蒙前，耳边停留着他的最后一句话："我也有错，是我回来得太晚了。"

他又何尝没有错，他当年答应过要为她撑腰，却什么也没为她做。相隔一个太平洋，他甚至连她经历了什么都不知道。

但是还好，她足够坚强，她撑过去了，这段她不愿提及的过去也终归成了过去。

唐念讲述得并不详细，陈知礼还是缓慢拼凑出了她这些年的经历细节，与他无聊透顶的学术生涯相比，她的生活充满各种坎坷和痛苦。他知道，她过得很辛苦。

其实这些年，他想过很多她想分手的原因，唯独没有想过是她的生活出现了问题。她遭受了那么多的磨难，一点点消磨掉她的志向和勇气，这些错综复杂的因素让他们错过这么多年。

他后悔了，他回来得太晚了。

他发现得也太晚，他什么都不知道。

如果早知道……如果再细心一点……他一定会早点回来，代替她承受世界上最恶毒的命运。

可惜这世间没有如果，时间也不会对谁仁慈。

唐念被陈知礼亲到发软，整个身子都靠在他怀里，手指勾住他的衬衣口袋，深深喘气。

陈知礼总怪她逃避，可他自己又何尝不是。即使在一起这么久，他也不敢开口去询问那个折磨得他灼心挠肺的答案，他知道，自己在嫉妒，嫉妒在那段他没有参与的过去里，一直陪在她身边的所有人。

他贪心地想成为她的唯一。

可现在他觉得自己错得离谱，他应该感谢他们，感谢陪过她的每一个人。

唐念缓了缓，继续说："我回家复读的那一年还算平静，高考也考得挺好的，比你的高考分还要高，也达到了 T 大录取线。"

说到这里，她终于露出点笑容："但我没有选 T 大，因为你不在那里了。我对京北没有什么好感，所以并不想回来，于是就留在了当地。

"大学过得也挺充实，除了上课就是和同学打打比赛，大三时去恒宇实习，认识了我老师，毕业后也一直跟着她学习。"

陈知礼双眸漆黑，神色难辨，看着她发红的眼睛，心里难受。

唐念凑过去，声音软软的，透着点鼻音，双眸却明亮："这些年，我一直很想你。"

她恨不得用双手双脚来展示自己的爱意，希望陈知礼能收下。

陈知礼没出声，放在她腰侧的双手无声收紧。他看着她，压抑的那颗心开始放肆跳动："我也是。"

他再次把人拉过来圈在怀里，低头去亲吻她的唇，亲吻她的眼睛，又去亲吻她的脸颊。

他离得太近，溢满车载香薰的车厢几乎要燃烧起来，唐念感觉自己的脸也被点燃了。

陈知礼："我也想你……"

她被抱得太紧，都没办法动弹，偏偏又非常喜欢这种感觉，像是跌进一片安全的海里，海水贴近她的身体，无孔不入，夏天的衣服薄，她甚至能感受到他呼吸时胸腹起伏的肌肉形状。

一小时后，陈知礼把车开回云水湾，唐念坐在副驾驶，用纸巾反复擦拭发烫的掌心。

她有点后悔了，一开始，她就是单纯想对他好一点，不想总让他付出，想主动一点，结果主动完的后果是手臂酸软，手抖得拧不开瓶盖。

回到云水湾，陈知礼在车库停好车，打开车门要去抱她。

唐念无语："我只胳膊酸，不是腿酸，你抱着我也没用。"

"一会儿给你平衡一下。"

他在口出什么狂言啊！

唐念睁大一双鹿眼，一拳打在他肩膀上，只是软绵绵的没什么力气："你还是不是人了，生产队的驴都不带这么使的！"

陈知礼只是笑。

人的欲望还真是无穷尽，吃过美食之后，寻常食物就难以下咽了。

出了电梯回到1201，刚开门，屋内的灯便亮起，随之响起小苏的声音："欢迎主人回家，有什么吩咐吗？"

陈知礼："浴室放热水。"

小苏："好的，水温已为您调至36度，浴缸即将放水，毛巾在烘干机里，浴室地滑，要小心哦。"

陈知礼低声问唐念："想去洗澡吗？"

唐念点点头："嗯。"

陈知礼把她抱进了浴室，直接放到了洗漱台上，弯腰去帮她脱掉袜子，含着笑问："礼尚往来，要不要我也帮你一下？"

唐念脸上刚退下去的热度又回温了，气愤地推开他："我自己来！"

陈知礼勾了下唇："好，有事喊我。"

唐念看着他把她的袜子扔进脏衣篓，转身要走，连忙喊道："那我洗完澡穿什么啊？"

陈知礼："里面有睡裙，你晚上先穿一下，你的衣服我一会儿放洗衣机，烘干完明天就能穿了。"

唐念睁大了眼睛："睡裙？你家里为什么会有睡裙？"

陈知礼忍着笑："你觉得呢？"

"你留宿过别的女人！"

枉她今晚对他这么好。

唐念就要从洗漱台往下跳，被陈知礼一把抱住。

陈知礼笑道："想什么呢？专门给你准备的，和你穿的这双拖鞋一起买的。"

"拖鞋？拖鞋不是很早就买了吗？你那时候都没有和我在一起，为什么给我准备睡裙？"

陈知礼没说话，倒是唐念察觉到了他的心虚。

"原来你早就对我图谋不轨了！"她坐在洗漱台上，拿脚尖一下下踢他的腰。

陈知礼浅笑，抬起胳膊按住了她作乱的小腿："这个词不好，准确地说，我这是……蓄谋已久。"

唐念望着他不似玩笑的眸子，抿了抿唇，得意道："那你现在美梦成真了。"

陈知礼笑着说："是。"

说着，他凑上前似乎是想亲她。

唐念也没躲，闭上眼安静等待，只是这个吻迟迟没有落下，她再次睁开眼，看着男人含笑的眸子。

"好啊，你耍我。"唐念佯怒，挣开被他按住的双腿就要踢人。

陈知礼非但不躲，还趁机挠了下她的脚心，在她即将反击之前，急忙闪身出去，还贴心地替她关好了浴室门。

唐念暗骂：幼稚鬼。

没一会儿，浴室里传来哗哗的水声。

家里有两套卫生间，唐念用的客卧那套，半小时后，她擦着头发走出来："有吹风机吗？"

她在浴室没有看见。

陈知礼正坐在客厅沙发上看手机，抬头看她一眼。

他的姑娘只穿了件清凉的真丝吊带裙，露出的肌肤细腻白皙，正弯着腰擦头发，背后那对漂亮的蝴蝶骨随动作扇动，像振翅欲飞的蝴蝶。

画面冲击有些大，陈知礼不由喉结滚了滚，说了声"有"，起身去主卧的卫生间拿下墙壁上的吹风机，走回来："我帮你吹？"

唐念点点头，用毛巾吸掉发尾的水，坐到他旁边。

陈知礼动作不太熟练，将头发一绺绺拢在掌心，又怕扯痛了她，对待每根头发都极其珍重。

唐念被吹得有些困，脑袋直往下点，吹了好半晌他才终于关掉吹风机，附耳轻声说："宝贝儿今晚辛苦了，去睡觉吧，好梦。"

唐念原本都忘记了，他这一句"辛苦"，让她再度回忆起几小时前的旖旎画面，羞得扔了个抱枕给他。

陈知礼笑着躲过："晚安。"

唐念这一觉睡得不算安稳。

入睡前，她脑子里想了太多东西，睡得很不踏实，迷迷糊糊中似乎还做梦了，不过不是陈知礼说的美梦。

她梦到自己站在一个巨大的天井里，四周都是高楼，有无数穿着附中校服的人趴在围栏边看她。她看不清那些人的脸，但声音刺耳无比，叽叽喳喳的，吵得她心烦。

"她就是唐念啊，就是学校门口那个疯疯癫癫的男人找的女生吗？"

"就是她。"

"他们认识吗？"

"肯定认识，不然那男人为什么来找她？"

"那她怎么不出去说清楚啊？好烦，学校也不管，那人每天都蹲在校门口，太吓人了，我最近都不敢自己回家了。"

"谁知道呢，估计做了什么心虚的事吧。"

嘈杂的声音中，唐念隐约看到有个男人朝自己走来。

她同样看不清他的脸，只模糊地识别出他穿了一套脏兮兮的工装，胡子拉碴，声音嘶哑得厉害，在喊她的名字："甜甜！"

本是亲密至极的乳名，从他口中说出来却如同恶鬼在嘶吼，唐念感到害怕，她想跑，脚却像灌了铅一样一动不能动。

她挣扎着，抗拒着，却只能眼睁睁看着男人越走越近，心里不受控制地生出恐惧。

"唐念——"

这声音仿若晨钟暮鼓，她那颗恐惧浮躁的心竟慢慢安静下来。

唐念迷迷糊糊地睁眼，周遭的嘈杂霎时如潮水般退去。

她没有回到学校，而是躺在柔软的床垫上，身上的睡裙被汗水浸湿，缓了好

303

一会儿,与男人浸透着关切的眸子对上视线。

她立马坐起来,搂住陈知礼的腰身,闻着他身上浅浅的薄荷香,心终于安定下来。

陈知礼轻拍着她的背:"做噩梦了?"

"嗯。"

"梦到什么了?"

"梦到我回到附中,周围人都在说我坏话。"

陈知礼光是听着就心疼得无法自抑,手在她背上轻轻拍着:"都过去了。"

唐念的声音还带着浓浓的鼻音:"可能是昨天想起一些不好的事,没事的,我不经常做噩梦。"

陈知礼"嗯"了声,拿过她床头的手机设置了紧急联系人,只需要按四下电源就会给紧急联系人发送定位信息。

他很严肃地说:"以后有任何事都要第一时间告诉我,不准再瞒着我,听到了吗?"

唐念点头:"嗯。"

第十六章
她只有围绕着太阳，才能发光

　　昨天唐念请假没去实验室，所以电脑什么的都在宿舍，早上她提前了一会儿出门，先回了趟宿舍。
　　杨蓁蓁正好起床，从洗漱间出来，脸上还滴着水，看到唐念，端起长辈的口吻："哟，胆儿肥了呀，敢夜不归宿了。"
　　唐念笑着拿出早餐袋，贿赂她："嘿嘿，给你的早餐。"
　　"这还差不多。"杨蓁蓁接过早饭，是水晶虾饺、黑米糕，还有一份红米粥，粥用保温桶装着，这一看就不是在校外早餐店买的，"哟呵，你小子可以啊，有好东西没忘了姐妹。"
　　唐念回到自己桌前装电脑："当然啦，我怎么会忘记你。"
　　杨蓁蓁夹了个虾饺，端着粥桶绕到她身后，还不忘问正事："快跟我说说，昨晚什么情况？"
　　唐念低着头收拾东西，装死。
　　不说话在杨蓁蓁这里就代表了默认，她的表情瞬间从兴奋转变为猥琐："这是睡了啊？快快快，给我描述一下细节。"
　　"哪……哪有什么细节啊。"
　　唐念原本想含糊过去，但在杨蓁蓁这种遍观各种同人文的老司机面前，哪里是这么好糊弄的。
　　"就是具体一点啊，精确到时间、长度、耐久度，你写一份用户使用报告发我邮箱里。"
　　她在口出什么狂言？
　　唐念脸都红了，连忙咳嗽掩饰过去："信不信我一脚踹翻我们友谊的小船。"
　　"啧啧，友谊的小船不踹翻怎么才能掉进爱河呢。"
　　"你没完了是吧，不许胡说。"
　　"没胡说啊，大数据驱动未来，你得把数据采集起来啊。"
　　"不是，你采集这种数据干什么？"
　　"应用在我的蓁言蓁语里。"
　　"你的蓁言蓁语还没被查封啊？"
　　"还好好活着啊，哪那么容易被封，我杨蓁蓁，网上冲浪小能手，身披数张马甲，为人类生命大和谐事业做出重要贡献，到时候我就用你和陈老师做主角训练一篇……"
　　唐念怕她语出惊人，转过身来要去掐她的脖子："别说了，吃都堵不上你的嘴啊！"

"下饭嘛。"杨蓁蓁也不躲,还傻乐呢,正好瞟见唐念脖颈上的红痕,花瓣大小,印在女孩娇嫩的皮肤上,无声暗示着昨晚的疯狂。

杨蓁蓁眼睛都看直了:"你吃得消吗?"

唐念无语了:"你就不能闭嘴吃饭?"

"闭嘴怎么吃饭?"

唐念竟无法反驳。

后面几天唐念过得很轻松,等九月开学,寂静许久的校园又开始热闹了。

秋天来临,研二上半年的科研生活以成帅退学拉开帷幕。

她每天早上七点起床,吃个早饭,去实验室做实验、看论文、准备开题、做PPT……

恒宇这段时间发生了不少事,声誉受损,管理层面临变动,股票直接跌破发行价。股民纷纷气得吐血要跳楼,还有好事者跑去恒宇公司闹事,公司大楼被围得水泄不通,又上了一波热搜。

虽说这几年新能源板块不景气,国产新能源车日日被唱衰,但恒宇掌握核心科技,年报还是很好看的,这也导致股票随之水涨船高。

这事一出来,韭菜们天天骂爹。

周一上午十点整,有一笔资金横空出世,开始疯狂抢购恒宇的股票。

业界有小道消息,说这是一家背景雄厚的投资机构,短短一小时,扫货10亿,直接将股票封锁在涨停板。

这操作太迅速了,看热闹的股民都愣了,这是什么情况?

当天,几个粉丝多的股票类公众号都开始发布文章——《重磅,恒宇科技60%股权被收购》《券商大洗牌,恒宇科技最终命运被收购》等等。

与此同时,幕后操盘手陈某正在苦苦地写项目汇报书。

今天是周末,唐念心血来潮想做个牛油果蜜汁火方,让陈知礼尝尝自己的手艺。她围着围裙,站在操作台前看菜谱,把豆腐皮切条,再将牛油果打成泥,然后将切好的豆腐皮放入油锅中炸至金黄,最后捞出沥油装盘。

这很简单啊,唐念合起菜谱,把牛油果放进料理机,回来倒油起锅,很快锅里传来噼里啪啦声。

唐念自信满满,颠勺的动作也学得有模有样,一顿操作猛如虎,五分钟后损失一口锅。

陈知礼跑过来一看,黑烟弥漫了整个厨房,唐念捂着鼻子从里面冲出来。

他看了唐念一眼:"你触犯天条了?"

唐念心说:倒也没那么大罪过,就是不小心煳了个锅而已。

她脸上都是灰,摸了把后脑勺:"中午吃外卖吧。"

陈知礼无奈,揪着她的衣领把人扔出去:"以后少来厨房!"

唐念觉得自己的步骤没问题,都是按照菜谱来的,也不知道中途发生了什么,反正就是煳锅了。

最后她得出结论，做饭这种事和数学一样，也是需要天赋的，所以她还是避而远之吧。

吃完午饭，陈知礼回书房继续工作，唐念在客厅教训皮卡丘。最近它的骂人系统迭代的速度太快，不分场合就骂人，小苏都被它骂自闭了，罢工了一周。她决定给它输入点正能量的好词好句，让它做一只健康积极的修勾（网络用语，小狗的意思），比如每天起床背《出师表》。

陈知礼就在书房写汇报书，这几天他工作强度很大，一下午的高度用眼后眼睛有些发酸，他揉了揉眼眶，电话在这时响起。

陈知礼看都没看就接起来了："哪位？"

"我是你爷爷！"听筒里传来宋致的咆哮，"你在哪儿呢，一整天找不到人？"

"在给我爷爷上坟。"

"行了，别贫了！"宋致咆哮完，继续说，"晚上有和恒宇的饭局，记得来。"

鸿智成立至今也有快三年了，应酬方面的事陈知礼一向是不参加的，毕竟有"交际达人"宋致在，喝酒、吹牛、插科打诨样样精通，压根用不着他操心，但这次收购恒宇一事引发了恒宇内部的诸多不满，一是他手段太过强势，暗自吸纳股份，以强制收购的手段入场，完全没有留下讨价还价的余地；二是恒宇内部多位董事都是陈知礼叔叔的旧友，打小认识，算是长辈，这次点名要他过去，他不答应的话，既不礼貌又不合适。

何况这次收购的本意是希望吸纳恒宇的人才为鸿智成立新部门，那么日后肯定会与恒宇内部打交道，他也不想搞得人心惶惶，觉得他是"专制暴君"，更希望以友好的方式达成合作关系，所以这次也需要让恒宇的董事们看到鸿智的实力和诚意。

陈知礼说："知道了，把地址发我。"

"行。"

"叮"的一声，收到宋致发过来的信息，晚上七点，在海天饭店顶楼的包厢。

sz：这次饭局是恒宇内部德高望重的董事成员梁辉安排的，作陪的估计都是他的心腹。

什么德高望重，都是一群诡计多端的老狐狸。

看来又是一场鸿门宴。

陈知礼闭着眼缓了缓才起身去衣帽间，等他穿戴整齐出来时，看到唐念正趴在沙发上看动画片《宝可梦》，还是英语版的。

陈知礼还挺奇怪的："你这是在……学英语？"

唐念抬起头，冲他露出一个甜丝丝的笑："我回味一下童年。"

陈知礼走过来，唐念也跟着爬起来，从趴的姿势变成盘腿坐，拍了拍一旁的垫子，给他让出空间坐下。

"你童年看的是英语版？"

"对啊，我爸爸是风力发电工程师，曾经被派到海外好多年，我放假会跟着他过去住一段时间，有次那边的电视机里正好在放《宝可梦》，我就一直看这版的，觉得还挺亲切。"

陈知礼第一次听人说英语版《宝可梦》亲切的："怪不得你英语好，看来是耳濡目染。"

唐念有点小得意："也就口语还行啦，比你好点。"

她又想起什么："哎，对了，有人说过你说英语有日本口音吗？"

陈知礼一顿："骂得挺不客气啊！"

唐念哈哈笑起来："开个玩笑，发音嘛，不重要，能听懂就行。"

说完，她才注意到陈知礼穿得挺正式的，黑色西装，大夏天的衬衫扣子还扣至顶端，端得一副清贵斯文的模样，就是领带有点歪了。

唐念坐直身子靠过来，帮他调整了一下领带："你是要出门吗？"

"嗯。"陈知礼看她一眼，在她的手即将离开时伸手捉住，攥在手心，她的手软软的，摸起来又滑又舒服，"晚上有个不得不去的饭局，可能会回来晚一点。"

唐念点点头："几点啊，我去接你？"

陈知礼沉思片刻，他也不清楚结束要几点，但肯定的是那群老狐狸不会轻易放过他，毕竟是好不容易得到的机会。

陈知礼笑着说："不用，估计要很晚，你在家就行。"

"那我在家等你？"

"不用等我，你先睡。"

"反正是周末，我也睡不早，等你回来一起呗。"她挺执着的。

陈知礼低头去看她，女孩未施粉黛的脸颊在灯光下格外清丽无瑕。他没忍住，凑过去亲了下："就这么想跟我睡？"

他靠得很近，笑得魅惑，两人的呼吸都像融在了一起。

他又勾引人了，唐念哪里抵抗得住："嗯，想啊，早点回来嘛。"

他笑着抬起胳膊，大手在她后脑勺摸了摸："你先睡，我回来就陪你，乖。"

他总能用一个字就拿捏住她的三寸。

唐念抿了抿唇，脸红扑扑的。

"行吧。"

陈知礼离开后，唐念就只能一个人吃晚饭了。这段时间她已经烧坏了两口锅和三个电饭煲，也不敢再去厨房折腾，就老老实实叫了份外卖。

皮卡丘在屋里打滚，汪汪乱叫，和电视机里的皮卡丘的叫声混在一起。

唐念吃完晚饭就彻底没事干了，瘫在沙发上，一边看电视，一边分心把手机内存清了清，结束后抬头看了眼时间，怎么才十点啊。

听陈知礼的意思，应该是要后半夜才回来。

好无聊。

"小苏！你主人在家无聊的时候都干什么啊？"唐念躺在沙发上望着天花板问道。

被皮卡丘骂到自闭的小苏缓慢开屏，声音依旧闷闷的："看论文啊。"

她看不了一点。

唐念一个鲤鱼打挺从沙发上弹起来,跑去陈知礼的书房看看有没有什么杂志,可惜陈博士的书架上没有一点关于娱乐的书,全是各种专业书籍。

正要出去时,她看到陈知礼电脑上微信亮起,里面是宋致发来的消息。

sz:陈知礼你赶紧出来,留则里干什么?那几个老东西压根不是来诚心签合同的,就是恶心人的,这破合同不签就不签了,以恒宇现在这个破口碑,他们能挽救起来才有鬼,你就让他们自己去作死吧。

sz:喂,陈知礼!

sz:回消息!

sz:我说你是不是被狐狸精迷昏了头,就非得那么急着签?就非得今晚签?那么多搞智驾的公司求着跟我们合作,你理都不理!就这垃圾公司你还非得舔上去是吧?

sz:不回拉倒,你爱怎么搞怎么搞,我走了,老子才不受这个气。

消息是半小时前发来的,隔着屏幕都能感受到宋致的不爽。

唐念有点蒙。

听着很像是宋致在今晚的饭局上受了气中途离开了,但陈知礼还在里面。

难道今晚不是普通的吃顿饭吗?

她继续往上滑了滑,上面是宋致发来的饭店定位,再往上就是宋致对于恒宇董事的各种不满、各种抱怨。

她注意到隐没在吐槽中的一条。

sz:你酒精过敏,记得晚上别喝酒。

陈知礼酒精过敏?

好像是的,他曾经说过这件事,但她没怎么往心里去,因为酒精这种东西也不算生活必备品,不喝又不会影响生活。

现在想来,她确实没怎么见过他喝酒。

只有一次……

她上次和他出差闹矛盾,她提前坐飞机回校,那会儿看着他没什么异常,应该不是很严重的过敏吧?

唐念坐在椅子上想了很久,还是放心不下,拿上钥匙出门了。

她气喘吁吁地赶到海天大酒店,等电梯的时候正好有一组人出来。

一人在小声嘟囔:"陈家这个小崽子真是不好糊弄,我以为读书人手段会温和一点,实际上比谁都狠,上来就直接砍一半,还没有丝毫商量的余地,真是吓得我汗都出来了,我还以为看到了他二叔年轻时候。"

另一个人说:"一个狼窝里能出什么兔崽子,咱们也别光听老梁的,跟着他只能喝汤,保不定跟着陈家这小子还能捞点肉末。"

"没错没错,被收购也好,咱们年纪大了也打拼不动了,按月拿点小钱养老也不错。"

唐念听出来了,他们在谈论陈知礼。

她没逗留，进了电梯直奔顶楼。

顶楼已经没客人了，只剩几个服务生在打扫包间，唐念数着门牌一步步往里走，直至来到走廊尽头，才看到一个人抱着垃圾桶呕吐。

陈知礼晚上没吃多少东西，吐也吐不出什么，只是胃里翻涌得恶心，身上也像火烧一样，呕出的酸水都夹着血丝。

唐念僵立在原地，心下一颤。包从手中滑落她都顾不上捡，冲陈知礼跑过去："荔枝！"

陈知礼没想到唐念会来，陡然听到她喊他的名字竟有些慌张。他抬起头，脸色有些白："你怎么过来了？"

唐念蹲在他面前，神色担忧："你怎么喝酒了啊？不是说不能喝吗？"

"没什么事。"陈知礼吐完，把垃圾桶推到一边，直接坐到了地上，倚靠着墙喘气。他右手边有一份合同，拿过来给唐念看，"恒宇现在是我的了，唐总监。"

唐念愣住了，她根本就不想当什么总监，也没有那么想把恒宇搞死，只希望陈知礼好好活在象牙塔里，干干净净，一直做着自己喜欢的事。

可现在他却放下所有骄傲跑过来陪酒，跟商场上乌烟瘴气的人谈判，为了利益算计，这根本就不是她所认识的陈知礼。

一时间，唐念不知道说什么好了，只觉得鼻子酸涩得厉害，视线也越来越模糊了。

"哭什么？"陈知礼伸手擦去她眼下的泪。

他的手指很冰，完全没有一点热气，要撤离时被唐念攥住："你不是酒精过敏吗？现在有没有不舒服啊？"

陈知礼低低叹了一口气："有一点，你可能需要送我去一下医院。"

唐念吓得眼泪都不敢流了："好，我开车过来的，我马上送你过去。"

陈知礼摇头："你现在精神太紧张，开车很危险的，打个车吧。"

"好，我打车。"唐念点头，哆哆嗦嗦地拿手机叫快车。

已经快半夜了，接车的师傅并不多。

唐念看着一直转圈的软件都要急死了："怎么没有人接啊……"

陈知礼背靠着墙，后背冷汗涔涔。

他现在症状不算严重，只是胃里难受，被酒精刺激的绞痛沿着神经往身体里钻，但以他的经验来看，今晚摄入这么多酒精，估计又要起疹子，难受好几天了。

他还在安慰唐念："别急，慢慢来。"

唐念也不是急，她是害怕，陈知礼的脸色好差，有种随时要晕倒的感觉，她不能不急。

好在并没有等太久，三分钟后有司机接了单。

陈知礼也不知是醉的还是难受的，连路都走不太稳，唐念挽着他，搂住他的腰把人扶进车里，上车就对师傅说："去最近的医院急诊科。"

司机说了声"好"，一脚油门急速上路。

坐上车，陈知礼才像抽空所有的力气，颓丧地歪靠着椅背，闭上了眼。

他这样子可真是把唐念吓坏了:"荔枝,你别睡觉,你和我说说话,医院很快就到了。"

陈知礼没有应她。

他的脸色苍白如纸,额头上满是冷汗。

"陈知礼!你不要吓我啊!"唐念慌张地伸出手去探他的鼻息,好在是有呼吸的,可她还是好害怕,忍不住号啕大哭起来,"陈知礼你是不是傻啊,自己过敏还去喝酒,谁跟你说我要当什么研发总监啦?你浑蛋啊!"

她号得嗓子干哑,连司机都无奈了:"别哭了妹妹,他没事也让你哭死了。"

这话像是踩到了唐念的尾巴,她冷着脸吼人:"你才死了,你全家都死了!"

"嘿,你这个女娃怎么骂人?"

"他就是生病了,谁不会生病,有你这么咒人的吗?"

司机真是有口难辩:"我还不是看你哭得厉害想跟你开个玩笑,你不乐意听我不说了就是,用得着骂人吗?"

唐念也意识到是自己态度太差了,低着头抹了把泪,对司机说:"对不起。"

夜晚车不多,一路畅行无阻,很快就到了人民医院。

医院的急救科总是忙碌。

陈知礼一直不醒,唐念也移不动他,最后是几位护士把他抬上便携式救护床,再一路推进抢救室。

陈知礼摄入酒精过量引发过敏性休克,心跳过速,呼吸困难,丧失意识。

"是过敏性休克,立即吸氧,上心电监护,准备抽血气。"医生在门口喊,"家属呢?家属过来签字!"

唐念都蒙了,他不就是过敏吗?为什么还要签字?

她跟跟跄跄走过去:"我,我是他女朋友。"

"女朋友不能签,赶紧打电话叫家属过来,你先看一下这个。"说着,医生递过来两张单子。

病危通知书!

唐念腿一软,跌坐在长椅上。

她不明白,到底发什么了啊?明明刚才人还好好的,还在安慰她说没事,就这么几分钟的工夫怎么就被下病危通知了?

"他会有生命危险吗?"她焦急地抓住一位医生的手。

医生说:"理论上是有的,但好在送院及时,我们会全力抢救,你先别紧张。"

唐念被挡在抢救室外,站在原地,愣愣地看着面前冰冷的钢门缓缓合上。

她忽然回忆起自己十五岁时,第一次站在抢救室前。

她在抢救室门前从黄昏等到凌晨,穿白大褂的医生从抢救室出来,对她说:"很抱歉,节哀顺变。"

一句话,从此,她再也没有爸爸了。

记忆再往回倒退,三年前,同样也是医院抢救室门前,她同样等了一天一夜,只等到老师的死亡通知。

所有的一切都是那么突然，就和今天一样。

明明出门前陈知礼还笑着说要回来一起睡，几个小时后他就躺在这里被下达了病危通知。

她很难形容自己现在是什么心情，不是绝望、害怕，也不是痛苦，只感觉到麻木，一种空洞的茫然。

她不信命，可又感觉一直失去重要的人似乎就是她的命。她是个不祥之人，是个克星，无论谁和她在一起待久了都会遭遇不测。

她虽然平日嘻嘻哈哈，一副什么都不放心上的样子，可实际上她根本就不是乐观的人，而是敏感多思，习惯从最坏的角度来思考问题。

如果陈知礼真的出事了，她不知道自己还能不能第三次爬起来，她觉得自己不能了。

她并不坚强，也不勇敢，她胆小又懦弱，一个人的路根本就走不下去，她需要一个强大无比的人站在她面前告诉她，你可以的。她需要一个引导者带领她走向那条未知的路。

如果前面一个人都没有，那么她宁愿不往前走。

时间一分一秒过去，唐念的心逐渐下沉，再下沉，一直沉到深渊最底下，摔成碎片。她已经不记得咬牙坚持了多久才没有当场崩溃。

陈知礼被推出手术室后一直在昏睡，医生说是打了麻药洗胃，药效还没过去，但已经没有生命危险，让唐念不要担心。

唐念没说什么，就这么安静地坐在陈知礼的床边。

一直到次日清晨，陈知礼才有转醒的迹象，手指动了动，艰难地睁开沉重的眼皮。

唐念都没注意到他醒了，她一直坐在床边的长椅上，眼皮低垂着，视线却根本没有聚焦，没有任何光彩，黑漆漆的眼珠盯着地面一动不动，像个精致的木偶。

陈知礼的心忽然被刺了一下，他知道自己突然昏迷一定是吓到她了。

他撑着床沿半坐起来，喊道："唐念……"

因为插管洗胃，他的声带受了点影响，声音嘶哑得厉害。

唐念愣了下，空洞的双眼逐渐有了神采。她跟跟跄跄朝他扑过去，趴在床边，紧绷的神经放松下来后才敢哭出声。

陈知礼抚着她的背："我是不是吓到你了？对不起。"

唐念哭得停不下来，眼泪越来越多，把床单都打湿了。

"没事，我只是过敏，等过了今天就好了，我有数的。"

"你有什么数？你知不知道你昨天都被下病危通知了啊？"她的声音颤抖，"你到底在想什么啊？恒宇有那么重要吗，让你冒着生命危险也要拿下？"

陈知礼承认自己这次有些激进了，恒宇的合同根本没什么悬念，今天就算不签，日后也能慢慢磨下来，宋致也是这么觉得的，所以饭局中途他就怒气冲冲离开了。

陈知礼却没走，偏偏选了最激进的方式，硬是在酒桌上逼着那几个老狐狸当场签下。

做事冒失的后果便是自己洗胃遭罪不说，还把他的姑娘吓得够呛。

"我错了，我以后再也不喝酒了。"

唐念真是又急又气："你现在还有哪里不舒服吗？"

"没了，我除了酒精过敏这点小病，身体非常健康，我可以给你看体检报告。"

小命都快没了还叫小病，这人太气人了。

唐念捏着小拳头："你以后再敢喝酒，信不信我惩罚你？"

陈知礼笑了下，语气恢复轻快："你想怎么惩罚我？"

"我把你的联系方式印成小广告贴到公共厕所里去！"

病房的走廊里全是消毒水的气味。

陈知礼的病房很大，是一间双人房，但另一张床空着。

唐念去叫医生过来帮他检查身体，自己抽空去楼下买了点清淡的粥。

回来看到医生正要离开，唐念赶紧跟上去："他还会有危险吗？"

医生说："醒来就没事了，也没感染，等打完点滴差不多就能出院了。这次多亏抢救及时，下次可得长记性了。"

唐念认真说："好，我会记得的。"

医生回头看了眼陈知礼："小伙子，你女朋友很关心你嘛，好好养身体，下次要注意了。"

"好。"陈知礼懒懒靠着床头，面容仍然很苍白，瞧着疲惫极了，不过精神还算好。

唐念走到床前，微垂目，将买来的早餐放在床前的小桌板上，是一份白粥，还冒着热气。

"吃点早饭吧。"

大少爷看了眼清汤寡水的粥，又看了眼唐念手里的巨无霸手抓饼，还加了个鸡蛋和两根肠，有点嫌弃："就给我吃这个？"

唐念折腾一晚，属实是饿了，咬了一大口手抓饼，两腮鼓起："你活该啊，洗完胃三天里都只能吃这个。"

"行吧。"陈知礼舀了两勺，吃完又放下了，实在是没什么胃口。

等唐念吃完，他面前的粥也没少多少。

"你怎么不吃？"

大少爷眉头蹙了蹙，嗓子还嘶哑着："不好吃。"

"那我下去买袋牛奶？"

"不用了，"陈知礼把粥往她面前推了推，往后一仰，指使道，"你喂我吧。"

这人怎么还仗病撒娇啊？

怎么办？

只能宠着啊。

唐念拿着汤匙搅了搅热粥，舀出一勺送至他嘴边："张嘴吧，大少爷。"

313

陈知礼嘴唇弯了弯,张嘴吞下那一勺粥,立即赞扬:"真好喝。"
唐念暗暗翻白眼。
喂陈知礼喝完一碗粥,时间也才六点钟,唐念一晚上没睡,精神放松后,这会儿困得直打哈欠,但陈知礼的点滴估计还得有两小时。
陈知礼往旁边挪了挪:"上来睡会儿?"
唐念摇头:"你睡吧,我帮你看着点。"
陈知礼"啧"了声:"有护士,哪里用得着你看着?"
唐念还是觉得不好,一会儿说床小,一会儿又说自己不困,最后被陈知礼长臂一伸,单手搂住腰,一用劲就将她整个人直接提到了床上。
唐念一愣。
陈知礼满意了,给她掖好被角,拍了下她的背:"睡觉。"
唐念哪里睡得着,精神都兴奋了。
他身上是熟悉的清新味道,混合上医院的消毒水气味,有一种奇特又独特的旖旎感。
唐念稍稍抬眼,细细打量他的五官,精致而冷淡,无论看多少次也不会腻。她必须承认,他的长相确实很符合她的审美。
陈知礼沉默了会儿,低垂下眼看她:"怎么不睡?"
"不困了。"
"那聊聊天?"
"好。"
陈知礼搂着她的腰,呼吸贴着她的发顶:"我昨天是不是吓到你了?"
唐念闷闷地"嗯"了声:"都不是吓到,是吓死了,我的手现在还冰凉。"
腰上那只手松开,伸进被窝里握住了她的手指,果然是一片冰凉。
陈知礼说:"对不起,我这次确实是失误,我没意识到症状这么严重。"
他很多年不喝酒了,上次郁闷时喝过两杯,也只是起了点小疹子,吃完药就没事了。
唐念说:"你知道我昨晚一直在想什么吗?"
"什么?"陈知礼问。
"我在想你如果真出事了我要怎么办,我可能真的没办法再振作起来了,我会死掉的。"
陈知礼手臂紧了紧,心里发涩:"不会的,不要乱想。"
"你知道我爸爸是怎么去世的吗?"
陈知礼摇头。
"我爸爸是位风力发电工程师,年轻时被外派到各种偏远的地方工作,等我十几岁时他才调回我们家乡。我们这边的风力发电场很少,他的工作就是做做维修,很清闲。出事那天,是发电场的一枚叶片年久失修坠落,压塌了下面的拼接式集装箱,我爸爸当时就在里面工作。
"那天我正在上课,我还记得是数学课,上到一半班主任把我叫出来,说我爸爸出事了，要我去一趟医院签字，我当时还不懂签字是什么意思。

"我来到医院，好多医生围着我，给了我好几张纸，指着底下的位置让我快签字。我问他们为什么不找我妈妈，他们说找不到我妈妈，只能由我来签这个病危通知。我都没看清内容就被催着签了字，之后是漫长的等待，等了好像有一整晚，医生出来跟我说很遗憾，我爸爸没有抢救过来。"

陈知礼没说话，也不知道该说什么，只能把她抱紧一点，再紧一点，感觉到怀里的身躯在颤抖。

唐念继续说："还有我老师，我睡到半夜接到老师的电话，我还以为是我白天的工作有问题，要被挨骂了，很紧张，但很意外是个陌生人的声音，他问我认不认识这个电话的主人。我老师是个孤儿，她没家人，也没有男朋友，甚至连朋友都没有，那个陌生人给我打电话也只是因为我是老师手机里通信记录最多的人，但我赶去医院的时候，她已经没有了生命迹象。

"他们总是那么突然地离开我，没给我一点准备的时间，我都见不到他们最后一面。你也是，我就这么看着你被他们推走了，我怎么喊你都不理我，你知不知道我……"

陈知礼的心像被抓了一把，想起自己冲动干的事就想抽自己一巴掌："是我不好，对不起，我错了。"

唐念的声音还算平静，没哭，也没闹，就是平平淡淡说出来才让人心碎，陈知礼都无法想象前几个小时她受到了怎样的精神折磨。

唐念缩在他怀里："我原谅你了，但不能再有下一次。"

"好，我发誓。"陈知礼马上说。

唐念顺势把脸半埋进被窝，他身上的味道令她安心，把话都说完后也困了，迷迷糊糊地闭上了眼。

等她快要睡着的时候，陈知礼又忽然说："等过段时间带我去见见你爸爸，行吗？"

嗯？要见家长了？

唐念一瞬间又清醒了，像个小猫一样往被子里拱了拱，隔了几秒才冒出回道："行，吧。"

陈知礼弯了弯唇，隔着被子把软软的一小团拉进怀里："好了，睡吧。"

本科生开学几周后，学校更热闹了。各种社团拉横幅招新，学生会团委紧锣密鼓地招人，还有新生军训，学校到处都是热闹的氛围。

当然不包括科研狗。

实验室和往常没有任何分别，大家都神态板正地做实验、写论文、做项目，连去食堂都要骑着自行车，耳朵里塞着耳机，匆匆赶路，一副不问红尘、一心科研的清心寡欲模样。

唐念也忙着写开题报告，整理出一大堆的文献，但总感觉差点意思，又正值难得的国庆假期，于是她决定先放一放，反正十月底才提交。

最后期限才是第一生产力。

因为国庆要带陈知礼回老家，所以唐念早早定了机票，9月30号傍晚提前半小时打卡下班，回宿舍收拾行李。

唐念的老家在距离杭市不远的一个县城，背靠群山，青山绿水，风景秀丽。

出发前，唐念给唐银婉打了电话，让唐银婉收拾出一间房，两人过去暂住一晚。因为她家不是什么旅游城市，更没有星级连锁酒店，只有那种很便宜的小宾馆，卫生条件不是很好，她怕陈知礼住着不习惯。

唐银婉很痛快答应下来，当天就骑着三轮车去镇上的汽车站接两人。

家乡近几年的发展还不错，小巷交错，青砖绿瓦，最重要的是环境比京北好得多。

刚下车，唐念就深吸了一口气。

一路上，唐银婉拉着她喋喋不休："甜甜，你是不是比我上次见你的时候胖了点啊？"

"是有点。"唐念扭头瞪了眼陈知礼，都怪他，跟着他一顿不落，能不胖嘛。

陈知礼无辜地抿了抿唇。

唐银婉看到了两人的眉目传情，笑着说："胖点好，你以前太瘦了。"

唐银婉租的这套房子是典型的南方自建房，白墙黑瓦，有个小院子，连布局都是唐念所熟悉的——最南角摆着个石缸，屋檐下也不少鱼缸，鱼缸下面的木桌还是她小时候趴在上面写作业的那张。

吃过晚饭，唐念蹲在水龙头前洗手。

陈知礼放下行李，走过来："你姑姑看着比以前开心多了。"

"她离婚后有钱有闲，无债一身轻，自然每天开开心心的了。"

"所以你原谅她以前做过的事了？"

"谈不上原不原谅，我爸爸去世时，我妈就拿着家里所有的钱跑了，当时我连给我爸火化的钱都拿不出来，就差去街上卖身葬父了。是我姑姑从京北赶回来安葬了我爸爸，就这一件事我也会记一辈子，不可能完全和她断绝关系，何况她以前是真的对我很好的……"想到这里，唐念顿了顿，"不管感情上如何，我总归是要给她养老的。"

唐念洗完手，拿过晾衣架上的毛巾，想起往事，她眼眶有些红了："你是不是觉得我很窝囊啊？"

陈知礼摇头："不是。"

唐念是个重情义的姑娘，而且她比谁都渴望亲情，所以就算唐银婉对她做过很多不好的事，她也愿意不去计较，逼着自己把伤疤藏起来，选择接受和原谅。

她越是这样委曲求全，陈知礼就越心疼她："你不是窝囊，只是太善良。"

唐念努力笑了笑，低着头摆弄手里的毛巾。

爷爷奶奶早几年就去世了，爸爸去世后，妈妈那边的亲戚也怕被她这个拖油瓶缠上，所以很久不联系了。虽然她才二十几岁，但算下来，除了唐银婉这个姑姑，她好像也没什么亲人了。

屋里唐银婉在做晚饭，陈知礼只是默默陪在唐念旁边，等她消化完这些不好的情绪。

晚风送爽，吹动她额前的刘海。

假期第二天，唐念和陈知礼一起去了陵园。

昨夜下了一场小雨，清晨又起雾，山路湿滑不好走，两人走走停停花了一个多小时才到墓园。

唐念父亲的墓设在山的东头，这边的人扫墓多数是在清明、除夕、中元，这会儿的陵园都没什么人来。

唐念沿着记忆走进去，将一束菊花放在墓碑前。墓碑上的男人很年轻，看着也才四十岁，相貌英俊，五官轮廓很深，但眉眼间都是温润的笑意，和唐念有点像。

唐念蹲下身，从随身挎包里拿出湿巾，把墓碑仔细擦拭了一遍，又清理干净墓碑前的杂草。

"爸爸，我来看你了，这位是我男朋友，他叫陈知礼。"

陈知礼站在墓碑前，恭恭敬敬地鞠了一躬，随着也蹲下："叔叔。"

唐念到京北读书后回来得少，就絮絮叨叨说了一些话，学业、感情、事业，不过都是好事，那些不好的事都不提。

陈知礼在一旁默默听着。

没过多久，唐念站了起来："我们要走了，一会儿赶飞机回京北，下次再来看您。"

陈知礼却蹲着没动："我想跟叔叔单独说几句话，你能先回避一下吗？"

唐念不理解："你跟我爸能说什么？"

"秘密。"

"好吧，神神道道的。"

唐念先一步离开，等出了墓园才隔着暮色回望过去，天边那丝晨光也被云彩吞噬了。

唐念回忆起来，幼时搬着小板凳和爸爸在院子里看星星，她问："爸爸，星星为什么会一闪一闪的？"

"因为地球的大气层是不稳定的，星星的光线传到地球的过程中，经过大气层的反射和折射，光的传播速度会受到影响，所以我们眼睛看到的星星就是一闪一闪的了。"

小女孩的声音青涩又稚嫩："那我也是吗？"

"你也是的，如果从外太空看地球，你也会是一颗闪闪发光的星星。"

小唐念笑了起来，因为自己也是一颗星星而开心好久。

可现在想来，她应该不是一颗星星。

她的爸爸、老师，还有陈知礼，他们拥有强大的自驱力，都是各个领域闪闪发光的人，他们才是真正的星星。

而她本身是无法发光的，她更像一轮月亮，表面光鲜，实际上都是仰仗太阳

/ 317

的光辉，她只有围绕着太阳才能发光。

有人天生适合做一名领导者，而有的人更适合做跟随者。她没有主见，不够坚定，也不够勇敢，她其实并不怕失败，她只是需要一个更强大的人站在她的面前，坚定不移地告诉她，这条路是正确的。

她需要一个支点，一点动力，来支撑她的系统运转起来。

而陈知礼就是那样的动力。

不是因为他有多么聪明，而是因为他身上那种自信，以及强大又令她安心的气场。

就像陈知礼所言，跟着他，她不需要回头去看，只需要往前走，荆棘与杂草他全部能摆平。

时至今日，唐念无比庆幸自己当初的决定，她在备受打击后没有一蹶不振，而是回到京北，选了另一个赛道重新开始。

这条赛道让他们重逢，而她也没有错过。

下山时，晨雾退散，天已经大亮，视线清晰了很多。

"荔枝。"

唐念在后面喊陈知礼，眉眼舒展，发丝也随风浮动。

陈知礼扭过头。

他站在下坡处，白色衬衣被风鼓起一块，人被霞光照着，落了满身的橘色。

唐念站在台阶上，笑嘻嘻地俯视着他："我以后会很喜欢很喜欢你，但你答应我，以后会比我晚一些走，好不好？"

陈知礼顿了顿，弯唇浅笑："我一定出席完你的葬礼再走。"

第十七章
* 毕业快乐

因为要赶飞机，又是国庆假期怕堵车，唐念今天起得很早，早饭也没吃，从陵园离开后就往机场赶了，却意外提前了两个多小时到。两人就停在附近一栋商厦，进去找家店先吃个早饭。

唐念选了碗牛肉面，店家很厚道，虽然店开在机场附近，价格并不贵，肉也足，唐念吃到一半就有点饱了。

"好撑呀，我觉得午饭都不用吃了，回去就直接睡午觉好了。"

陈知礼说："不行，不能不吃饭。"

唐念噘着嘴，不满："人少吃一顿饭是不会死的，但吃多了会撑死。"

"回去做点运动，消化一下就好了。"

"可我不想动嘛。"

陈知礼逗她："那我来动？"

光天白日的，你在说什么！

唐念不理他了，闷头吃面，吃完后推着行李箱往外走。

两人坐扶梯往下走的时候，二楼大屏正播放新闻，不少年轻人站在屏幕前议论着什么。

唐念一愣，因为她注意到新闻里的男人竟然是顾嵩。

从上一次顾嵩被警察带走后已经过去了一个月，她把自己知道的所有证据提交上去，因为涉及刑事案件，顾嵩被拘留，案件在一个月后开庭，之后她就不关注这件事了。

原来已经到了开庭的日子。

因为这件事影响巨大，案件将公开审理作为警示教育，视频也在网络上流传开了。

屏幕中的男人剃了头，穿着黄色马甲，双手被铐在一起，尽管打了码，还是能看出他憔悴许多。

"我说了很多遍，我一开始没想害她，是她利用我、控制我，想让我成为她的一条狗。那个女人恶毒至极，如果不是她，我根本不可能染上毒瘾，更不可能变成现在这样子！我的前途我的人生全毁了，毁在那个恶毒的女人手里，我一点也不会后悔，她死得活该……"

后面的话唐念没听清，因为陈知礼捂住了她的耳朵，拉着她匆匆离开，不让她再听了。

唐念抬头去看他，眼里亮晶晶的："你说我老师真是顾嵩说的那种人吗？"

陈知礼没立刻回答，反问了一句："在你心里，老师意味着什么？"

唐念想了想："她是我的精神支柱，我刚去恒宇的时候什么都不懂，是她带着我，告诉我该做什么，不让我走弯路，所以我成长得非常快，短短三年学到了别人十年都不一定能学到的东西。"

"那你觉得她又是什么样的人呢？"

"她性格尖锐，做事偏激，瞧不起任何人，但又非常聪明，有想法，有才华，是个真正的天才。因为我是个很慕强的人，所以就对她有滤镜，就连她这糟糕的性格都觉得是超级有个性。我不知道她喜不喜欢我，但我真的很喜欢她，有时候想跟她亲近一下，想请她吃个饭聊聊天什么的，可是她从来都不给我这个机会，总板着脸说有空多去写两行代码，所以我对她的生活一点都不了解，甚至可能也不了解她这个人。一开始顾嵩跟我说这段话的时候我一点也不信，但现在我又有点动摇了，不确定了，因为我真的不了解她。"

陈知礼沉默了许久。

唐念说的确实是徐青，但又不全是。

徐青出生于贫困的大山里，因为是孤儿，年少经历坎坷，见过很多社会的阴暗，性格极度偏激极端。她因为聪明的头脑在福利院就被社会爱心人士资助，一路读上名校，后又靠国家资助出国留学。她感激所有人对她的资助，想为国家做贡献，也有这个能力，所以毕业后义无反顾回国，选了一家尚在发展中的独角兽小公司。

她选这家公司的原因很简单，高层答应给她绝对的自由和掌控权，她可以随心所欲搞研发、做研究。

但她终归还是低估了资本，她因为没有背景，做的东西又短时间内没有产出成果，所以一而再再而三被打压。她为了能让智驾产业部的产品成功上线，用过很多肮脏下流的手段，高利贷只是一小部分。

这些唐念并不知道，陈知礼也不会让她知道。

因为对于唐念，徐青是真的倾囊相授，没有一丝薄待。

徐青喜欢聪明人，也喜欢努力的人，唐念二者兼具，又听话，又崇拜她，是个很优秀的跟随者。

估计徐青也是在唐念身上看到了年轻时的自己，所以把她保护得很好，除了做研究，什么都不需要她知道。

也不怪唐念会把徐青当作精神支柱。

陈知礼说："她是什么样的人不重要，人死灯灭，入土为安，那些生前事也该一笔勾销了，重要的是她在你心里留下了什么，你希望她是什么。"

唐念沉思几秒，重重点头："我希望她永远都是我的老师。"

陈知礼"嗯"了声："那她就永远都是你的老师。"

说完，他牵着她往外面走去。

阴霾散去，她的噩梦已经结束，未来的每一天都会光明灿烂。

唐念的开题最终还是决定做智驾车方向的研究，一是她有经验，也熟悉；二是她仍然想往这方面发展，将妙蛙种子的避障算法深度优化，减少事故发生概率。

头秃一个月，她终于敲定题目和开题报告。

——《车路协同下面向安全增强的自主变道算法研究》。

这个题目其实很大，因为驾驶安全的问题一直是智驾研究的重点，业界和社会都时刻关注着。有人觉得自动驾驶的安全性就是薛定谔的猫，充满各种不确定性，连她老师这样的天才都没办法完全规避。

这对唐念而言实在不是个简单的课题，但是困难总归要有人去解决。

既然如此，那个人为什么不能是她？

唐念的初步计划是先从感知误差开始研究动态描述误差影响下的车辆变道训练算法，并加入安全训练模块，提高车辆对危险动作的认知。

陈知礼看完她的开题报告，沉思了好一会儿，眉头紧皱，像是极其为难的样子。

唐念有点紧张："怎么了，是不能通过吗？"

开题报告不通过的情况大致会分为三类：没价值，没必要，不靠谱。

没价值就是说这个课题研究出来也没用；没必要则是这篇论文已经被人研究透彻了，再研究也只是浪费时间；不靠谱说的就是她这样的，心比天高，步子迈得太大，就好比要写篇论文研究全体人类移民去月球，短时间内根本不可能实现。

唐念其实有点担心这点。

陈知礼说："倒不是不能通过，只是我对这方向完全不了解，如果你想开这个课题，我恐怕无法为你提供任何帮助，到时候写不出来会有延期的风险。"

唐念松了口气，她还以为自己的内容太离谱了。

"延期就延期呗，我又不怕。"她很倔强，一定要写，冒着拿不到学位的风险也要写，"我要是完成了，说不定就是最年轻的图灵奖得主。"

目前最年轻的图灵奖得主是美国计算机科学家高德纳，他在36岁时获得图灵奖，被尊称为"现代计算机科学的鼻祖"。

她语气嚣张，意气风发，得意到了极点。

"但你一个硕士被延期八年会不会有点……说不过去？"

"你怎么就不能盼着我点好？"

陈知礼把开题报告放到一边，看着她笑了："行，既然你信心都这么足了，我肯定不能毙你课题。"

唐念的小心脏安稳下来。

但开题之后的日子就不太好过了，这难度不亚于博士论文。唐念为了找资料可算煞费苦心，找了所有能找到的文献熬夜苦读。没了老师的指导，她只能靠自己摸索，还好有妙蛙种子给她折腾，每天的生活忙碌倒也充实。

时间很快，也很缓慢。

一直到论文交稿，唐念才觉得终于有时间喘口气。

天黑了，唐念关上电脑往宿舍走。临近毕业季，学校里到处都是伤感的氛围，晚上还会有男生在女生宿舍楼下摆蜡烛告白，说不管成功与否，青春都不能留遗憾，算是最后的疯狂。

一年又过去了啊。

唐念回想起自己刚来学校那会儿，那时她只想着划划水混个硕士证，哪里会想到自己能完成这么牛的课题。

不行，她得开瓶香槟庆祝。

唐念这人酒量不行，但又菜又爱喝，喝几口就能醉。

但她喝醉后有个优点就是认路，每次都能走回云水湾2栋2单元1201。

这天她又在门口大喊："小苏乖乖，把门开开！"

小苏："你怎么又来了啦？"

"说的什么话，你一个AI管家还敢管女主人的事？"唐念嚣张至极地指挥它，"快去给我倒杯水，57℃的。"

小苏："哼！知道啦。"

陈知礼回到家时，进门就看到唐念蹲在茶几旁数地毯上的穗子。

听到声音，唐念耳朵尖尖动了动，立马抬起头，一双眼氤氲着雾气，望过来时好像含着钩子似的，勾人得紧。

陈知礼扯了扯领带，莫名喉咙发干："又喝酒了？"

"今天是因为高兴。"

"哦？"他朝她走过去。

"我论文送审啦。"

"能过吗？"

"不知道，我觉得可以，但是图灵奖可能有点难度，他们外国人给我们颁奖可吝啬了，不代表我实力不行呢。"

陈知礼被她逗笑，伸手捏她脸颊一下："口气不小啊。"

"别捏我啦，讨厌。"唐念虽嘴上说着讨厌，但声音软软的，足够勾人。

陈知礼自是见识过她喝醉后的磨人模样，哪里把持得住，俯身就去吻她。

她的唇很软，橙子的甜香混合着红酒的醇厚，发酵出一种令人上头的味道，萦绕在唇齿之间。

陈知礼燥热难耐，第一次体会到"醉"的感觉，怪不得这么多人沉迷酒精。

他的吻越来越深，两人呼吸交织在一起，逐渐急促。

唐念却突然被他吓醒了，用力推开他，捂住嘴疯狂摇头："不行，不能亲，我喝酒了，你会过敏的。"

"这点不至于，让我尝尝。"

"那也不行……"

她话音还未从齿边剥落，双唇又被含住，话语被吞咽。

唐念急得伸手推他，手腕却被他禁锢住，她渐渐放弃了挣扎，任由他索取。

夜晚漫长又寂静。

唐念被酒精麻痹的神经敏感又脆弱，在这深夜中放大了感官，一切都清晰了起来。

6月20号，T大研究生毕业典礼在大礼堂前的广场举办，当天6000多位毕业生将在这片天空的见证下走向新的篇章。

毕业典礼邀请了往届优秀毕业生代表，陈知礼虽不是 T 大研究生，好歹是有本科证的，走在人才辈出的校友行列里也毫不突兀，还有不少认识他的人和他打招呼。

这天杨院士也来了，八十岁的老人被学生们团团围住，排队要签名，场面好不壮观。杨院士只得找了张临时工作桌坐下，耐心签字，伸手接过下一本时，注意到了一双修长的手指有些熟悉。

他稍一抬头，看到他那位得意门生。

"怎么着，你也想要签名？"

陈知礼笑着说："别人都有，我也想要。"

杨院士挥着手说："别闹了。"又看向后面排队的学生，"你们都把本子放这里吧，等我回去慢慢签。"

杨院士和陈知礼并肩离开，路旁成排的白杨树枝繁叶茂，绿意盎然。

毕业典礼还在进行，校领导正在台上做毕业致辞，后面还有优秀硕士毕业生和优秀博士毕业生的演讲。

杨院士眯着眼，望着黑压压戴硕士帽的学生们："对了，小唐还打算读博吗？要读的话，你可得劝劝她，别被隔壁把人撬走，人才得留在咱们学校。"

陈知礼笑着说："她不读了。"

"不读也行，其实当初招她的时候我还奇怪呢，这姑娘在业界发展前景明明更好，回来干什么，现在这选择也挺正确的。"

陈知礼点头："是。"

唐念跟杨蓁蓁都是不准备读博的，台上领导讲得激情飞扬，两人凑在一起聊着天："你昨晚几点睡的啊？"

唐念回忆起昨晚的事……

两人纠缠到激烈之时，杨蓁蓁发过来消息。

杨蓁蓁：还回宿舍吗？

唐念那会儿哪里还有力气回信息，都快散架了，一直等睡前才迷迷糊糊想起这件事，爬起来回复她。

当时好像已经两点了，这……也瞒不过去啊。

唐念耳朵有点发烫，但神色还算正经："两点吧，我有点失眠。"

"屁嘞，"杨蓁蓁一脸的你骗鬼呢，"跟我有什么不能说实话的？"

"好吧，昨晚是结束得有点晚。"

"陈老师这体力可以啊！"杨蓁蓁惊叹。

唐念看了眼四周，不停提醒她小点声。

"啧，玩什么了这么久的啊？"

唐念的脸瞬间红了，扑过去掐她的脖子。

杨蓁蓁乐呵呵的，被唐念晃成了不倒翁，头上的硕士帽都掉了。

台上校长发言完毕,台下掌声雷动。

毕业典礼结束,就是同学和老师们的合影留念时间了。唐念认识的人不算多,也就和班里同学,还有实验室的学弟学妹们匆匆拍了几张,然后拎着毕业证和学位证离开了。

她原本想去找陈知礼,但现场人山人海,还有家长和校外人员,她根本不知道他在哪儿。

她漫无目的往前走着,听到身后人群里有人喊她的名字。

唐念转身,瞧见了人群里的男人。

晌午日头正盛,光线透过树叶缝隙落在陈知礼身上。他穿了一身裁剪讲究的深蓝色西裤和衬衫,从身后拿出一束花,是向日葵。他瘦削挺拔,很快成为人群的焦点。

唐念弯着眼扑进他怀里。

他的怀抱温暖又厚重,怎么都抱不够。

"毕业快乐。"他说。

时隔十年,他终于亲口对她说出这句祝福。

那个十八岁的女孩也长成了二十八岁的女人,眼里含光,漂亮得像是装满了星星。

她的美丽不源于外表,而是一种由内而外的自信和成熟,是破茧成蝶的绽放。

"谢谢。"唐念接过陈知礼怀里的向日葵,嗅了嗅,很香。

两人牵手并肩离开,在无人窥见之处十指相扣。

山水万程不忘少年壮志。

眼里有光,心中有梦。

愿你自在恰如风,不负韶华年。

番外
七夕节

快到七夕了。

陈知礼这段时间很忙,听说是有什么重要的项目,每天都泡在实验室。唐念原本以为今年的七夕约会也要隔着屏幕度过,谁知他居然说调出了一天假。唐念嘴角都快咧到耳根,开始上网搜攻略。

——约会套装合辑。

——#七夕约会应注意这些技巧。

——#约会的禁忌,千万别做这些动作!

唐念看得津津有味,时不时点头同意,一时没注意走近的脚步声,直到熟悉的气味钻进鼻尖,她才一慌,差点脱手把手机扔出去。

陈知礼轻笑着看她,眼神带着点探究:"干什么坏事?"

唐念手忙脚乱推着他往外走:"我要换衣服,你出去等啦。"

"这也是我的房间。"

"不行,你出去。"

把他推出去后,唐念后背抵着门,按开手机屏幕,大标题赫然在列。

——做好安全措施……

唐念无语了。

应该没看见吧?

第二天,唐念换了一条藏蓝色的波点雪纺裙,丸子头配了亮闪闪的字母发夹,再带上帆布小挎包,整个人元气满满,俏皮生动。

商业街贴满了情人爱语,手牵手的男男女女来来往往,在这样的日子里,人人脸上都挂着笑。

两人约会定在游乐园,算是每年的固定地点了。

唐念对陈知礼说:"游乐园人太多不好停车,所以我们坐地铁三号线去,正好可以直达。然后离游乐园300多米的地方有亚洲最大的无轴摩天轮,晚上可以去坐,能俯瞰整个京北夜景,怎么样?"

她抬头殷切地看陈知礼的反应,陈知礼自然是都听她的。

两人手牵手往地铁站走去,一路上她兴奋雀跃地掰着手指头说要先去玩什么项目,然后再去哪儿排队,就可以一整天玩完大部分项目。

陈知礼安静地听她说着。

时间还早,地铁站里全是游玩的年轻人,等地铁的空隙,身后有两个小女生交头接耳讨论着什么。

女生一:"前面有个好帅的男生,想去要微信,旁边的不会是他女朋友吧?"

女生二掩嘴回道:"肯定不是啦,看她挺小的,估计是妹妹之类的。有妹妹的男生果然温柔啊,居然陪妹妹去游乐场,爱了爱了,上吧,姐妹!"

唐念一噎,扭头朝二人翻了个白眼:什么妹妹,你才小妹妹呢,没看到我们牵着手?正牌女朋友,会不会看眼色?

女生一看到了她,惊讶地回头跟朋友说:"刚刚那个妹妹回头看我了,她一定是听到了,鼓励我们上呢!"

女生二:"那还等什么?机不可失失不再来啊,这可是极品,可遇不可求!"

唐念腹诽:我暗示你个大头鬼啊!暗示你撬墙脚?

陈知礼感觉自己的手心被狠狠掐住,扭头看到小姑娘气鼓鼓的,脸都憋红了。后面排队的女生仍吵吵嚷嚷讨个不停,越说小姑娘脸越黑,掐着他的手好似用了全身力气。

陈知礼笑了笑,牵着唐念的那只胳膊加重了力道,把她往怀里一带,左手揽住她的腰,低头吻上她的嘴角。

动作很轻,一触即离。

身后瞬间鸦雀无声。

排队的人流往后了些,给两人留出足够空间,那两个叽叽喳喳的小女生神色尴尬,很快偷溜了。

女生一:"妈呀,人家还真是男女朋友。"

女生二:"还好没过去,赶紧走吧。"

陈知礼大拇指蹭着唐念的唇瓣,带着一片温热:"今天是桃子味的。"

"什么?"

他的声音染着笑:"你的唇釉是桃子味的。"

唐念脸颊一热,僵硬在原地半晌:"你刚刚都听到了?"

"嗯,听到了。"

唐念偏头:"那女生说我像你妹妹,配不上你。"

后面这句他可没听到,怎么还添油加醋的?

"这是夸你年轻呢,说我配不上你。"

"骗人。"

陈知礼笑着捏了捏她鼓起的腮帮子:"你不是喜欢叫我哥哥吗?给我当妹妹不乐意?"

她叫哥哥那是……情趣,别人叫她妹妹,意思不就是说她幼稚没女人味嘛,那她肯定不乐意。

"哼,你以后出门要戴帽子,不许笑,"她用两手食指扯着嘴角往下拉,"要这样严肃地板着脸,记住了吗?"

真是霸道的条款。

他笑了笑:"那你呢,在路上也不能笑?"

"我可不像你这么会勾引人,哼。"

这会儿唐念鹿眼瞪圆,脑袋一偏,只留给陈知礼一个后脑勺,奶凶奶凶的。
他轻笑,故意逗她:"就算我不笑,也还是有人会被我勾引,你不就是吗?"
"呸,不要脸,"小姑娘脸颊爬上绯色,"谁被你勾引了?"
地铁到站,陈知礼拉着她走进车厢:"你把我看紧一点不就好了?"
唐念想了想,也是,这男人往人群里一站简直是蓝颜祸水,她的人,得看紧点。

三号线开往景区,周末正是人多的时候,大多数都是年轻人。
车厢拥挤,陈知礼凭借身高优势拉着头顶的吊环毫不费劲,稳如泰山。
唐念不矮,但也不知道是不是这趟地铁的吊环比别的高,她抓着晃来晃去的,像是吊在上面。
不多时,有个高个子男生挤过人群,停到唐念身前。男生戴眼镜,很斯文,拿着手机在唐念眼前晃了晃,笑出一口白牙:"你好,能扩个列吗?小妹妹。"
唐念蒙了三秒钟:打脸来得这么快吗?
地铁猛地晃动,她脚步不稳,往后趔趄一步。
身后一双手稳稳托住了她,陈知礼漫不经心的声音传来:"跟你要联系方式呢,小妹妹——"
他附在她耳边拖长了音调,低沉醇郁的嗓音带着几丝若有似无的玩味。
唐念后颈发凉,尴尬地朝男生微笑:"不方便。"
"哪里不方便?是手受伤了不方便吗?你可以口述手机号,我记一下也行。"
"不,不是……"唐念尴尬道,"我有男朋友了,你得问问我男朋友他同不同意。"
男生脑子可能没转过弯,居然真的对着陈知礼问:"能行吗?"
陈知礼一噎:"你觉得呢?"
男生说:"我觉得可以啊。"
陈知礼咬牙。
周遭的气压瞬间低了下来。
唐念腹诽:这傻小伙怎么比刚刚那两个女生还不会看眼色?
她忙着打圆场:"我不加好友,抱歉。"
男生非常失望,垂头丧气地走了,他的小伙伴们半嘲笑半安慰地拍着他的肩膀,陪他下了车。
陈知礼看唐念还没收回目光,修长冰凉的手指拂过她的肩膀,不轻不重地捏了下她的后颈皮:"嗯?你看起来还挺遗憾。"
唐念脖子一缩,张开双臂环住他的腰,乖乖在他怀里蹭了蹭:"才没有呢,我有这么好的男朋友了,怎么会遗憾?"
虽然有拍马屁的嫌疑,但陈知礼还是非常受用。

游乐场外人头攒动,检票口排起很长的队伍。
今天游乐园有动漫主题展,园区划分了好几个区域,路上随处可以看到穿着

cos 服的 coser。

唐念手里拿着一张巨大的园区地图，跟陈知礼建议："我们先去坐海盗船，然后跳楼机，再去过山车，最后激流勇进，好不好？"

女孩子不应该喜欢旋转木马吗？怎么全是这么刺激的项目？

几个项目下来，小姑娘越玩越兴奋，拉着陈知礼又往大摆锤的方向跑，结果没拉动。

怎么回事？

她一回头，陈知礼把外套脱下来盖到她肩上，脸色沉了下来："穿上，你衣服都湿透了。"

唐念低头，及膝裙摆黏在腿上，一大片水渍蔓延至胸口。刚刚他们玩的水上项目，浪花飞溅，肾上腺素狂飙，刺激又兴奋。下场就是一次性雨衣都抵挡不了的水流倾盆，被浇了个透心凉。

唐念乖乖穿好衣服。

陈知礼也好不到哪里去，他的纯棉白 T 恤质地柔软，全靠身形撑着，浸湿后贴在身上更明显，甚至可以看到胸前的肌肉纹理……

唐念咬着下唇吞了吞口水，大摆锤是不能够去了，她还没看过，怎么能让别的小姑娘先把他看光？

她扫视一圈，指着他身后的一栋小楼："那我们去……那个吧。"

小楼里面看起来黑漆漆的，进去闷一圈，衣服应该就干了吧？为了他的"贞洁"，她不介意去体验一把。

陈知礼顺着唐念的目光看过去……鬼屋，生理折磨结束后，居然还得经受精神摧残！

唐念额前的碎发被打湿，水珠顺着鬓角滴落，一双眼睛如同被暴雨冲刷过，澄净透亮，认真地看着他："你要是害怕可以抱紧我哦，我保护你。"

陈知礼心说：大可不必。

鬼屋是医院主题的破旧小楼，共三层，门前立着一块破旧腐朽的木牌，上面写着"患有心脏疾病者和胆小者误入，禁止殴打 NPC"。

唐念既没有心脏病，也觉得自己不属于胆小者，于是她大摇大摆走了进去。

刚走进去就一阵冷风吹过来，破旧窗户咯吱作响，阴森恐怖的音乐声起，墙壁上满是血腥恐怖的立体画。

唐念心里开始打退堂鼓，偏头看向身边的人。这人居然跟没事人一样，一身浩然正气，邪不侵身。

昏暗的红色灯光忽明忽暗，穿着破旧染血护士服的演员横躺在地上装尸体，有个女生走过，护士诈尸般握住她的脚踝，女生"啊"的一声，手提包狠狠砸过去，尖叫着跑开了。

这演员也太卖力了吧。

唐念既好奇又害怕，她果然还是高估了自己，这地方跟跳楼机不一样啊，令人毛骨悚然。

通往二楼的是一架旋转楼梯,唐念小心翼翼顺着木质楼梯往二楼走,眼观六路,耳听八方,可惜百密终有一疏,没注意下面,脚下的木板突然陷了下去。

陈知礼迅速揽住她的腰后退一步,木板陷下去的地方升腾起一股青烟,等烟雾散尽,突然弹出一具干枯的僵尸,面目狰狞,眼珠子"吧嗒"一声弹到她脚面。

"啊——鬼啊!"唐念头皮炸开,小心脏都要吓停了,闷头撞到陈知礼怀里,声音哽咽,"呜呜,咱们还是走吧!"

陈知礼低笑:"害怕了?"

"害怕了,我错了,再也不敢了,呜呜呜!"

她小可怜劲地直接来了个认错三连。

"还有两层,二楼的手术室都没进,不去看了?"

"不看了不看了,我去坐两遍跳楼机也不要再来鬼屋了,求求你,拜托拜托。"

小姑娘说得可怜兮兮的,令他想起了她经常发的"猫咪拜托"的表情包,还挺像的。

唐念完全没了刚刚要保护他的气势。

陈知礼也不逗她,揽过她的肩顺着出口路线往外走。

NPC鬼在后面吐着青烟跟她告别:"小姐姐再来玩哦。"

唐念腹诽:打死也不来了。

从鬼屋出来已经快六点了,游乐园亮起一盏盏的彩灯,像是进入了一个全新的彩色童话世界,夜场开始了。

所以为什么想不开去鬼屋?是灯光不好看,还是过山车不刺激?

灯光秀结束,陈知礼从口袋里拿出一个小巧的首饰盒,里面是一条很精致的蓝宝石项链。

"七夕礼物。"

唐念很惊喜,笑着说:"谢谢。"

不过她都没准备礼物,只能给他画饼:"下个节日我也会给你准备礼物的。"

"下个节日是中元节。"

唐念的笑僵在了脸上。

荔枝糖

LIZHITANG